CHRIZZI HEINEN

AM SCHWARZEN LOCH

ROMAN

1. Auflage März 2019

© Satyr Verlag Volker Surmann, Berlin 2019
www.satyr-verlag.de

Cover: Bernd Eischeid, Wien
Korrektorat: Jan Freunscht

Druck: cpi books | Clausen & Bosse, Leck
Printed in Germany

Die Deutsche Nationalbibliothek verzeichnet diese Publikation in der Deutschen
Nationalbibliografie; detaillierte bibliografische Daten sind im Internet abrufbar
über: http://dnb.d-nb.de

Die Marke »Satyr Verlag« ist eingetragen auf den Verlagsgründer Peter Maassen.

ISBN: 978-3-947106-21-9

TEIL I

DIE LANGE NACHT DER OFFENEN BÄDER

Nachts um drei erreichte der Geldtransporter mit dem Schweizer Autokennzeichen die Innenstadt. Nervös wie ein grundelnder Wels tuckerte er die Paulsberger Allee hinauf, umsäumt von schwer bewachsenen Haselnussbäumen, die ihre Köpfe neigten. Der Transporter, ein neuer Volvo in Blaumetallic, spiegelte das orangegelbe Licht der Straßenlaternen wider. An beiden Hintertüren klebten große Logos, welche man nun in der Dunkelheit kaum entziffern konnte: ein silberner Aufkleber mit den Umrissen Dagobert Ducks und dem Schriftzug »Geld sicher transportieren« – eine perfekte Tarnung! Tagsüber zog der Wagen alle Aufmerksamkeit auf sich, in den Köpfen der Menschen am Straßenrand brodelte es: Strumpfmasken, Überfälle und Unfälle, bei denen demolierte Autoteile zu geöffneten Schatztruhen wurden.

Ein Schwarm von fliegendem Müll umgab die seltsame Karre: fast unsichtbar die kleinen Folien von Bonbons und silbernen Kaugummipapierchen, die das Laternenlicht flackernd reflektierten, mehrere Bäckereitüten als braune Lappen, zwei, drei platte, tote Vögel, eine Blechdose, zwei Plastikflaschen und drei Bananenschalen. Wie ein fahrender Staubsauger zog der Volvo alles an, kurz pappte der gesamte Unrat an den Fensterscheiben und der glänzenden Karosserie. Kronkorken klirrten gegen die Windschutzscheiben, doch ein kaum sichtbarer Lüftungsschlitz auf dem Dach des Transporters pustete den gesamten Dreck wie in einer unsorgfältigen Mülltrennungsanlage auf den sauberen Asphalt zurück. Auf dem Autodach: eine tote Katze, ihr Kopf an der Seite hinunterhängend, ihr Gesicht gegen eine der getönten Scheiben gedrückt, als erspähe sie dadurch doch eine Maus auf einem Autositz, mehrere Spatzen, auf dem Rücken liegend, tote Ausstrahlung, obwohl ihr Flaum vom Fahrtwind nervös flatterte, die Köpfe im Nacken verkrampft, dazwischen Tüten und viele, viele goldene Kronkorken, die dem Geldtransporter als dilettantische Geldstücke eine ironische Note verliehen.

Der Wagen hielt nun an der Kreuzung vor der leer stehenden Fernsehtechnikwerkstatt und fuhr bei Grün langsam weiter, vorbei am größten Secondhand-Kaufhaus Europas, vorbei an Bertas Erotikfachhandel, vorbei an der Biobäckerei Atomic Bread, an Handyläden, an Aurelias Ein-Euro-Laden und der kleinen, gelben Post.

Wer genauer hinschaute, erkannte, dass sich die Häuser in der Straße aus ihrer Mitte heraus für etwa drei Millimeter in Richtung Fahrbahn beulten, als der Transporter an ihnen vorbeizog. Wie kleine Bäuche dehnten sich die Fassaden einmal kurz aus. Hatte sich der Wagen entfernt, zogen sie sich auch schon wieder zusammen. Auch die Baumkronen beugten sich nacheinander in einer umgekehrten La-Ola-Welle kurz nach vorne und richteten sich auf, sobald der Transporter an ihnen vorbeigezogen war. Die starke Anziehungskraft, die der Wagen auf seine Umgebung ausübte, war beängstigend.

Ich besuchte zu diesem Zeitpunkt »Die lange Nacht der offenen Bäder«, in der alle städtischen Schwimmbäder vom Abend bis zum frühen Morgen ihre Pforten öffnen. Da Schlafen für mich leider nie eine Lösung gewesen ist, schätze ich das Konzept der langen Nächte, das auch in anderen Einrichtungen in der Stadt in wechselnden Abständen stattfindet, sehr.

»Die lange Nacht der offenen Supermärkte« findet in ausgewählten Filialen täglich statt, das wird dann aber nicht von der Stadt organisiert. Supermärkte nach 23 Uhr sind einfach liebenswert: Sie sind wie Kneipen vor 11 Uhr; kein Mensch ist mehr richtig konzentriert, alle haben einen euphorischen Zustand tiefer Müdigkeit erreicht. Man döst den Einkaufswagen mit irgendwelchen Sachen voll, die man tagsüber nie kaufen würde. Dabei meine ich gar nicht Bier oder andere Abendgetränke, ich denke an eigenartige Lebensmittel: überteuerte rote Kartoffeln aus Frankreich oder blaue Bohnen, die man zwei Stunden kochen muss, damit sie bekömmlich werden, oder abgepackten italienischen Biskuitkuchen, der in Regenbogenfarben eingefärbt ist. Jede Farbe schmeckt gleich langweilig nach Rührteig mit zu viel Ei. Doch einmal habe ich so eine Torta Arcobaleno an einem frühen Morgen gegen 4 Uhr gekauft und kann das Glück kaum beschreiben, das ich empfand, als das bunte Ding in meine grüne Umhängetasche plumpste.

Nach 23 Uhr ist im Supermarkt *Love in the Air*, vielleicht etwas übertrieben, aber es herrscht allgemeines Wohlwollen, man schaut Leuten auch mal direkt ins Gesicht, taucht mit ihnen kopfüber in tiefe Kühltheken ein wie in Aquarien, wühlt mit geschlossenen Augen darin herum und greift nach irgendeinem Überraschungsprodukt. Selbst das junge Kassenpersonal, das für diese späten Schichten eingesetzt wird, kommt rüber wie entspannte Barkeeper in Chill-out-Zones. Störend ist immer das grelle Licht, dafür kostet Supermarkt keinen Eintritt, anders als das Schwimmbad.

»Sieben Euro fünfzig, dafür gibt's noch 'nen Sekt gratis dazu.« Die Frau an der Schwimmbadkasse ist luftdicht hinter einer Glasscheibe eingeschlossen, ich höre ihre durch das Kassenmikrofon verzerrte Stimme deutlich, obwohl der Geräuschpegel in der gut besuchten Eingangshalle immer weiter zunimmt.

»Ich zahl hier sons' 4 Euro für zwei Stunden Schwimmen. Geht auch ohne Sekt?« Ich bin wohl nicht die Erste, die das fragt.

»Nein! Sekt für alle!« Es klingt wie eine Drohung. »Nacht der offenen Bäder! Oder sind Sie Schülerin oder Studentin?«

An der Uni bin ich immer noch in Physik und Mathe eingeschrieben, auf Lehramt. Das waren die beiden Fächer, derentwegen ich in der Schule in der neunten und zehnten Klasse beinahe hängen geblieben wäre, weshalb ich Physik und Mathe in der elften dann abwählte. Aber warum sollte ich etwas studieren, was ich schon konnte? Die Fortführung meiner Schulzeit sollte das Studium nicht werden. Und als ich die Unterlagen für die Immatrikulation in die Lehramtsfächer Mathematik und Physik abschickte, fühlte sich das so an, als hätte ich eine Abenteuerreise gebucht. Teilweise war das Studium auch inspirierend: Jedes Semester beendete ich mit einem weiteren Collegeblock voller lustiger Kugelschreiberzeichnungen. Die ersten beiden Semester in Hörsälen, in denen von Dingen geredet wurde, von denen ich nichts verstand, vergingen deshalb wie im Flug. Aber nach drei Semestern, also vor zwei Jahren, bin ich nicht mehr zur Uni gegangen. Den Studierendenausweis bekomme ich immer noch, trage ihn auch immer noch im Portemonnaie mit mir rum. In der Öffentlichkeit würde ich nie behaupten, dass ich jemals studiert habe, aber ohne mein vorgebliches Physikstudium hätte meine Schweizer Verwandtschaft nie den Kontakt zu mir aufgenommen, und ich hätte nie von der Erbschaft erfahren, die heute Nacht geliefert wird.

»Abendgymnasium«, lüge ich, mit der rechten Hand klopfe ich auf meine grüne Ledertasche, in der sich mein Schwimmzeug befindet. Gleichgültig reicht sie mir mein Ticket durch den Drehschlitz. Ich stecke das Kärtchen in einen Kasten am Drehkreuz, und nach einem grellen Piepton passiere ich die Sperre.

Den Sekt gibt es an einem wackeligen Bistrotisch im Barfußbereich. Eine kleine Gruppe von Abiturienten singt ein Geburtstagslied für Karina, die heute neunzehn wird. Mit nackten Füßen stehen sie auf den grau gemusterten Fliesen, die in den letzten zwanzig Jahren gelblich angelaufen sind. In der einen Hand halten die Jubilare ihre Schuhe und Socken, mit der anderen leeren sie nacheinander ihr Sektglas. Nach einigen Okays und Bis-Gleichs und Hast-du-meine-Tasche-Gesehens verteilt sich die Gruppe auf die ersten beiden Sammelumkleiden.

In der hintersten Umkleide geht es etwas ruhiger zu. Ich ziehe meinen dunkelblauen Badeanzug aus der Tasche, den ich mal bei einer Verlosung zu einem französischen Spielfilm gewonnen habe. Es ist dasselbe Modell, das die Hauptprotagonistin im Film trägt. Sie ist eine einsame, eher triste Persönlichkeit, vielleicht nachdenklich, aber welche einsame Person ist das nicht? Und das Einzige, was sie im Film tut, ist, im städtischen Hallenbad schwimmen zu gehen und dabei – erst am Beckenrand vor altmodischen Fliesen in Gelb-Hellblau-Weiß, dann im Wasser von allen Seiten – in ebendiesem dunkelblauen Badeanzug gefilmt zu werden. Ich fühle mich etwas langweilig, wenn ich diesen Einteiler trage, dafür aber auch ein bisschen wie ein Filmstar undercover. Anders gesagt: Der Anzug besticht durch Schlichtheit und lenkt dadurch nicht von meiner Persönlichkeit ab.

Während ich den Garderobenschlüssel an meinem Handgelenk befestige, betrete ich den Waschraum, in dem ich die Abiturientinnen wiedertreffe. Laut knallt das Wasser aus den Duschköpfen auf den Boden, hart läuft der Strahl über meine Schulter. Schreiend unterhalten sich die jungen Frauen. Soundso sei ja so süß, und wie gut, dass Dieunddie heute nicht dabei sei, und sie beginnen das Aussehen der abwesenden Mitschülerinnen auf einer Skala von eins bis zehn zu beurteilen.

»Boah, die Michelle, gut, dass die heute nicht kann, welche Note würdet ihr der geben?«

»Also, Nase und Beine vier, beides voll krumm und unförmig, Hintern sieben!«, tönt es aus den Duschkabinen.

Ich fürchte mich ein wenig vor der Lieferung später, aber die banale Leichtigkeit des Abiturientinnendaseins lenkt mich von den schwermütigen Gedanken an mein Schweizer Erbe ab.

Meine eigene Schulzeit ist ja noch gar nicht so lange her, etwa zehn Jahre, aber irgendwie war ich anders. Das soll nicht heißen, dass wir kein Aussehen hatten, aber es gab weniger Skala-Denken, wir haben Menschen stattdessen mit Tieren verglichen:

War ein Mädchen hoch gewachsen und schlank, war sie eine Giraffe, ein Elefant hielt als eine positive Zuschreibung für die Erinnerungsstärke einer Mitschülerin oder eines Mitschülers her. Die Tiercodes zur Veranschaulichung anderer Schüler waren nicht gerade originell, aber zumindest noch nicht so durchtrieben wie die numerische Evaluation separierter Gliedmaßen, die vielleicht nur als autoalgorithmische Reaktion auf die digitalökonomischen Zustände zu deuten ist.

Den Aussagen eines Klassenkameraden zufolge war ich eine Kreuzung aus einem Apfel und einer gemütlichen Schlange. Auf dem Fahrrad glich ich einem Koalabären, über die Fahrradstange gebeugt wie über einen Eukalyptusast. Obwohl diese Vergleiche nicht sehr schmeichelhaft waren, konnte ich sie nachvollziehen. Die Letzten würden die Ersten sein, irgendwann alles wieder umgekehrt laufen, ein ewiges, mit der Gestalttheorie verknüpftes, unnützes Muster von vorne und hinten.

Musikhören ist mir eh wichtiger gewesen als Aussehen, idealerweise Musik ohne Text, denn in der Stimme zeigte sich einmal mehr irgendeine Form von äußerer Erscheinung. In der zweiten Klasse bastelte ich mir eine Posaune, aus einem Schlauch und einem roten Plastiktrichter als Verstärker. Ein grauer Gummiring, den ich hinter der Waschmaschine fand, diente als Mundstück. Ich war ein total unmusikalisches Kind – beste Voraussetzung für dieses Instrument. Prustgeräusche, die ich mit den Lippen herstellte, und Klackgeräusche durch ein Zungenpeitschen an den Gaumen wurden meine Spezialität, simple Trötgeräusche weniger. Mit geübten Techniken entlockte ich dem ventillosen Aerofon onomatopoetische Schnalzmelodien mit Wiedererkennungswert. Durch Stotteratmung entwickelte ich arpeggioartige Muster und reihte sie an durch hyperglykämische Tiefenatmung erzeugte Borduntöne, die einen ruhenden Kontrapunkt ergaben. Ein A-, B- oder gar C-Teil war beim ersten Hören nicht zu erkennen. Aber je häufiger ich das komplexe Muster wiederholte, umso eingängiger wurde es, und meine Schwester meinte irgendwann, man könne sogar ansatzweise Emotionen heraushören. Meine Eltern diskreditierten die Dissonanzen meines Alltagsjazz, sodass meine Mutter den Schalltrichter eines Tages durch ein Sieb ersetzte. Nun fehlte der Verstärker, und die Geräusche, die durch den Schlauch jagten, fielen am anderen Ende einfach so durch die Maschen. Meine Schwester deutete viel später einmal, meine Eltern hätten mich mundtot gemacht, aber so empfand ich das gar nicht. Nach außen hin sah es vielleicht so aus, als würde ich mit der neuen Siebposaune bloß eine Pantomime spielen, aber für mich verströmten die scheinbar stummen Performances dieselben Melodien wie *mit* Trichter. Ich wusste ja, wie sie klingen *würden*. Die mimische Repräsentation des Klangs wurde zu vorgestelltem Klang. Köche wissen beim Zubereiten von Gerichten ja auch meistens, wie die Zwischenergebnisse und das Endresultat schmecken, ohne nur einmal vom Holzlöffel zu kosten.

Die exaltierten Kakofonien meiner Siebposaune sind mir noch gut im Gedächtnis, im Gymnasium wurden die Instrumente komplett unsichtbar, aber die Melodien blieben. Ich habe meinen beiden Freunden Bodo und Gregor noch nie davon erzählt, sonst erwarten sie noch, dass ich in Bodos wöchentlicher Experimentalmusikreihe im *Superloch* mal ein Konzert gebe.

Eine alte Siebposaunenmelodie im Kopf, drehe ich den Wasserhahn der Dusche zu, nehme meinen Kulturbeutel und das Handtuch vom Haken und stoße die schwere Stahltür zur Schwimmhalle auf. Das Nichtschwimmerbecken ist heute gesperrt, das große Becken dafür knallvoll mit Badegästen, das Wasser steht so hoch, dass immer wieder ein Schwall über den Beckenrand schwappt. Mich erreicht eine Welle und umspült meine Zehen.

In dem unebenen alten Fliesenboden haben sich knöcheltiefe Pfützen gebildet, durch die ich zu einem der Steinbänkchen wate, wo ich meine Schwimmsachen ablege. Vollgesogen hängen die Handtücher der Badegäste von den Bänken herunter. Während die Bademeister Pfützen zusammenkehren und das Wasser wie Straßenmüll in Eimer schaufeln, steigen immer mehr Menschen ins Becken, darunter etwa fünf Senioren, die hier vergeblich versuchen werden, Bahnen zu schwimmen. Andere kauern in Zweiergrüppchen am Beckenrand, halten sich daran fest, stoßen ihre Beine daran ab und lachen sich zu. Zwei Frauen mit trockenen Haaren halten sich an der Stahlleiter fest und unterhalten sich über Frisuren und Friseure. Nachdem ich ihnen signalisiere, dass ich ins Becken möchte, paddeln sie zur Seite. Ich gleite ins Wasser, einem braun gebrannten Omarücken hinterher, auf der Nachbarbahn ächzt ein kräftiger, mit vielen weißen Haaren übersäter älterer Herr mit einer dunkelblauen Badekappe aus Lycra, aus der lange, grüngraue Haare heraushängen. Seine Augen sind rot unterlaufen, und wenn er auftaucht, läuft Wasser aus dem großen Mund wie aus dem Rachen eines Walrosses. Anders als an regulären Abenden ist die Schwimmhalle heute abgedunkelt, fast döse ich weg. Aber bei dem Gewimmel muss ich mich konzentrieren, mit langsamen Brustzügen nehme ich Zickzackbahnen, um ja keinen anderen Schwimmer mit meinen Fuß- oder Armschlägen zu treffen. Das Publikum ist dasselbe wie sonst. Ob im Schwimmbad alle gleich sind, kann ich bis heute nicht eindeutig ausmachen, nirgends ist sich Jung und Alt so nah wie hier. Wir alle kommen hierher, weil es in der Stadt weder Meer noch Strand gibt. Wir trinken nicht aus Gläsern, aus denen andere vorher getrunken haben, aber wir schwimmen in Wasser, in das andere zuvor hineingespeichelt haben.

Die Abiturienten tauchen übereinander her, tunken sich gegenseitig, fast zärtlich, und führen leise Unterhaltungen über bereits vergangene Klausuren. Ihre Flüstergespräche schallen von den Fliesen wie geheime Stimmspiegelungen zurück in den Raum. Mir ist unbehaglich zumute, manchmal überkommt mich immer noch das Gefühl, man könne mir irgendwann meine Hochschulreife wieder aberkennen.

Die chlorige Luft wird schwül und schwer wie kurz vor einem Gewitter. Normalerweise komme ich hierher, um abzudriften. Innerhalb einer Bahn, die ich mit Kraulzügen durchziehe, streife ich in Gedanken mindestens zehn verschiedene Themen, doch noch nie habe ich jemals an Weihnachten gedacht, es geht mit dem Chlor einfach nicht zusammen. Und selbst heute, wo das Licht adventlich gedimmt ist, ist mir nicht danach. Meistens denke ich an meine beiden Freunde Bodo und Gregor, zu etwa achtzig Prozent. Ersterer erzählte mir einmal, er habe im Sizilienurlaub in einer blauen Bucht an einem Tag sechs Stunden auf einem schwarzen Felsbrocken gekauert, um mit einem kleinen Messer Muschelchen vom Stein abzuknibbeln, die sich daran wie mithilfe von wasserfestem Sekundenkleber festsaugten. Später am Abend habe er seine Ausbeute von knapp zweihundert Muscheln kurz mit Knoblauch, Zitrone und Salz angedünstet. Ich hätte Bodo dieses Histörchen nicht abgenommen, wenn Gregor nicht bestätigt hätte, er habe davon gekostet und an jenem Tag selbst vergeblich versucht, die harten Panzer der wild lebenden Meeresfrüchte mit seinen Fingernägeln vom Fels zu hebeln. Immer wenn eine Meereswoge den Stein heftig umspülte, sei Gregor voller Zuversicht gewesen, das Tier habe sich dann jeweils um etwa einen halben Millimeter vom Stein gelöst. Doch mit jeder Brandung sei er stattdessen vom Felsvorsprung ins Wasser gezogen worden. Später, zurück in der Küche der Finca, habe er das Meersalz aus seinem blond gefärbten Haar in Krusten direkt in Bodos Schalentierpfanne bürsten können. Wenn ich nicht an die beiden denke, dann vielleicht an mein letztes Bewerbungsgespräch, und ich spinne es so weiter, dass der Ausgang dieser unnützen Erfahrung für mich erträglicher wird. In meiner Version fragt mich der arbeitgebende Chef in spe: »Stellen Sie sich vor, Sie müssen ein Radieschen auf der Straße verkaufen – ohne jedoch die Worte ›knackig‹, ›knallpink‹, ›grellweiß‹ und ›saftig‹ zu benutzen. Wie meistern Sie die Situation?« Eigentlich fällt mir dazu unheimlich viel ein, aber ich beglückwünsche mein Gegenüber bloß zur gelungenen Aufgabenstellung und bedanke mich für das Gespräch, man brauche sich nicht bei mir zurückmelden, ich sei auch ohne Arbeit glücklich.

Nach der fünften 25-Meter-Bahn im Hallenbad macht für mich vieles wieder Sinn, Erlebnisse aus der wirklichen Welt werden einfach ad absurdum geschwommen. Doch heute komme ich nicht in den Flow, denn in der Schwimmhalle wird es immer unruhiger, laut klatscht das Wasser gegen den Beckenrand, die Abiturienten müssen ihre Gespräche einstellen. Ein paar mutige Senioren stürzen sich in die wilden Wellen, die schon eine atlantische Höhe erreicht haben, ungewöhnlich hoch für das hiesige Hallenbad. Gerade ist eine Woge von hinten genau über meinen Kopf nach vorn gezogen, für einen kurzen Moment fühle ich mich in einem grottenähnlichen Wasserschlauch gefangen. Mit viel weißem Schaum türmt sich hinter mir die nächste Welle auf, ich tauche kurz unter, in der Tiefe des Beckens höre ich ein schrilles Trillern, und als ich auftauche, sehe ich die Bademeister mit roten Pfeifen zur Ostseite des Beckens rennen. Die Schwimmer am östlichen Ende können sich vom Beckenrand dort nicht mehr losreißen, und die, die sich zum gegenüberliegenden Rand bewegen, werden nun rückwärts zum östlichen gezogen. Der alte Mann auf der Nebenbahn kommt mit seinen Armen nicht mehr gegen die Wassermassen an, starke Winde wehen durch die Halle, der älteren Dame vor mir reißt es die pinkfarbene Badekappe vom Kopf, mit einem Klatsch landet das Gummiding an der Glaswand zum Nichtschwimmerbecken. Indes rase ich wie motorisiert in Höchstgeschwindigkeit in ihren braunen Krumpelrücken, kurz wird mir schwindlig, die Kappenlose kracht auf einen rüstigen Senioren. Keine Zeit für eine Entschuldigung oder Scham, keiner kennt keinen. Von vorne saugt uns eine Böe zum Rand, eng stauche ich dort mit beiden Senioren zusammen. Der Druck auf unsere Körper wird immer größer. Meine Lunge quetscht sich in die Wirbel des alten Frauenrückens, ich kann kaum noch Luft holen. Niemand schreit, dafür fehlt der Raum, stattdessen panisches Gezappel im Wasser, Schienbeine treffen auf Schienbeine. Direkt vor meiner Nase taucht eine Stirn mit einer Verletzung auf, das Blut tropft zu hellroten Schleiern aus der frischen Wunde direkt in das Chlorwasser. Auch andere Schwimmer sind unglücklich auf den betonierten Rand aufgeschlagen. Ich sehe Abiturientinnen ihre Münder öffnen, jämmerlich japsen und Wasser spucken. Wo sind Steve und Karina, diese prominenten Abiturienten, die einzigen Personen, deren Namen mir einfallen? Alle ringen in der Enge nach Luft. Mit gebündelter Armkraft versuche ich, Beckenrand und Körper auf Abstand zu halten. Ich muss hier weg, bevor die totale Panik ausbricht, mein Wille und der Gedanke an die heutige Lieferung verleihen mir Kraft, ich strampele mich frei, und mit einem äffchengleichen Sprung hopse ich auf den Beckenrand. Ich wage einen letzten Blick in das verzweifelte Treiben. Alle Körper sind mittlerweile am östlichen Ende zu einer dichten, großen Traube zusammengestaucht, vergeblich versuchen sie, sich mit Armen und Beinen voneinander zu lösen, Köpfe krachen gegen Köpfe. Ich kann es mir nicht erklären: Außerhalb des Beckens bin ich sicher, so auch die Bademeister. Hastig fegen sie das mit Blut durchzogene Wasser mit Gummibesen außer Reichweite des Beckens, dann erst beginnen sie, die erschöpften Leiber aus dem Wasser zu ziehen. Badekappen und Bikinioberteile mit dunkelroten Sprenkeln kleben an der Glaswand zum Nichtschwimmerbereich. Die dicke Luft lässt die Menschen verstummen, ein dumpfes Wehklagen erfüllt die Schwimmhalle. Die Nebenwirkungen und Begleitumstände schwarzer Löcher wurden vor ein paar Monaten mit mir abgesprochen, lokale Risiken hat die Schweizer Versicherungsfirma thematisiert. Aber dass öffentliche Orte betroffen sein könnten, habe ich nicht erwartet, das hier ist ein Ausnahmezustand!

Noch auf dem Weg zu den Damenduschen streife ich meinen Badeanzug ab. Fürs Duschen bleibt keine Zeit. In der Umkleide drehe ich meine nassen Haare ungekämmt zu einem kleinen Dutt, umwickle das Ganze mit einem Handtuch und stülpe die Kapuze meiner dunkelblauen Jacke darüber, Unterhose, Hose, nasse Socken, Stiefel, fertig, schnell an der Kassenkabine vorbei. Mit einem seitlichen Sprung schaffe ich es am Ausgang über die Sperre, die Kassenfrau ruft mir durch ihr Mikrofon irgendetwas hinterher.

BODO UND GREGOR

Draußen ist es ruhig, kein auffälliges Lüftchen weht. Mein Fahrrad lehnt an einem Geländer, dahinter befinden sich die S-Bahn-Gleise. Ich schließe das dicke Zahlenschloss auf, binde es viermal um den Sattelhals, ich schaue auf meine Armbanduhr, eigentlich muss ich mich gar nicht so abhetzen. Dennoch flitze ich auf meinem Rad unter der Bahnunterführung hindurch auf die Linsenallee. Es tut so gut, in einer Nacht im Mai durch die Stadt zu rollen. Und mein Rennrad, ein polnisches Herrenmodell aus den Siebzigern, ist, seit ich in dieser Stadt lebe, mein treuester Begleiter. Manche Leute schwören auf Haustiere, ich auf Fahrräder. Das Rad und die Stadt sind ein unverzichtbares Gespann. Wenn ich an einem kühleren Sommertag hinter einem Bus an einer Ampel warte, in meinem knielangen, hellblauen Rock, dann wärmt der Qualm aus dem Auspuff meine unbekleideten Beine. Ich liebe mein Rad mehr als so manchen Menschen, es ist einfach verlässlicher. Vor knapp neun Jahren habe ich es bei »Radfrust« gekauft, einem Laden für Gebrauchträder. Doch nur eine Woche nach Erwerb des hellgrünen Metallicschätzchens wurde es mir gestohlen. Und als ich ein paar Tage später »Radfrust« aufsuchte, um nach einem neuen zu schauen, stand es wieder dort, aber mit Preisschild an den Korkgriffen und fünfzig Euro teurer als zuvor! Ich strich mit meinen Fingern über die Konturen des herzförmigen Rostflecks an der Querstange und entfernte entschlossen das Preisschild: »Netter Versuch, ihr habt wohl 'nen Vogel!« Radfrust-Micha wirkte nicht einmal ertappt, er blieb einfach hinter der Theke stehen, während ich mein Rennrad aus dem Laden schob.

Das Rad fährt wie Butter auf Brot, doch seit ein paar Wochen macht es Hupgeräusche, wenn ich bremse. Ich habe Angst, dass es mir noch einmal geklaut wird, deshalb kette ich es jeden Abend an den Fahrradständern im Innenhof fest, wo es etwas sicherer steht als an einem Baum vor der Haustür.

Als ich in eine Straße mit Kopfsteinpflaster einbiege, steige ich ab und hebe das Rad auf den Bürgersteig. Eine Gruppe von Touristen ist auf dem Weg zur S-Bahn. Laut rollt ihr Gepäck hinter ihnen her, Rollkoffergewitter. Touristengruppen sind keine eleganten Vogelschwärme, mal bleibt der eine stehen, und der andere tritt aus. »Sorry, I must hurry«, sage ich, nachdem ich aus Versehen die gelbe Espadrille einer Frau überfahren habe. Langsam wird es knapp, ich schaue auf meine Armbanduhr, 00:45 Uhr, die Züricher Lieferung ist für 1 Uhr angekündigt.

»Die Hildegunde mit ihrem Fahrrad!«, tönt eine Stimme hinter mir, ich erkenne sie sofort und drehe mich um. Bodo rollt mir wie ein großer, weicher Stein entgegen. Neben ihm Gregor, leicht wie eine Feder, sein mit Wasserstoffperoxid behandelter Haarschopf leuchtet phosphoreszierend im Nachtlicht. Er zieht einen Handwagen hinter sich her, die eiernden Holzräder quietschen leise im Schritttempo der beiden. Bodo Rauleder und Gregor Uhlmann. Eigentlich habe ich es eilig, ich habe einen wichtigen Termin mit einer Schweizer Speditionsfirma, doch wenn ich die beiden sehe, breitet sich über den gesamten Stadtteil eine Gemütlichkeit aus. Zur Begrüßung hupe ich ihnen mit meiner Bremse laut zu. Wir stellen uns unter eine defekte Straßenlaterne, über uns leuchtet eine grelle Mondsichel. Wie selbstverständlich nenne ich Bodo *vor* Gregor, wenn ich von Bodo und Gregor rede, selbst wenn ich Gregor und Bodo meine. Gregor mag vielleicht nur Bodos kleiner Sidekick sein, aber wenn schon: ein feiner Sidekick! Und um es schnell vorwegzunehmen: Ich hege tiefe Gefühle für Gregor. Zwar charakterisiert ihn dieser überaus intime Tatbestand eigentlich ausreichend, doch muss ich wohl doch noch ein paar Takte über sein Aussehen verraten, selbst wenn es mehr Sinn machen würde, seinen Geruch zu beschreiben, aber das mache ich lieber nicht, da Gerüche oft per se negativ ausgelegt werden und ich Gregor nicht in ein schlechtes Licht stellen möchte. Sein Teint, falls das interessiert, ist von der täglichen Arbeit im Freien sonnengebräunt und überdauert den eisigsten Winter dieser Stadt bis zum nächsten Frühjahr. Seit ich ihn kenne, behandelt er seine von Natur aus schwarzbraunen Haare, die er in einem soften, selbst geschnittenen Vokuhila trägt, mit Wasserstoffperoxid. Wenn er frisch blondiert ist, sieht das immer so aus, als trüge er ein gelbweißes Mützchen auf dem Kopf. Das Ganze fängt erst dann wieder an, gut auszuschauen, wenn die Ansätze rauswachsen und sein dunkles Haar am Scheitel zum Vorschein kommt. Letzten Winter vergaß Gregor sein Haar völlig. Er wusch es zwar täglich, aber innerhalb von fünf Monaten war sein Haar schon bis unter sein Ohrläppchen gewachsen, sodass die untere Hälfte hellblond wie ein weißer Lappen an seinem langen, dunklen Scheitel hing.

»Du musst deinen Gehirnansatz nachfärben oder deine Haare abschneiden«, meinte Bodo darauf zu Gregor.

»Und du solltest dir mal deine Haare waschen!«, entgegnete Gregor nur. Gregor und Bodo gehören zu der Sorte Freunde, die sich alles sagen.

Bodo streckt mir zur Begrüßung einen Vorschlaghammer entgegen, das Abendlicht schmeichelt seinem müden Gesicht, aus dem die stets ruhelosen Augen flackern. Er gehört zu den Menschen, die mit achtzehn Jahren schon etwas Senioriges haben und dann mit Anfang dreißig plötzlich infantile Ideen entwickeln, für die man sie plötzlich ernst nehmen muss. Zu allen Zeiten wirkt er grundlos rastlos, wie durch eine fremde Kraft gesteuert.

Ich schüttle seinen groben Faustkeil herzlich wie eine Hand und berichte, dass ich gerade von der langen Nacht der

Schwimmbäder komme. »Wir sind gerade auf dem Weg zur alten Schlachterei, eine große Ruinenlandschaft.« Gregors Lippen beben wie zwei weiche Hammer, als er von den Abbruchhäusern redet, ist das wie elektronische Musik: »Da müssen wir noch Steine klopfen.«

Ein schwedischer Bauherr habe die beiden beauftragt, das marode Gemäuer der Schlachterei zu retten, der brauche das Material für ein Neubauprojekt, erklärt mir Gregor.

»Derselbe Schwede, für den du diesen Öko-Hagebuttenbaustoff entwickelst, Bodo?«, frage ich.

»Psst!«, zischelt Bodo. »Das ist noch geheim!«

»Und morgen Mittag wollen wir noch mal in den Park, für die Brennnesseln. In deiner Straße wollten wir noch Löwenzahn zupfen.« Gregor zieht ein schwarzes Jeanshemd aus einem Jutebeutel auf dem Handwagen, in das er wie in eine dünne Jacke hineinschlüpft.

»Vorher noch die Lupinen!« Bodo fällt ihm harsch ins Wort. Unter ihren schweren Lidern sehe ich die Augen meiner Freunde in der Dunkelheit glänzen, keine goldenen Dollarzeichen, aber Schrot und Korn, die Erntezeit hat begonnen. Nach dem Steineklopfen heute Nacht wird es für die beiden in der Früh wieder auf die Piste gehen, ich bin nicht überrascht. Das sind Bodo und Gregor: Stell dir ein kleines Feld mit Lupinen vor. Nein, stell dir besser eine Müllhalde vor, auf der Blumen mit lilablauen Blüten wachsen. Vielleicht duften sie nicht, aber sie sind wunderschön und haben keine einzige faulig-braune Stelle. Sie reflektieren das Sonnenlicht so stark, dass es blendet und du die Müllhalde nicht mehr wahrnimmst. Und dann gibt es einen Schnitt – eine kurze, schwarze Unterbrechung –, und bei der nächsten Einstellung siehst du genau dieselbe Müllhalde, aber eben *ohne* diese farbintensiven Lupinen, denn all die zarten, feinen Pflänzchen wurden in der kurzen Pause entfernt. Von Bodo und Gregor, sie lassen nichts anbrennen, das ist ihr tägliches Brot. Sie grasen, weiden, ernten, beuten. Wenn die Zeit reif ist und die Blumen in der Blüte stehen, ist nichts vor ihnen sicher, auch keine Müllhalde. Und von einem auf den anderen Tag liegen die opalinmauve-blauen Lupinen in langen Stapeln appetitlich aufbereitet, verkaufsfördernd angerichtet auf einem rot-weiß gepunkteten Wachstuch eines Standes auf dem Biowochenmarkt auf dem Yuppinski-Platz.

Vor allem der Löwenzahn hielt die beiden in diesem Frühjahr über Wasser, die Saison hat im März begonnen und geht bis Ende November, eine fette Ausbeute. Von den zähen Blättern bis zu den gelben Klebblüten – alles kann verwertet werden. Selbst die weiße Flüssigkeit in den makkaroniförmigen Stängeln des Löwenzahns untersuchte Bodo daheim auf Faltenminimierung. »Vielleicht hilft das sogar gegen Krebs«, vertraute er mir einmal an. Daneben versuchen es die beiden auch mit der Brennnessel. Sie ist Bodo zufolge die potenteste Pflanze der Welt, nur die Sache mit den drei »n« verhöhne die Zeitlosigkeit dieser Pflanze, die gute alte Brennnessel sei auch nicht mehr das, was sie mal war.

Ich will nicht behaupten, dass Bodo und Gregor Exkremente zu Gold machen, dafür sind ihre Ideen zu leidenschaftlich. Wenn Bodo, insgesamt betrachtet, nicht so korrupt wäre, würde ich ihre Arbeit sogar als ehrliches Handwerk bezeichnen. Trotz allem: Selbst Korruption benötigt eine kleine Portion Fantasie, die die Stadtgrenzen sprengt und dabei doch recht bodenständig bleibt. Weniger bodenständig ist sicher *Das Loch*, unser Stammclub, den Bodo und Gregor mit einem kleinen Kollektiv führen und wo ich die beiden vor vier Jahren auf einem Konzert kennenlernte. Seitdem kam ich regelmäßig dorthin. *Das Loch* liegt mitten in meinem Kiez und war in den 1920er-Jahren einmal eine Wäscherei. Bis vor acht Jahren lag das Gelände mehr oder weniger brach. In einer einwöchigen Nacht-und-Nebel-Aktion wurden die Räumlichkeiten umgestaltet, eine Wand wurde eingezogen, andere Wände leicht verputzt, und am Ende schlürfte ein riesengroßer Nasssauger die Betonkrümel der schlaflosen Woche auf.

Man gelangt in den Club über eine Treppe, die etwa fünf Meter tief in den ehemaligen Trockenraum reicht. Im Vorraum stehen außer der Theke drei Bänke, ein paar alte Stühle, Tische und zwei gemütliche Sitzecken, in denen regelmäßig geknutscht wird. Einen ähnlichen Zweck erfüllt eine alte Waschwanne, die Gregor mit Samtpolstern ausgekleidet hat und in der zwei Leute Platz haben, wenn sie sich gegenübersitzen und die Unterschenkel aus der Wanne halten. Bei fünfzig Leuten wird es im Vorraum sehr eng. Dann sammelt sich der Schweiß der Gäste zu einer Wolke, die knapp unter die weißen Deckenfliesen emporsteigt und beim Einbrechen der Nacht auf die vernebelten Thekengesichter tröpfelt. Auch die alten hellblauen Kacheln an den Wänden und auf dem Boden sind noch erhalten, werden aber von Jahr zu Jahr weniger, weil sie von Touristen immer mal wieder rausgeschlagen und als Souvenir mit nach Hause genommen werden – an der Mauer sei ja nicht mehr viel zu holen, sagen einige. Ein großes Problem ist der zerstörte Boden, über den man eigentlich regelmäßig stolpert, wenn man die Füße nicht richtig hebt. Im Sommer in Sandalen stößt man sich viel zu oft die Zehenkuppen an den demolierten Fliesen, was sehr schmerzhaft sein kann. Aber den gesamten Boden rauszuschlagen und ihn mit einer glatten Betonschicht auszufüllen oder einem weichen Linoleumboden auszulegen, kommt für das Orgateam nicht infrage.

Richtig sicher kann sich das Orgakollektiv in Bezug auf den Erhalt des *Lochs* leider nie sein, es gibt immer wieder Stress mit der Hausverwaltung, die den Club an die Teilhaber des Kollektivs verpachtet hat. Dabei ließ die Hausverwaltung die jungen Leute bis vor Kurzem einfach machen, schien vielmehr glücklich über die Wärme, die der nächtliche Schweiß der Bier trinkenden Menschenmassen in die ohnehin schon feuchten Kellerwände brachte.

Bodo schwenkt den Hammer vor sich hin und her. Dann bückt er sich, hebt sein rechtes Hosenbein. Ein kräftiger und spärlich behaarter Unterschenkel kommt zum Vorschein, den er mit seinen Fingernägeln an einer kleinen Stelle so sehr kratzt, dass das Geräusch von Bodos oberster Hautschicht in unseren Ohren schabt.

»So, langsam sind alle Mückenstiche abgeschwollen.« Unter dem hochgekrempelten Hosenbein läuft ein verlängerter Bluttropfen geradewegs in Bodos braune Frotteesocke.

»Das Problem an dem Schlachtereigelände ist dieser Weiher in der Baugrube, damit kommen auch die Mücken.« Gregor zwickt sich in seinen Unterarm, um sich Bodo gegenüber kollegial zu zeigen. »Ich habe kein Problem mit den Viechern, ich werde nie gestochen, deshalb bekommt Bodo die ganzen Mücken ab, weiß auch nicht, warum.«

»Sicher dein anatolischer Background«, erklärt Bodo die Sache.

Auch wenn der peroxidblonde Gregor aus dem kleinen Tête-à-Tête zwischen einem türkischen Saisonarbeiter und einer eher zurückhaltenden Ostfriesin auf einem heiteren Tanztee in Bremen hervorging – der Gedanke, ein spezifischer Genpool sei verantwortlich für Gregors Immunität gegen Mücken, ätzt sich mir als saurer Pfropfen in den hinteren Rachenraum, da, wo Gaumen auf Zunge stößt. »Biologistischer Blödsinn«, fahre ich Bodo an. Wie kann der Anspielungen auf Gregors Vater machen, wenn der in Gregors Leben so gut wie keine Rolle gespielt hat? Gregor ist bei seiner Mutter aufgewachsen, und von ein paar kulinarischen Begriffen abgesehen, spricht er deshalb auch kein Wort Türkisch. Zu seinem Vater, der Anfang der 1970er aus Anatolien kam, um in Bremen als Isolierer zu arbeiten, hält Gregor zwar bis heute sporadisch Kontakt. Jener hatte ihm aber lange verschwiegen, dass er kurz nach Gregors Geburt verheiratet wurde und eine andere Familie mit zwei Kindern gründete. Gegenüber seiner in Anatolien lebenden Verwandtschaft wiederum ließ er kein Wort über Gregor fallen. Für sie ist Gregor also gar nicht existent. Die Eigenschaft, nie geboren worden zu sein, stärkt sicher nicht die Selbstachtung eines Menschen, aber Gregor hat sich nie wehleidig oder boshaft geäußert, jedenfalls nicht über seinen Vater, obwohl er sicher Grund dazu gehabt hätte. Bodo sieht seine eigene Lebensgeschichte viel kritischer, denn dass er und Gregor erbärmliche Väter gehabt hätten, sei wohl ihre einzige Gemeinsamkeit, meinte er einmal.

Klar hatte Gregor auch frustrierte Zeiten am Tresen, das war zu der Zeit, als ich ihn kennenlernte und nicht genau wusste, ob ich ihn supertoll oder ein bisschen langweilig finden sollte. Mittlerweile wirkt er in allem, was er tut, zufrieden und besonnen. Wenn er ruhig ist, dann wird's verdächtig, ich weiß, dass hinter seiner Stirn gerade ein paar interessante Gehirnzellen im Gang sind. Manchmal kommt er mir perfekt vor, vielleicht werde ich anders darüber denken, wenn wir eines Tages ein Paar werden sollten. Bis jetzt geben Bodo und Gregor das bessere Liebespaar ab. Himpelchen und Pimpelchen. Bodo hat in Gregor den Freund fürs Leben gefunden. Dabei testet Bodo ständig Freundschaften aus, um in Erfahrung zu bringen, wer noch zu ihm hält, trotz seines Verhaltens, seines Körpers, seiner immer präsenten Stimme, die durch das viele Rauchen schon in Mitleidenschaft gezogen wurde. Bodo ist Kettenraucher, aber kein hagerer, fettfreier Schlaks. Auf den ersten Blick würde ich ihn als wuchtig und ungepflegt beschreiben. Beim zweiten Hinsehen fällt seine Leber ins Auge, die oberhalb seiner Taille rechts wie eine Schinkenkeule unter seinem engen T-Shirt hervorquillt, wenn er ein solches trägt. Manchmal möchte ich Bodos Körper nicht kennen. Doch es gibt auch Momente, in denen mich seine Kraft begeistert, zum Beispiel wenn ich im *Superloch*, dem Hinterzimmer des *Lochs*, seinen Rücken sehe und er einen Verstärker mühelos vor sich herträgt, als sei der ein leerer Pappkarton. Trotz schlechter Körperhaltung klagt er nie über Rückenschmerzen. Wenn die Nächte im *Das Loch* kippen, hat er mir und Gregor an der Theke schon oft von seinem »Be-Yond« erzählt. Dieses Kunstwort, das sich aus »being« und »beyond« zusammensetzt, bezeichnet sein Konzept eines jenseitigen Lebens außerhalb von Raum und Zeit. Bodo versteht den Tod nur als eine Krankheit oder eine exklusive Lebensform, deshalb auch seine Lust am Risiko. Dass er unaufhörlich weitermacht und sich trotz seines geräumigen Wanstes so zäh hält, finden die *Loch*-Besucher anziehend und beruhigend. Mich beunruhigt es eher, und manchmal frage ich mich, wie lange Bodo das alles noch mitmacht.

Kennengelernt haben sich Bodo und Gregor nicht im *Das Loch*, sondern vor vielen Jahren in einer der Berliner Universitätsbibliotheken. An den ruhigen Leseplätzen gedachten sie, ihre peinlichen geisteswissenschaftlichen Abschlussarbeiten zu Ende zu bringen: Abhandlungen, in denen kritische Ansätze zu vertreten waren, so kritisch, dass es beiden eigentlich keinen Spaß mehr machte. Gregor und ich haben einmal das Resümee von Bodos Arbeit gelesen, es beginnt mit dem Hinweis, es sei schwer, »Kritik als Ermöglichungsdimension zu verstehen«, weiter haben wir nicht gelesen. Zwar war Gregors eigene Arbeit ähnlich geartet, doch seine etwas zwanghafte utopokritische Perspektive verwandelte sich nach Abgabe der Magisterarbeit über die Jahre in eine eher entspannte Weltsicht ohne Wissenschaft. Bodos innere Einstellung dagegen mutierte aufgrund starker Frustration in totale Anarchie, was zwar immer noch konstruktiver sein kann als kritische Wissenschaft, aber wahrscheinlich einfach nur Selbstgerechtigkeit meint.

Das erste Mal begegneten sich die beiden im bunkerartigen Untergeschoss der Bibliothek, klassisch am Kaffeeautomaten. Jeder überlegte für sich, aber laut, welches der tollen Kaffeeangebote er gleich ordern sollte. Dabei tauschten sie sich darüber aus, welche Erfahrungen sie mit »Wiener Melange« gemacht hatten, was zur Entscheidung führte. Ein paar Neonröhren tauchten den Pausenraum in behagliches Krankenhauslicht, während die Maschine das erste Heißgetränk fabrizierte. Etliche Male zuvor hatten Gregor und Bodo diesen Prozess beobachtet: Das Geräusch, wenn die einzelnen Münzen wie fröhliche Metallmurmeln durch den Automaten liefen, das Flopp, wenn der braune Plastikbecher ausgestoßen wurde, und schließlich das laut zischende, fast perverse Getröpfel, bei dem aus verschiedenen Düsen Flüssigkeiten zusammengemischt wurden. Sich diesen Vorgang gemeinsam anzuschauen, machte beileibe mehr Spaß. »Der Automat wurde zu einem partizipativen Erlebnis, das intensiver war als ein gemeinsamer Cafébesuch, mit weniger sozialem Zwang.« So legte es Gregor einmal dar. »Der Kaffeeautomat beseelte mich bei all der emotionslosen Schreibarbeit.«

Ihre Freundschaftsgeschichte haben mir Bodo und Gregor schon hundertmal erzählt. Obwohl ich nicht dabei war, kann ich sie mindestens genauso gut wie die beiden wiedergeben.

Mit geriffelten Bechern standen sie im Pausenbunker, prosteten sich loyal zu, und nachdem sie den ersten Schluck genommen hatten, fragten sie einander, ob der Kaffee des anderen auch nach Gemüsebrühe schmecke, da müsse irgendwas am Trennmechanismus der Düsen defekt sein, gestern sei die Melange noch ganz okay gewesen. Das war an Tag null. Das fehlende Tageslicht zusammen mit dem schlechten Kaffee ergaben eine verlässliche Formel, die auf angenehme Weise benebelte und von wissenschaftlichen Sorgen befreite, sodass die Treffen wiederholt wurden. Und in der vierten Pause vor der Kaffeemaschinerie, an Tag drei, waren die beiden schon so weit, dass sie ein kleines Spielchen miteinander spielten, nämlich das »Gegensatzspiel«, das folgendermaßen funktioniert: Der eine nennt einen Begriff – ein Objekt oder ein Adjektiv, was auch immer –, und der andere muss das exakte Gegenteil davon ausmachen, aber das exakte! Reizvoll ist das Spiel vor allem deshalb, weil es von den meisten Begriffen gar kein eindeutiges Gegenüber gibt. Deshalb mussten Gregor und Bodo in den meisten Fällen heftig diskutieren, welcher nun der passendste Begriffskandidat sei, mit dem beide zufrieden waren. »Was ist das Gegenteil von Blau?«, begrüßte Bodo Gregor an Tag vier.

»… ich finde, Braun ist eher das Gegenteil als Rot«, antwortete Gregor zum Beispiel, manchmal ging es also weniger um richtige Antworten als darum, einfache Sätze zu formulieren, die die verklebten Gehirnwindungen mit neuem Sauerstoff anreicherten und einer drohenden Schreibblockade beim Verfassen von Magisterarbeiten vorbeugten.

Am fünften Tag schaffte Bodo ganze zehn Seiten für seine Abschlussarbeit. Er hatte sie in den letzten neun Minuten vor der gemeinsamen Kaffeepause in den Rechner gehackt. Gehetzt trappelte er die Stufen in den Pausenbunker hinab.

»Was ist das Gegenteil von Bibliothek?«, stieß er aus, seine Schläfen leuchteten knallrot, und aus kleinen Poren auf seiner käsigen Stirn dampfte gelbliches Kondenswasser, das wahrscheinlich unangenehm roch.

Gregor ließ sich mit der Antwort Zeit, er kramte in seinem Portemonnaie, sortierte entwertete Bahntickets, die er auf einen Haufen brauner Plastikbecher in einem schmalen Abfalleimer warf. Bodo wurde langsam ungeduldig.

»Buchladen vielleicht?« Gregor schnippte Geldmünzen in den Schlitz des Automaten.

»Nein.« Entschieden schüttelte Bodo den Kopf.

»Weil man da keine Bücher ausleihen kann.« In sich versunken erläuterte Gregor seine Antwort und tippte sich dabei mit seiner Geldbörse gegen seinen schmalen Jeansoberschenkel.

»Falsch!« Bodo wurde noch lauter, um die Geräusche des Kaffeeautomaten zu übertönen.

»Videothek? Weil man da statt Büchern Filme ausleihen kann?«, riet Gregor voller Hoffnung.

»Das wäre nur *einfache* Gegensätzlichkeit gegenüber Bibliothek.« Bodos Gesicht brannte. »Nein, ich meine das *tooootale* Gegenteil von Bibliothek!«

»Bestimmt irgendwas mit Zement oder Beton ...?« Sanft pustete Gregor in den regenbogenfarbenen Schaum, der am oberen Rand seines Plastikbechers in kleinen Bläschen zerplatzte.

Bodo schüttelte triumphierend seinen Kopf.

»Ich weiß es nicht.« Gregor gab auf.

Bodo zufolge hatte sich mittlerweile eine interessierte kleine Gruppe bestehend aus habilitierenden BWLern, VWLern, Juristen und einer älteren Dame um die beiden versammelt. Während alle geschäftig in ihre Telefone schauten, blieben sie ganz Ohr auf Bodos Rätsels Lösung: »Sex-Shop!«

»Oh Mann, ja, klar! Dass ich da nicht drauf gekommen bin!« Laut klatschend schlug sich Gregor an die Stirn. Und während sich Bodo einen Kaffee zog, bekam das Automatenauditorium noch mit, dass sich die beiden Kaffeefreunde für diesen Abend im *Das Loch* verabredeten.

»Bier kostet da 1,50 Euro!« Er wiederholte die genaue Adresse des *Lochs* noch zweimal besonders laut. Und nach dieser Guerillawerbung sah man dort seitdem zwei bis drei der lauschenden Bibliotheksfrusties tatsächlich öfters. Neben zwei Juristen auch die ältere Dame, die wahrscheinlich immer noch an ihrer Bachelorarbeit in Europäischer Ethnologie sitzt.

Manchmal erinnern mich Bodo und Gregor an meine Eltern:

Sie scheinen mich zu mögen und haben wenig oder keinen Sex, jedenfalls nicht miteinander.

Gregor hat sich neben den Handwagen gekniet, um die darin liegenden Stoffsäcke so zu staffieren, dass sie nicht herunterfallen. Im Halbdunkel wirkt er grazil wie ein freundliches Skelett in einem lustigen Animationsfilm. Durch die tägliche Arbeit in Wald, Wiesen und auf Müllhalden haben sich seine Arme und Beine zu griffigen Stöcken geformt.

Die beiden wollen mir noch mehr erzählen, doch ich habe jetzt nicht mehr so viel Zeit. Ich klopfe auf Bodos Hammerkeil, streiche einmal mit meiner Hand über Gregors Handwagen und bekunde damit meinen Respekt für ihre nächtlichen Steinklopfarbeiten.

»Macht's gut, aufi hü!« Ich steige auf mein Rennrad und galoppiere auf dem Bürgersteig davon.

ZURICH HOLE INSURANCE

Vorne an der Kreuzung am Krankmorter Tor sind die Ampeln ausgefallen. In drei Spuren stottern die Wagen wie verunsicherte Ameisen im Dunkeln über die Paulsberger Allee. Noch ein paar Hundert Meter weiter, dann biege ich in meine Straße ein. Der Heimweg ist das Ziel, das war schon immer so, ich liebe die Rückfahrten zu meiner Wohnung, daheim weiß ich, was auf mich zukommt, doch in dieser Nacht ist das anders, denn ein neues Kapitel wird in meinem Zuhause anbrechen, ab heute wird meine Wohnung zu einem fremden Gebiet, vielleicht muss ich sie sogar räumen.

Vor meinem Hauseingang sehe ich schon drei Männer mit Gasmasken stehen, zwei dieser mundlosen Roboter tragen flaschengrüne Overalls, ähnlich wie die von Zoowärtern. Ich kette mein Rad an den schlanken Haselbaum vor meinem Haus und gehe auf die Männer zu. Der dritte trägt einen schwarzen Anzug, darüber eine graue Wolljacke, die wirklich teuer ausschaut.

»Grüezi, da sind Sie ja endlich. Wir müssen heute noch weiter«, gibt er wie durch ein Dosentelefon mit Schweizer Akzent zu verstehen. Er streckt mir seine Hand entgegen: »Ich bin Peter Wyss, der Versicherungsleiter der ZHI, Zurich Hole Insurance. Wir versichern Löcher. Und das sind Günther und Norbert, die Installateure. Wir warten scho seit mehr als e Stund auf Sie!«

»Hildi Tropeng mein Name.« Ich frage mich, weshalb Leute in Overalls so selten mit Nachnamen vorgestellt werden. »Ich war schwimmen, guten Morgen!« Ich greife nacheinander in ihre weichen, schwarzen Lederhandschuhe.

»Schwarze Löcher reagieren recht sensibel, vor allem auf Wasser«, erklärt mir einer der Installateure. Sie sind beide keine Schweizer, sie arbeiten für die deutsche Dependance des Unternehmens und sind hierzulande für den Einbau der schwarzen Löcher zuständig, ihre schlaffe Körperhaltung verrät die Müdigkeit ihrer Knochen. Neben ihnen parkt ein seltsam hässliches Gefährt, das so aussieht, als hätte man eine Müllhalde darauf ausgekippt. Fragend deute ich auf circa dreihundert Kronkorken, die sich wie Bastelmaterial auf der Motorhaube ausgebreitet haben. »Das ist wegens Löchli im Outo.« Mit aller Kraft wischt Wyss den Müll auf der Frontscheibe auf das Dach des Transporters.

»Das Loch saugt leichtere Teile an den Wagen ran, normalerweise sorgt eine Lüftung dafür, dass das nicht passiert«, erklärt mir der andere Mitarbeiter. »Aber wenn der Motor ausgestellt ist, dann auch das Gebläse, die *ZHI* entwickelt dafür gerade einen Stand-by-Mechanismus.«

»Ich würde sagen, Sie ziehen erst mal die hier an.« Wyss reicht mir eine grün-gelb gestreifte Gasmaske. Ich ziehe die Kapuze meiner Jacke herunter, wickele das Handtuch vom Kopf und ziehe die Maske über meine Klätschfrisur. Sie sitzt viel zu eng und riecht im Innern nach Kunstlederpolster eines neuen Autos. Ich schaue durch zwei getönte Gucklöcher nach außen. Als ich die Maske lockere, werden die Bilder, die das rechte Auge wahrnimmt, von denen des linken Auges abgeschnitten. In tiefen Zügen atme ich Luft durch ein rundes Ventil am Ende des wildschweinrüsseligen Schlauchs, das mich an den Verschluss einer Thermoskanne erinnert.

»Montag, Dienstag, Mittwoch ...« Kleiner Soundcheck, ich rede wie durch ein sehr leises Megafon. »Vorher konnte ich besser atmen.«

»Sie müssen die aber tragen, die ist wichtig!« Wyss flüstert, er versucht Hochdeutsch: »Das Loch ist ziemlich aktiv, der Transporter ist zwar gut isoliert, trotzdem sind aufgrund der Kraft des schwarzen Lochs Ampeln ausgefallen, Unfälle hat es gegeben ...«

»Im Stadtbad war die Hölle los.« Ich berichte von meinem

Erlebnis. »Ich will nicht wissen, wie das da heute ausgegangen ist.«

»Bei Wasser wirkt es oft besonders drastisch«, erklärt er mir kurz, »und während der Installation kann es Ihnen den Atem nehmen. Aber sobald Ihr Löchli ordnungsgemäß eingebaut ist, sollte die Außenwirkung auf die Elemente fast aufgehoben sein.«

Dann erläutert er mir das weitere Vorgehen. Erst einmal werde mein Bad mit einer Spezialgranitmischung ausgekleidet, das sei sehr schweres Material, für die Abdichtung aber bestens geeignet. »Viertel ab zwei.« Mit seinem Atemventil fokussiert er seine Armbanduhr. »Gegen sieben solltet ihr fertig sein mit den Arbeiten.«

Norbert und Günther schauen sich an, schütteln ihre Köpfe, dass die Ventile hin und her schlabbern.

»Weniger Geschwätz, kein Morks!« Wyss klatscht zweimal kurz in die Hände. Die Installateure möchten noch etwas sagen, doch Wyss winkt ab. »Macht mal!« Er deutet zur Haustür. »Sie, Frau Tropeng, zeigen den beiden Herren ruhig Ihre Zimmer.«

Für einen Schweizer ist Wyss außerordentlich hurtig, er verschwindet hinter einem entfernt parkenden Auto, zieht sich seine Maske ab und beginnt zu telefonieren.

»Mein Großonkel sprach mal von mindestens acht Arbeitern für die Verschalung«, merke ich vorsichtig an, während ich die beiden Installateure zur Eingangstür meines Hauses begleite. »Und Sie wollen das zu zweit wuppen?«

Sie geben mir keine Antwort, ich höre einen unter seiner Maske ein neutrales »Jein« brummen. Ich kann es ihnen nicht mal verübeln, sie haben einen Chef, und sie machen einfach ihren Job.

Mit seinem behandschuhten Daumen entriegelt Günther die beiden Flügel unseres Eingangstors und schwingt sie weit auf.

Nachdem wir durch das Treppenhaus getrappelt und in meiner Wohnung angekommen sind, werfe ich mein Schwimmzeug auf den weißen Dielenboden im Flur und zeige ihnen das Badezimmer: eine bescheidene Toilette, eine Dusche, ein Waschbecken.

»Der Duschvorhang muss noch raus!« Günther schaut mich durch die dunklen Gläser seiner Maske an. »Die Seiten des Badezimmers grenzen also an Flur, Küche, Wohnzimmer.«

»Das ist mein Wohn- und Schlafzimmer«, präzisiere ich, während Günther mit einer Bewegung den Duschvorhang samt Halterung abgezogen hat.

»Festes Mauerwerk zur Küche, aber Rigipswand zum Wohnschlafzimmer ...« Norbert klopft die Wände des Badezimmers ab und macht Notizen in einer Kunstledermappe. »Vierte Wand zur Straße hin.«

Die beiden verständigen sich mit Handzeichen, Günther tippt sich mit dem rechten Zeigefinger auf eines der Gucklöcher seiner Gasmaske, womit er signalisiert, dass die Situation einen Haken hat. »Wir reparieren hier nicht die Klospülung«, sagt er matt. »Wie stellt sich Wyss das vor?« Seine Stimme wird lauter: »Rigips im Bad! Wie soll der Granitstein da halten?«

»Aber der Hausflur ist unbedenklich«, wendet Norbert ein. »Der ist auch eine Isolierung zum Treppenhaus.« Er hat sich auf den geschlossenen Toilettendeckel gesetzt und referiert den Zustand der Wohnung. »Weil das Bad fensterlos ist, ist die Mauer zwischen Bad und Küche zumindest sehr robust, sodass Sie vielleicht überlegen sollten, Ihre Matratze auf den Küchenboden zu legen, falls Sie weiterhin in Ihrer Wohnung übernachten wollen. Eher kritisch ist die Lage nämlich in Ihrem Wohn- und Schlafbereich, da sollten Sie schon mal Ihre Kleinteile wegräumen. Es ist noch nicht klar, ob der Raum überhaupt weiter genutzt werden kann. Die Rigipswand zwischen Bad und Wohnschlafzimmer ist wirklich ein Problem«, gibt er zu. Ähnlich sei die Lage bei der

Außenwand zur Querstraße hin, an die dieses Eckhaus grenze. »Die Mauer besteht zwar aus ... na, sagen wir mal ... ›dichtem Beton‹«, er malt mit seinen Handschuhfingern Anführungszeichen in die Luft, »doch hier ist besondere Vorsicht geboten. Es kann zu *externen* Problemen kommen, ›extern‹ wegen vorbeifahrender Autos, aber auch wegen parkender Autos und der Straße im Allgemeinen.«

»Komplikationen innerhalb meiner vier Wände schließen Sie also nicht aus?«

»Na, Ihre Wohnung, die mag schon in Mitleidenschaft gezogen werden, das wissen Sie ja schon von Ihrem Großonkel. Aber die Gesamtgesellschaft sollte schon auch geschützt werden. Deshalb werden wir die Außenwand besonders gut isolieren.«

»Kaffee oder Kuchen?«, frage ich, vielleicht vertrauen sie mir noch weitere wichtige Informationen an, wenn ich ihnen etwas anbiete.

»Gerne beides«, höre ich einen der beiden sagen, als ich das Badezimmer verlasse. In der Küche mache ich ein Tablett mit Regenbogenbiskuitkuchen und Kaffeetassen zurecht und lasse Wasser in den Wasserkocher laufen.

Zurück auf der Straße sehe ich Peter Wyss immer noch telefonieren. Er tobt mit seinem telematischen Gegenüber. »Ich habe das nicht!«, schreit er in seine Handfläche. »Ja, fast fünfhundert Kilometer, Mumpitz«, spottet er böse. »Raus aus dem dreckig Gschäft!«, sagt er mindestens dreimal, offenbar hat er gerade gekündigt und beendet das Gespräch nun, ohne sich zu verabschieden. Es ist so schwierig, ein Handytelefonat mit der nötigen Aggression zu beenden. Es fehlt die Telefongabel, um den nötigen Dampf abzulassen.

»Wir zeigen Ihnen mal den Granitstein.« Günther und Norbert stehen plötzlich hinter mir und ziehen mich zum Transporter. Sie öffnen die Hecktür des Wagens und deuten auf Holzpaletten, auf denen – eng mit Plastikfolie umschweißt – Stapel von dunklen Felsblöcken lagern, die mich an Grabsteine erinnern.

»Und das schwarze Loch?«, frage ich.

»Da in der Holzkiste, hinten in dem Stoffpolster.« Der kleinere Installateur zeigt auf eine karierte Wolldecke hinten im Wagen. Ich hatte mir das irgendwie mehr hightech vorgestellt, das hier erinnert mich eher an einen gammeligen Dachbodenfund.

»Wie viele schwarze Löcher haben Sie diese Woche schon installiert?«, frage ich.

»Gestern drei in München, dann noch zwei in Köln, eines in Düsseldorf«, sagt Nobert. »Und morgen noch Gera und Halle.«

»Düsseldorf? Das war Düsseldorf, ich dachte, das war dreimal Köln«, sagt Günther.

»Doch, du und der Peter, ihr habt da kurz vor der Düsseldorfer Autobahnausfahrt nachts noch dieses MacReh-Menü ... Und vorher war noch dieses winzige Loch bei der Studentin, die das Ding in ihren Schuhschrank haben wollte.«

»Wie passten denn drei schwarze Löcher in den Wagen?«, frage ich. »Meins nimmt ja schon den halben Wagen ein!«

»Die anderen beiden sind viel kleiner, die sind unten im Fußraum des Beifahrersitzes, die sind ziemlich pflegeleicht.«

»Kann ich nicht eines der beiden da vorne haben?« Fragen kann ich ja mal.

»Leider nein, das ist versicherungstechnisch nicht möglich, Ihr Großonkel hat Ihnen das große schwarze Loch vermacht, daran können wir nichts ändern, das wäre Betrug. Die Granitverschalung ist auch darauf abgestimmt«, sagt Norbert.

»Vielleicht könnten Sie ein Tauschgeschäft eingehen. Im Herbst ist ja eine Konferenz, auf der Sie andere Locherben treffen können.«

»Günther, ich glaube nicht, dass sie ihres da loswird«, murmelt sein Kollege.

Dass es wohl noch andere Erben und sogar Wissenschaftler gibt, die sich mit dem Phänomen beschäftigen, tröstet mich ein wenig, da bin ich mit dem Ding nicht so allein.

Während die beiden vom Granitstein schwärmen, es sei das beste und dichteste Material, das Mutter Natur für diesen Zweck zu bieten hätte, gehen sie wieder ihrer Arbeit nach. Mit einer Sackkarre ziehen sie Granitsteine in die erste Etage, durch die offene Wohnungstür geradewegs ins Badezimmer. Die Männer ächzen, vor allem Norbert. Durch seine Gasmaske höre ich ihn leise fluchen. Er ist zweifellos zu schwach für die Arbeit. Auch das Treppenhaus schaut nach ein paar Fuhren mitgenommen aus, das dunkle Holzgeländer ist großzügig eingepudert mit grauem Steinstaub.

»Einen Staubsauger brauchen Sie nicht mehr«, behauptet Norbert, während er sich vor meiner Wohnungstür seinen Overall ausklopft. »Das erledigt das schwarze Loch. Wenn es installiert ist, dann ist hier von dem Dreck im Hausflur nichts mehr zu sehen, das haben Sie ja schon an unserem Transporter gesehen.«

Ich nicke, ja, das habe ich schon in einer Broschüre der ZHI kurz nach der notariellen Unterzeichnung des Erbes in Zürich gelesen. Staub wurde darin als Indiz für die Existenz schwarzer Löcher dargelegt. »Staub. Leichtestes Material!«, hieß es. »Staub spielt eine große Rolle, wenn es um die Visualisierung aktiver schwarzer Löcher geht.« Totaler Schwachsinn, hatte ich damals gedacht und eingewendet, dass es dann ja überall schwarze Löcher geben müsse. Der Schweizer Versicherungsmakler hatte mir daraufhin wissend zugenickt.

»Bei der Herausnahme des Lochs verstärkt sich die Sogwirkung noch mal um ein Zehnfaches«, warnt mich Norbert nun. Ob ich denn alle Kleinteile in den anderen Räumen auch in Kisten gepackt hätte, dann könne ich auch schlafen gehen, die beiden würden mich wecken, wenn die Arbeit erledigt sei.

Ich öffne die Tür zum Wohnschlafbereich und deute auf einen Stapel Kartons in der Ecke neben dem Fenster. Vor zwei Wochen hat mir die *Zurich Hole Insurance* diese Spezialkisten zugeschickt, sie sind im Servicepaket enthalten. Die Versicherungsgesellschaft möchte sich mit dieser Gabe gegenüber den Locherben verbunden zeigen, im Endeffekt geht es ihr aber wohl nur um die Minimierung von Versicherungsfällen. Die Kisten sind zur Tarnung mit pastellfarbenem Blümchenstoff bezogen, was nicht wirklich meinem Geschmack entspricht, aber es gab keine bessere Alternative, zum Beispiel gestreifte. Im beiliegenden Katalog standen nur noch schwarz bezogene zur Auswahl, von denen der Mitarbeiter der *ZHI* am Telefon aber abriet, diese Kisten würden die Locherben zu sehr an das eigentliche schwarze Loch in der Wohnung erinnern. Seiner Erfahrung nach hätten die Leute dadurch das Gefühl, gleich mehrere schwarze Löcher in der Wohnung zu haben.

»Ah, Sie haben sich auch für Millefleur in Pastell entschieden! Die hatte die Frau in Düsseldorf auch«, stellt Norbert fest.

Ich nicke und schaue mir dabei im Spiegel in mein maskiertes Tapirgesicht.

»Und was ist mit den drei Gestalten da?« Er zeigt auf die drei Hampelmänner an der Wand zum Badezimmer. Es sind nicht irgendwelche, sondern Bodo, Gregor und ich, zwei Hampelmänner und eine Hampelfrau, etwa neunzig Zentimeter groß, Abzüge unserer Selbst auf Fotokarton, alle ohne Hals, aber sonst lebensecht, mit einem etwas gelblichen Teint. Die waren für die Narzissmus-Ausstellung im *Das Loch*, dafür haben wir drei uns im letzten Winter selbst gebastelt. Auf der Vernissage standen wir neben unseren Alter Egos und zogen an roten Kordeln, die zwischen unseren Hampelbeinen baumelten. Gregor und ich bemühten uns beim Ablichten um einen neutralen Gesichtsausdruck. Er steckte in seiner Lieblingsjeans, die immer ein bisschen runterhängt, und trug ein legeres Karohemd. Seine laschen Hosenbeine, und die Arme bewegten sich beim Hampeln mit einem schnellen Zucken rechtwinklig nach oben, in Wirklichkeit bewegt er sich viel geschmeidiger.

»Sie sind ja gut getroffen!«, kommentiert Günther. »Kennen Sie die beiden anderen?«, fragt er neugierig.

»Ja, sonst würden die da nicht hängen, das sind zwei gute Freunde von mir.«

»Auch der da?« Er tippt auf Bodos Hampelmannfigur. Als ich nicke, flüchtet Günther wortlos in den Flur zurück.

Der Hampelmann-Beitrag für die Narzissmus-Ausstellung war ursprünglich Bodos Idee. Wir haben uns bei mir getroffen, um die Sache näher zu besprechen und schon erste Fotos zu machen. Jeder sollte in der Kleidung fotografiert werden, die er am liebsten trägt. Ich hatte mein dunkelblaues Kleid an, eigentlich ein etwas längerer Matrosenpullover aus einem festen, englischen Wollfilz, an dessen unteren Saum ich noch etwas luftigen, dunkelblauen Stoff genäht hatte, der die Knie knapp bedeckte. Das mit dem Kleid ginge nicht als Hampelmann, meinte Bodo, dann wäre der Oberkörper zusammen mit dem Rock *ein* Pappteil, das sei zu statisch, und es zappelten nur die Waden unten hervor.

»Dann ist es eben 'ne echte Hildi-Hampelfrau!« Für Gregor ging es in Ordnung, wir ignorierten Bodo einfach und begannen damit, unsere Körperteile gegenseitig abzufotografieren: Oberarm, Unterarm, Kopf ohne Hals, Torso, Ober- und Unterschenkel inklusive Füße. Man kann diese Handlungen als intim bezeichnen, aber man darf dabei nicht vergessen, dass Bodo dabei war, seine Anwesenheit nahm unseren Aktionen den aufreizenden Unterton. Gregor und ich arbeiteten hochkonzentriert, bei jeder Fotografie war darauf zu achten, dass wir noch etwas Rand um die Extremitäten ließen, damit die Einzelteile an diesen Stellen mit Ösen zusammengeheftet werden konnten. Außerdem mussten alle Teile in der richtigen Proportion zueinander fotografiert werden.

Gelangweilt schaute uns Bodo dabei zu, wippte nervös auf meinem Sofa, biss auf seinem Daumennagelbett herum, machte ein angewidertes Gesicht und meinte schließlich, die gesamte Idee mit den Hampelmännern sei Kinderkacke, man müsse das anders machen. Ich wusste gar nicht, weshalb er plötzlich so drauf war, und vermutete, dass er sich durch unsere einvernehmliche Knipserei einfach ausgeschlossen fühlte. »Bodo und Gregor und Hildi als Hampelmänner, wie selbstironisch«, äffte er das fiktive Publikum nach. Das sei nur spießiger Dekokram, den die Besucher der Ausstellung wahrscheinlich ausnahmslos putzig fänden wie Kinderfotos auf Brotdosen. »Allgemeines Wohlwollen ist langweilig, ich mache doch keine niedliche Kunst, die jeder nachbasteln will! Irgendein Start-up-Unternehmen wird meine Idee nach unserer Präsentation klauen und der allgemeinen Konsum-Community anbieten, 3D-Kopien sind ja gerade wieder so was von out, mit den analogen Hampelmännern spielen wir der retroindustriellen Fotobranche direktemang in die Hände!«

Gregor und ich hatten für Bodos Befürchtungen Verständnis. Aber wenn man so denke, könne man ja gar nichts mehr machen, gab Gregor zu verstehen, worauf Bodo erklärte, manchmal wolle er auch gar nichts mehr machen. Und auch das verstanden wir.

Und nachdem Gregor die allgemeine Ratlosigkeit mit dem Vorschlag bekämpft hatte, man könnte diese ganze Verniedlichung durch einen neutralen oder gar bösen Gesichtsausdruck relativieren, sodass die Figuren etwas Hyperreales, Gruseliges bekämen, ließ sich Bodo widerwillig von ihm fotografieren.

Gregor gab die Abzüge der Bilddateien online bei einer Drogeriekette in Auftrag. Doch an dem Tag, an dem wir uns vor der

Drogerie trafen, um sie abzuholen, erschien Bodo nicht. Mit den zwei großen Umschlägen mit den Fotos unserer Körperteile in unseren Händen warteten Gregor und ich noch ein paar Minuten und gingen dann ohne ihn in Richtung meiner Wohnung. Ich weiß noch genau, dass wir uns auf dem ganzen Weg nur darüber unterhielten, welche weiteren Schritte wir für die Bastelei noch vornehmen müssten. Das taten wir, um nicht so viel über uns reden zu müssen, aber je systematischer und strukturierter das Gespräch, umso chaotischer und emotionaler der Subtext. Ösen hatten wir schon besorgt, es fehlte noch die Pappe, mit der wir die Fotos verstärken wollten. So führte uns unser Weg zuerst durch den Innenhof in den Müllraum, wo wir uns dünnen Karton aus den Altpapiertonnen klaubten. Gregor grub sich mit seinem Oberkörper tief in die blaue Tonne, um eine auf dem Boden liegende Pappe herauszufischen. Dort blieb er länger als erwartet, weil das Stück immer aus den Fingern rutschte, wie er mir durch die Plastiktonne mitzuteilen versuchte. »Ich komme gleich nach«, hauchte ich dabei leise in meinen Schal und stellte mir Gregor und mich vor, wie wir den Winter gemeinsam unten in der Altpapiertonne verbrachten. Ich vermutete nicht im Geringsten, dass Gregor meinen Spruch mitbekommen haben könnte. Sein Besuch bei mir zu Hause war auf angenehme Weise unangenehm, nicht zuletzt war es das erste Mal ohne Bodo in meiner Wohnung, eine romantische Situation, die ich mir schon länger gewünscht hatte, aber ich war nicht vorbereitet, weil Bodo vorher nicht abgesagt hatte. War er dabei, waren wir ein komisches, gleichschenkliges Triangel. Was passierte, wenn Bodo nicht dabei war, musste erst noch erprobt werden. Und so fühlte ich mich schon während meines ersten Satzes, den ich oben in meiner Wohnung an Gregor richtete, wie eine totale Dilettantin: Ich fragte ihn, ob ich uns einen Kaffee machen solle. Dies war indiskret, unanständig, und ich war damit zweifellos zu weit gegangen. Jedenfalls war der Knödel in Gregors Stimme nicht zu überhören, den er mir bei seinem »Ja« hervorwürgte. Ich riet mir selbst, mir auf seinen Knödel nichts einzubilden, und versuchte, mich ganz pragmatisch auf diese Ausstellungssache zu konzentrieren. Wir setzten uns auf meinen Schlafwohnzimmerboden, breiteten das Bastelmaterial darauf aus und entschieden, uns zuerst an Bodos Hampelmann zu machen. So baumelte Hampel-Bodo etwa eine Stunde später wie ein riesiges Baby in 2D an einer roten Schlaufe an Gregors Zeigefinger: ziemlich fotophob, mit zusammengekniffenen Augen und abschätzigen Lippen.

»Na, Bodo, sag doch was!« Gregor piekte Bodo in seinen Hampelmann-Bauch. »Findest du das jetzt niedlich? Also ich nicht, Bodo!« Der Bodo-Hampelmann kreiselte mehrmals an der Kordel, sodass die Schlaufe Gregors Finger einschnürte. Ich versuchte währenddessen, mit einem Kugelschreiber ein Loch durch das Ellbogengelenk von Gregors Hampelmann zu stechen.

»Na, hat's dir die Stimme verschlagen, kleiner Bodo-Kerli?« Gregor drehte den Hampelmann in die andere Richtung, stoppte ihn abrupt ab und zog einige Male an der unteren Kordel, sodass Bodo mit Armen und Beinen zuckte.

Als ich ihn so mit Bodos Hampelfigur spielen sah, fühlte ich mich wie in einer muffigen Geisterbahn gefangen, mit all den ollen, lackierten Holzfiguren und Gruselclowns; eine Situation, in die man aus Neugierde selbst hineingeraten ist, die sich aber anders entpuppt als erwartet. Damals erklärte ich mir diese Empfindung mit meiner Angst, Gregor und ich würden selbst in Bodos Abwesenheit nicht von ihm verschont bleiben. Doch wahrscheinlich hatte ich nur ein schlechtes Gewissen, weil wir nun wussten, dass es möglich war, ihn in Zukunft auszuschließen. Freundschaften werden dadurch erschüttert, dass irgendetwas hinzukommt, was nicht passt, oder dass etwas Vertrautes wegfällt. Aber wenn Bodo damit nicht klarkommen sollte, dann wäre das sein Problem. Jeder hat neben Freundschaften auch das gute Recht auf Liebschaften. Und nur weil Gregor und ich schneckenlangsam eine Beziehung anzettelten, bedeutete dies noch lange nicht, dass wir Bodo ausschließen wollten.

Gregor justierte noch ein bisschen an der Fadenkonstruktion hinter Bodos Hampelmann herum, als mein Telefon klingelte. Ich legte den Kugelschreiber zur Seite, krabbelte auf allen vieren zum Telefon und drückte die Mithörtaste.

»Hildi, Gregor!«, plärrte Bodo wie ein kleines Kind aus dem Plastiklautsprecher. »Ihr müsst meinen Hampelmann nicht machen, ich habe selbst schon einen!«

»Das hättest du auch mal früher sagen können!« Genervt ließ Gregor seine Hände mit dem Bodo-Hampelmann auf seinen Schoß sinken. »Ich sitz hier gerade an deinem, sieht übrigens gut aus.«

»Wann ist morgen Aufbau im *Das Loch*?«, funkte ich dazwischen und schlug vor, alle Hampelmänner mitzubringen und dann zu entscheiden, welchen Bodo-Hampelmann wir aufhängen würden, unseren oder seinen selbst gebastelten. Wie er sich wohl fotografiert hat, grübelte Gregor, einen Selbstauslöser besaß Bodos Kamera unseres Wissens nicht. Als Gregor und ich im *Das Loch* erschienen, dübelte Bodo bereits einen Haken für seinen Hampelmann in eine Wandfliese.

»Euren Bodo-Hampelmann könnt ihr in der Tüte lassen, hänge gerade meinen auf.« Er zeigte zum Hocker: »Da drüben liegt er.«

»Heiliger Bimbam!« Gregor hielt den Bodo-Hampelmann in beiden Händen. Bodo hatte sich mit ausgestrecktem Arm selbst fotografiert, aber mehr noch: Die Gliedmaßen seines Hampelmanns waren nackt, vollkommen nackt, ein feiner Flaum überzog seinen Brust- und Schulterbereich wie ein grauer Schatten, dunkel kontrastierte seine Schambehaarung die gelbrosa Haut. Wenn man an der Schnur zog, gaben die Unterarme die Sicht auf zwei schwarze Haarbüschel in den Achselhöhlen frei. Sein Penis, den er anscheinend separat und deshalb unproportional groß abgelichtet und auf ein dickes Stück Pappkarton gekleistert hatte, schwang vor der unteren Behaarung keck von rechts nach links. Sah man von diesem Pipimann ab, dann erschütterte zuallererst der aufgeschwemmte Körper, der hier nun unverblümt eingefangen worden war. Ein wuchtiges Zeugnis von Bodos Selbst. Bodo hängte seinen Nackedei in die Mitte, in einem Abstand von jeweils einem Meter zu Gregors und meiner Figur. Und während Gregor und ich uns neben unseren Alter Egos positionierten, verzog sich Bodo kurz auf die Toilette. Gerade als die ersten Leute die Ausstellung betraten, schoss Bodo, wie Gott ihn geschaffen hatte, aus den Waschräumen heraus in unsere Mitte und zog in diesem Aufzug vier Stunden an der Kordel seines Nacktegos, dass dieses fröhlich mit allen fünf Gliedern zuckte, worauf das kunstinteressierte Publikum seine Münder mit den Händen verbarg, um sich dahinter zuzuflüstern: »Hihi, schau mal der da, find ich gut!«, oder: »Oh nein, was machen die denn da, peinlich!«

Zwischendurch kam Aurelia aus dem Ein-Euro-Laden und hielt uns einen Pappteller mit Weihnachtsplätzchen unter die Nase. Ihre Zwillinge, damals etwa drei, kletterten an meinen und Gregors Beinen hoch und standen dann die meiste Zeit fast andächtig vor Bodo, ihre Augen wanderten zwischen dem Nackt-Hampelmann und dem echten Nackt-Bodo hin und her, bis sie ihn schließlich ohne Scham auf eigener Augenhöhe, also auf Bodos Unterleibshöhe, anstarrten wie ein Vitrinenobjekt im Naturkundemuseum.

Bodo stahl uns die Show, Gregor und ich waren die zwei salzlosen Beilagen eines deftigen Kasselerbratens, einfach nur

»niedlich narzisstisch und irrelevant«, wie es eine Kunstkriti-kerin in einer Tageszeitung treffend formulierte, Bodos Akti-on wurde dagegen Kompromisslosigkeit zuerkannt, die diesen Zeiten abhanden gekommen sei. Außerdem bemerkte sie, dass es ja heutzutage kaum noch adipöse Künstler gebe und man auf Ausstellungen oft nicht mehr wisse, ob man sich nun auf einer Mode- oder auf einer Kunstveranstaltung befinde – eine weise Frau.

»Die Hampelmänner sollen bleiben!«, rufe ich Norbert in den Flur zu.

Dass ich hier ständig vom Thema abkomme und von mei-nen Freunden erzähle, zeigt nur, dass mir nicht viel an meiner Wohnung liegt. Ich bin nicht so der materielle Typ, der das Zim-mer mit Schnickschnack vollstellt, aber irgendwas Persönliches möchte ich behalten und vor Augen haben, sollte ich diese Woh-nung weiter bewohnen. Und wenn die Rechnung der Installa-teure aufgeht, dann wird das schwarze Loch die drei Hampel-männer bloß noch weiter zu sich an die Wand heranziehen, sie wären also in Sicherheit.

»Müssen Sie noch mal zur Toilette? Dann sollten Sie das nun machen. Wir können Ihnen für die Zukunft ein kleines Cam-pingklo fürs Wohnzimmer dalassen.« Günther steht im Türrah-men.

Ich verneine. Dass ich meine Toilette nicht mehr benutzen kann, hat mir der Notar schon bei der Testamentsverlesung er-öffnet. »Ich werde zu Freunden gehen oder unten im Getränke-markt fragen.« Ich schließe die Tür hinter mir.

Langsam überkommt mich eine starke Müdigkeit, aber unter der Gasmaske kann ich nicht einmal gähnen. Während ich mein Schlafsofa ausklappe, höre ich die schrille E-Säge, mit der Nor-bert und Günther offenbar versuchen, einen Teil der Badwand zum Flur herauszuschneiden. Darüber hatte ich in der Broschüre der *ZHI* gelesen, in diese Öffnung werde eine Notklappe eingebaut. Sollte die innere Verschalung einmal porös werden, kann sie ausgebessert werden, indem das Bad mit flüssigem Granit ausgespritzt und wieder versiegelt wird. In der Broschüre der *ZHI* wurde dieser Vorgang ausdrücklich als »provisorische Methode« dargestellt, »im unwahrscheinlichen Fall, dass die Gravitation des jeweiligen schwarzen Lochs zunimmt und die Verschalung dem Druck nicht mehr standhält.« Ich kann nur hoffen, dass die Granitisolierung dem schwarzen Loch standhält, bombensicher soll sie ja sein.

Ich hebe meine Gasmaske an den Seiten an, um mir das Wachs ganz tief in meine Ohren zu stecken. Dumpf schallt der Baustellenlärm aus dem Badezimmer zu mir. Ich denke noch an Bodo und Gregor, die eine Zeit lang überlegt haben, ein Festival für Musiker mit singenden Sägen und Bohrmaschinen zu veranstalten. Vielleicht ließe sich das schwarze Loch mit schrägen Schallwellen vertreiben. Vielleicht mit einem weißen Loch, irgendein Gegenmittel muss es doch geben, rätsel ich noch, als mir einfällt, dass ich vergessen habe, mein Rad in den Innenhof zu stellen. Das ist mir ja noch nie passiert, morgen wird es weg sein, egal, egal, ich schlafe ein.

DER MORGEN DANACH

Jemand klopft an meine Schlafzimmertür. Als ich die Augen öffne, schaue ich auf den Prospekt eines Baumarktes, der auf meinem Kissen liegt. Durch die Gläser meiner Gasmaske bilden sich die angeworbenen Werkzeug- und Maschinenteile wie durch ein Kaleidoskop in interessanten Mustern vor meiner Pupille ab. Als ich meinen Kopf weiter hebe, überkommt mich ein seltsamer Kopfschmerz, als flitzten Drahtspeichen durch meinen Kopf, ein birnengroßer Dynamo verhakt sich zwischen Frontallappen und dem Hypothalamus, und noch größere Metallteile passieren die Hirnanhangdrüse, wo sie zerschreddert werden. Der Schmerz pumpt mechanisch, als würde das Gehirn öliges Metall verdauen, etwas verarbeiten, was nicht zu mir gehört. Ob mein Fahrrad noch vor der Haustür steht? Die Zahnrädchen in meinem Kopf laufen gegen den Uhrzeigersinn, angetrieben durch eine Kraft, die von hinten zieht, mein Hirn liegt im Nacken, meine Füße frieren, wo sind meine Socken? Letzte Nacht hatte ich die noch an, hundert Prozent! Ich ziehe die Gasmaske ab und das Wachs aus den Ohren, ehe ich meinen Oberkörper nach hinten drehe und hinter mich zur Rigipswand schaue. Sie ist mit Fell überzogen. Es dauert eine Weile, bis ich mir die Zusammenhänge erklären kann. Das schwarze Loch dahinter hat den gesamten Staub aus den Fugen des Dielenbodens zu sich hin gesaugt, wie ein grauer Flusenteppich haftet er an der Wand. Und wäre sie nicht, dann wäre der Staub nun im schwarzen Loch, aber nicht nur der Staub wäre verschwunden, auch gäbe es keinen Boden mehr, kein Halten, selbst das feste Fundament würde aus seiner ewigen Verankerung mit einem Mal herausgerissen und sich, in schwarze Materie verwandelt, irgendwo dort befinden, wo mal das Badezimmer war.

Unter dem Wandpelz sehe ich die drei Hampelmänner hindurchschimmern.

Wie zur Warnung stehen die Arme und Beine in Spannung zu den Seiten ab, daneben meine senffarbenen Wollsocken.

Als ich mich aufsetze, spüre ich, wie es mich zur Wand zieht. Dort angekommen, streiche ich den Staub von den Hampelmännern. Als ich nach wenigen Sekunden aufschaue, sind die Hampelmänner wieder mit einer dünnen Schicht hellgrauer Fasern überzogen.

Es hämmert an die Wohnzimmertür. Nachdem ich Eintritt gewährt habe, streckt Günther seine Visage durch den kopfgroßen Türspalt, auch heute Nacht ist er nicht zur Ruhe gekommen, die Brauen hängen tief über seinen Augenhöhlen. Mit seinem Gesicht strömt eine penetrante Wolke Hamburgergeruch in mein Zimmer.

»Wir sind jetzt fertig.« Seine Stimme ist verbraucht und gehetzt. »Wie ich sehe, haben Sie die Maske schon abgenommen. Die brauchen sie auch erst mal nicht.«

»Lief denn alles gut?«, frage ich.

»Ja, ja, alles in Ordnung, keine Probleme.« Er reckt seinen Hals ein Stück weiter ins Zimmer und richtet seine Augenbrauen prüfend zur Staubwand: »Na, das ist normal, Sie können ja ab jetzt die Wand saugen, da sammelt sich der ganze Dreck, praktisch, nicht wahr? Aber nicht wundern ... im Flur ist es etwas stärker. Sehen Sie's sportlich, Ihre Sachen liegen jedenfalls nie wieder einfach so auf dem Boden herum, das sagen wir auch immer allen anderen Locherben. Außerdem wird der Druck in den nächsten Tagen wahrscheinlich etwas nachlassen, das Loch muss sich erst eingewöhnen, steht buchstäblich unter Spannung, physikalisch belegt.«

Als ich kurz in den Flur luge, sehe ich meinen Badeanzug an der Wand kleben, eine dunkelblaue Flunder, tief vergraben unter einer dicken Schicht dreckiger Zuckerwatte.

»Die Tür zum Badezimmer haben wir zugemauert, das Ganze muss noch etwas trocknen, dann wird das Material dichter. Aber wegen der Isolation zur Hausfassade, da müssten wir wahrscheinlich noch mal kommen.«

Ich nicke müde.

»Und wir haben letzte Nacht mit der *Zurich Hole Insurance* telefonisch verhandelt, dass Sie versicherungstechnisch hochgestuft werden. Machen Sie sich keine Sorgen.« Günther streckt mir seinen Arm entgegen, in der Hand ein schwarzes Kästchen mit einem Display. »Sie müssen hier nur noch den Erhalt des schwarzen Lochs bestätigen.« Zwischen Daumen und Zeigefinger reicht er mir ein schwarzes Plastikstäbchen, mit dem ich meine Unterschrift auf die Anzeige eines Kästchens kritzle, das einen längeren Beleg ausspuckt, den er neben einen breiten Umschlag an die verfilzte Flurwand pinnt.

»Sie sollten die Unterlagen so bald wie möglich nach Zürich senden, damit die *ZHI* weiß, dass alles glatt lief. Fax, am besten Scan, Internet geht auch!«

Wieder nicke ich, ich werde heute zur Post gehen.

Und dann erklärt er mir noch, es sei sehr wichtig, und das könne ich dem Kleingedruckten des Vertrags entnehmen, dass ich mein schwarzes Loch ab heute genau zu beobachten hätte. »Auch wenn Sie sich dafür entscheiden sollten, die Räume nicht zu bewohnen«, betont er, »allerspätestens alle achtundvierzig Stunden haben Sie hier zu erscheinen und den Saugzustand der Wände zu überprüfen, alle achtundvierzig Stunden!«

Das müsste ich hinkriegen, denke ich, bin sowieso immer in der Stadt. »Aber verlief wirklich alles nach Plan?«, möchte ich noch wissen, da hat er schon die Zimmertür hinter sich zugezogen. Ich höre noch lautes Flüstern und ein bisschen Geräume, bis die beiden meine Wohnung verlassen. Langsam ziehe ich mich durch den Raum Richtung Fenster. Es geht einfach nicht schneller, es kommt mir vor, als sei mein Körper durch ein festes Gummiband mit der Wand verbunden. Als ich mit den Händen endlich die Fensterbank erreiche, ziehe ich mich mit aller Kraft nach vorn und schaue durch die Scheiben nach draußen auf die Straße und den Parkplatz. Ich sehe Günther und Norbert auf die Vordersitze des *ZHI*-Transporters rutschen, mit Schwung möchten sie aus der Parklücke ausscheren, doch das klappt nicht so leicht. Um auf die Straße zu gelangen, müssen die Hinterräder erst über einen kleinen Wall aus Müll rollen, der die gesamte Parklücke säumt. Die tote Katze und die toten Spatzen, die Tüten und Kronkorken, also all das, was bei deren Ankunft letzte Nacht noch an den metallenen Seiten des Volvos pappte, ist nach Entnahme meines schwarzen Lochs zu Boden gefallen. Beim dritten Anlauf schafft es die Karre endlich über den Müllhaufen und hinterlässt den gesamten Klimbim in der Parklücke. Ich sehe den Wagen an der Kreuzung links abbiegen. Mein Blick wandert zu dem Baum mit dem roten Fahrradschloss, meinem Fahrradschloss! Unbeschädigt umwickelt es den Baumstamm. Aber wo ist mein Rad? Bloß nicht weiter hinschauen, das bringt das Rad nicht zurück, schwarze Löcher bringen das Unglück!

Wie eingegipst stehe ich längere Zeit am Fenster und befühle meine Beine. Die Muskulatur meiner Unterschenkel scheint in die Fußfesseln gerutscht zu sein. Auch mein Oberschenkelspeck hängt mehrere Zentimeter tief wie ein Schoner um die Knie, hinter meiner Kniekehle ein tiefer Hohlraum, in den ich eine Faust stecken könnte, wäre mein Knie nicht mit Haut überzogen. Dann fasse ich mir an den Kopf. Auch mein Gehirn ist leicht deformiert, ich kann das nicht genau im Spiegel festmachen, aber ich fühle es, wenn ich mit meinen Fingerkuppen vom Scheitel abwärts den Kopf bis zum Nacken betaste. Dass ich eben auf dem Bett den Eindruck hatte, mit dem Nacken zu denken, war also eine berechtigte Vermutung. Aber um meinen gesamten Körper während des Schlafs vom Sofa zu ziehen und an die Wand zu saugen, dafür war das schwarze Loch wahrscheinlich doch zu schwach. Nur meine Socken und mein Fettgewebe mussten dran glauben. Hier am Fenster, mit dem nötigen Abstand, bemerke ich das schwarze Loch fast nicht. Wenn ich mich umdrehe und zwei Meter Richtung Wand tappe, ergreift mich auf halber Strecke eine Saugkraft nach vorne; wie durch Rückenwind vorangetrieben, laufe ich mit meinen unförmigen Beinen in kleinen Schritten nach vorne, bis ich mit meinem Gesicht seitlich in dichtem Staubfilz versinke. Unter den Flusen direkt vor meiner Nase scheint die Visitenkarte eines Friseurs hindurch, den ich vor einer Zeit aufsuchte. Ihm hatte ich erzählt, dass ich DJane auf Modeschauen bin und nebenbei über Aquarien blogge, woraufhin er sich richtig Mühe gab. Ich weiß nicht, was er angerichtet hätte, wenn ich ihm erzählt hätte, dass ich nicht mal einen Internetanschluss habe.

Mitte der Nullerjahre habe ich mich nach einer Erfahrung mit Internethalunken gegen das World Wide Web entschieden. Ich war gerade drei Monate in der Stadt, hatte kaum Freunde, aber Internet und interessierte mich für den genauen Zeitpunkt meines Todes. In dieser heillosen Konstellation geriet ich durch zwei hirnlose Klicks auf die Website *wawdw.com*, kurz für *Wie alt wirst Du werden?*, auf der man sein Todesalter ermitteln lassen konnte. Das individuelle Todesalter sollte sich aus den Antworten auf etwa zwanzig Fragen ergeben. »Wie alt bist du jetzt?«, lautete die erste. Darauf folgten Fragen, die mit Klicks auf Kästchen von 0 (gar nicht) bis 10 (mehr als ausreichend) beantwortet werden sollten. Themenblock I drehte sich um die allgemeine körperliche Verfassung, also um etwaigen Drogenkonsum, sportliche Ertüchtigung sowie Krankheiten meiner Vorfahren. In dem weitaus schwierigeren Teil hatte ich schließlich zu beurteilen, ob ich

a) glücklich sei, b) Freundschaften pflege, c) Liebschaften hätte und d) regelmäßig körperliche Liebe machte. Ich grübelte, die Punkte c) und d) dergestalt voneinander zu trennen, lag mir fern, minutenlang ruhte meine Hand auf der Wölbung der Computermaus. Und nachdem ich endlich alle Kästchen mit Nullen und Zweien getickt und auf »Bestätigen« geklickt hatte, poppte ein Formular mit Kleingedrucktem auf sowie ein freies Feld, in das ich, ohne nachzudenken, munter meine Adresse eingab. Das virtuelle Frage-Antwort-Spiel hatte mir richtig Freude bereitet, ich drückte den Button zum Absenden der Daten, und kurz darauf funkelte es in goldenen Lettern auf meinem Bildschirm: »Hildi, du wirst 84!« Doch damit nicht genug. Denn nach zwei Wochen erhielt ich Post, Briefkastenpost! Und nach der ersten Freude über die Sendung auf Papier musste ich feststellen, dass es sich lediglich um eine Rechnung von Mitarbeitern von *wawdw.com* handelte, die mir für die Ermittlung meines Todesalters 35,95 Euro in Rechnung stellten. Nach weiteren drei Wochen kam die Zahlungsaufforderung über 44,95 Euro, die Mahngebühr inklusive. Nach dem dritten Brief kam mir die glorreiche Idee: Ich zog einen Briefbogen aus der Schreibtischschublade, rau gefasert und dunkelblau, das dunkelste Papier, das ich besaß, und schrieb darauf mit einem silberfarbenen Lackstift:

Hildi Tropeng ist tot!
Ihre Eltern

Ich erhielt nie wieder Post von *wawdw.com* und kündigte meinen Internetzugang.

Solche Todestests mag es nicht mehr geben, das Internet schon. Doch ich halte es für eine Welle, die bald vorüber ist. Bis es so weit ist, verpasse ich nichts.

Während ich das Visitenkärtchen des Frisörs noch tiefer in den Filz grabe, spüre ich immer deutlicher, wie mich das schwarze Loch zu sich hinzieht, zwischen uns nur die Wand. Ich bewege mich dicht an der Wand zu den Socken, ziehe sie wie Klebestreifen von der Tapete ab und streiche hustend den Staub ab, der sogleich in feinen Flocken wieder auf der Wand landet. Während ich mich mit aller Kraft vornüberbeuge, um mir die Strümpfe über die Füße zu ziehen, setzen starke Kopfschmerzen ein, die gewaltig sind, als wär' die Migräne eines Elefanten in meinen Kopf gefahren. Die meisten Leute, die über Kopfschmerzen klagen, haben oft gar keine, sie möchten nur zum Ausdruck bringen, dass ihnen irgendetwas »zu viel« wird. Weil sie wissen, dass das nicht ausreicht, bringen sie die Kopfschmerzen ins Spiel, und das verstehen die anderen dann, und irgendwann kriegen sie wirklich welche.

Ich kann meine Kopfschmerzen allerdings nicht auf irgendeinen Konflikt zurückführen, außer vielleicht auf das schwarze Loch, dagegen bin ich machtlos.

Als ich meinen Hinterkopf mit meiner Hand abschirme, spüre ich, wie sich mein Gehirn Richtung Scheitel zurückbewegt. Dass es sich zurück in seine Grundposition renkt, ist gut, tut aber höllisch weh, und der Schmerz macht mir Angst, weil ich die Gefahrenquelle nicht sehen kann, das schwarze Loch mag unsichtbar sein, aber die Bedrohung unermesslich. Ich weiß nicht, was da auf mich zukommt mit meinem ungewollten Mitbewohner. Wenn es reden könnte oder wenn ich wüsste, dass es in der Lage ist zuzuhören, wäre es einfacher. Es nimmt mir den Raum, ich fühle mich schmal wie ein Blatt Papier, schwach, matt. Dass dies kein Ausdruck irgendeiner psychischen Konstellation ist, weiß ich. Doch dass das Ding zu seelischen Auswirkungen führen mag, das schließe ich nicht aus, aber so weit wird es nicht kommen. Mein Seelenleben ist in Ordnung, so soll es bleiben.

Ich gehe in den Flur, wo tatsächlich der Regenschirm und mein Mantel wie an einer nicht sichtbaren Garderobe an der Wand zum Bad hängen. Und das nennen die »isoliert«?! Das Einatmen fällt mir schwer. Nachdem ich zweimal geniest habe, hole ich die Gasmaske aus meinem Zimmer, ziehe sie über und lege mich seitlich auf den hellbraunen Dielenboden, die Vorderseite meines Körpers frontal zur Badezimmerwand gebettet. Meine Wange hinter der Maske ruht im Staub vor der Wand, in unmittelbarer Nähe zum schwarzen Loch. Ich schließe die Augen und spüre, wie sich meine Innereien, meine Muskulatur, mein Gehirn und meine Fettpolster langsam wieder einfinden, in dieser Liegehaltung. Aber darum geht es nicht. Ich möchte hier im Flur ausprobieren, ob das Loch in der Lage ist, meinen Körper zu sich heranzuziehen, so stark, dass ich selbst vielleicht an die Wand gesaugt werde und so einen Zentimeter über dem Boden schwebe. Meine Hand- und Armflächen, meine rechte Wange, der gesamte Brustbereich, mein Bauch, das Becken, die Oberschenkel, meine Knie und beide Fußspanne sind Klebepunkte, die mich an der Wand festhalten. Wenn ich meine Arme nun noch weiter Richtung Wohnzimmer und meine Füße samt gestreckter Zehen Richtung Küche ausstrecke und meinen gesamten Körper fest anspanne, dann klappt das sogar, ich löse mich ein, zwei Zentimeter vom Boden. Vorsichtig neige ich mein maskiertes Gesicht nach vorne und schaue an mir herunter. Keine Laus passt zwischen mich und die Wand.

Die Schwebekraft dieses unsichtbaren Fitnessgeräts fasziniert mich zu sehr, als dass es mich ängstigt. Ich bleibe liegen, die körperliche Anstrengung entspannt. Mit Gregor wäre dieses sportliche Spielchen lustiger als mit dem schwarzen Loch. Aber das schwarze Loch ist kein echter Antagonist, ich bin allein in der Wohnung. Wenn wenigstens noch das Radio liefe oder das Telefon klingeln würde. Glücklicherweise sehen Bodo und Gregor nicht, wie ich hier hänge. Bei diesem Gedanken verliere ich meine Konzentration, meine Körperspannung geht flöten, und ich plumpse wie ein morsches Brett zurück auf den Dielenboden. Nachdem ich mich aufgerappelt und die Gasmaske wieder abgezogen habe, betaste ich die zubetonierte Badezimmertür, der Zement ist noch feucht. Ich betrachte die Notfallklappe: ein grau lackierter Kasten mit einer rot umrandeten Tür, die etwas größer ist als ein Schallplattencover. Die Verriegelung kann durch einen Zahlencode geöffnet und aufgeklappt werden.

Norbert und Günther benutzten mal den Begriff »Safe«, das Badezimmer ist also nun eine Art Tresor. Der Zeitpunkt der nächsten Öffnung ist ungewiss, ebenso, ob die Sicherheitsstufe des Granitbadezimmers überhaupt »safe« genug ist für ein schwarzes Loch.

Auf dem unteren Viertel links auf der Klapptür klebt ein quadratischer Sticker: »Bitte nur im Notfall öffnen!«, mahnt er in schwarzen Kapitälchen, darunter noch das Logo der *Zurich Hole Insurance* inklusive »Emergency Number« mit internationaler Vorwahl (+41). Der siebenstellige Zahlencode steht irgendwo in meinen Unterlagen im Aktenordner, den die Installateure auf dem Boden an die Flurwand gelehnt haben. Aber: Wie soll so ein Notfall aussehen, und was soll dann passieren? Mit viel Baucheinziehen könnte ich mich »im Notfall« durch die geöffnete Klappe pressen. Aber was sollte ich überhaupt da drin? Wenn man einmal drin ist, kommt man ja sicher nie wieder raus.

Während ich den feuchten Mörtel an meinem T-Shirt abwische, bohre ich meine Ohrmuschel durch den Staub, bis sie pfropfengleich an der Raufasertapete haftet. Wie durch die Membran eines Stethoskops verstärkt, nehme ich durch meinen Ohrknöchel das leise Rattern der Waschmaschine meiner Nachbarin von oben wahr.

Aber kein Geräusch, das auf das schwarze Loch hinter der

Wand hinweisen könnte, kein dynamisches Raunen, wie das der Drehbewegungen von Rotorblättern elektrischer Windmühlen, kein sirenenartiges Jaulen, kein organisches Ächzen – ich höre nichts. Wenn ich das schwarze Loch schon nicht sehe, dann hatte ich zumindest irgendeinen Sound erwartet, vielleicht ein außerirdisches Geklimper.

Seine Geräuschlosigkeit ist grotesk und beunruhigend wie die Stille in Kinderzimmern. Solange man noch das Gerappel von Legosteinen oder ein lautes Hämmern an Zimmerwänden vernimmt, ist alles in Ordnung. Aber sobald kein Laut mehr zu hören ist, hecken sie gerade einen perfiden Plan aus, den man durch besseres Lauschen hätte vermeiden können. Das schwarze Loch muss doch irgendeinen Laut von sich geben!

Doch als ich mein Ohr von der Wand entferne, fällt mir ein zartes Rieselgeräusch auf, vielleicht gab es das Geräusch schon immer, und ich habe nie genau darauf geachtet. Es kommt aus dem Gemäuer, die Hauswände halten der Anziehungskraft des schwarzen Lochs nicht stand. Der mürbe Zement sickert wie Sand durch ein Stundenglas. Ich höre es auch, wenn ich mein Ohr an die Notfallklappe halte und in das Badezimmer hineinhorche. Selbst das robuste Mauerwerk der Außenwand zur Querstraße scheint von dem Druck betroffen zu sein. Zurück im Wohnzimmer lausche ich an der Rigipswand, die durch ihre Reibung mit der Zimmerdecke knirscht, wenn auch sehr leise. Begleitet wird dieser *Sound of Abbruchreife* von einem unwillkürlichen Knistern, das in der gesamten Wohnung zu hören ist. Dieses Geräusch erscheint überall dort, wo sich die Tapeten aktuell verziehen. Wenn man genauer hinhört, klingt es wie die ruhige Glut nach einer ausgiebigen Feuersbrunst.

Im Gegensatz zu den schwarzen Löchern im Universum lebt meines hier in Gefangenschaft und hegt seit Jahrhunderten die Hoffnung darauf, wieder ins Weltall auszubrechen, doch das wird es nicht. Es reicht sich selbst nicht, es ist unbescheiden und unglückliche Materie, deren sinnloses Ziel die exorbitante Ausdehnung ist. Und doch möchte ich es nicht zu stark personifizieren, es mag der Eindruck entstehen, ich verstünde das große Schwarze im Bad als vollwertiges Gegenüber. Wenn ich es zu einem Wesen mache, ist es immer auch ein Stück weit Bagatellisierung und die wiederum eine Form von Beschönigung, die ich im Zusammenhang mit der starken Gravitation wirklich nicht beabsichtige.

Für die kommende Zeit habe ich mir vorgenommen, mich nicht mehr zu fragen, weshalb ich das schwarze Loch überhaupt geerbt habe. Erbschaften muss man nicht verstehen, sie passieren, sie werden einem zuteil, und man bildet sich nur ein, man könne irgendwas dagegen unternehmen. Aber: Hätte sich die ZHI nicht vorher mal meine Wohnung anschauen müssen, bevor sie das Ding zur Installation freigab? Wird das Bad dicht halten? Wäre nicht ein Neubau sinnvoller gewesen? Hätte man das Loch nicht in das Fundament eines Steinhauses gießen sollen, so tief in der Erde, dass man es mit der Zeit vergisst wie das Grab eines sehr entfernten Bekannten?

Mein Großonkel, der von meinen Eltern erfuhr, dass ich Physik studierte und ein Tutorium in Astrophysik besuchte, hielt mich für die perfekte Erbin des schwarzen Lochs. In einem Brief, den er mir hinterlassen hat und der während der Testamentseröffnung verlesen wurde, legte er mir die Vorteile eines schwarzen Lochs dar. Es sei doch ein tolles Studienobjekt, erklärte er in seinen Worten und behauptete, dass ein bisschen Puff (Schwyzerdütsch für »Chaos«) meinem aufgeräumten Leben gar nicht schaden würde, eine kleine Aufgabe und ein wenig Verantwortung im Leben seien für manche gar ein willkommenes Geschenk. Daraufhin gab ich dem Notar zu verstehen, dass ich kein schwarzes Loch in meinem Leben bräuchte, um Chaos zu haben; vor allem das Studium ließe mir gerade kaum Zeit für so eine Zusatzbelastung, log ich. Auch ohne schwarzes Loch empfände ich mein Leben gerade als unaufgeräumt.

»Na, guggä ma' an«, antwortete der Notar in hartem Schwyzerdütsch: »Dann macht's kei' Unterschiiid, ob Sie's haa'm oder nid.« Er und mein Onkel gegen mich, ich gegen sie beide, und das schwarze Loch zwischen uns, ich war nicht in der Lage, dagegen zu argumentieren.

EIN-EURO-LADEN

Aber wo komme ich in den nächsten Wochen unter? Einige Kollektivmitglieder, die aus ihren Wohnungen flogen, haben schon im *Das Loch* übernachtet. Ruhe fanden sie immer erst in den späten Morgenstunden. Mit Bodo und Gregor war ich letztes Jahr zwei Nächte im Park campen. Unser Zelt stand unter einem riesigen Hagebuttenbusch, und meine Isomatte lag am Fußende der beiden. In aller Frühe nach der ersten Tasse kalten Kaffee hüpften sie, noch in ihre Schlafsäcke gehüllt, um den Busch herum und knipsten die reifen Früchte von den Ästen. Manchmal stachen sie sich an den Dornen der wilden Pflanze, und meine Aufgabe bestand darin, Pflaster von einer großen Rolle abzuschneiden und auf ihre Wunden zu kleben.

Später am Abend kochten wir unter dem Vorzelt Ravioli und pfriemelten die Blütenreste von den Hagebutten. Als der Busch am zweiten Tag leergefegt war, packten Gregor und Bodo das Zelt zusammen. Der vielleicht schönste Urlaub meines Lebens war zu Ende. Ohne die beiden würde ich im Park nicht zelten. Und im Winter ist der öffentliche Raum in der Stadt sowieso unbrauchbar.

Weil die Mieten in den letzten Jahren exorbitant gestiegen sind, würde ich keine Wohnung mehr finden, die ich mir einigermaßen leisten könnte. Bodo behauptete, sogar sein Lieblingsdiscounter, ein machtvoller Global Player, habe vor drei Monaten einem Bauvorhaben für Luxusapartments weichen müssen. Das stimmt natürlich nicht, denn der Discounter selbst baut inzwischen Wohnungen über seinen Filialen wie Buttercremeschichten über Mürbeteigböden mehrstöckiger Hochzeitstorten.

Vielleicht könnte ich in Aurelias Ein-Euro-Laden unterkommen. Da übernachtet zwar nie jemand, aber bei mir macht sie vielleicht eine Ausnahme, sie freut sich ja immer, wenn ich ihr anbiete, den Laden zu hüten, während sie nachmittags ihre Zwillinge von der Kita abholt. Aurelia lebt mit ihren beiden Kindern in der Wohnung über ihrem Ladenlokal. Dort war ich mal zum Spaghetti-Bolognese-Essen eingeladen gewesen, als ihre Eltern aus Sizilien zu Besuch waren.

Ihr Ein-Euro-Laden war mal eine Sparkassenfiliale, die sie mit karamellfarbenem Teppichboden ausgelegt hat. Die alten Geldautomaten und Kontoauszugsdrucker hat sie mit Tüchern im selben Ton zugedeckt. Aurelia sitzt direkt neben der Tür an einem Holztisch. Wenn man den Laden betritt, riecht man sofort ihre frisch gewaschenen Haare und schaut in ein großzügig geschminktes Gesicht, keine Pore, kein Pickel. Dabei schaut sie immer aus, als sei sie gerade aus dem Erholungsurlaub in Costa Rica zurückgekehrt. Wenn ich Make-up benutze, dann sehe ich aus wie ein kleines Gespenst mit dunkelrotem Lippenstift, aber das soll nicht wie eine Klage klingen, das steht mir schon, glaube ich. Du zahlst bei ihr deinen Euro, sie notiert deinen Namen und dahinter die momentane Uhrzeit, zum Beispiel 13:15, und dann erklärt sie dir, dass du in zwei Stunden, also um 15:15 Uhr, wieder gehen musst. Den exakten Zeitpunkt protokolliert sie nur pro forma, wirklich achten tut sie nicht darauf, wer wann kommt und wer wann gehen muss. Sie ist einfach nur froh, dich die nächsten beiden Stunden hier sitzen zu haben. Der Laden hat für knapp dreißig Leute Platz, an allen vier Wänden stehen Holzbänke. Du setzt dich auf eine der Bänke, lehnst deinen Rücken an die Wand, streckst deine Beine aus, und du bist, ja genau, du bist, und dir ist warm. Im Winter geht es im Ein-Euro-Laden letztendlich um das spürbare Verhältnis von draußen und drinnen, mit dem man in den eisigen Zeiten in dieser Stadt konfrontiert wird. Sieht man von den Anzugträgern ab, die den leeren Laden als Alternative zu ihren vollgepackten Terminkalendern nutzen, sich also den Methoden des kleinen Mannes bedienen, um die Balance zwischen Arbeit und Leben wiederzugewinnen, dann besteht der eigentliche Hauptgrund hierherzukommen darin, es für zwei Stunden schön warm zu haben. Die meisten Besucher kommen, weil die Heizkosten in ihren Wohnungen nicht beglichen und in der Folge die Heizkörper abgestellt wurden. Nun sitzen sie bis Ladenschluss um Mitternacht hier und versuchen, die Wärme in dem tiefen Kern ihres Knochenmarks zu speichern. Für alle anderen ist der Besuch des Ein-Euro-Ladens ein Saunagang mit Zimmertemperatur, nach dem man nicht mal duschen muss, eine gemütliche Bushaltestelle, auf der man auf keinen Bus zu warten hat. Es gibt allerdings ein paar Einschränkungen, die dieses Erlebnis noch verstärken: Man darf hier nicht essen, nicht trinken, nicht reden, nicht rauchen, nicht telefonieren oder sein Handy für andere Dinge nutzen, nicht Musik hören, man darf hier keinen Laptop reinbringen, nicht schreiben, auch nicht mit Stift auf Papier. Kurz nach Eröffnung des Ladens standen hier noch Tische, an denen geschrieben wurde, aber nach einiger Zeit merkte Aurelia, dass das die anderen Leute stresste, vor allem diejenigen, die nicht schrieben und dann plötzlich auch anfingen zu schreiben. Der Schreibimpuls der Nichtschreiber entstand allein aus dem Gefühl von Druck, Vergleich und Wettbewerb, und dieses Konkurrenzdenken soll laut Aurelia draußen bleiben. Wenn es nach ihr ginge, wäre der Laden düster wie eine Steinzeithöhle, damit man die anderen Gesichter der Kunden nicht sieht, denn manche Menschen sehen beim Denken schlauer aus als andere, zumindest denken das einige. Aurelia erwähnte mir gegenüber das Höhlengleichnis und deutete an, sie hätte mit dem Ein-Euro-Laden tatsächlich eine Art Vermittlung der Wahrheitslehre jenseits von Materialität im Sinn gehabt. »Nichts ist schwieriger, als das Angebot der Freiheit akzeptabel zu machen«, zitiert sie öfters eine berühmte philosophische Persönlichkeit. Für mich ist so ein Nachmittag im Ein-Euro-Laden ähnlich erkenntnisreich wie ein Nachmittag in der U-Bahn. Yoga ist bei ihr übrigens auch strengstens verboten. Die einzige, die alles darf, also rauchen, essen, trinken, schreiben und gymnastische Übungen machen, ist Aurelia selbst. Auf ihrem Tisch steht immer eine grüne Thermoskanne mit Kaffee, dazu isst sie abgepackte Schokoladenmuffins und zündet sich alle zwei Stunden eine Zigarette an. Dann und wann deutet sie der Kundschaft mit winkender Hand an, dass sie kurz rausgeht. Dort quatscht sie dann mit den Nachbarn, die gerade vorbeikommen, *neighbourhood interactions*, die Gespräche sind hyperlokal, sie handeln von Utopien über einen schöneren Alltag in der Stadt, diesbezüglich hat sie viel mit Bodo gemein, aber manchmal ertrage ich solche Geschichten nicht mehr. Die meiste Zeit sitzt sie jedenfalls auf dem Platz an ihrem Tisch und kritzelt auf ihrem Block herum. Im Ein-Euro-Laden könnte ich sicher für eine Zeit unterkommen, auch wenn der Laden nachts offiziell nicht geöffnet hat.

LÖWENZAHNERNTE

Ich ziehe die Unterlagen der ZHI von der Wand und stecke sie in den dazugehörigen Umschlag, der an die ZHI adressiert ist. Eine Handvoll Staubflusen gerät mit hinein und verdreckt die Klebefläche, mit der ich das Kuvert verschließe. Auf dem Weg zur Post werde ich mir etwas zu essen holen, dann werde ich weitersehen. Das Treppenhaus ist sauber, als hätte man hier heute Morgen gesaugt. Als ich die Stufen hinunterlaufe, fühlt es sich so an, als klemmten kleine Stahlsplitter in den Windungen meines Kleinhirns, hinter meinen Ohren hallt es blechern, vielleicht hilft ein großer Kaffee. Durch den gesamten Hausflur tönt das Gerumpel der Müllabfuhr, das große Eingangstor steht offen. Tonnen werden aus dem Hinterhof über den Steinboden im Parterre aus dem Haus gerollt, vorbei an der Wand mit den zwanzig Briefkästen. Ein Briefkasten spiegelt die Seele des jeweiligen Inhabers wider, er funktioniert gut als Tageshoroskop, und meiner ist leer wie ein Kühlschrank nach einer Woche Allein-krank-im-Bett-Liegen. Dabei denke ich an Liebesbriefe, die aber Bodo zufolge keiner mehr schreibt: »Alle schreiben alles, und das für jeden, und keiner liest's, dabei liebt doch jeder jeden.« Bodo mag großspurige Verallgemeinerungen und nutzt sie, um sich eigene Rückschläge nicht anmerken zu lassen. Ich weiß in etwa, was er meint: Ehrliche Gefühle zu kommunizieren, ist kein Zuckerschlecken, und ich neige deshalb seit ein paar Jahren zu tatenlosen Träumereien. Aber auf der Zugfahrt nach Zürich, wo ich die Annahme des Erbes unterschrieb, habe ich mir hoch und heilig versprochen, mich von den emotionalen Bequemlichkeiten zu verabschieden, ich will das konkrete Leben, mit real existierenden Personen, die vor meiner Nase stehen.

Noch an den Briefkästen vernehme ich Bodos Stimme, lautstark kämpft sie gegen das Tonnen leerende Müllauto an. Er und Gregor kriechen heute also tatsächlich auf dem Bürgersteig herum und rupfen Löwenzahn aus den Bodenplatten, den sie am Morgen beim biologisch-fairen Wochenmarkt auf dem Yuppinski-Platz verkaufen wollen – *la vie concrète*!

Nachdem das Müllauto ein paar Meter weitergefahren ist und der Lärm langsam abebbt, höre ich Gregor etwas sagen, es sind nur kurze Antworten, kleine Kleckser zwischen Bodos massigen Monologblöcken. Ich wage einen Blick nach draußen. Gregor kniet auf dem Bürgersteig, Bodo hinter ihm, er zieht einen gelben Eimer an einem Seil hinter sich her. Sie harken, waschen und sortieren. Hinten bei der Tankstelle haben sie angefangen. Ich schaue die Straße hinunter. Kein Löwenzahn mehr in Sicht, dafür in regelmäßigen Abständen kleine Erdhügel neben dem Bürgersteig am Straßenrand, die von einer ergiebigen Ernte zeugen. Das geputzte Unkraut liegt in einem blauen Müllsack, der prall gefüllt gegen den Bürgersteig lehnt.

»Sie ist sicher da, auch wenn ihr Rad nicht hier steht, das Schloss ist noch da!«, ruft Bodo Gregor zu und wirft einen Lappen Löwenzahn, der mit einem lauten Schwapp im Plastikeimer landet. »Aber die is' 'ne harte Nuss, härter als Granit!«

Gregor, der gerade eine Löwenzahnblüte überprüft, legt sie vorsichtig auf dem Bürgersteig ab und dreht sich zu Bodo: »Härter als Osmium?«

Bodo möchte zu einer Antwort ansetzen, weit öffnet er seinen großen Mund, der seine rote Lackzunge preisgibt. Doch dann sieht er mich vor dem Hauseingang stehen und schließt seine Lippen schnell, als müsste er in seinem Mund etwas verstecken.

»Härter als Osmium?«, wiederholt Gregor, er hat mich immer noch nicht bemerkt. Da Bodo immer noch nicht antwortet, schaut Gregor hinter sich zu Bodo, da erblickt er mich und lässt seine rostige Emailleharke aus der Hand fallen.

»Ich freue mich wirklich, euch zu sehen, ich muss nur gleich weiter und noch was in Ordnung bringen, was regeln. Ich melde mich bei euch, okay?« Ich fühle mich wie ein sprechendes Maschinengewehr, das keinen Wert auf Freundschaft legt. In Zürich riet man mir, »für unvorhergesehene Momente der Gegenwart«, ein paar Sätze zum Abspulen zurechtzulegen, falls ich auf Freunde oder Bekannte treffen sollte, die sich nach der Installation des schwarzen Lochs länger mit mir unterhalten möchten. So richtig wollte mir hierzu nichts einfallen, weshalb ich einfach die Sätze wiedergebe, die in der Broschüre standen.

»Was'n los?« Bodo klingt besorgt. »Gestern Abend nachm schwimmen warste doch noch ganz munter.«

»Ich brauche eine neue Wohnung, auf unbestimmte Zeit«, platzt es aus mir heraus.

»Kündigung?« Bodo legt sein Schäufelchen kurz ab.

»Nein, mit meinem Badezimmer ist was nicht in Ordnung, deshalb.« Das mit dem Abspulen klappt doch besser, als ich dachte.

»Ah, sind bei dir auch die Wasserleitungen marode?«, fragt Bodo. »Bei einem Kumpel ausm *Superloch* war das letzten Winter auch, der konnte das gesamte Bad nicht mehr nutzen, die haben dem 'ne andere Wohnung auf Zeit angeboten, aber der wollte dableiben, hat auf Mietminderung gepocht und konnte am Ende für fast umsonst da wohnen, bis der Schaden behoben war.« Im Minimieren der Ausgaben und Maximieren der Einnahmen ist Bodo der Größte.

»Ja, so ähnlich wie bei mir, 'ne neue Wohnung stellen die mir aber nicht.«

»Der hat in der Zeit bei seiner Freundin gewohnt.« Bodo hat nun seine Knie angezogen und sitzt gesellig mit beiden Pobacken auf dem Bürgersteig, die Spitzen seiner Schnürstiefel schauen in Gregors Richtung.

»Ich habe keinen Freund«, sage ich nicht, während ich den hellbraunen Umschlag zu einem Fernrohr rolle, durch das ich direkt in den gelben Wascheimer schaue. Im schwarzen Wasser schwimmen ein paar aufgeweichte Zigarettenstummel, die Filter aufgequollen wie fette Maden.

»Worauf bewirbst du dich denn?« Gregor zeigt auf den gerollten Umschlag in meiner Hand.

»Das ist nur so 'ne Art Kündigung für den Energieanbieter, brauch ja jetzt keine Heizung mehr im Bad und so«, behaupte ich. Vor ein paar Monaten lief ich tatsächlich noch mit Bewerbungsmappen zur Post, das hat erst mal ein Ende, bewerben bringt gerade nichts.

»Wir müssen noch in den Park, bevor das Grünflächenamt wieder alles niedermäht. Das ist zwar inoffiziell Hundewiese, aber echte Qualitätsware gegen das hier«, erklärt Bodo und stochert dabei in den Bordsteinfugen.

Vorsichtig greift Gregor ein gelbes Löwenzahnköpfchen. »Wäre super, wenn du uns helfen könntest.« Er schaut mich auffordernd an. »Daraus wollen wir später noch Sirup machen, der kommt ziemlich gut an.«

»Klingt gut.« Endlich eine sinnvolle Tätigkeit, selbst wenn das mit dem schwarzen Loch ein Fulltime-Job werden könnte. »Ich geh zur Post, noch ein paar Besorgungen, und dann komme ich gerne vorbei«, verspreche ich.

»Was ist eigentlich mit deinem Rad?« Gregor zeigt auf das Kettenschloss um den Baum.

»Gestern hab ich es dort angeschlossen, jetzt ist nur noch das Schloss da.«

»Och, Mönsch, so ein schönes Ding.« Gregors Enttäuschung ist echt. »Meins war heute auch weg, aber das war auch wirklich Schrott!«

»Wirklich?« Vielleicht hat es ja etwas zu bedeuten, dass Gregors und mein Rad in ein und derselben Nacht abhanden kamen.

»Meins steht seit Ewigkeiten im Keller, kann dir das später ausleihen, Gregor!« Bodo schleift den Eimer weiter am Seil über den Boden. »Wir müssen, Hildi. Die Zeit rennt, bis später! Gregors Adresse kennste ja.« Bodo grinst. Sie wedeln zum Abschied mit Löwenzahnsträußchen, bevor sie auf ihren Knien weiterziehen.

AURELIA UND SCHUSCHI AUF DEM SPIELPLATZ

Die Mittagssonne knallt auf die Baumkronen der Haselnuss-bäume, sie rascheln trocken, mein Schatten schaut aus wie eine Frau mit Zylinder. Vor dem ehemaligen Spielplatz am Ende der Straße, schräg gegenüber der Tankstelle, sehe ich Aurelia auf einem kleinen Betonsims sitzen. Schaukeln, Wippen und Klet-tergerüst wurden vor zwei Jahren abgebaut und ein Schild auf-gestellt, ein mehrstöckiges Youth Hostel werde in Kürze gebaut. Seitdem nutzt die Nachbarschaft den Spielplatz als großes Hun-deklo. Ich begrüße Aurelia und ihre Zwillinge Schuschi und Ida, Letztere verdeckt von einem Fliederstrauch, der hinter ihnen aus dem Boden emporschießt. Aber nein, das neben Schuschi ist gar nicht Ida. Als Schuschi unter dem Gebüsch hervorlugt, kommt ein kopfgroßer Lolli zum Vorschein, den ich mit Ida verwech-selt habe, ein schweres Teil mit den Gesichtszügen eines kleinen Mädchens, die Schuschi schon halb abgelutscht hat, die Lebens-mittelfarbe verschwimmt über der Zuckeroberfläche zu einem mondförmigen Aquarell. Mit beiden Händen versucht Schuschi, den Lolli auf Lippenhöhe zu halten, setzt dann das untere Ende des Stiels auf seinen Knien ab, beugt sich nach vorne und lutscht in dieser Haltung weiter.

»War'n gestern auf 'ner All-Ages-Cocktail-Gartenparty, und heute Morgen hatte ich erhöhte Temp'ratur, deshalb kann ich heute nicht in die Kita. Guck ma', mein Lolli.« Er zerstampft mit einem Fußballen einen abgeknickten Fliederzweig, der vor ihm auf dem Gehweg liegt. »Mamas Rad ist weg!«

Frustriert zeigt Aurelia auf das schwarz-weiß gestreifte Zah-lenschloss auf dem Boden eines Fahrradständers. Das Schloss gehört zur Zebrelle, einem Hollandrad, das ein Kunde aus dem Ein-Euro-Laden vor etwa zwei Jahren in der Nähe des Yuppinski-

Platzes für sie geklaut hatte, woraufhin sie es mit schwarzen und weißen Streifen anpinselte. Dass es ursprünglich Raubgut war, blendete sie dabei völlig aus. Schließlich handelte es sich bei diesem Fahrradklau nicht um einen Fall von gutartigem Fahrradkommunismus, den sich manch einer in unserem Kiez herbeisehnt: ein wirtschaftliches System, bei dem ein Rad als Gemeingut allen Bewohnern gleichermaßen zur Verfügung steht. Und ihr Rad hatte Aurelia in keinem Fall wieder hergeben wollen.

»Meins ist auch weg!«, berichte ich.

»Oh Mann, bei meinem waren auch noch vorne und hinten die beiden Kindersitze drauf.« Aurelias Gesicht ist auf mich gerichtet, doch ich weiß nicht genau, wo sie hinschaut, denn ihre Brille ist dreckig von der schwarzen Tusche ihrer langen Wimpern, die von innen immer an die Gläser stoßen, wenn sie die Hornbrille näher zu ihrer Nasenwurzel heranschiebt. »Ich hab das über Nacht in den Hinterhof gestellt, mit dem Rad meines Nachbarn festgekettet. Und heute Morgen waren beide Räder weg!«

»Und du bist sicher, dass dein Nachbar nicht mit dem Bolzenschneider rangegangen ist, damit der heute Morgen zur Arbeit fahren konnte?«

»Er ist im Urlaub, ich darf bei ihm in der Zeit meine Blumen unterbringen, die nicht so viel Wasser und Licht brauchen«, antwortet sie. »Schuschi und ich haben schon den halben Kiez abgesucht.«

Ich schaue mich um, aber ich sehe kein einziges Fahrrad, normalerweise sieht man vor jedem zweiten Haus eins an einer Laterne.

»Siehst du was?« Schuschi befragt nun seinen Lolli, er reibt den Stiel in schnellen Drehbewegungen zwischen seinen Handflächen, dass dem mittlerweile gesichtslosen Lutscher schwindlig wird. »Nein, ich sehe nichts«, gibt der Lolli in hoher Schuschi-

Stimme zu verstehen. »Das Fahrrad ist von einem Dieb geklaut worden! Von einer Fahrradbande, die hat heute ganz viele Räder mitgenommen.«

Aurelia schaut fast gleichgültig: »Das ist nichts gegen die Sache mit meiner Hausverwaltung, die wollen mich gegen *Das Loch* ausspielen!«

Ich hake interessiert nach. Daraufhin erzählt sie mir, dass ein Investor plane, *Das Loch* in eine unterirdische Saunalandschaft umzugestalten, und dem Clubkollektiv mit der Kündigung des Pachtvertrags droht. Außerdem habe ein Stadtplanungsunternehmen, das für unseren Stadtteil zuständig sei, dem Kollektiv vorgeschlagen, stattdessen doch die Bankfiliale an der gegenüberliegenden Straßenecke zu beziehen, Aurelias Ein-Euro-Laden!

»Die beiden Kontoauszugsdrucker sind doch ideal geeignet als Theke für den Ausschank, haben einige Kollektivmitglieder schon rumgesponnen.« Aurelia schluckt: »Die wollen meinen Laden hier weghaben.«

»Bodo, Gregor, Susi und die anderen aus dem *Loch* werden deinen Rauswurf ganz sicher nicht unterstützen«, sage ich zu ihrer Beruhigung. »Die kämpfen doch auch gerade um ihren Club, dass er da bleibt, wo er ist.«

Ich verkneife mir die Frage, ob ich in ihrem Ein-Euro-Laden übernachten kann. Eine Person, der gerade ein Fahrrad entwendet wurde und die Ärger mit ihrer Hausverwaltung hat, sollte man nie um einen Gefallen bitten. »Ich meld mich bei dir, wenn ich dein Rad sehe, und andersrum«, sage ich zur Verabschiedung und winke Schuschi und seinem Lolli noch einmal zu.

LOCH UND SUPERLOCH

Vor unserer Haustür kündigen sich die Konflikte langsam, aber sicher an: Immer mehr Polizisten streunen in den Straßen herum, ihre Funktion habe ich noch nie verstanden. Ich weiß nur, dass das vor etwa sechs Jahren angefangen hat. Da begannen die Mieten zu explodieren. Seitdem werden immer mehr Wohnungen zwangsgeräumt. Kein Wunder, dass die Bewohner da schlechte Laune bekommen.

Seit einem Jahr ist die Taskforce »Zweckentfremdung« in unserem Stadtteil aktiv. Die Mitarbeiter sind behördliche Ordnungshüter, sie sind jung, sprechen viele Sprachen, tragen ihre Haare zu Dutts frisiert, die wie kleine Tennisbälle auf ihren Scheiteln liegen. Dazu Ananasohrhänger, und unter ihren kurzen Röcken schauen Beine in lindgrünem Leopardenmuster hervor. Sie sind Touristen, die geblieben sind und sich nun dafür einsetzen, dass kein Wohnraum teuer an Touristen untervermietet wird. Eigentlich eine ganz gute Sache, doch zu oft wird bei der Wohnungskontrolle die Privatsphäre der Mieter missachtet. Vor einer Woche klopfte die Taskforce bei meiner Nachbarin. Jetzt hat sie eine Kündigung am Hals, weil sie ihre Wohnung über Jahre wochends an Touristen untervermietete. Freitagabends und Montagmorgens konnte man hören, wie die Koffer auf den Stufen des Treppenhauses aufschlugen. Eigentlich waren die Touristen immer nur am Samstagnachmittag für zwei Stunden in der Wohnung der Nachbarin zum Schlafen, die restliche Zeit verbrachten sie zum Partymachen im *Das Loch*.

Dabei sind die Hochzeiten des Clubs vorbei, sie endeten vor etwa drei Jahren. Da nämlich war es zu einer dramatischen Wendung in seiner Geschichte gekommen, als der Cousin eines Kollektivmitglieds die aktuelle Ausgabe für einen Reiseführer über

Berlin redaktionell betreute und *Das Loch* darin zu *der* Location der Stadt auserkor. Er dachte sich gar nichts Böses dabei, vielleicht beabsichtigte er, das Geschäft seines Cousins ein wenig anzukurbeln – was es auch tat, aber nicht nur das! Denn der Reiseführer hatte eine Auflage von fünf Millionen und wurde in zwölf Sprachen (Arabisch, Bulgarisch, Georgisch, Englisch, Französisch, Japanisch, Polnisch, Portugiesisch, Russisch, Schwedisch, Spanisch und Türkisch) übersetzt, wobei die russische Version grobe Fehler in Bezug auf die Öffnungszeiten beinhaltete, was den plötzlichen Auflauf neureicher Russen samstags von 10 bis 17 Uhr erklärte, die verzweifelt den Eingang suchten. *Das Loch* wurde zur Goldgrube und zum Albtraum zugleich. Ich kann und möchte die letzten drei Jahre nicht in allen Einzelheiten beschreiben, sie hinterließen wirkliche Wunden in allen. Stell dir einfach vor, du planst deinen Geburtstag, ringst dich dazu durch, ihn mit einem kleinen, auserwählten Kreis von Leuten zu begehen. Und dann, am Tag der Party, kommen zehnmal so viele Leute, wie du eingeladen hast, und zwar ausschließlich Leute, die du niemals im Leben einladen würdest. Du hast ein komisches Gefühl, aber du reißt dich erst einmal zusammen und sagst dir, dass du froh sein kannst, dass so viele Leute da sind. Aber plötzlich bewahrheiten sich die anfänglichen Befürchtungen, und du bekommst Angst. Erst mal dass Essen und Trinken nicht reichen, dann dass deine Anlage plötzlich Musik spielt, von der du Herzrhythmusstörungen bekommst, dann kommt die Angst um deine Wohnung, um das Mobiliar, das erst knackt und später zu losen Holzstücken zerhackt im Flur liegt. Und schließlich fürchtest du um dein Leben: War es wirklich *das*, was du wolltest?

Das Loch übte auf die globale Vergnügungsszene eine derartige Anziehungskraft aus, dass sie das Orgateam regelrecht in Panik versetzte: Einige Punks, die nun auf 450-Euro-Basis eingestellt wurden, brauten pausenlos Bier, um die Touris verköstigen zu können. In dieser Zeit entstand auch die kleine Duschkabine oben auf dem Bürgersteig direkt neben dem Treppengeländer. Vom ersten Tag an wurde sie von den eher gering alkoholisierten Gästen des *Lochs* genutzt, um dort ihre stark betrunkenen Freunde hineinzustellen. Dabei war die Dusche ursprünglich für das bierbrauende Personal zur kurzen Körperpflege nach Dienstschluss gedacht. Der »*Loch*-Hopfen« floss aus der Hinterzimmerbrauerei durch einen Schlauch in den Vorraum und von dort durch die Zapfanlage via Glas direkt in die Hälse, so auch in Bodos. Irgendwann waren die Fässer leer, obgleich das Hopfen-Team nun 24 Stunden am Tag braute. Und das lag nicht allein an Bodo, sondern an der riesigen Menschentraube, die sich in den für eine eher kleine Menschentraube vorgesehenen Vorraum quetschte. *Das Loch* schloss kurzzeitig und wurde danach – der Unkenntlichkeit halber – für ein paar Wochen in *Das Joch* umbenannt. Außerdem versah Bodo die Straßenschilder in unmittelbarer Nähe des Ladens mithilfe von selbst gedruckten Aufklebern mit anderen Straßennamen, um die reisenden Besucher zu desorientieren. Aber da die meisten Partygäste mit dem Taxi einfielen und deren Navigationsgeräte sämtliche Straßenschilder abgespeichert haben, brachte dies nicht viel. Die Reiseführerredaktion versprach, *Das Loch* ab der nächsten Auflage herauszunehmen, was aber viel zu spät geschah.

Bodo blühte in der durchkapitalisierten *Loch*-Ära auf. Es kamen Zeiten, da störte ihn die Vermengung aller Gattungen (Tourismus, Sex, Politik, Musik, Alkohol, Ästhetik) kaum noch, ganz im Gegenteil: am besten alles und alles zur gleichen Zeit. Selbst die Möglichkeit, dass Tourismus, Sex, Politik, Musik, Alkohol und Ästhetik lediglich Metaphern oder Begriffe für etwas Besseres, dahinter Liegendes waren, ging verloren, oben genannte Kategorien wurden konkret, wie es sich für einen Club ziemt. Hatte

Bodo genug von der Sparte »Alkohol« zu sich genommen, dann war ihm das Genre »Musik« egal, wenn er vom Cluster »Sex« zu sich genommen hatte, war die Rubrik »Politik« ein ästhetischer Sprachenclash, den er wiederum genoss mit dem Genre »Musik« zu untermalen. Im *Das Loch* vergegenständlichte sich ebendieses verdammte Klischee einer urbanen Galionsfigur globalen Nightlifes. Die Taxibusse shuttelten nachts zwischen *Loch* und Flughafen, damit die Partygäste noch rechtzeitig für ihre Heimreise einchecken konnten. Schon längst war *Das Loch* der Ort, an dem man als Musiker, als Band, als Soundkünstler gespielt haben *musste*. Deshalb kam Bodo irgendwann auf die Idee, die Sache mit der Gage einfach umzudrehen, das hieß: Wer im *Superloch* auftreten wollte, hatte dafür zu zahlen, und es gab genug Musiker, die dies gegen ihren ruinierten Ruf auch taten. Die Klangtechnik im *Superloch* entsprach der einer soliden Ostwaschmaschine, aber die Besucher interessierten sich weniger für die Konzerte als für die Vorraumpartys. So spielten zahlende Bands durchschnittlich vor drei bis vier nicht zahlenden Zuhörern, wenn es hochkam, vor neun. Trotzdem lautete eine beliebte Frage in Musikerinterviews auf Videokanälen und in Hochglanzmagazinen: »Did you play *Das Loch*?«

»Yes, we did ... I still can't believe, why, but yes, we did it, we did the *Superloch*!«, hörte man die Musiker im Idealfall darauf antworten, eher entzaubert als stolz, und mehr konnten sie dazu auch nicht sagen. Sie hatten kurz nach Ankunft mit ihren Nightlinern 1000 Euro bar auf Bodos Kralle legen müssen und durften im Anschluss an das Konzert auf Luftmatratzen in Bodos Wohnung übernachten, während er selbst entweder bis zum nächsten Morgen im *Das Loch* durchmachte oder auf Sofas von wechselnden Kollektivmitgliedern schlief.

Als frisch gebackener Geschäftsmann legte sich Bodo als Allererstes einen Quittungsblock zu, für den er nie Verwendung fand. Im ersten Jahr konnte er die Übernachtungskosten der Künstler noch durch einen städtischen Kulturfonds begleichen. Schon im zweiten Jahr ließ er sich die vermeintlichen Übernachtungskosten, die er durch gefälschte Hotelrechnungen bestätigte, selbst auszahlen.

Das Kollektiv fragte sich damals sehr oft, wer schuld war an der Faszination des Ladens und der allgemein güldenen Entwicklung. Die Touristen? Billige Flieger? Der Reiseführer? Und wenn dann *Das Loch* als Mitschuldiger auf den Tisch kam, wurden alle ganz still.

Doch mit der Neuauflage des Reiseführers vor einem Jahr kehrte langsam wieder Ruhe im *Loch* ein. Und die Mitglieder des Kollektivs, die den globalen Erfolgskurs überlebt hatten, empfanden den finanziellen Einbruch fast als Erlösung. Doch eigentlich sind alle froh, dass mit *DJ Hole-Head* seit ein paar Monaten wieder ein paar Touristen antanzen. Denn mit Bodos experimentellem Konzertprogramm im *Superloch* wird der Braten nicht mehr wirklich fett: Vier bis fünf Gäste erscheinen an diesen Abenden, die auch immer nur müde klatschen. Langsam muss er sich mal was Neues überlegen.

Die Postfiliale am Krankmorter Tor hat sich in einen Automatenladen verwandelt. An einem kann man Pakete aufgeben und abholen, aus einem zweiten Geld ziehen, und aus dem letzten ziehe ich eine pixelige Briefmarke zu 3,70 Euro. In spätestens zwei Tagen erhält Zürich meine offizielle Bestätigung über den Empfang meines schwarzen Lochs. Man sollte nicht alles auf die Touristen schieben. Auch mein Loch frisst Wohnraum.

ÜBER LIEBE

Ist es eigentlich echte Freundschaft, wenn man jemanden schon mehr als vier Jahre kennt, aber noch nie dessen vier Wände von innen gesehen hat? Wenn ich genauer darüber nachdenke, kenne ich die Wohnungen der meisten meiner Leute nicht. Wir treffen uns draußen auf der Straße oder im *Superloch*, wir sind wie Kindergartenkinder, die sich unverbindlich auf dem Spielplatz verabreden. An den besten Tagen vergessen wir, dass wir Eltern haben.

Ich kenne einige Leute, die ihre Freunde bewusst von ihrer eigenen Wohnung fernhalten, damit sie weiterhin befreundet bleiben. Jeder sollte einen Rückzugsraum haben, der vor Freunden sicher ist: das eigene Zuhause. Der Rest passiert in der Kneipe.

Für den Weg zum Supermarkt laufe ich fast mehrmals in der Woche an Gregors Haus in der Rosakarlstraße vorbei, es ist drei Blocks von meiner Wohnung entfernt. Gregor erzählte mir und Bodo, die meisten Schlösser der Wohnungen seien defekt, und auch der Riegel des Haupteingangstors schließe nicht richtig und werde von der Eigentümergemeinschaft in den nächsten Jahren auch nicht gerichtet, weil die insolvent sei. Es ist das einzige Haus in der Straße, dessen Mieter noch Vorwendemietverträge haben. Die zahlen ein Zehntel dessen, was die neuen Mieter aus dem sanierten Nachbarhaus zahlen. Als Eigentümer einer Wohnung in Gregors Haus wird man sicher nicht reich, aber darum geht es den Vermietern wohl gar nicht mehr, das Haus ist also eine große Ausnahmeerscheinung. Die braune Fassade wird von einer dichten Efeudecke umhüllt, einige Balkone sind zugewachsen, das gibt der Frontansicht eine dreidimensionale Struktur, und die Nachbarn von gegenüber können nicht in die Wohnungen reingucken.

Statt einer Hausnummer prangt dort, wo mal eine war, das Wort »Clit« in Neongrün, jeder Buchstabe in etwa so groß wie eine Kinderhand. Irgendein junges Gemüt hat den Schriftzug aus einer knalligen Graffitilaune heraus auf den Putz gesprüht, noch bevor Gregor hier vor knapp vierzehn Jahren einzog. Aber das Ding von der Hauswand zu entfernen, wäre unsinnig, sagen einige seiner Nachbarn. Denn viele Anwohner haben ihren Verwandten und sogar Behörden mitgeteilt, Briefe an sie bitte an »Rosakarlstraße Nummer ›Clit‹« zu adressieren. Was sind schon Zahlen gegen Buchstaben? Aber Gregor ist es immer noch unangenehm, wenn wir vis-à-vis »Clit« vor seiner Haustüre stehen, das hat weniger mit Verklemmtheit zu tun als damit, dass er kein Chauvi sein möchte.

Gregor, Bodo und ich stehen oft vor Gregors Haus, wenn wir aus dem *Superloch* kommen und ihn heimbringen, dann unterhalten wir uns noch etwas, sagen irgendwann »Gute Nacht« und gehen getrennte Wege. Nur drinnen war ich noch nie. Dafür habe ich mir sein Klingelschild schon einige Male angeschaut, es ist zersprungen wie das Display eines ollen Smartphones: *Gregor Yavuz Uhlmann*. Letztlich legt er *doch* Wert auf seinen Mittelnamen und seinen anatolischen Vater, selbst wenn dieser seinem Sohn nur ein Paar schöne braune Augen überlassen hat. Eigentlich sollten Lebensläufe keine größere Rolle spielen, aber an allem, was Gregor in seinen letzten 31 Jahren erfahren hat, war ich immer brennend interessiert. Als ich ihn damals im *Das Loch* kennenlernte, erzählte er mir, wenn auch recht selten, von seiner Kindheit, seiner Schulzeit und seiner Studienzeit bis heute. Und ich versuchte, die Daten und Orte, die er nannte, parallel zu Geschehnissen meines eigenen Zeitstrahls anzuordnen. Es war spannend herausfinden, ob es nicht irgendwo Überschneidungen zwischen unseren Biografien gab, ob wir uns nicht schon früher irgendwann irgendwo hätten treffen können, aber letztendlich gab es solche Schnittpunkte nicht: Als er geboren wurde, war ich noch nicht da, als er eingeschult wurde, war ich zwei. Als ich mit siebzehn auf Kursfahrt Berlin besuchte, war er 21 und machte nach zweimaligem Hängenbleiben Zivildienst, irgendwo in Niedersachsen. Die Suche nach Überschneidungen ist enttäuschend, weshalb ich auch nicht mehr die Auffassung vertrete, dass man ähnliche Erfahrungen gemacht haben muss, um sich zu verstehen. Mit Anfang zwanzig dachte ich, dass ich schon alle für mich wichtigen Menschen getroffen hätte. Und dann traf ich vor vier Jahren, im hohen Alter von 24, doch auf einen, der den Himmel wieder voll aufriss: Gregor.

Vielleicht ist er der einzige Feminist, den ich kenne, selbst wenn ich den Begriff nicht mag. Er ist nicht allgemeingültig genug, weil er den vielen Facetten des Frauseins und des Sich-des-Frauseins-bewusst-Seins nicht gerecht wird. Wenn Frauen Feministinnen sind, dann ist das gut, selbstverständlich. Wenn Männer Feministen sind, dann sind sie großartige, göttliche Wesen. Leider. Wenn ich ein Mann wäre, dann wäre ich auch Feminist. Dass Gregor diese gewinnbringende Frauenperspektive in seinen Alltag integriert hat, mache ich daran fest, dass er sich schon öfters bewundernd über Frauen geäußert hat, die ansonsten eher anecken, zum Beispiel zwei, drei Frauen im Clubkollektiv des *Lochs*, die sich für die Frauenquote hinterm DJ-Pult eingesetzt haben, obwohl Bodo meint, bei weiblichen DJs würden weniger Leute tanzen, was ich selbst für ein übles Gerücht halte. Außerdem scheint immer auch ein bisschen Stolz durch, wenn Gregor erzählt, dass seine Mutter damals die Rolle der Versorgerin übernahm. Dadurch sei er als Kind zwar immer viel allein gewesen, hätte aber auch einige Freiheiten gehabt. Wenn andere über ihn reden, dann schert er sich nicht darum. Das macht ihn für mich stark, obwohl er an einer wunderbaren Rechtschreibschwäche leidet. »Kriese« und »Maschiene« schreibt er stets falsch, und wenn die Kreidetafeln, die im *Das Loch* die Getränke und DJs des Abends bekanntgeben, vor Fehlern wimmeln, dann weiß man, das war Gregors Werk. Vor allem das lange »i« ist sein rotes Tuch. Diesen Fehler hat er nicht aus Trotz perfektioniert, es wirkt eher übernatürlich. Ihm die Rechtschreibung zu vermitteln, ist ähnlich schwierig, wie einem kleinen Kind dessen eigene Sterblichkeit zu erklären. Außerdem verdreht er Buchstaben, was ich aber als extrem kreativ und lebensbejahend empfinde. Es wird ja behauptet, Leute mit Rechtschreibschwäche hätten eine besondere Stärke, eine Inselbegabung in irgendwas anderem, das ist aber Quatsch, denn *jeder* hat so etwas. Was ich jetzt Tolles zu bieten habe, kann ich gar nicht genau sagen, vielleicht dass ich nicht gerade »integer« bin, jedenfalls den Absagen nach Bewerbungsgesprächen nach zu urteilen.

Der Gedanke daran, Gregors Wohnung heute tatsächlich zu sehen, macht mich kirre, besonders heute, mit frischem Loch im Bad. Generell würde ich mich als nervlich belastbar bezeichnen, aber wenn es um verbindliche Treffen mit Menschen geht, wie die heutige Verabredung mit Gregor, ticke ich plötzlich anders. Bei einem echten Termin mit vereinbarter Uhrzeit habe ich immer große Angst, versetzt zu werden. Es ist für mich wie ein kleiner Tod. Bitte nicht verwechseln mit dem französischen »la petite mort«. Wenn jemand stirbt, wirst du von dem oder der Verstorbenen für immer versetzt, und wenn du von jemandem versetzt wirst, fühlst du dich für einen Moment lang taub und tot, weil dieser andere nicht da ist und dir nicht sagt: »Ah, hallo, da bist du ja.« Für den Versetzenden bist du in dem Moment tot geglaubt, sonst wäre er ja da. Aus Furcht vor diesen kleinen Toden habe ich mich in letzter Zeit immer seltener mit Menschen verabredet. Manche Leute, die mich versetzten, versuchten, mir im Nachhinein zu versichern, dass sie es nicht absichtlich getan hätten, die Verabredung mit mir sei einfach vor *zu* langer Zeit ausgemacht und deshalb einfach vergessen worden, erklären sie. Geplatzte Verabredungen mit Menschen, die mir ein bisschen egal sind, ertrage ich einigermaßen, selbst wenn sie mich Zeit kosten. Aber geplatzte Verabredungen mit Menschen, die man wirklich liebt, sind das Übelste. Deshalb habe ich es bislang, so gut es geht, vermieden, feste Termine mit geliebten Personen auszumachen.

Dass auch Bodo sich für heute angekündigt hat, beruhigt mich, schlimmstenfalls stehen wir gemeinsam vor Gregors Tür. Doch Bodo ist nicht hier.

Als Gregor auch nach dem zweiten Schellen nicht öffnet, schiebe ich mich gegen das unverriegelte Eisentor, packe allen Mut zusammen und laufe in die erste Etage. Das alte Treppenhaus hat seinen muffigen Zauber bewahrt. Gregor steht im Türrahmen und trägt eine orangefarbene Schürze mit feinen, blauen Streifen. Ich weiß nicht, wer von uns beiden unsicherer ist. Seine Stimme zittert, als er mich begrüßt. Wir sehen uns seit vier Jahren mindestens einmal die Woche, aber abgesehen von dem Bastelnachmittag mit Hampelmännern, den ich mir als aufregenden Höhepunkt in unserer Beziehung abgespeichert habe, war auch immer Bodo mit von der Partie.

»Der Löwenzahnsirup ist fast fertig, ich muss noch kurz an den Herd«, erklärt er und schließt die Tür hinter mir. Am Ringfinger seiner linken Hand trägt er seinen schmalen, silbernen Ring. Damit schaut er immer ein bisschen verheiratet aus, was er aber nicht ist. Er hat den Ring selbst entworfen, in das kleine Siegel hat er ein »Bo« eingraviert, der Ring wird zu einem *Boring*. Und »Boring« ist ein internationales und unmissverständliches Statement, weshalb er *Borings* auch für den weltweiten Verkauf fertigt. Jeder will so einen haben, ich auch. Doch ich wäre die Letzte, die ihn nach einem Ring fragen würde. Von meinem Herz aus strahlen lodernde Flammen, die meine gesamten Eingeweide niederbrennen, als ich meine Schuhe und meine Jacke an seiner Garderobe ablege.

Seine Wohnung ist ähnlich aufgeteilt wie meine: ein großes Zimmer, in dem er wohnt, schläft und arbeitet, ein Bad ohne Fenster, selbst seine Küchenzeile steht in der Kochstube auf derselben Seite, ich fühle mich gleich wie zu Hause, obwohl alles ganz anders eingerichtet ist.

»Bodo kommt später«, ruft er aus der Küche in den Flur. »Der wollte noch zum markenlosen Discounter seines Vertrauens, die haben da heute Koks in Bananenkisten gefunden, und er hofft, irgendwo noch was abzugreifen oder halt 'n Foto von den Kisten zu machen, bevor die *Tagesschau* drüber berichtet.«

»Er ist doch für etwas Höheres bestimmt als für diese Welt, oder?« Sich das Maul über unseren gemeinsamen Freund zu zerreißen, lenkt mich von Unsicherheiten ab.

»Definitiv!«, pflichtet Gregor mir bei. »Übrigens, Bodo wollte mir ja sein Fahrrad ausleihen, aber es ist nicht mehr da, obwohl er sich sicher ist, dass es gestern noch in seinem Keller stand.«

Kurz spüre ich diesen Schmerz, als würden sich kleine Metallräder wie Piranhas durch meinen Schädel beißen. Ich erzähle ihm, dass auch Aurelias Rad verschwunden ist, aber irgendwie habe ich gar keine Lust, mich mit ihm über Fahrräder zu unterhalten, selbst wenn die Vorkommnisse unglaublich sind. Ich folge ihm in die Küche. Honigschwerer Geruch hängt in der Luft.

»Aber das *Loch*-Kollektiv kickt jetzt nicht Aurelia raus, oder?«, frage ich.

»Ja, ich habe von dem Brief der Hausverwaltung auch gehört. Aber die stehen mit *DJ Hole-Head* gerade so gut im Saft, dass die nicht an Umzug denken.« Gregor stellt das Fenster auf Kipp. »Der scheint den Kniff zwischen gepflegter Anwohnerbeschallung und musikalischer Touristenbefriedigung irgendwie rauszuhaben.«

»Aber irgendwas stimmt nicht mit ihm«, sage ich.

»Supersympathisch find ich den jetzt auch nicht, aber solange er mit dem Kollektiv klarkommt ...«

»Für *Hole-Head*-Partys ist Aurelias Exbankfiliale ja auch völlig ungeeignet«, stelle ich fest.

»Ja, würde die Anwohner total stören. Aurelia behält ihren Laden. Das Kollektiv verfolgt eh die Stadtraumethik: Wir würden *Das Loch* eher schließen und ganz aufhören, als andere Leute aus den Ladenlokalen zu kicken. Das Kollektiv hat schon öfter mal überlegt, wie so eine Abbruchparty ausschauen sollte. Aber na ja, eher so im Scherz, und das letzte Wort ist ja auch noch nicht gesprochen.«

Dass Gregor mit der Schließung des Ladens zurechtkäme, bin ich mir sicher, er hält sich auch außerhalb des *Lochs* mit einigen Tätigkeiten bei der Stange, ihm liegt nicht so viel daran wie Bodo, der durchschnittlich zwölf Stunden täglich im *Superloch* verbringt.

Mithilfe einer kleinen Suppenkelle befüllt Gregor die Gläser mit goldenem Löwenzahnsirup, verschließt sie mit goldenen Deckelchen, putzt die klebrigen Reste mit einem sauberen Lappen von den Rändern und stellt die Gläser schließlich auf einem Küchenhandtuch auf den Kopf. In den Holzregalen stehen um die fünfzig Einweckgläser, mit dunkeloranger Masse gefüllt, bespannt mit Stoffen in rosa Vichy-Muster.

»Vogelbere, Früling 2018«, laut lese ich Gregors Handschrift auf den Etiketten der Gläser in den Regalen.

»Wenn ich am Marktstand erzähle, dass die Marmelade hochgiftig ist, geht eine Ladung Gläser an einem Morgen weg. Die Leute stehen auf Dinge, die sie nicht brauchen, die einfach so rumstehen.« Seine Aussage mag belehrend und abfällig klingen, aber so meint er es nicht, er bewertet nur selten. Es ist für ihn eher die Erkenntnis über die Menschen, die eben so ticken, wie sie ticken.

Wir gehen ins andere Zimmer, und das Erste, was ich dort sehe, ist ein langes Schwanenhalsmikro, das über ein kleines Mischpult an einen Plattenspieler und einen Kassettenrekorder angeschlossen ist. Das Equipment steht auf einer hellgrünen Filzdecke, die über die Platte des Schreibtischs ausgebreitet ist. Außerdem läuft das Radio, Deutschlandradio oder Ähnliches: Nachdem der Pfarrer der Gemeinde St. Clemens in Solingen etwas zur Geschichte der Kirche erzählt hat, kündigt er die Nummern der Lieder an, die im Anschluss gesungen werden sollen, und spricht ein paar einleitende Worte, Heiland und Lamm stechen hervor.

»Das ist eine Aufnahme von Sonntag, heilige Messe, Liveübertragung, enorm faszinierend, am Ende bekommt man über die Radioboxen einen Livesegen.« Gregor bedient einen roten Regler an seinem Mischpult, eine saftige Kirchenorgel setzt ein. »Die Orgel ist genauso brutal wie die in dem Frühwerk von Philip Glass, kann ich kaum ertragen, aber der Rhythmus hat echt was von Gabba, musste mal drauf achten.« Er dreht die Lautstärke runter. »Besonders interessant ist, dass die vor der Messe so ein kirchenkritisches Feature gesendet haben, ich versuche das gerade mit dem Gottesdienst zu sampeln.«

Die kleinen Features, die er aus dem genutzten Material produziert, präsentiert er in seiner eigenen, feinen Radiosendung. Diese überträgt er über eine geknackte Funkerfrequenz, die er an jedem ersten Montag im Monat zwischen vier und fünf Uhr morgens bespielt. Ob die Sendung überhaupt jemand hört, weiß er nicht, das ist ihm auch gleich, er sende gerne ins Leere, behauptet er, immer schon sei er fasziniert gewesen von der Idee eines Radios, das keiner hört. »Das ist so ähnlich, wie eine Sprache zu sprechen, die außer dir keiner spricht, eine Geheimsprache. In solch einem heimlichen Radio kann einfach alles erzählt und gesendet werden. Man ist viel ehrlicher«, erklärte er mir.

Dabei habe ich gar nicht den Eindruck, dass er nicht verstanden werden möchte. Wahrscheinlich meint er, dass die Radiosendungen ihm eine andere Stimme ermöglichen, eine weniger stille Stimme, und eine neue Rolle.

Eine große Reichweite, die selbst alternative Radiosender anstreben, interessiert ihn dabei nicht. Ihm genügen ein, zwei Freaks, die tatsächlich im Wald sind, um den umfallenden Baum zu hören, den sonst keiner bemerkt. Auch ohne Zuhörer – die Sendungen bleiben kleine Eigenkompositionen, die er auf SD-Cards archiviert, das braucht kaum Platz. »Können sich mal seine Kinder anhören«, kommentierte Bodo Gregors Audioarchiv, wobei ich mich fragte, von welchen Kindern er da redete.

Ich höre seine Sendung nur selten live, Bodo hat mir alle Folgen in Form von USB-Sticks zugesteckt. Gregor mag es nicht, wenn seine Sendung später als Podcast gehört wird, das sei nicht mehr Echtzeit. Wenn ich die Titelliste seiner insgesamt mehr als siebzig Sendungen nur lese, fühle ich kleine Stiche in meinem Brustkorb. In etwa dreißig seiner Hörstücke finden sich Tiere im Titel, vorzugsweise Vögel und Insekten. Diese eignen sich gut für Titel oder andere Kunstwerke, sie verleihen den Stücken eine verträumte Erhabenheit. Auch bei Büchern funktioniert das: »Die silberne Amsel« wäre doch ein superseriöser Titel für einen Roman.

Ich erinnere mich an Gregors »Kleine Sendung über die eiserne Meise« oder »Die elektrische Ameisenshow«, in der er in Kooperation mit einem Förster mithilfe der Energie eines Termitenhaufens eine elektrische Gitarre zum Vibrieren brachte, oder »Drosselhartes Radiofunkloch des Schweigens«, ein sich selbst erklärendes, stummes Radioevent, das trotz seiner Stille eine enorme Intimität mit den Zuhörern herstellte.

Eigentlich lernte ich Gregor erst durch seine Radiosendungen richtig kennen, was er nicht weiß. Immer und immer wieder habe ich seine Redebeiträge zwischen den Musikstücken zurückgespult, um noch mal genau zu hören, was ihn bewegt, und auch um seine Versprecher zu analysieren, um herauszufinden, welche Worte, welche Themen ihm nicht so leicht über die Lippen gehen. Ich habe mich schlecht dabei gefühlt, als sei es verboten, auch weil sich etwas Verborgenes offenbarte: Gregor mutiert in seinen Sendungen zur Quasselstrippe, er erzählt alles, was ihm so in den Sinn kommt, und das manchmal in einem rasend schnellen Tempo, viel schneller als im wirklichen Leben. Vielleicht wird er sogar zu einem anderen Menschen, was aber nicht heißt, dass er es nicht selber ist, der spricht. Manche Menschen sind sich selbst der beste Gesprächspartner. Zu wissen, dass der Typ, in den ich verliebt bin, in manchen Zeiten einfach etwas neben der Spur ist, beruhigt mich.

»Vier Sendungen habe ich gehört. Bodo hat sie mir für die Fahrt nach Zürich auf meinen MP3-Player gezogen«, sage ich. Das stimmt zwar, aber ich habe auch alle anderen Folgen gehört. Aber jetzt ist zumindest mal raus, dass Bodo und ich hinter seinem Rücken Sachen machen, die ihn, Gregor, betreffen. »Und ich habe mich extra schlecht gefühlt, da das nicht die volle Live-Experience ist«, schicke ich entschuldigend hinterher.

Gregors Augen werden noch größer und freundlicher, als sie es eh sind. Stolz streicht er sich über sein T-Shirt, als hätte er einen Bauch. »Waren das die letzten vier Sendungen?«

»Nein«, antworte ich, »Bodo hat mir seine vier Lieblingssendungen mitgegeben.« Was auch nur so halb stimmt, eigentlich waren es meine vier Lieblingssendungen, aber ich muss dem armen Gregor ja nicht gleich verklickern, dass ich ihm radio-akustisch nachstelle.

»Irgendwie kann man hören, wie es hier ausschaut«, sage ich, worauf sich ein kleines Fragezeichen in die Stirnfalte knapp über seiner feinen Nasenwurzel bohrt.

»Man hört den Holzschreibtisch, man hört, dass ein Sofa mit im Raum steht, man hört nicht, dass es ein Zweiersofa ist, aber man hört, dass es ein bisschen federt, wenn du dich hinsetzt, und auch die Tageszeit, zu der du sendest, wird hörbar, durch die Partymopeds, die frühmorgens an deinem Haus vorbeiknattern.«

»Einige Sendungen habe ich in der Küche aufgenommen«, erklärt er.

»Ich weiß, die Espressokanne auf der Herdplatte, sie macht ein Getöse, als würde ein kleiner Jumbojet abheben!«

In vielen Sendungen gibt es technische Ausfälle. Mikropannen und Feedbacks beanspruchen das Trommelfell der Zuhörer, sind aber auch aufschlussreich, weil Gregor dann manchmal auf Sendung zu fluchen beginnt, was ich sonst nicht von ihm kenne.

Hinter Gregors Schreibtisch steht ein deckenhohes Holzregal mit Schallplatten, die er nach Jahreszahlen sortiert hat. Die Musik, die er in seinen Sendungen spielt, besteht aus ausgewählten Schmuckstücken, die Susi Normalverbraucherin sonst nicht zu hören bekommt. An einen Songtitel erinnere ich mich besonders gut, vermutlich weil ich mich mit dem Text identifizieren konnte, er lautete »Einsame Frauen im Hallenbad« und ist von der israelischen Band *Kefir*, die ihre elf Tracks auf dem Album »Kefir meine Seele!« ausnahmslos in deutscher Sprache singt. »Kefir« wird von der Band als Verb verstanden, es steht für hefeähnliches Aufgehen oder ein »Erweitern« im Sinne des englischen »enhancing«.

»Einsame Frauen im Hallenbad« hat eine alles andere als eingängige Melodie, ich hörte mir das Lied auf der Zugfahrt nach Zürich gleich fünfmal an, danach waren Text und Melodie drin wie »Alle meine Entchen«. Jetzt ist der Song wieder in meinem Kopf, und ich summe ihn vor mich hin. Und als Gregor mein Gesumme hört, stimmt er mit ein. Wie der Sänger von *Kefir* akzentuiert er alle Konsonanten des Textes hart, als wäre seine Zunge ein Stein, der gegen seinen Gaumen stößt: »Einsame Frauen im Hallenbad, Badeanzüge in Dunkelblau, kein Omischwimmen, schnell durch die Bahn, zierliche Sumoringer ...« Da jetzt eigentlich der Refrain kommen müsste, fordert er mich mit einem Schultertippen zum Mitsingen auf.

Er soll aufhören. Mir ist das alles zu unangenehm. Ich mag den Song zwar auch, aber ich will mich lieber unterhalten, da sagt mal der eine was und mal die andere, nicht beide gleichzeitig. Zu zweit singen ist definitiv zu intim. Er genießt meine Scham und setzt mit dem Refrain ein, den er fast mädchenhaft intoniert: »Ästhetische Reproduktion französischer Kunstfilme, europäische Sportmarken, Badekappen zu eng, halten das Hirn zusammen, entschiedene Stewardessen schwimmen, Häute wie Leder, einsame Frauen im Hallenbad, tippeln matt zu den Umkleidekabinen.« Zum Glück bricht er plötzlich ab: »Was hast du eigentlich in Zürich gemacht?«

»Mein Großonkel hat mir was vererbt.«

»Hildi, du hast *geerbt*!«

»So toll ist das jetzt auch nicht.« Ich mag es nicht, wenn man für Dinge bewundert wird, die man besitzt. Das schwarze Loch ist weder großes Vermögen noch große Leistung.

»Ich habe es leider nicht ablehnen können, dafür ist die Verantwortung zu groß!«

Gregor schaut mir fragend auf den Mund, und ich berichte ihm von der Installation des schwarzen Lochs, von der globalen Gefahr, die von seiner Gravitation ausgeht, von der Katastrophe im Schwimmbad letzte Nacht, von der Granitisolierung, die das Loch in Schach hält, von der dicken Staubschicht und schließlich von meiner unbrauchbaren Wohnung. Es klingt eher wie ein Geständnis, aber das erste Mal seit drei Wochen habe ich das Gefühl, dass endlich mal jemand genauer zuhört.

»Du! Hast! Ein! Schwarzes! Loch! *Super!*« Gregor nimmt mir meine Geschichte ab. »Ich hab schon gehört, dass man Miniaturversionen künstlich herstellen könnte.« Mit beiden Zeigefingern zeichnet er dabei kleine Löcher in die Luft. »Aber du hast ein *echtes!*«

Ich hatte gar nicht vor, ihm zu imponieren. Und während ich mich aufs Sofa setze, läuft er in die Küche, um Kaffee zu machen, und erzählt mir von der Antike und der kaum merklichen Trennung zwischen Musik und Kosmos. »Selbst im aufgeklärten, wissenschaftlichen Zeitalter sind wir im Alltag durch unsere Sinne begrenzt, bei Licht denken wir an etwas, das wir sehen, und bei Klang an etwas, das wir hören können.« Er stellt das Tablett auf den Schreibtisch und reicht mir eine Tasse. »Im Falle der Gravitationswellen sind die Wellendetektoren nichts anderes als unsere Ohren: Klangumwandler der schwarzen Materie. Der Astronomie sind Ohren gewachsen; wer nicht sehen kann, muss hören!« Dann setzt er sich neben mich. »Oder was meinst du, weshalb die Leute vom MIT angefangen haben, Gravitationswellen zu sonifizieren?«

»Ich habe keinen Schimmer.« Für mich ist das trotz meines Astrophysiktutoriums völliges Neuland.

»Informationen aus dem puren Zuhören zu erwerben, ist eigentlich nichts Neues! Denk ans Stethoskop ...«, erklärt Gregor. »Man kann die Kollision von zwei schwarzen Löchern hören, na ja, nicht hören, aber man kann die Signale messen und in akustische Daten umwandeln, auch wenn der Zusammenstoß schon vor Billionen von Jahren stattfand. Auch die Gravitationswellen der schwarzen Materie können in hörbare Klangwellen übersetzt werden!«

»Trotz dieser ästhetischen Vorzüge«, wende ich ein, »sollte man wohl nicht mit einem schwarzen Loch zusammen in einer Wohnung leben, oder? Die unersättliche Leere kann vielleicht eines Tages eine solche Stärke entwickeln, dass ich nichts mehr dagegen unternehmen kann.«

»Was für Schallwellen gilt, gilt genauso für die Radiosignale eines Pulsars! Vielleicht kann man das schwarze Loch akustisch bändigen, also mit Gegenschallwellen, ich habe auch schon eine Idee, wie!«

»Du willst das Loch mit anderen Radiowellen zur Vernunft bringen?« Dass Gregor sich mit meinem Problem so intensiv auseinandersetzt, nimmt mir die Angst.

Ich leere meine Kaffeetasse und stelle sie auf dem Tablett ab, was ein Fehler ist, weil ich plötzlich nicht weiß, was ich mit meinen Händen anfangen soll. Es wird etwas dauern, nach so viel astronomischem Text zu ein bisschen Geplänkel zurückzufinden, noch ist die Ruhe erträglich. Auch Gregor stellt jetzt seine Tasse aufs Tablett, lehnt sich zurück, ganz nah an mich heran, meine Schulter bohrt sich in seine Achselhöhle. Und langsam versucht er, seinen Kopf auf meinem abzulegen. Aber Köpfe sind Kugeln, wie Billardkugeln stoßen sie sich voneinander ab, bestenfalls berühren sie sich an einer sehr kleinen Stelle. Ich traue mich nicht, mich zu bewegen, sein langer Oberkörper knickt seitlich ein, sodass sein Kopf in meine Kuhle zwischen Schlüsselbein und Ohr rutscht, dort bleibt er liegen wie ein Luftballon, der sich im Geäst verfangen hat. Ich spüre die Venen seiner Schläfen an meinem Schlüsselbein pochen wie ein zweites Herz.

»Stell dir vor, die Erde wäre ein Würfel, dann wären auch unsere Köpfe Würfel.« Seine Stimme versiegt in meinem Pullover.

»Du gehst ja ganz schön ran«, sage ich so, als hätte er einen obszönen Witz gemacht. Ich freue mich über seine Initiative, manchmal mag ich sogar Obszönitäten, wenn sie freundlich gemeint sind. Aber zu selten erkenne ich, wann sie mir selbst gelten. Dass ich von meinen Selbstzweifeln weiß, bedeutet nicht, dass ich etwas an ihnen ändern kann. Auf Komplimente reagiere ich immer unangemessen. Wut kann ich viel deutlicher zum Ausdruck bringen als Liebe, Wut entwickelt in meinem Kopf die feinsten Metaphern, die ich aber nie ausspreche. Wenn ich verliebt bin, werde ich ernst und stumm oder rede dummes Zeugs, das nichts zur Sache tut.

»Ich bin durch das schwarze Loch körperlich so deformiert.« Ich fasse mir an den Kopf. »Und mein Hirn ist immer noch im Nacken.«

»Da gehört es auch hin.« Er lacht fast tonlos und rutscht mit seinem Kopf weiter über meinen Brustkorb Richtung Schoß.

»Doofes Hirn«, sage ich. Manchmal wünschte ich, mein Hirn wäre innen hohl. Gregors dunkler Haaransatz geht in das künstliche Gelbweiß über und lenkt von seinen schönen Augen ab, in die man hineinfällt, wenn man zu lange hineinschaut. Ich schaue weg, fahre mit einem Finger über seine Brauen, und als ich wieder hinschaue, hat er die Augen geschlossen. Ich beuge mich über ihn und kitzel seine Lider mit meiner Nasenspitze. Vorsichtig hebe ich seinen Kopf so weit an, dass ich aufstehen kann, und schiebe seinen Oberkörper nach hinten. »Ich muss nach dem großen Schwarzen schauen, die *ZHI* anrufen, noch ein paar Erledigungen ...«

»Verstehe«, sagt er.

Ich laufe in den Flur und ziehe Jacke und Schuhe an, während er mir folgt.

»Magst du nicht hier wohnen, solange du noch nichts anderes gefunden hast?«, fragt er, als ich die Wohnungstür öffne. »Du kannst es dir ja noch überlegen.« Er schaut auf seine Hand im Türrahmen. »Wenn es heute zu staubig werden sollte, kommst du einfach vorbei! Ich sitz dann wohl noch an den Brennnesseln.«

Ich nicke, er schließt hinter mir die Wohnungstür.

Noch immer sehe ich keine Fahrräder in den Straßen unseres Kiezes. Ob Gregor das Angebot, ich könne mich bei ihm einquartieren, ernst meinte? Grundsätzlich bin ich gut darin, Menschen und ihre Beziehungen zueinander einzuschätzen, ich rieche, wenn sich zwei Menschen nicht riechen können. Doch wenn mich emotionale Angelegenheiten selbst betreffen, vor allem wenn sie intim werden, möchte ich manchmal nichts mehr damit zu tun haben. Wahrscheinlich mag ich Verhältnisse in der Schwebe, in ihnen ist mehr möglich. Gregor kenne ich seit vier Jahren, und es sollte nichts geben, wovor ich Angst habe. Ich sollte dazu stehen, dass er mir mehr bedeutet als irgendein dahergelaufenes Hausrind. Jedenfalls habe ich nicht das Gefühl, mich ihm beweisen zu müssen. Er hätte Eindeutigkeiten von meiner Seite verdient, aber Vertrauen und Zweifel liegen bei mir zu eng beieinander. Und gerade weil wir uns schon so lange kennen, ist die Sache heikel. Die Vorstellung, dass er mir eines Tages Liebesbriefe schreiben könnte, macht mir Angst. Nicht weil dies auf das Ende der Beziehung hinweisen würde, sondern weil ich sie irgendwann aus Diskretion zerstören müsste. Aber wenn es mit Gregor nicht klappt, dann mit keinem. Gescheiterte Beziehungen taugen vielleicht für interessante Gespräche und haben als beliebtes Sujet Eingang in die Literatur gefunden, aber ich möchte meine Zeit nicht damit verschwenden, gerade jetzt nicht, wo mein Leben durch das schwarze Loch noch komplizierter wird! Ich muss meine Energien fürs schwarze Loch bündeln.

Das mag zwar ein Kreuz sein, aber es lenkt mich gerade auf angenehme Weise von meinen Emotionen ab.

HERKUNFTSFRAGEN

Die Staubschicht an den Wänden zum Badezimmer hat sich mindestens verdreifacht. Dafür scheint die Gravitation insgesamt an Kraft verloren zu haben, anders als heute Morgen kann ich mich ohne Anstrengung in den zwei Räumen fortbewegen. Um die Tiefe des Filzgewebes zu überprüfen, lasse ich mich in den dichten, grauen Pelz an der Flurwand fallen wie in eine aufrecht stehende Schaumstoffmatratze. Vielleicht könnte ich in dieser Stellung hier übernachten. Im Schlafwohnzimmer ziehe ich Hampel-Bodo, Hampel-Gregor und Hampel-Ich aus dem festen Wandflaum und lege sie oben auf die Staubschicht. So kann ich überprüfen, wie viel neuer Staub sich bis zum nächsten Kontrollbesuch sammelt.

Als ich nach unten in den Hinterhof laufe, um den Abfall von gestern zu entsorgen, stelle ich fast ohne Überraschung fest, dass die Fahrräder meiner Nachbarn hier nicht mehr parken, einsam hängen die bunten Schlösser um Pfeiler, Pfosten und Ständer gewickelt herunter, Fahrradkörbe und -taschen liegen in einigen Metern Abstand voneinander auf dem Boden.

Zurück in der Wohnung hat sich schon wieder Staub auf den Hampelmännern angesammelt. Ich kann hier unmöglich wohnen. Wenn ich nicht selbst eines Tages vom schwarzen Loch eingesaugt werde, dann würde ich wohl früher oder später von Staubblöcken in meiner Wohnung zusammengepresst.

Das Telefon klingelt, der einzige Gegenstand, den ich laut *ZHI* nicht in den Kisten verstauen musste, und das nur, weil ich kein Mobiltelefon besitze. Eine unbekannte Nummer leuchtet auf dem Display auf. Ich hebe den Hörer ab.

»Frau Tropeng, Professor Rudolf Rausser hier, ich leite die Forschergruppe *Schwarze Löcher in den Kulturwissenschaften* an der Fernuniversität St. Gallen, wo gerade mithilfe von empirischen Methoden die soziokulturellen Backgrounds der Locher-ben untersucht werden. Ich habe durch einen Ihrer Schweizer Verwandten von Ihrem Erbe erfahren. Erst einmal möchte ich Sie hiermit offiziell zur Tagung einladen, sie findet in drei Monaten in Berlin statt und richtet sich sowohl an Wissenschaftler als auch an Erben schwarzer Löcher.«

Außerdem möchte Rausser in diesem Telefonat etwas über meinen biografischen Hintergrund erfahren: »Die Ergebnisse werden allein für wissenschaftliche Zwecke genutzt. Wäre das für Sie in Ordnung, haben Sie etwas Zeit?«

»Ja.«

»Großartig! Dann erzählen Sie mal. Leben Ihre Eltern noch? Haben Sie Geschwister? In welchem Verhältnis stehen Sie zu Ihrer Familie? Wie haben Sie Ihre Kindheit empfunden? Welche Werte wurden Ihnen vermittelt?«

Die Fragerei ist mir lästig. Wenn ich an Familie denke, dann an Bodo und Gregor, aber das ist leider nicht das, was er hören möchte.

»Über Familie bin ich schon lange hinweg«, sage ich.

»Dann sind Sie weit gekommen.«

»Das Problem besteht ja darin«, erkläre ich, »dass Herkunft so eine Wahnsinnsrolle spielt, was bei mir aber nicht zutrifft. Ich fühle mich dem Ort, an dem ich entstanden bin, nicht sehr verbunden.«

»Sie müssen Vergangenheiten respektieren!«

»Überhaupt: Biografie ist ein viel zu verzerrtes Konzept, man nostalgiert sich irgendwelche Sachen aus der Vergangenheit zurecht, heraus kommt nur Kitsch.« Ich habe mich schön warm geredet: »Dabei ist es doch viel wichtiger, was gerade jetzt, in diesem Moment passiert!«

»Ja, ja, das klingt gescheit.« Höflich stimmt mir Professor Rausser zu, um dann penetrant seine Fragen zu wiederholen.

»Klar komme ich auch aus einer Familie«, antworte ich jetzt. »Jajaja, leider kein postchristliches Elternhaus, und dieser alte Krieg spielt vielleicht 'ne Rolle, Schlesien, meine Eltern sind ja recht alt gewesen, als sie mich bekamen, deshalb auch der Name, Hildegunde. Die Jüngsten einer Familie haben die wenigsten Geheimnisse. Sie versuchen, sich jeden Tag fünf neue auszudenken, die sie für sich selbst behalten können, aber es klappt einfach nicht, nach spätestens drei Stunden ist das gesamte Zimmer wieder einmal um 180 Grad umgegraben oder aufgeräumt, sodass ich nichts wiederfinde. Wie ein Schwamm habe ich mich gefühlt, der sich in brenzligen Situationen nicht mehr zusammenziehen konnte. Ein in Lack getauchter, harter Schwamm, die Poren dauerhaft offen für alle, die da hineinkriechen möchten. Deshalb auch mein Hobby mit der Siebposaune.«

»Siebposaune?«

»Wenn der andere dein Versteck kennt, dann hast du keins mehr, dann musst du dir eins vorstellen.«

»Jeder Mensch braucht aber doch ein kleines Geheimnis«, befindet Rausser.

»Und da haben Sie, verdammt noch mal, recht«, geht es mir über die Lippen.

»Da können Sie ja richtig froh sein, dass Sie das schwarze Loch haben!« Ohnmächtig stimme ich zu. Nachdem sich Professor Rausser für das Gespräch bedankt hat, fragt er mich, ob er meine Nummer an Forscher weiterreichen dürfte. Ich diktiere ihm Gregors Telefonnummer, die ich auswendig weiß, obwohl ich noch nie bei ihm angerufen habe.

»Eine schriftliche Einladung zur Tagung der Black Hole Studies erfolgt auf dem Postweg, wir sehen uns«, verabschiedet er sich, während ich mich zurück an die pelzige Wand lehne.

TAGESTHEMEN

Zur Begrüßung streichen wir uns gegenseitig kurz über die Oberarme. Ich möchte Gregor nicht gleich meine Stirn auf die Brust legen. Im Flur auf dem Boden zu unseren Füßen stehen vier Wäschekörbe bis oben hin gefüllt mit frisch gepflückten Brennnesselblättern. Dass ich in Zukunft permanent mit diesem Kraut konfrontiert sein werde, ist klar. Aber ich kann das Zeug schon jetzt nicht mehr sehen, und es verbreitet einen faden Geruch in der Wohnung. Wenn Tauben die Ratten der Lüfte sind, dann sind Brennnesseln die Ratten der Erde, sie wachsen überall, und ein dünner Stängel, der aus einer kleinen Bürgersteigritze herausragt, trägt ein paar Tage später einen unglaublich buschigen Strauß an Blättern.

Ich bahne mir einen Weg an den Wäschekörben vorbei.

»Die hat Bodo vorhin noch vorbeigebracht, obwohl die gerade gar nicht gut auf dem Markt gehen«, erklärt Gregor, während ich auf einem Fuß zwischen zwei Wäschekörben balanciere. »Wahrscheinlich werd' ich meine Nachbarn am Ende wieder mit Gratisbeuteln versorgen, damit ich sie am Ende nicht wegwerfen muss. Muss aber etwas aufpassen, im Treppenhaus begegnen mir nur noch total entwässerte Visagen.«

»Hm, zumindest scheint das Zeug zu wirken.«

»Ja, aber es wird halt nicht gekauft. Deshalb probier ich gerade noch was anderes damit aus. Schau mal hier!« Er stößt die Tür zum Bad auf. In engem Zickzack hat er dort etwa zwanzig Meter Wäscheleine gespannt. Daran hängen dicht an dicht Brennnesselblätter, mit Büroklammern befestigt. Der Boden ist mit Handtüchern ausgelegt, darauf leere Marmeladengläser ohne Deckel. Gregor murmelt irgendwas von Brennnesselöl, das in die Gläser tropft und auf dem Markt sicher besser gehe als die Blätter. Der gestreifte Duschvorhang liegt zusammengeknüllt in der Ecke, das Bad ist eine Brennnesseltrockenkammer.

»Du hast also gerade auch kein benutzbares Badezimmer«, stelle ich fest.

»Hey!« Er fasst mich vorsichtig an beiden Schultern. »Ich mach das bis morgen früh weg, dann kannst du hier auch duschen.«

Er zieht ein in Zeitungspapier eingewickeltes, kleines Ding aus der Tasche seines Jeanshemds: »Schau mal, das hab ich für dich gemacht.«

Gregor hat mir noch nie etwas geschenkt. Ich packe es aus, und zum Vorschein kommt ein kleiner Roboter, den er aus einem flachen Stück Korken geschnitzt hat, mit allem Drum und Dran, vielen Knöpfchen aus geplättetem Silber und einem Lächeln im Gesicht. Gregor hat die kleine Figur auf eine Anstecknadel geklebt, damit ich sie als Brosche tragen kann.

»Für deinen Mantel! Du meintest, der ist so langweilig, und der Korken ist von dieser Flasche, die wir hier mit Bodo letztens getrunken haben, die dieser japanische Soundkünstler ihm nach dem Abend im *Superloch* geschenkt hat und die wir dann auf dem Spielplatz geköpft haben. Das war ein schöner Abend!«

Ich schaue Gregor hilflos an, meine Augen sagen Danke und ich hoffe, dass er es sieht. Der Korkroboter ist so schön, dass ich fast leide, während ich ihn mir an mein Sweatshirt stecke. Ich hoffe nur, ich habe noch etwas Zeit und er etwas Geduld.

Ich kann mich noch sehr gut an den Abend mit der Weinflasche im *Superloch* erinnern, denn Gregor geht dorthin nur noch selten mit, weil er lieber daheim an seinen eigenen Klangexperimenten sitzt und weil er das Bier im *Das Loch* nicht mehr so gut verträgt. »*Loch-Hopfen – und dein Hirn wird zum Loch*«, lautet ein fiktiver Werbespruch, den Gregor nach nur ein paar Testbieren kreiert hatte. Tatsächlich schädelt das Gebräu bereits nach dem ersten Schluck und setzt sich über Tage in den Zell-kernen deiner körperlichen Materie fest wie kleine Kieselsteine in Profilsohlen.

In Gregors Küche riecht es nach Nussbraten. Ich setze mich und beobachte seine Küchenarbeiten, sie haben etwas Beruhigendes, sie sind sinnvoll wie Sandkuchenbacken.

Die Lampe hat er ausgeschaltet, seine Hände, über die er sich ein paar Topfhandschuhe stülpt, erstrahlen im warmen Licht der Dunstabzugshaube. Es gibt keine schönere Beleuchtung als die von Dunstabzugshauben in abgedunkelten Küchen. Es gibt Leute, die kaufen sich diese Abzugshauben nur aufgrund des besonderen Lichts, es ist sonnenähnlich, und man kann sich tatsächlich noch die Finger daran verbrennen, die Einfassungen funktionieren zum Glück noch nicht mit Energiesparbirnen, und im Fettfilter der Dunstabzugshauben sammeln sich alle Gespräche, die in den Küchen dieser Welt stattfinden.

Gregor öffnet den Ofen und zieht ein Blech mit getrockneten Blättern heraus, die sich von der Hitze zusammengekräuselt haben.

»Getrockneter Salat?«

»Meine ersten Grünkohlchips«, strahlt er. »Probier mal! Hab sie vorher mit Walnussöl beträufelt, muss nur noch 'n bisschen Salz dran.«

»Wieso nicht Brennnesselchips, davon liegen doch so viele rum?«

»Schmecken nicht, zu viele Bitterstoffe drin.«

Er füllt die Chips in eine Glasschüssel, rückt einen Stuhl nah an meinen heran und setzt sich. Dann klemmt er sich einen welligen Chip zwischen seine Lippen. »Ich habe extra nachgeschaut, was Grünkohl auf Englisch heißt, damit wir auch Etiketten für die Touris anfertigen können, *curly kale crisps.*«

»Wie findest du den Schinken hier?« Er reicht mir eine überlange Graubrotscheibe, dünn belegt mit Aufschnitt, der rot leuchtet.

»Ist auch kaum Fett dran«, wirbt er.

Als ich nach zehn Sekunden immer noch nicht reingebissen habe, legt er die Scheibe auf einem Holzbrett ab.

»Ich habe seit zehn Jahren kein Fleisch gegessen, Gregor.«

»Hildi, wenn du wüsstest, wie die Schweinchen gelebt haben, dann würdest du dir ein ganzes Tier als Organ transplantieren oder dir den Schinken intravenös verabreichen lassen.«

Ich denke an pürierten Schinken in Spritzen, da redet Gregor wieder drauflos: Die Schweine hätten viel Platz und lebten in der Toskana. Er tippt auf das Foto auf einer Broschüre. Kleine, rosa Schweine weiden im Schatten von Orangenhainen. »Hier, schau mal, da im Hintergrund ist auch ein chlorfreier Swimmingpool für die, man sieht auch ein Schwein drin.«

»Und was fressen die?«

»Erzähl ich dir erst, wenn du's probierst … Komm schon! Ich hab den Schinken extra superdünn geschnitten, du kannst den fast inhalieren.«

»Na, lass mich mal riechen!«

Gregor schwenkt das Brot wie ein Weinglas unter meiner Nase herum.

»Nussig!«, sage ich.

»Ja, das ist nichts Besonderes, nussig können auch die Discounter-Schinken.«

»Blumig, frisch?«, beschreibe ich weiter.

»Ja!«

»… und ein bisschen Marzipan!«

»Genau. Das kommt von den Mandeln, die die Schweine kriegen. Im Sommer bekommen sie außerdem Mohnblumen, die da *en masse* wachsen.«

Ich nicke.

»Im Winter werden dann Mohnkapseln unters Futter ge-
mischt. Deshalb wird dem Schinken auch eine besänftigende
Wirkung nachgesagt, und die Schweine haben Abwechslung, nix
mit Mais und dem ganzen Monofutter!«

Ich lausche, als würde Gregor mir eine Weihnachtsgeschich-
te erzählen, und frage nach Kerzen, worauf er ohne Rückfrage
drei Kerzen aus einer Schublade zieht, die er sogleich mit einem
Streichholz entzündet und in das flüssige Wachs steckt, das er
einfach auf den Holztisch träufelt.

»Hat Bodo dir das schon mit unserer Idee im Volkspark erzählt?«

»Nein.« Ich schalte das Licht in der Küche aus und betrachte
Gregor durch die Kerzenflamme.

»Du kennst doch dieses abgezäunte Hundelauffeld im
Volkspark, da wo diese kinderlosen Schlappschwänze ihre rein-
rassigen Fiffis ohne Leine rumrennen lassen.« Er überschlägt
sich fast. »Also, dahinter ist ja so ein riesiges Buchsbaumge-
büsch, und dahinter kommt dann dieser hohe Zaun von dem
Fußballclub *FC Braun*, dieser Asiverein. Aber, jetzt hör gut zu:
Zwischen Buchsbaumgeäst und dem Fuppes-Zaun ist noch eine
größere Stelle ohne Bäume, reine Wiese, die man eben nur sieht,
wenn man durchs Gebüsch durch ist. Da hätten die Schweine
Ruhe, sie hätten alles, was die brauchen, das wäre eine exquisite
Schweineweide.«

»Eine Schweineweide ... im Park? Hm, gehört diese Wiese
nicht der Stadt? Können wir denn da einfach so Schweine rum-
laufen lassen, wir müssen das doch sicher pachten?«

»Wir müssen der Stadt ein Schnippchen schlagen«, sagt er, als
würden er und Bodo das nicht schon die letzten vier Jahre tun.

Es klingelt an der Wohnungstür, und Gregor steht auf. »Wir
überlegen halt noch, womit wir die Viecher füttern sollen«, ruft
er aus dem Flur. »Es sollte natürlich nicht zu teuer sein.«

»Mit Brennnesseln?«, rufe ich zurück.

Nachdem er die Tür geöffnet hat, kommt er kurz in die Küche, um wortlos nach dem Schinkenbrot zu greifen und zurückzuflitzen.

»Das war die Brennnesselstudentin«, lässt er sich kurz darauf wieder auf den Küchenstuhl fallen. »Eine Drittsemesterin aus dem Hinterhaus, sie ist drauf hängen geblieben und klingelt einmal die Woche für einen neuen Beutel. Jetzt wollte sie noch 'ne Tüte Tee, aber das kann ich nicht zulassen. Die übertreibt's ein bisschen, sieht schon richtig schlimm aus.« Er hat ihr stattdessen das Schinkenbrot gegeben. »Brennnessel als Schweinefutter, das würde sicher schön mageres Fleisch bringen, aber, wie gesagt, einfach zu bitter!«

»Was wollt ihr sonst nehmen?«

»Wir dachten an Eicheln, die sind vor Ort, und wir würden die vorher rösten, dadurch werden die bekömmlicher, und der Schinken schmeckt dann etwas maronig. Im Herbst kehren wir die Eicheln zu Haufen in Silos, wir können da einen kleinen Eichelgrill aufstellen ...«

»Gregor ...« Ich werde immer ratloser, selbst wenn er der Lösung seines Schweineproblems auf die Spur kommt. Es ist nicht das erste Mal, dass ich mich mit ihm über irgendwelche individuellen Öko-Start-ups unterhalten muss. Wo soll das alles enden?

Wenn ich bei einem Kneipenabend im *Das Loch* ein professionelles Business-Brainstorming zwischen Bodo und Gregor mitbekomme, raucht mir anschließend der Kopf. Sie planen für die Zukunft, aber die Zukunft ist für sie eine Ansammlung von Schnapsideen.

Und manchmal nehme ich die beiden zu ernst. Wenn ich in der Nacht heimkehre, brauche ich meine Zeit, um gedanklich wieder runterzukommen. Dann höre ich Nachrichten im Radio oder lese Zeitung. Seit gestern Morgen habe ich keine Zeitung gelesen, und außer Gregors Sample-Feature über die heilige Messe in St. Clemens habe ich auch kein Radio gehört. »Soll'n wir *Tagesthemen* schauen?«, frage ich Gregor deshalb, ich bin ein großer Fan dieser Sendung. (Schon von der Sendezeit her taugten die *Tagesthemen* für mich auch immer als gutes Alternativprogramm zu Sex vor dem Einschlafen, vielleicht scheiterten meine wenigen beziehungsähnlichen Verhältnisse auch daran.) Die Moderatorin der *Tagesthemen* gibt einem auch immer das Gefühl, auf der richtigen Seite aller politischen Lager zu stehen, auch wenn das sicher nicht ihre Hauptaufgabe ist und der Fernsehzuschauer bei internationalen Konflikten keine Rolle spielt. Wenn ich an den gestrigen Abend im Schwimmbad denke, fürchte ich mich vor den heutigen Nachrichten. Nachdem wir es uns mit einer Schüssel Grünkohlchips vor dem Bildschirm seines Rechners gemütlich gemacht haben, müssen wir den Bericht über den Hallenbad-Super-GAU wohl gerade verpasst haben. Stattdessen eine Meldung über den größten europäischen Kokainfund aller Zeiten, illustriert durch Filmmaterial von Bananenkisten auf Holzpaletten in Bodos Lieblingsdiscounter inklusive einiger Gaffer, darunter auch Bodo. Ich zupfe den Korkroboter an meinem Pulli so zurecht, dass er frontal auf den Bildschirm des Rechners schauen kann. Danach folgt die Story über den Fahrradverlust in unserem Kiez: »Mehr als 4000 Fahrräder wurden im Berliner Stadtteil Franzheim als vermisst gemeldet, und das an *einem* Tag. So harmlos der Beutezug auch erscheint«, kommentiert der Sprecher, perfide seien die Methoden, mit denen die Kriminellen vorgegangen seien. Darauf folgt ein Schnitt, dann das Interview mit einem Mann mit einem Mikro unter seinem Schnäuzer: »Wir sind alle davon betroffen. Die Räder sind weg, alle heute Nacht! Dabei standen einige im Keller. Un-er-klär-lich! Eine Stadt ohne Fahrräder ist eine seelenlose Stadt.«

»Wirst du dein Rad als vermisst melden?«, Gregor schiebt mir einen Grünkohlchip in den Mund.

»Nein«, sage ich. »Ich bin mir ziemlich sicher, dass es noch in meiner Nähe ist!«

Ich stelle meine Füße aufs Sofa und ziehe die Unterschenkel eng an mich heran. Und nachdem er den Laptop zugeklappt hat, kommt Gregor mir so nah, dass ich direkt in seine Nasenlöcher schaue, sie erscheinen mir metertief.

»Meine körperlichen Deformationen sind immer noch nicht ganz verschwunden«, sage ich. »Hier unter der Kniekehle, da ist immer noch dieser Knubbel.«

»Ich weiß, dass du mir deinen Körper madig machen willst«, er tätschelt meine Kniescheibe, »aber ich mag deinen verformten Körper.«

Gregors Telefon, das auf dem Schreibtisch steht, scheppert, der Anrufbeantworter springt an: »Hier Gregor Uhlmann, ich bin wahrscheinlich zu Hause, aber auch beschäftigt. Hinterlasst 'ne Nachricht!« Nach dem Piepton grunzt Bodo aus dem Lautsprecher: »Hee, Gregor, ich mach heut Abend noch den Sound für 'nen Künstler im *Superloch*. Glaub, ich schaff's morg'n früh nich' mit aufn Markt. Tschauiwaui.«

»Ich komme mit auf den Markt!«, sage ich, mein Kopf in Gregors Händen.

Zwei schwarze Löcher schauen mich vor einer dunkelbraunen Iris an. Kuss, Kuss, ein echter Kuss dauert länger als dieses kurze Wort, und das Problem des »Dritten« ist bei einem Kuss gelöst: Der Störende, Bodo, wird automatisch ausgeschaltet. Gregor ist unrasiert, der Flaum um den weichen Mund aktiviert irgendwas in mir. Seine Zähne und seine Zunge sind kräftig, sein Gesicht verschwimmt vor meinen Augen, ich glaube, ich bekomme Herzrhythmusstörungen. Sanft stoße ich ihn von mir weg, greife dabei fest seine Schultern, atme tief ein und aus, befühle mit der linken Hand seine und mit der rechten Hand meine Brust, um unseren Herzschlag zu ertasten, ein Kennenlernspiel.

»Darf ich mich *auch* ausziehen?«, höre ich ihn fragen.

Was hat er gefragt? Als unsere Lippen sich berühren, wird mein Hirn immer kleiner, ich verschwinde in seinem Gesicht. Und während die Körper immer stärker werden, hüllen sich die dicken Polster um unsere Skelette in schwarzen Dunst, der alle Informationen über unsere Vergangenheit auslöscht, der Zusammenprall zweier schwarzer Löcher im Dunkeln, doch die Energie, die dabei entsteht, leuchtet, kein Teleskop kann uns sehen.

TANKSTELLENROMANTIK

Die Zahlen auf Gregors Radiowecker leuchten 4:45 Uhr, als ich aufwache. Seine Bartstoppeln liegen wie Mohn auf einem Brötchen an meiner Wange. Ich schlafe gleich wieder ein, und das nächste Mal erwache ich aus seltsamen Träumen, Kaffeeduft in meiner Nase, der Wecker zeigt 5:50 Uhr, Gregor duscht im Bad nebenan. Als ich ihn in die Küche wechseln höre, stehe ich auf und laufe schnell ins Bad. Die Brennnesseln hat er abgenommen, und der Duschvorhang hängt um die Wanne. Als der Wasserstrahl läuft, schmiegt sich das dünne Plastikding wie eine fremde Haut immer wieder an meinen Körper.

»Ich habe geträumt, dass mein schwarzes Loch von einem anderen, größeren Loch verschluckt wurde, bevor meins den gesamten Volkspark aufsaugte. Nur die Eichelschweine haben komischerweise überlebt«, begrüße ich ihn in der Küche. Er reicht mir einen Becher mit Kaffee.

»Vielleicht bedeutet es, dass wir die schwarze Materie in deinem Badezimmer mit einem Schwein füttern sollten.« Gregor läuft in den Flur und beginnt, die Einmachgläser in einen Pappkarton zu stellen.

»Aber dann dehnt es sich doch weiter aus!«, sage ich, während ich mich anziehe. »Schwarze Löcher werden nie satt!«

Gregor verspricht mir, dass er sich das schwarze Loch in meiner Wohnung heute Nachmittag mal anschauen wird.

Wir wollen die Wohnung mit den Kartons gerade verlassen, da klingelt das Telefon. Weil Gregor wieder Bodo vermutet, lässt er den Anrufbeantworter anspringen. Eine ältere Männerstimme spricht nach dem Piepton vorsichtig in den Hörer: »Hallo, hallo? Herr Uhlmann? Ich dachte, da würde Frau Tropeng wohnen, Professor Rausser gab mir die Nummer! Aber er meinte auch, sie hätte gerade keinen festen Wohnsitz, wenn man das so sagen darf. Also, falls dort auch Frau Tropeng wohnt, hier ist Martin Häfner, ich hoffe, ich wecke Sie nicht, es ist noch sehr früh am Morgen, aber ich möchte gerade keine Zeit verlieren. Vielleicht schlafen Sie noch, dann verstehen Sie meine Nachricht hier gerne als Brief. Ich plane einen Vortrag über die poetologischen Aspekte von Schwarze-Löcher-Literatur. Ich wollte fragen, ob Sie Tagebuch schreiben, über Ihr schwarzes Loch, oder vielleicht ein Blog? Im Netz konnte ich noch nichts finden, nicht mal Ihren Namen. Vielleicht schreiben Sie dann doch Tagebuch, Ihre Erfahrungen müssen Sie doch irgendwie verarbeiten. Wenn dem so ist, dann würden mich die Texte interessieren, aus rein literaturwissenschaftlicher Sicht.« Häfner hustet länger in den Hörer hinein. »Meine Forschungsgruppe untersucht in Kooperation mit einem Genfer Institut von Physikern naturwissenschaftliche Texte auf poetologische Besonderheiten, in diesem Zusammenhang sind Lochzeugen oder Loch-*heirs* für uns von großem Interesse, konkret geht es um kosmologische Alltagsmetaphern. Also, kontaktieren Sie mich gerne, meine Kontaktdaten lasse ich Ihnen mit der Post zukommen. Ich hoffe, ich höre von Ihnen!«

»Hildi, die Medien wollen Tote! Jetzt geht's lo-hos, jetzt geht's lo-hos!«, grölt Gregor, als sei ich Werder Bremen.

»Nee, nee, der ist wahrscheinlich wirklich Literaturwissenschaftler«, erkläre ich und erzähle von der anstehenden Tagung.

»Zum Wohle der Wissenschaft«, lästert Gregor. »Und was können die *mehr*? Wissen die irgendwas, was du nicht weißt?«

»Ich weiß es noch nicht, eigentlich nicht, und immer diese interdisziplinären Kooperationen ... Vermutlich sind da auch Sexualwissenschaftler auf der Tagung, die über den Einfluss schwarzer Löcher auf das Sexualleben von *heirs* referieren ...«

»Und? Wie hat dein schwarzes Loch dich da bislang so beeinflusst?«

Verunsichert pieke ich ihn seitlich in seine Rippen.

»Und? Schreibst du Tagebuch über dein Loch?«

»Ja, ich fange gerade damit an.« Ich schlage ein imaginäres Notizbüchlein auf, in das ich mit einem unsichtbaren Kugelschreiber hineinkritzle. »Aber das mit dem Tagebuch müssen die doch nicht wissen, man kann ja wohl mal was für sich behalten, oder?«, frage ich Gregor.

»Ja, Tagebuch ist deshalb auch besser als Blog, Blog kannste ja am Ende gar nicht mehr vermarkten, wenn die Leute den vorher gelesen haben!« Selbst wenn Gregor die Touriwelle im *Das Loch* verachtet, er ist durch Bodos Einfluss durch Mark und Bein merkantil geworden. Aber in diesem Fall pflichte ich ihm bei: »Stimmt, dann würden die ganzen Verschwörungstheoretiker vorher alles schon im Netz lesen und falsch reproduzieren. Ich schreibe wohl eher so Sekundärliteratur, und das Hauptwerk wäre ein naturwissenschaftliches Buch über das Loch.«

»Ob Sekundärliteratur in diesem Fall das passende Genre ist?«, fragt Gregor.

»Vielleicht eher Peripherliteratur?«, schlage ich vor. »Solange man peripher ist, kann man locker bleiben. Denn Peripherliteratur liest keiner!«

»Stimmt, so ähnlich wie meine Radiosendungen. Hört keiner, will keiner!«

»Außer ich«, sage ich.

Gregor nickt zufrieden.

Der Hinweg zum Markt in der Morgendämmerung ist ein Gedicht. Schon in der Früh riecht es in allen Ecken nach Hundepipi. Wir stellen die Kisten auf den Handwagen und ziehen ihn Richtung Tankstelle, wo wir die platten Reifen aufpumpen. Der Diesel steigt in meine Nase, berauschend wie Marzipan. Neben den Zapfsäulen rote Colareklame, ich betrete den Tankstellenshop, um mir etwas zu trinken zu kaufen. Während wir den Wagen gemeinsam ziehen, habe ich das seltsame Gefühl, dass er und ich ein Paar sind. Aber was bringt es, wenn ich versuche zu erklären, was uns zusammenhält? Letztendlich ist es kein anderes Gefühl, als mit einem guten Freund unterwegs zu sein, von dem man behaupten kann, dass man wahrscheinlich auch in zehn Jahren mit ihm zusammen sein wird – im starken Bewusstsein, dass man sich eines Tages oft streiten wird und dass dann alles nicht mehr so rosig ist, aber vermutlich gibt es insgesamt nichts Besseres! Wir schätzen dieselben Dinge: 24-Stunden-Tankstellen, den Park und alles, was uns von dem Gedanken abhält, dass wir vielleicht eines Tages unsere gemeinsame Steuererklärung einreichen müssen.

Ist es der Mond, oder ist es die Sonne, die uns blendend entgegenstrahlt, als wir den Park erreichen? Kurz bleiben wir stehen und beobachten den Moment, in dem sich die ersten Lichtstrahlen wie straffe, grelle Fäden über den dunklen Rasen legen. Die vielen Kronkorken in den Gräsern reflektieren das Sonnenlicht und tun so, als seien sie Goldstücke. Sterntaler. Wir überqueren eine moosige Wiese und kicken die glänzenden Bierverschlüsse vor uns her, Kronkorken in Hülle und Fülle. Alle zusammengenommen sind weniger Wert als ein Kilo goldfarbener Kartoffeln, das wissen wir. Trotzdem unterhalten wir uns darüber, wie es wäre, wenn es eine Kronkorkenwährung gäbe, jeder Kronkorken ein Euro. Der Park – eine Goldgrube wie das sich anschließende morgendliche Geschäft unseres Marktstands auf dem Yuppinski-Platz, den wir erschöpft, aber mit leeren Kisten und unseren Hosentaschen voll Geld am frühen Nachmittag wieder verlassen.

KONTROLLBESUCH

Staunend befühlt Gregor die Staubwand im Flur meiner Wohnung: »Ziemlich feste Schicht!«

»Ja, die Staubflocken sind gerade meine Seismografen.« Ich laufe ins Schlafwohnzimmer, um die Hampelmänner zu überprüfen und bin selbst überrascht: »Schau hier, seit gestern hat sich so viel Staub gebildet.« Ich streiche etwa sechs Zentimeter Staub von den Pappgesellen.

Mutig lässt sich Gregor frontal nach vorne in die weiche Wand fallen, dann jault er plötzlich auf: »Was ist das?« Er fasst sich an die Brust, weil er auf etwas Hartes gestoßen ist. »Wie kommt Aurelias Fahrradklingel hierhin?« Er hält eine schwarz-weiß eingepinselte Klingel in die Höhe. Mit Streichbewegungen sucht er nach weiteren Gegenständen und wird fündig: eine Felgenbremse samt Kabel, dicht daneben die beiden Korkgriffe meines Fahrrads.

»Dein schwarzes Loch hat es offenbar auf Fahrräder abgesehen«, schließt Gregor.

»Aber ein paar Kleinteile hat es übrig gelassen oder wieder ausgespien, ein übler Scherz«, sage ich.

Gregor hält die Fahrradklingel dicht an die oberste Staubschicht, so als würde er einen Esel mit einem Apfel füttern, kurz darauf verschwindet die Klingel wieder im grauen Pelz.

»Das schwarze Loch ist also die böse Fahrradgang«, muss ich zugeben. Selbst wenn es lustig klingt, so lustig finde ich es nicht, und die Saugkraft hat sich wieder etwas verstärkt. Ich kann nur schwer atmen.

Zwischen der Zimmerwand zum Bad und den Fenstern des Wohnschlafzimmers hat sich ein starker Druck aufgebaut. Die Fensterscheiben wölben sich nach innen. Wie warmer Honig legen sich die Sonnenstrahlen in die konkave Krümmung der Scheibe, die Holzrahmen knirschen, und auch der Boden knarrt, als würden die Dielen augenblicklich herausspringen.

»Spürst du das auch?« Ich laufe zu den Fensterbänken, um die Fenster zu öffnen.

»Ja klar, es fühlt sich an wie *Das Loch* zu seinen besten Zeiten. Um vier Uhr morgens.«

»Stimmt.« Ich weiß, was er meint: Die Energien der Körper, die lauter Musik ausgesetzt sind, akustische Folter, die die Menschen elektrisiert.

»Aber eine stille Spannung, ohne Musik«, stellt er prüfend fest und streckt dabei seine Arme in Richtung der diagonal gegenüberliegenden Zimmerecken.

»Der Druck ist stärker als gestern«, muss ich zugeben.

In den letzten 48 Stunden habe ich nicht wirklich viel geschlafen, aber dafür ist in dieser Zeit mehr passiert als in den letzten 24 Jahren. Das schwarze Loch wurde installiert, aber was für mich fast noch bedeutender ist: In den letzten zwölf Stunden haben sich auch vier Jahre Freundschaft unveränderlich zu einer Beziehung zusammengezurrt, ich weiß noch nicht genau, ob ich das wirklich so wollte.

»Diese Spannung ist unerträglich«, sage ich.

»Ja, es wird immer schlimmer, es fühlt sich so an, als übernehme es meinen Körper.« Plötzlich durchzuckt es Gregor, als hätte ihm jemand von hinten in den Nacken geschlagen.

Auch mich durchfährt ein elektrischer Strahl, der sich stechend in kurzen Abständen wiederholt. Solche Tics kenne ich bislang nur von meinen Augen. Mein ganzer Körper pulsiert. Während Gregor versucht, mich an meinen Schultern zu halten, wird er durch eine unsichtbare Kraft an der Wand entlang von mir weggezogen. Wie eine frisch aufgeladene Batterie, die nichts mit Gregors Energie anfangen kann, stoße ich mich von ihm ab. Pluspol in meinem Kopf, die negative Elektrode in seinem, in meinen Füßen der Minuspol, in seinen die positive Elektrode. Kopf gegen Kopf, Füße gegen Füße. In zwei Metern Abstand voneinander springen unsere Körper voreinander auf und ab, ist er oben, bin ich unten, und umgekehrt, vielleicht finden wir so wieder zueinander. Als er sich nach unten beugt und versucht, sich mir zu nähern, gebe ich alles, um aufrecht an der Wand stehen zu bleiben. Nur knapp kann er sein Gesicht auf Nabelhöhe über meinem T-Shirt halten, aber die Energie in meinen Füßen zieht ihn hinab, zwischen meine Beine, die Waden entlang, bis sein Scheitel mit dem Pluspol am Boden angekommen ist. Und als sein Kopf sich zwischen meinen Fußsohlen verhakt, fällt er und zieht mich zu Boden. Ich schaue auf den Fußspann seines Turnschuhs. Wir liegen auf der Seite, Fuß an Kopf und Kopf an Fuß, zwei Energiespeicher, zwei sinnlose Körper.

»Schwerelos ist anders.« Gregor versucht, belustigt zu klingen, meine Füße erdrücken seine Ohren.

»Hast du 'ne Ahnung, wie wir uns wieder entladen können?« Mein Oberkörper klemmt zwischen seinen Waden fest.

»Die Geschwindigkeit der Selbstentladung hängt unter anderem vom Typ und der Temperatur ab. Je niedriger die Temperatur, desto geringer ist die Selbstentladung.«

»Ich find's hier ziemlich heiß«, sage ich. »Ich mein aber nicht hot!«

Wir schwitzen, die Klammerhaltung strengt an, beansprucht die gesamte Muskelkraft.

»Ich kann nicht mehr auf der Seite liegen«, sage ich. »Ich kann den Kopf einfach nicht mehr oben halten.«

»Vielleicht schaffen wir es, wenn wir uns von der Mitte aus voneinander abstoßen und unsere Köpfe zu den Füßen zu drehen.«

»Lass es uns versuchen«, sage ich, auch wenn ich befürchte, dass ich an die Wand pralle, wenn wir uns voneinander lösen.

Mit ruckartigen Bewegungen ziehen wir uns gegen den Widerstand aus der Liegehaltung an den Händen hoch, und an dem Punkt, an dem sich unsere Köpfe treffen müssten, schnellen wir auf unsere Füße und erreichen den geplanten Effekt: Unsere Körper stoßen sich wieder voneinander ab.

»Ich gehe vor«, sagt Gregor und verlässt den Raum. Erst als ich ihn die Wohnungstür hinter sich schließen höre, spüre ich seine Spannung nicht mehr und folge ihm ins Treppenhaus. Die Fenster habe ich offen gelassen, damit die Scheiben nicht zerspringen, sollte der Druck noch stärker werden.

Während wir wortlos auf dem Bürgersteig nebeneinander herlaufen, schütteln wir Arme und Beine aus.

Mir tut alles weh, und Gregor fasst sich in den Nacken. Wir trauen uns nicht, uns an den Händen zu halten. »Ob es wirklich am schwarzen Loch lag«, frage ich mich laut.

»Na, nach allem, was du mir gestern über die Katastrophe im Schwimmbad berichtet hast, war doch mit so etwas zu rechnen, oder?« Er bemüht sich, ruhig zu bleiben, aber ich spüre Hadern in seiner Stimme. »Gegen die Fahrräder war das ja noch ganz harmlos«, stellt er fest, aber es klingt eher wie eine Frage. »Es ist unsichtbar, aber wir konnten seine gravitativen Auswirkungen spüren.« Auch wenn seine Ausführungen esoterisch anmuten, in Verbindung mit dem Loch können wir Begriffsverirrungen, die um Energiefelder kreisen, nicht vermeiden.

»Vielleicht sollten wir das schwarze Loch vor Bodo erst einmal geheim halten«, schlägt er vor.

Ich nicke. »Was er nicht weiß, macht ihn nicht heiß.«

SONOGRAFIEN

Andere Menschen flochten Feigenblätter zu Schurzen. Wir verbringen den Rest des Tages größtenteils in getrennten Zimmern. Ich war zwar noch nicht in vielen Beziehungen, doch ich weiß, dass alles bergab geht, wenn Schüchternheiten verloren gehen. Dass ich in dem ein oder anderen Moment etwas gehemmt bin, obwohl wir in der Nacht zuvor eine *fun explosion* miteinander hatten, ist für mich deshalb ein gutes Zeichen. Wir müssen unsere Zahnbürsten nicht miteinander teilen, ich möchte immer noch ich selbst bleiben. Das schwarze Loch ist unser gemeinsames Geheimnis, das die Intimität wieder herstellt, und ich weiß, dass Gregor davon fasziniert ist und sich Gedanken darum macht: »Wir müssen das schwarze Loch kennenlernen, um es zu bekämpfen. Know your enemy!«, ruft er mir aus seinem Wohnschlafzimmer zu. Während ich die letzten beiden Stunden in der Küche gesessen und rohe Grünkohlblätter auseinandergepfriemelt habe, die gleich in den Ofen kommen, hat er angefangen, ein Radioteleskop mit Detektoren zu bauen, mit dem er die Gravitationswellen meines schwarzen Lochs einfangen und grafisch sichtbar machen möchte. Gregor ist kein Physiker, die Bauanleitung für das Gerät fand er in einem Forum für illegale Funker, einer unseriösen Gilde, in der nicht wenige an Marsmenschen glauben. Vorlage seines Teleskops ist ein Originalentwurf von Astronomen der Universität von Massachusetts, bei dem die Stützpfeiler aus Telegrafenmasten bestehen. Gregors Version erinnert mich dagegen an einen filigranen Geigerzähler: ein langer Stock, an dem er vorne ein kleines Kästchen mit den Detektoren angebracht hat. In dieser kleinen Apparatur steckt ein kleines Stück Holz, auf das er viele Drähte und einen winzigen Generator befestigt hat.

Obligatorisch hat er darauf noch drei Knopfmikrofone gelötet, die die allgemeine Geräuschlage im Zimmer kontrollieren. Für die Messung der von dem schwarzen Loch ausgehenden Gravitationswellen seien die Drähte verantwortlich, die über den verkabelten Stock in seinen Laptop geleitet werden.

Als wir am nächsten Tag in meiner Wohnung sind, um uns ein Bild von der Lage zu machen, ist der Flusenteppich noch fester als gestern. Doch die Anziehungskraft hat merklich abgenommen. Aurelias Fahrradklingel und noch andere schwere Teile von mir unbekannten Rädern, die wir gestern hinter der Staubwand wohl nicht aufgespürt hatten, sind einfach auf den Dielenboden gefallen.

»Hoffentlich kann ich heute überhaupt repräsentative Daten einfangen.« Mit dem Detektor sucht Gregor meine Wohnung nach womöglichen Gravitationswellen ab; dem »Puls des schwarzen Lochs«, der durch die granitisolierte Badezimmerwand hindurchstrahle.

Ich sitze auf der Fensterbank am offenen Fenster und schaue ihm zu.

Für den Empfang und die Auswertung der Gravitationswellen benötige man kaum Strom, deren intensive Gammastrahlen müssten nicht elektronisch verstärkt werden.

Staub wirbelt auf, als er den Detektor wie einen Kescher über die Wand fährt. »Die Schlafwohnzimmerwand ist sehr durchlässig, deshalb sind die Signale der Gravitationswellen hier auch am stärksten.« Er gerät ins Schwärmen, als er das kleine Kästchen am Ende des Stocks tief in den Staub in der Mitte der Wand steckt. »Die Entfernung zum Pulsar ist so gering. Unglaublich, Wahnsinnswerte!« Er verkabelt ein digitales Aufnahmegerät mit dem Pulsmessgerät und schließt es an einen kleinen Vorverstärker an, der mit seinem Rechner verbunden ist. Dann steckt er seine Kopfhörer in den Laptop und lauscht den Wellen, die als ellipsenförmige Audioskulpturen auf dem Bildschirm des Rechners sichtbar werden.

»Magst du eine akustische Repräsentation meiner Herzaktivität hören, ein nichtsprachliches Audiofile zur Vermittlung von Information, um herauszufinden, wie es um meine emotionale Verfassung zu dir steht?«, fragt Gregor mich. Poesie und Rationalität schließen sich bei ihm nicht aus, das eine kompensiert das andere, und vielleicht ist es bei mir so ähnlich.

»Diese Wellen hier haben eine ganz besondere Form.« Er scrollt sich durch die Pulse, die sich als kleine Hügel auf dem Bildschirm abzeichnen, zieht die Kopfhörerkabel aus dem Rechner und steckt die externen Boxen an. Ein von Rauschen begleiteter hoher Piepton aus den Lautsprechern untermalt Gregors Rede: »Die Sonifikation ist immer noch eine umstrittene wissenschaftliche Methode, aber vielleicht ein konstruktiver Bremsklotz auf dem Weg zur Akzeptanz.« Solange Gregor mir helfen möchte, lasse ich seine Vorlesung willenlos über mich ergehen. »Aber die vermeintliche Hörbarmachung befeuert die imaginäre Ebene des naturwissenschaftlichen Phänomens.«

»Genau genommen kann das schwarze Loch selbst also gar nicht wahrgenommen werden«, wende ich ein. »Dieser unerträgliche Piepton als sein Repräsentant ist lediglich die akustische Übersetzung von physikalischen Daten, die in Nullen und Einsen übersetzt werden.«

»So einseitig würde ich das nicht sehen. Die Methode der Sonifikation schafft immer noch einen sinnlichen Zugang zum Phänomen.« Das klingt fast poetisch.

»Besser als gar nichts«, gebe ich zu. Immer noch stehe ich zwischen der Wand und dem Kästchen.

»Besser als *gar nichts*?« Gregor ist empört. »Der sinnliche ist vielleicht der *einzige* Zugang, den wir haben!«

Es wäre naheliegend, ihn zu fragen, ob er dies auch in Bezug auf zwischenmenschliche Erscheinungen so sieht und wie er Gefühle akustisch darstellen würde. Doch eigentlich möchte ich nur wissen, ob meine Wände noch dicht sind: »Verändert sich irgendwas? Fällt irgendwas auf?«

Gregor blickt auf die Auswertung der Schwingungszahlen, eine graublaue Grafik auf seinem Monitor. »Es gibt eine Art Grundrauschen, ein Grundsaugen, fast harmonisch. Gerade bleibt es konstant, keine Ausschläge.« Mit den Frequenzellipsen ist bislang auch der Piepton gleich geblieben. Schließlich drückt Gregor die Recordtaste eines Audioprogramms, das die Daten akustisch aufzeichnet. Dann befreit er den Detektor von Staubflusen und verstaut seine Gerätschaften in einer Ecke meiner Wohnung, weil er das Verhalten des Gravitationsfeldes weiter beobachten und auf mögliche Veränderungen hin analysieren möchte.

»Meinst du, die Werte bleiben gleich harmonisch?«, frage ich.

Er zuckt mit den Schultern: »Ich möchte es nur besser kennenlernen.«

KÜCHENARBEIT

Ich bin in das gemeinsame Geschäft von Bodo und Gregor mit eingestiegen. Bloß als zusätzliche Hilfskraft, denn ihre magische Zweiercombo möchte ich nicht kaputtmachen. Heute stehen wir in Bodos Küche und pulen Hagebutten, die Göttin der Straßenbeeren. Wir tragen Schürzen aus Gummi, die wie Röntgenumhänge aussehen. Überall klebt das hellrote Fruchtfleisch, das wir heute zu Marmelade verarbeiten möchten. Das darunter liegende Juckpulver ergibt mit Wasser und Hafer vermengt »ein unschlagbar gutes Dämmmaterial«, das behauptet Bodo jedenfalls. Er möchte den Stoff demnächst seinem Stockholmer Bauherrn vorstellen, der in der nachhaltigen Immobilienbranche unterwegs ist.

»Der skandinavische Architektenverband!«, schwärmt Bodo. »Wenn der erst mal auf unseren Hagebuttenbaustoff heiß wird!« Er steigt auf einen Hocker, um in einen der oberen Küchenschränke zu schauen. Ich sehe ihn von der Seite, von der Brust an abwärts, sein Oberkörper ist von der Schranktür verdeckt. Unter dem kurzen, vergilbten T-Shirt lugt sein Bauch hervor, eingeschnürt von dem Bund einer braunen Cordhose. Ich stelle mir vor, wie ich in dieses prallweiche, mit Haut überzogene Fass steche und ein fontänenartiger Bierschwall herausspritzt. »Wir brauchen mehr Zucker!« Bodos Arme stecken mit verzweifelten Suchbewegungen im oberen Schrankfach.

Eine halbe Stunde später kehrt Gregor mit vier Kilo Zucker in der Jutetasche zurück in die Wohnung.

Bodo kann mit der Hagebuttenverarbeitung fortfahren, Gregor wendet sich dem Löwenzahn zu und putzt ihn. Mit Streichelbewegungen löst er in einer Lauge aus Verbene und einem Spritzer Spüli das grüne Kraut vom restlichen Dreck und legt es zum Trocknen auf Küchenpapier, das Bodo in Bahnen im Flur ausgerollt hat.

Saisonabhängig trocknen hier im Wechsel Brennnesselblätter und Löwenzahn. Aus den Blättern möchte Bodo heute auch noch Pesto machen, was ich nicht empfehlen kann, es hat einen rauchigen Beigeschmack mit einer ranzigen Schweinefleischnote an Styropor: Der fürs Pesto verwendete Löwenzahn stammt aus der Ecke des Volksparks, in welcher das Barbecuevolk seine Einweggrills mitsamt den verderblichen Überresten zu entsorgen pflegt.

Etwa 1500 Löwenzahnblüten köcheln in zwei blauen Emailletöpfen auf dem Gasherd. Ich stelle die Gläser bereit, während Gregor mit baren Händen die letzten Reste der Hagebuttenpampe aus einem Standmixer schaufelt.

»Die Holzaufsteller müssen auch noch neu besprüht werden, vielleicht kann das Hildi machen!«, befiehlt Bodo.

Vor zwei Jahren hat Gregor drei überlebensgroße Figuren geschnitzt, eine Hagebutte und zwei Löwenzahnpflanzen. Liebevolle Dekoration für den Marktstand der beiden, die sicherlich mit verantwortlich ist für den enormen Absatz der urbanen Unkrautveredelung. Letztes Jahr kamen zwei goldene Lupinen aus Sperrholz hinzu. Im Innenhof färbe ich das Sperrholz mit einer Sprühflasche neu ein, das Gold täuscht über so manche Makel hinweg.

Die Löwenzahnsaison dauert von März bis Oktober, die Hagebuttenernte inklusive Nachbearbeitung von August bis November, und in diesem Jahr bin ich mit dabei! Die nächsten drei Wochen vergehen routiniert. Alle Tage sind gleich, aber schön. Morgens, ehe die sommerliche Hitze unseren salzigen Schweiß in unseren Baumwoll-T-Shirts trocknet, pflücken wir Löwenzahn, Hagebutten oder anderes Unkraut. Mittags machen wir eine kleine Pause, stellen unsere Beutel in Gregors kühle Küche, nehmen etwas Selbstgekochtes zu uns, und nachmittags kümmern wir uns um die Verarbeitung der frischen Ernte. Das dauert manchmal bis zum Abend, aber meistens arbeiten wir bis nach Mitternacht. Der vertraute Tagesablauf (waschen, schneiden, pulen, einkochen, abfüllen und etikettenschwindeln) hüllt uns in eine Wolke der Euphorie. An manchen Tagen reden wir für Stunden nicht miteinander, selbst Bodo wirkt ruhig und entspannt. Fließend gehen diese Herstellungsvorgänge über in die unliebsamen Pflichten des Aufräumens und Putzens, die wir ohne Murren erledigen, jede Nacht schrubben wir den Küchenboden, die Spüle, den Herd und den Flur, als sei unser Gewerbe angemeldet und die Gesundheitsbehörde stünde in den nächsten Tagen vor der Tür. Ich liebe meine Arbeit, ich liebe meine Freunde, und vor allem liebe ich Gregor.

Bodo kompensiert in diesen Wochen mit der harmonischen Küchenarbeit vor allem den Frust, den er aus dem *Loch* mitbringt. Denn da herrscht gerade Krisenstimmung. Die Besorgnis um die Kündigung des Pachtvertrags war berechtigt. Vor drei Wochen hat das Kollektiv erfahren, dass das gesamte Gebäude weiterverkauft werden soll, genauer wollte die Hausverwaltung sich nicht dazu äußern, selbst als das Clubkollektiv das Gespräch suchte.

Gregor und ich haben uns aus der Partyzone etwas zurückgezogen und die täglichen Kontrollbesuche in meiner Wohnung auf die Abendstunden verlegt, auch damit Bodo nichts von meinem schwarzen Loch mitbekommt. Immer dann, wenn die Marmelade zu gelieren begann und Bodo sich in *Das Loch* verabschiedete, verließen wir unseren Arbeitsplatz, um meinem Untermieter einen Besuch abzustatten. Wir fuhren einmal mit dem Messgerät über die Wand, speicherten die Daten auf einem Stick und übertrugen sie auf Gregors zweiten Rechner, wo er sie analysierte und mit älteren Daten abglich. Bis jetzt blieb der Puls des Lochs konstant. Ganz selten, beim Pulen von Hagebutten, beim Rupfen des Löwenzahns und beim Auskochen von Brennnesselblättern, vergesse ich das schwarze Loch hinter den Wänden meiner Wohnung. Doch selbst wenn seine Kraft unauffällig bleibt, überschattet es meinen Alltag, meine Gedanken.

DJ HOLE-HEAD

»Abbruchpartys sind das i-Tüpfelchen der Geschichte jedes Clubs!« Bodo macht sich zurecht für die allerletzte Party im *Das Loch* heute Abend. Da alle Mitglieder des Kollektivs nun endlich kapiert haben, dass der Laden in ein paar Monaten abgerissen werden soll und aller Widerstand zwecklos erschien, entschied man sich dazu, die letzten Tage einfach durchzufeiern. Seit einer Woche steppt der Bär, als gäbe es kein Morgen, und Bodo setzt sich seitdem jeden Morgen zum Hagebuttenpulen auf den Balkon, um auszunüchtern. Wann er das letzte Mal geschlafen hat, wissen wir nicht.

»I-Tüpfelchen« sei viel zu beschönigend, meint Gregor, der seine Trauer um den Club kaum zurückhalten kann. Er und ich haben die letzten Tage nicht mitgefeiert. Nicht nur weil der Abschied zu stark schmerzt, sondern weil wir mit unseren Kontrollbesuchen in meiner Wohnung und dem Einmachen der Früchte voll ausgelastet waren. Heute Abend wollen wir aber später dazustoßen, versichern wir Bodo, als er seine Wohnung verlässt.

Nachdem wir die letzten Gläser mit Hagebuttenmarmelade befüllt und uns unser tägliches Bild von der Staubsituation in meiner Wohnung gemacht haben, begeben wir uns auf den Weg in *Das Loch*.

Vor dem Eingang fährt gerade ein Notarztwagen aus einer Parktasche. Als wir Susi dazu befragen, die seit gestern Abend hinter der Theke steht, erkärt sie, Bodo habe einem spanischen Clubgast die Nase eingeschlagen, der Fotos von einer Kloschüssel in den Herrentoiletten machen wollte. »Where do you want to publish it? On Hinternet? On Chorizonet?«, hätte Bodo ihn angeschrien, bevor er mit seiner Faust ausholte und den Fotoapparat, dessen Teleobjektiv laut Susi einem Elefantenrüssel glich, auf dem Handwaschbecken der Toiletten zertrümmerte. »Bodo baut jetzt das Equipment im *Superloch* ab«, erklärt sie, während sie zwei Biergläser in das dunkelgraue Spülwasser fallen lässt. »Bei Bodo hinten hat wieder so 'ne Karlheinz-Stockhausen-Coverband rumgemurkst. Da war keiner, aber hier, na ja, *Hole-Head* halt.« Sie zeigt auf die Kanzel, von der aus der DJ die Massen wie aufgeregte Flummis von unten nach oben dirigiert. »Und das in der letzten *Loch*-Woche! Wahrscheinlich musste Bodo sich was abreagieren, das hat geblutet, sag ich euch ...«

Jeder, der Bodo nicht näher kennt, würde ihn als launisch, lustig, aber etwas jenseits von Gut und Böse charakterisieren. Dabei weiß keiner, gegen wie viel Angst und innere Widerstände er selbst ankämpft und dass er sich gerne auch mal selbst ausschaltet, wie seine Schwäche für kneipentaugliche Narkotika verrät.

Er hat einiges mit dem Charakter der Stadt gemein, in der ich aufgewachsen bin. Den Einwohnern dieser Großstadt im Rheinland wird auch immer nachgesagt, sie seien einfach gestrickte Frohnaturen – eine Charakterisierung, mit der ich nichts anfangen kann. Wie bei Bodo steckt das ausgelassene Gedöns, das jener Stadt zugeschrieben wird, in einem Fundament abgrundtiefer Melancholie. Im ungleich größeren Berlin, in dem Bodo, Gregor und ich gefühlt seit der Hochschulreife leben, werden Zuschreibungen glücklicherweise anders gehandhabt, weniger schablonisierend. Aber Widersprüche taugen nur schwer als Wahrzeichen. Bodo hingegen bleibt ganz und gar authentisch in seinen Unstimmigkeiten, was den Umgang mit ihm aber nicht einfacher macht. Natürlich ist er, wie Susi immer behauptet, »narzisstisch veranlagt«, aber letztlich ist Bodo ein sozialer Typ mit einem sehr ausgeprägten Gerechtigkeitssinn. Er ist in der Lage, Situationen messerscharf auf den Punkt zu bringen, leider oft ohne jegliche Diplomatie.

Bodos Gewaltausbruch ist sicher kein gutes Beispiel für seinen gelebten Humanismus. Während Gregor und ich diskutieren, ob seine Reaktion auf die völlig hirnrissige Idee, Fotos von den *Loch*-Toiletten zu machen, nicht vielleicht doch gerechtfertigt war, kommt Bodo aus dem *Superloch*, ein Mischpult unter seinem Arm wie ein Schoßhündchen. Mit bitterer Miene lehnt er im Türrahmen und beobachtet die Menge im Vorraum, die sich wild zu *Hole-Heads* Sounds bewegt. Nicht umsonst wurde der vom *Loch*-Kollektiv vor ein paar Monaten ins Boot geholt. Mit seinen Platten fesselt er einfach jeden. Selbst die Gäste, die sich bloß für eins der Konzerte in Bodos *Superloch* verlaufen, zieht es zu später Stunde in den Vorraum, wo sie beim Tanzen die Kontrolle über ihre Körper verlieren. Scham zerfällt in allgemeine Affenschande. Das schwitzige Klima ist Balsam für die Gelenke einiger Senioren, deren Meniskusbeschwerden sich bei den Tanznächten mit *DJ Hole-Head* regelmäßig in Luft auflösen. Doch ich weiß genau, dass jener mich nicht mag, vielleicht weil wir beide keinen Alkohol trinken und ich, so gesehen, stets zur trockenen Zeugin seiner ewigen Nüchternheit werde, die ihn verräterisch aus der bierseligen Masse herausstechen lässt. So wie an diesem Abend: Selbstzufrieden schaut er auf die Flummiköpfe der Gäste. Vielleicht war ich einfach zu lange nicht hier, aber heute erscheint mir das Publikum fremd, im Flur vor den Toiletten tanzt eine Gruppe Bauarbeiter, die ich hier noch nie zuvor gesehen habe. Klassisch in Blaumännern und gelben Helmen, ihre Bewegungen zum harten Rhythmus sind forsch und zackig, ihre Arme formen im Wechsel Dreiecke und Kreise. Baustellenfetischisten, vermute ich. Während ich mir einen Weg durch die Menge bahne und mich auf Bodo zubewege, um ihn auf die Sache mit dem Spanier anzusprechen, legt *Hole-Head* eine Seven-Inch von *Electric Chekhov* auf, einen urban-industrial Instrumentaltrack. Ein breiter Lichtstrahl fällt auf den DJ, die fiebernde Masse, im dunklen Raum von beißenden Stroboskopblitzen gequält, wendet sich ihm zu, sie strecken ihre Biergläser in die Höhe, sodass sie überschwappen. Beat und Bass setzen aus, eine synthetische Musikspur ruht im Raum, *Hole-Head* biegt das Mikro nah an seine Lippen heran, sein Sprechgesang setzt ein: »Wer auch nur einmal im Leben einen Kaulbarsch fing oder im Herbst die wandernden Drosseln sah, wie sie an klaren, kühlen Tagen in Schwärmen über das Dorf ziehen, der ist kein rechter Stadtbewohner mehr, und bis zum Lebensende wird er sich nach Freiheit sehnen.«

Ätherisch dringt die Strophe durch die Verstärker in die Ohren der Partygäste. Ein sperriges Zitat, ein kniffliger Text, ein Liedtext ohne Parolen! Aber nie zuvor war die Menge so konzentriert wie heute und grölt aus tiefster Seele mit, als *Hole-Head* seine Kaulbarsch-Ode wiederholt. Er hält das Mikro auffordernd in die Menge, da ziehen die Bauarbeiter ihre Zollstöcke aus den Latzhosen und beginnen, die Wände des Partyraums auszumessen.

»That is supposed to become the Finnish sauna, wellness is good for this city!«, erklärt einer in meiner Nähe, den Zollstock im Takt des wieder einsetzenden Rhythmus hin und her wedelnd. Als Bodo sieht, dass *DJ Hole-Head* die Vermessungsarbeiten kommentarlos zulässt und den Arbeitern dabei auch noch freundlich zuwinkt, platzt ihm der Kragen: »*Hole-Head*, runter von der Kanzel!«, faucht er den DJ an. »Runter da, sofort!«

DIE STADT AM ENDE

An den weiteren Ablauf des Abends möchte sich Bodo nicht erinnern, jedenfalls wandelte sich das i-Tüpfelchen in derselben Clubnacht noch zu einem dicken Tupfen. Kurz nachdem Bodo den DJ und die Bauarbeiter rausgeworfen und Gregor seinen Plattenkoffer aus dem Nebenzimmer hervorgezaubert hatte, um die »Einsame Frauen im Hallenbad, Dance Edit. 2018« von *Kefir* im Dauerloop aufzulegen, welche die Menge bis zum nächsten Morgen bei Laune halten sollte, sprach sich unter den Mitgliedern des Clubkollektivs herum, dass *DJ Hole-Head*, mit bürgerlichem Namen Markus Brandt, hauptberuflich Stadtplaner ist und der wichtigste Kontaktmann für das schwedische Immobilienunternehmen, das den hiesigen Boden auf »groundy spaces« abcheckte. Vielleicht hatte *Hole-Head* sein Leben in der Partyzone selbst satt, anders kann ich es mir nicht erklären, dass er sich und seine DJ-Existenz selbst vor die Tür setzte.

Eine gute Woche später äußert sich eine Mitarbeiterin der Hausverwaltung, die in den letzten Monaten offenbar eine Prise Empathie für das Clubkollektiv entwickelt hat, endlich konkreter und kann dem Kollektiv bestätigen, dass es dem Investor bislang an der nötigen Zahlungskraft mangele und es wohl noch mindestens ein Jahr dauern werde, bis die Bagger wirklich anrücken, das Kollektiv könne vorerst so weitermachen.

Bodo zermürbt die Ungewissheit über die Entwicklung des Clubs weiterhin. Obwohl er wegen des Spaniers eine Anzeige am Hals hat und sich insgesamt etwas zurückhalten sollte, hat er sich in der letzten Woche wieder exzessiv seinem eigenen Narzissmus gewidmet: Nachdem *Hole-Heads* Katze aus dem Sack war, hat er dem Drängen zweier »kritischer Stadtforscher« nachgegeben, ihn in seiner Rolle als Teilhaber des *Lochs* zu befragen. Bodo beendete das Interview mit folgender These: »Wenn der DJ hauptberuflich Stadtplaner ist, dann ist die Stadt am Ende.« Diese Erkenntnis erschien tags drauf – wenn auch recht sperrig – als bildschirmfüllender Aufmacher auf der Startseite von *Metropole-Sauvage.org* – einem Onlinemagazin für junge Architekten. Bodo wurde jedoch nirgends erwähnt! Weder im dazugehörigen Artikel noch im Kleingedruckten, nichts! Um seinen Satz zurückzuerobern, hat sich Bodo dann mit Gregor in dessen kleines Aufnahmestudio zurückgezogen, wo sie an einem Lied bastelten: »Wenn der DJ hauptberuflich Stadtplaner ist, dann ist die Stadt am Ende« ist der Titel und auch der gesamte Text ihrer elektronischen Hymne. Die von Bodo als einfache Melodie eingesungene Titelzeile schwebt monolithisch über einem hypnotischen Dub-Rhythmus. Der B-Teil wird durch eine zusätzliche Saxofonmelodie aufgepeppt, und ein fetter Echoeffekt sorgt dafür, dass man an dieser Stelle jegliche Empfindung für Raum und Zeit verliert.

Sucht man den Satz »Wenn der DJ hauptberuflich Stadtplaner ist, dann ist die Stadt am Ende« nun im Internet, stößt man jetzt zuerst auf Bodos Namen (»Bodo Rauleder«), zumal der Song sich inzwischen anschickt, in einschlägigen Kreisen Kultstatus zu erlangen.

STAUB UND HOFFNUNG

Natürlich geht es im Kollektiv gerade viel darum, wie es nun weitergehen soll, eine Veränderung muss her. Ein neuer Linolboden wird diskutiert, kommt aber für Bodo nicht infrage. Auf der einen Seite fehlt dafür das Geld, außerdem fürchtet er, dass bei einem smoothen Dancefloor ausschließlich das Tanzpublikum anrückt. Nicht der Raum bestimme die Partygesellschaft, sondern der Floor, meint Bodo, weshalb ich mir vornehme, ab jetzt genau darauf zu achten, was sich gerade unter meinen Schuhsohlen befindet und ob mich das irgendwie beeinflusst. Nach seiner Floor-Fürsprache wird Bodo von seinen *Loch*-Kumpels den Rest des Tages bloß noch Bodo Boden genannt, ähnlich einer Figur aus dem Überraschungsei, und das ärgert ihn.

Bodo hat sich für einen neuen künstlerischen Ansatz im *Superloch* viel vorgenommen, zu viel. In Verbindung damit hat ihn fatalerweise auch seine geisteswissenschaftliche Ausbildung eingeholt, die ihm in den letzten Jahren völlig flöten gegangen war. Denn zu allem Überfluss hinterfragt er nun auch immer wieder den ästhetischen »Wert« von Musik.

»Wir müssen denen zeigen, dass wir Kunst auch auf hohem Niveau machen, dann lassen die uns in Ruhe«, hat er dem Kollektiv gestern erklärt. Er ist der Auffassung, dass das Ä-Wort mitverantwortlich ist für einen funktionierenden Kapitalismus, den er nach seinen Erfahrungen mit *Hole-Head* plötzlich mithilfe seiner Veranstaltungen im *Superloch* vorantreiben möchte:

»Die Grenze zwischen Sub- und Hochkultur war noch nie so durchlässig wie heute! Schlagen wir uns doch auf die andere Seite!«

Bodos diskursiv-ästhetisches Drumrum macht mir schon Angst, bevor er überhaupt angefangen hat, es umzusetzen. Vielleicht auch, weil es eng mit kulturpolitischen Dienststellen verbändelt ist, die wiederum städtische Kulturfonds verwalten, also große Torten, von denen er sich für geplante Veranstaltungsreihen ein paar Stücke erhofft. Als Bodo einfach nur gegen offizielle Stadtkultur war, war mir das lieber, und ich fühlte mich sicherer. Denn Veranstaltungen, die außerhalb solcher Kulturinstitutionen stattfinden, haben sich selten zu erklären. Vielleicht haben wir Bodo deshalb noch nicht in die schwarze Materie eingeweiht, weil wir Angst vor seiner Reaktion haben und fürchten, dass er es für seine Zwecke instrumentalisiert.

Es ist schwierig, bei der ganzen Aufregung um die Investoren einen kühlen Kopf für die wichtigen Dinge des Lebens zu bewahren, zum Beispiel für das Einkochen der Hagebutten, das uns ganzjährig mit einem guten Finanzpolster versorgt.

Aber zufrieden sind wir damit gerade nicht: Es braucht etwa dreißig Minuten, um genügend Hagebutten für ein Glas Marmelade zu pflücken, das wir auf dem Markt für fünf Euro verkaufen, rechnet man die Zubereitungszeit, den Gelierzucker und das Einweckglas hinzu, dann ist das insgesamt ein Stundenlohn von unter sieben Euro, der Löwenzahnsirup bringt noch weniger Gewinn. Während Bodo und ich mal wieder im Buschwerk unweit des Ententeichs nach Unkraut robben und Gregor daheim die Marmeladenküche auf Vordermann bringt, denke ich manchmal, wir sollten lieber die Enten im Volkspark einfangen, einfrieren und nächsten Winter auf dem Weihnachtsmarkt verkaufen.

»Wir müssen dankbar sein für das, was wir finden«, murmelt Bodo vor sich hin, während er mit seinen Bauarbeiterhandschuhen ein weiteres Büschel Brennnesseln aus dem wilden Dickicht reißt. Manche Leute bekommen Suizidgedanken, wenn sie morgens merken, dass sie das Licht im Badezimmer die gesamte Nacht über haben brennen lassen. Sie denken an die Stromrechnung und fühlen sich schuldig, der Tag ist für sie gelaufen. So einer ist Bodo: Er wird unruhig, zwanghaft und unzufrieden bei dem Gedanken, er könnte ein paar Brennnesselfelder übersehen. Doch je mehr Brennnesselblätter er erntet, umso frustrierter wird er auf dem Wochenmarkt, da immer nur ein Drittel der getrockneten Ware verkauft wird. Der Rest wandert irgendwann in die Biotonne in Bodos Hinterhof.

Zwar hat sich Bodo in der Vergangenheit immer recht schnell wieder aufgerappelt, aber selbst die Songproduktion hielt ihn nicht lange bei Laune. Gregor und ich spüren, wie sich Bodos Ungeduld auf uns überträgt. »Wenn Bodo wüsste, dass es irdische schwarze Löcher gibt, dann würde bei ihm vielleicht mehr Ruhe einkehren«, platzt es deshalb aus mir heraus, als Gregor und ich vor der staubigen Wand dem Loch lauschen. Das ist gar nicht so einfach, da seit gestern ununterbrochen dicke Regentropfen an die Fensterscheiben meiner Wohnung prasseln. Als wir gestern Abend nach getaner Arbeit vor die Haustür traten, waren wir innerhalb von Sekunden nass. Mit Wasser gefüllte, kleine Krater hatten sich in den Asphaltplatten unter meinem Fenster gebildet. Ein paar Meter weiter, vor den beiden Nachbarhäusern, herrschte hingegen totale Trockenheit. Gregors Turnschuhe trieften und quietschten laut auf dem trockenen Bürgersteig, als wir unseren Heimweg zu ihm fortsetzten. Er zog ein kleines Aufnahmegerät aus der Tasche, um seine Schritte aufzuzeichnen. Wenn man etwas Konstruktives mit seltsamen Vorkommnissen anfangen kann, hinterfragt man sie nicht mehr. So hatten wir die Pfützenkrater vor meinem Haus völlig vergessen, als wir bei Gregor ankamen.

Heute erscheint die Lage um mein Haus herum unbedenklich, denn heute regnet es überall.

»Wenn Bodo sich nur darüber bewusst würde, dass es etwas Supergroßes gibt, gegen das er nicht ankämpfen kann ...«

»Du meinst, er muss mal wieder an etwas *glauben*?« Gregor zieht seine dunkle Augenbraue hoch, dass sie den blonden Pony berührt. »Glaube. Hoffnung. Das ist nichts, womit Bodo was anfangen kann! Er muss allein drauf kommen, auch ohne schwarzes Loch, Hildi. Das weißt du genauso gut wie ich!«

»Meinst du nicht, dass er etwas entspannter wäre, wenn er vom großen Schwarzen wüsste?«, frage ich. »Vielleicht bringt ihn das irgendwie runter ...« Ich habe die Hoffnung nicht verloren, dass es für Bodos Problem eine Lösung geben könnte.

»Macht dich das schwarze Loch denn ruhig?«, fragt mich Gregor.

»Nee.«

»Siehste! Vielleicht passiert genau das Gegenteil, und Bodo möchte das schwarze Loch überwältigen.«

Vielleicht hat Gregor recht, eigentlich sind es die großen Dinge, die Bodo braucht, die sein Leben beflügeln. Aber er lässt sich von ihnen anstacheln, und weil alles auf Pomp ausgerichtet ist, spürt er den Höhepunkt nicht mehr. Und das schwarze Loch als Autoritätskeule à la lieber Gott, die ihm signalisiert, dass er in seinem Leben mal halblang machen sollte, würde wahrscheinlich nur das Gegenteil bewirken und ihn befeuern.

»Wenn er mal wieder auf dem Boden rumkriecht, dann lassen wir ihn kriechen. Das ist das Einzige, was vielleicht was bringt«, schlägt Gregor vor. »Außerdem ...«, er zögert, »habe ich Bodo sowieso schon von deinem schwarzen Loch erzählt.« Dass Gregor sich wie eine Klatschtante verhält und unser Geheimnis einfach an Bodo ausplaudert, hätte ich nie von ihm gedacht. »Bodo und ich arbeiten gerade an dem Baustoff für Hans Lund, diesen schwedischen Bauherrn, vielleicht wird das mit dem noch was dieses Jahr. Davon habe ich dir auch erzählt, obwohl es 'ne Sache zwischen mir und Bodo ist.«

»Schön für euch!« Ich werde lauter: »*Ihr* habt euer Business, *mir* bleibt nur das große Schwarze! Ich kann daraus kein Kapital schlagen, ihr aus eurem dilettantischen Hagebuttenhandwerk schon!«

»Du machst da doch mit!«, kommt es aus Gregor. »Und vielleicht hast du über mögliche wirtschaftliche Faktoren des schwarzen Lochs einfach noch nicht genauer nachgedacht.«

Ich werde immer wütender: »Das wäre kontraproduktiv, das macht man nicht!«, sage ich, obwohl ich es nicht begründen kann. »Du hättest mir wenigstens die Gelegenheit lassen können, Bodo selbst davon zu berichten!«

Bevor ich mich weiter aufregen kann, klingelt es an der Wohnungstür. Ich drücke den Knopf für die Gegensprechanlage: »Hallo?« Bodos Stimme tönt durch den Lautsprecher. »Ich wollte mir das Ding mal persönlich anschauen kommen ...«

Und wie eine mollige Zauberfee steht er zwei Minuten später in meinem staubigen Schlafwohnzimmer. Ich hatte erwartet, dass er einen blöden Kommentar zu Gregors Stethoskopanlage ablässt, aber stattdessen bewundert Bodo die Staubwand, nähert sich ihr langsam, staunt wortlos und streicht mit der Hand über den Flaum, behutsam wie über den Kopf eines Säuglings. Als ich ein befriedigtes Seufzen aus seinem geschlossenen Mund vernehme, sehe ich, wie mir Gregor zublinzelt. Bodo dreht sich mit gehobenen Armen frontal zur Wand, als würde er sie segnen, spreizt die Hände und führt sie wie den Fächer einer Gartenharke im Filz hinab. Mit seinen zehn Fingern kämmt er die Fellwand, schiebt den Staub vor den Kuppen her, bis die Flusen schließlich unten ankommen und in Form von zehn Häufchen an den Fußleisten pappen. Die senkrechten Furchen, die Bodo freigekratzt hat, schließen sich allmählich. Staubpartikel flitzen durchs Zimmer wie Samen von Pusteblumen.

Bodo hat sich hingesetzt, den Rücken zur Wand, sein schütterer Hinterkopf bohrt sich tief in den Filz. Die Begegnung mit der Staubwand hat ihn völlig verändert, er scheint in sich zu ruhen. Bei diesem Anblick habe ich meine Wut auf Gregor fast vergessen. In seinen Händen hält er ein Staubhäufchen, das er wie einen Schneeball zu einer Kugel formt. Es ist der Staub, der ihn beruhigt wie mit Meersand spielende Kinder am Strand. Vielleicht hat er sein gesamtes Leben in den letzten drei Minuten zu Staub runtergerechnet. Die langsam schwindenden Spuren seiner dicken Finger im Staub sind die Goldadern der Erkenntnis. Er kniet sich hin und fährt den gesamten Weg, den er hinabgeglitten ist, mit den Fingern wieder hinauf. Dann löst er die eine Hand und ritzt mit der anderen einen großen Kreis in die Staubschicht, sehr langsam, und nachdem er diesen vervollständigt hat, zeichnet er eine Schnecke, eine Furche nah an die nächste, immer im Kreis, so lange, bis er in der Mitte angekommen ist, und da ist der äußere Rand der Schnecke auch schon nicht mehr zu sehen. Neuer Staub hat sich in den geritzten Rillen gesammelt, verdichtet die Furchen und verteilt sich neu, während die Ränder der noch offenen Vertiefungen sich langsam aufeinander zu bewegen, zwei Gebirgsketten aus Staub, die durch ihre Bewegungen nach innen ein Tal verschlucken. Immer mehr Staub saust aus versteckten Winkeln des Zimmers heran. Mit geschlossenen Augen zieht Bodo seinen Finger in Kreisbewegungen an einer Stelle der Wand weiter. Aus dem abgeschabten Staub formt er kleine Filzbällchen, die er wie Knödel zum anschließenden Kochen an den Fußleisten ablegt. Sie werden immer größer, aus drei kleinen modelliert er einen großen Ball. Seine Handlungen scheinen absichtslos, sinnlos sind sie aber nicht. Es ist kein kindliches Matschspiel mit Gießkanne und Gartenschlauch an einem heißen Gartentag. Seine Aktion erinnert vielmehr an Naturkunst, »Land-Art«, eine Kunstströmung der Sechzigerjahre, die ich eigentlich nur aus Filmen kenne. Deren Vertreter haben es sich zur Aufgabe gemacht, so unvereinbare Begriffe wie

Landschaft (im Sinne von »Natur«) und Architektur (im Sinne von »Kultur«) miteinander zu vereinen: Natürlicher Raum wird in ein Kunstwerk verwandelt. Der Künstler, zum Beispiel eine ambivalente Mischung aus Hippie und Ästhet, fährt mit einem Bagger tagelang in einer Kiesgrube herum, den Schotter vor sich herschiebend, um diesen schließlich dekorativ aufzuschaufeln. Die groben Prozesse des Rumfahrens und Schaufelns gehören dabei zum Kunstwerk genauso dazu wie das endgültige Ergebnis: spiralförmig angeordnete Schotterwälle. Filme über Land-Art erinnern an Dokumentationen über Tiere beim Nestbau, über Insekten beim Spinnen von Netzen: vollkommen durchgeplante, formschöne, manchmal symmetrische Gebilde, die, wie Fibonaccizahlen, geheimnisvollen Rechenexempeln unterliegen. Was Bodo mit seinen Staubpraktiken beabsichtigt, weiß ich noch nicht genau, aber sie sind nicht frei von Zwängen. »Vielleicht sollten wir das Problem nicht bekämpfen, vielleicht sollten wir es umarmen.« Bodo nimmt Gregor und mich an der Hand, zieht uns mit voller Wucht nach vorne zur Wand und umarmt uns fest von hinten. Eng klemmen Gregor und ich zwischen seinen breiten Oberarmen, unsere Ohren seitlich in den Filz gebettet, ich schaue in Gregors Gesicht, das Loch nimmt uns die Luft, wir versuchen, tief einzuatmen.

»Die Ästhetik des Hässlichen, des Unansehnlichen«, ächzt Bodo, seine Augen voll wirrer Hoffnung, die das Gold an den Grenzen zum Nichts aufzeigt. Bodo befreit uns aus seinem Griff, bewegt sich wieder auf die Wand zu und deutet uns mit Gesten eine Handlung an. Mit Händen und Armen tut er so, als würde er ein Tau oder ein feineres Seil von der Wand ziehen. Ich verstehe nicht, was er meint, doch Gregor scheint Bodos Pantomime sofort zu entziffern: »Haarspray?« Gregors Vorschlag klingt beschwörend.

»Nein, dafür ist das Zeug zu fein«, gibt Bodo zu verstehen.

»Wir versuchen es ganz ohne Chemie: wir, mit unseren baren Händen, dafür gibt es geeignete Arbeitsgeräte.«

Ich habe keine Ahnung, was die beiden vorhaben, doch Gregor will mir auch keine weiteren Hinweise geben, als wir wieder in seiner Wohnung sind. Stattdessen exportiert er die heutigen Sonografien über ein Audioprogramm auf eine externe Festplatte, die mit dem Wort »Schranz« beschriftet ist.

»Schranz?«, frage ich.

»Das ist ein Ort in Niedersachsen, an der Grenze zu Holland, es geht um so 'ne Bewerbung für 'ne Ausschreibung, sitz noch an 'nem Konzept, erzähl ich dir später von, ist noch nicht spruchreif.«

»Und was habt ihr mit meiner Wand vor?«, frage ich. »Wollt ihr eine Reise auf dem Segelschiff mit einem dicken Tau an Bord unternehmen?«

Gregor lacht: »Wenn du Bodos Aktion nicht verstanden hast, musst du halt noch etwas abwarten. Vertrau uns einfach, wird 'n großes Ding!«, erklärt er. »Und Bodo glaubt nun auch endlich wieder an etwas, freu dich doch!« Das mag ein Argument sein, und ich freu mich darüber, dass die beiden sich in manchen Dingen fast immer noch ohne viele Worte verstehen, aber es macht mich etwas traurig, dass das zwischen mir und Gregor nicht so funktioniert.

SPINNEREIEN

Der allgemeinen Auffassung, Staub fehle es an Glanz, an Glorie, allgemein an Daseinsberechtigung, möchte Bodo etwas entgegensetzen: die Umkehrung allgemeiner Werte und Normen. Hausstaub sei nicht gleich Hausstaub. Hausstaub ist Gold! Er behauptet ja immer, er wolle selbst als Toter kein Teil der kapitalistischen Gesellschaft sein, aber er ist dieser stärker zugewandt, als ihm lieb ist. Gregor meint, Bodo wäre nicht er selbst, wenn er nicht auch der mattesten Staubfluse etwas abgewönne, das durch die richtige Behandlung zu einem gleichsam glamourösen und profitablen Produkt würde.

Bodo ist nach seiner Begegnung mit der Staubwand vorgestern mit dem Moped zum zurzeit geschlossenen Museum für europäische Volkskunde am Speckrand der Stadt gefahren. Während ich in der Küche an der Buchführung für unsere Markteinnahmen arbeite und Gregor Marmeladenglasdeckel mit Stoffquadraten überzieht, erstattet Bodo Bericht.

»Ich glaube, der Direktor hat sich richtig gefreut, dass ich ihn gestern Morgen aus dem Bett geklingelt habe.« Gemütlich lehnt Bodo mit seinen Ellbogen auf der Spülablage, während Gregor die fertigen Gläser beiseitestellt. »Der lebt einsam wie ein trauriger Hausmeister in einem niedrigen Gebäude neben dem Haupteingang.«

»Was haste dem denn gesagt, dass der dich gleich reinlässt?«, möchte Gregor wissen.

»›Guten Morgen, Herr Dr. Rilling‹, und dass ich ein Spinnrad bräuchte. Für fotografische Zwecke. Für eine bildnerische Kontrastreihe zum Thema ›Spinnen heute, Spinnen gestern‹.« Bodo klatscht in die Hände. »Und nachdem der Direx ein rasselndes Schlüsselbund aus einer Rattankiste neben einer Vase mit einem Strauß Trockenblumen gezogen hat, bugsierte er mich aus seinem Wohnzimmer durch schwere Türen von Hintereingängen, aktivierte laut klackende Lichtschalter von Neonröhren in langen Gängen, bis wir schließlich in die schlafende Sammlung gelangten.«

»Nein!« Gregor tut beeindruckt und setzt sich mir gegenüber an den Küchentisch.

»Doch! Und darunter achtzig verschiedene Spinnräder, zumeist Böckchen aus dem 18. Jahrhundert, ich konnte mir sogar eins aussuchen. Er meinte, wär' doch schade, wenn die Dinger dort tatenlos einstauben.«

»*Einstauben*, das hat der wirklich gesagt? Hast du den dann in dein Staubvorhaben eingeweiht?«, fragt Gregor. »Würd' ja gerne wissen, was der aus Sicht der europäischen Volkskunde dazu gesagt hätte.«

»Bei aller Sympathie für den alten Herrn hab ich mich zusammengerissen und nix erzählt.«

»Wer weiß, ob er dir dann noch eins gegeben hätte.«

»Geeeenau. Und damit ich nicht aus Versehen doch den Mund aufmache und ehrlich losquatsche, habe ich fix auf eines der kleineren Spinnräder gezeigt, eines, von dem ich annahm, ich könne es mit meinem Moped heimtransportieren, da beginnt der kleine Herr auch schon, das Rad zusammen mit dem dazugehörigen Schemel und sonstigem Klimbim aus dem 16. Jahrhundert in einen gepolsterten Karton zu betten.«

»Und du musstest nichts unterschreiben?«

»Doch, kleine Unterschrift und Datum auf einem Ausleihvertrag inklusive Kleingedrucktem in Fußnoten, aber Dottore Rilling meinte, die Abgabe eine Woche vor Wiedereröffnung wäre zeitnah genug. Der hat mir zur Verabschiedung mindestens eine Minute lang die Hand geschüttelt, sich richtig in Rausch geschüttelt. Erst als ich rückwärts aus seiner Haustür getreten bin, hat er gemerkt, dass er die Tür gar nicht schließen kann, wenn da zwei sich schüttelnde Hände zwischen sind. Ich glaube, der wollte mich gar nicht gehen lassen.«

»Hat der gesehen, dass du das Ding mit deinem Moped transportierst?« Gregor unterbricht Bodos Gerede.

»Nein, aber eigentlich ging das ganz gut.« Langsam, aber sicher komme ich dahinter, was die beiden mit meiner Staubwand vorhaben, da wär' ich selbst nie drauf gekommen.

SILBERNER ZWIRN

Obwohl das Spinnrad wirklich nicht groß ist, hatten wir vor dem alten Holzteil in den ersten Tagen mehr Respekt als vor dem schwarzen Loch. Und da der Direktor davon ausging, dass Bodo es nur ein paarmal ablichten würde, hatte er natürlich auch keine Gebrauchsanweisung dazugelegt. Ansonsten war das gesamte *spinning kit* vollständig und enthielt sogar mehrere Spulen. Den Arbeitsprozess konnte man sich mithilfe von etwas beklemmend-anachronistischen Onlinevideos erschließen, die Mittelalterfans im Internet hochgeladen hatten. Seit wir das Spinnrad in meine Wohnung gestellt haben, hat es auch keinen Starkregen mehr im Kiez gegeben. Nach der allmorgendlichen Hagebuttenernte, die Bodo und Gregor aufgrund eines Telefonats mit dem schwedischen Investor nicht aus den Augen verlieren möchten, sitzen die beiden nun jeden Tag im Wechsel ab elf Uhr hinter dem Spinnrad, vier Stunden täglich, in zwei Meter Abstand zur Staubwand.

Der flache Tritt des Spinnrads ermöglicht ein gelenkschonendes Arbeiten, und die dickdrahtigen Schiebehaken strapazieren das feine Garn nicht. Anfangs haben die beiden noch versucht, die Rohwolle direkt in einem Faden von der Wand abzuspinnen, aber das funktionierte nicht. Nun werden erst Staubfasern von den Wänden gekratzt und zu dichten Knäueln Rohwolle verfilzt. Etwa achtzig dieser Knäuel wandern jeden Tag in einen Wäschekorb neben dem Spinnrad. Jeweils ein Stückchen dieser Rohwolle wird an den Anspinnfaden gezwirbelt, und dann geht es los: Mit dem rechten Fuß auf der Pedale bringt Bodo das Schwungrad in Bewegung, das wiederum die kleine Spule antreibt, auf welche ein einzelner Staubfaden gewickelt wird. Der Prozess verläuft sehr flüssig, und Bodo wirkt hinter dem Spinnrad richtig glücklich. Je schneller Bodo in die Pedale tritt, umso schneller müssen seine

Hände arbeiten. Je schneller sich das Rad dreht, umso stärker ist auch der Drall auf den Faden, der an den ersten Tagen ständig riss. Die Herausforderung des Spinnens besteht eigentlich darin, die eigene Trittgeschwindigkeit auf das Arbeitstempo der zwirbelnden Hände einzugrooven – alles eine Frage des Rhythmus. Das funktionierte nicht von Anfang an, oft produzierte Bodo nur schwangere Regenwürmer, die man schlecht verstricken kann, aber irgendwann wurden die Bewegungen gleichmäßig und damit auch die Fäden auf der sich anmutig drehenden Spule glatt und glänzend. Doch weil ein einzelner gesponnener Staubfaden noch nicht wirklich stabil ist und sich kräuselt und verwickelt, müssen zwei Fäden miteinander verzwirnt werden. Diesen Vorgang übernimmt Gregor, hierfür lässt er zwei Spulen miteinander linksherum laufen und gibt dem Faden etwas mehr Spiel. Zu feinem Garn verzwirnt erinnert nichts mehr an die ursprüngliche Rohfaser, also an den Staub an der Wand zum schwarzen Loch. Durch den aufwendigen Verspinnungsprozess, also den richtigen Rieb zwischen Daumen und Zeigefinger, den nötigen Drall im Schwungrad und schließlich die sorgfältige Nachbehandlung auf der Haspel, ergibt sich ein feiner Zwirn, der nicht mehr viel mit Staub gemein hat.

Wenn Gregor das fertige Garn in der durchs Fenster scheinenden Nachmittagssonne überprüft, glitzert es silbern. So ist es für Bodo und Gregor auch ein Leichtes, den Staubzwirn auf dem Wochenmarkt am Yuppinski-Platz unter die Leute zu bringen, vor allem unter die Kundinnen, die den Marktstand der beiden jede Woche begierig auf neueste Biotrends aus der Unterwelt aufsuchen.

Bald darauf laufen schon die ersten Damen in engmaschigen, grauen Pullundern herum. Diese Westen erinnern an feine Kettenhemden und firmieren deshalb auch unter der Bezeichnung »feminine knight«. Durch Bodo und Gregor sind auch solche Frauen auf den Stricktrip gekommen, die lieber stricken lassen.

Der graue Zwirn ist Grundlage für Mode mit elegantem Understatement geworden, *art brut fashion* auf höchstem Niveau. »Edler als *cool wool*, und dann der Schimmer!«, habe eine Kundin vorgestern geschwärmt, deren Brustwarzen sich Bodo zufolge unter dem feinen Knötchenmuster ihres dünnen Staubpullöverchens abzeichneten. Es wird wohl Zeit, dass Bodo eine feste Freundin findet, nicht eine, die er sich für eine kurze Nacht aus dem *Loch* mit nach Hause holt. »Thirty shades of grey«, hat er an dem Tag auf ein Pappschild über dem Korb mit den fertigen grauen Zwirnknäueln geschrieben. Mit dieser Beschreibung hat er nicht ganz unrecht, denn zu feinen Mustern verstrickt changiert der Faden in vielen Grautönen. Nach dem Brennnesselflop interessiert Bodo gerade der finanzielle Gewinn: »Solange der Rubel rollt, können die Frauen tragen oder nicht tragen, was sie wollen«, hat er heute gesagt, als er die Scheine aus der Geldkassette holte.

Doch wenn ich erzähle, dass sich Bodos traumwandlerisches Staubwollkratzen aus rein wirtschaftlichem Kalkül ergibt, dann wäre dies nur die halbe Wahrheit und sehr einseitig gedacht. Denn das Kneten des Rohstaubs beruhigt ihn, die Arbeit hinter dem Spinnrad stimmt ihn milder. An guten Tagen läuft das Spinnrad, er nennt es auch »Goldelse«, so schnell und der Faden so flink durch seine Wurstfinger, dass er die Augen wie in Trance geschlossen hält, selbstvergessen wie ein virtuoser Harfenist. Das primitiv anmutende Werkzeug verfügt über therapeutisches Potenzial, wie es Bodo so schnell nirgendwo anders finden würde. Wenn er mit Gregor am späten Nachmittag meine Wohnung verlässt, um im *Das Loch* weiterzuarbeiten, dann streichelt Bodo kurz über den Staub oder klopft die Wand wie einen Pferderücken aufmunternd ab.

Mit der meditativen Spinnerei ist auch ein neues Business erschlossen. Und mit so gut wie keinen Materialkosten ein rentables Geschäft voranzutreiben, das entspricht auch Gregors alltäglicher Arbeitsphilosophie.

NÄHEKÄSTCHEN

Bodo hat eine Webcam in meiner Wohnung installiert und Gregor eine simple Messapparatur zur Sichtbarmachung der Gravitationskraft gebastelt. So müssen wir nicht immer vor Ort sein. Auffälligkeiten des schwarzen Lochs können nun auch aus der Entfernung ermittelt werden. Gregors Konstruktion funktioniert optisch nach dem Prinzip einer Wasserwaage: Ein breiter Streifen aus schwerem, neonorangenem Karton hängt senkrecht von der Decke in der Mitte meines Wohnschlafzimmers. Wenn der Streifen nicht mehr im Lot hängt, dann wissen wir, dass die Saugkraft des schwarzen Lochs zugenommen hat. Das können wir rund um die Uhr beobachten. Die Bilder der Kamera werden, wenn auch ohne Ton, in Schwarz-Weiß auf den kleinen konvexen Bildschirm eines alten Fernsehers in Bodos Wohnung übertragen. Bis jetzt verhält sich der Kartonstreifen unauffällig. Inwiefern er auch ein Gradmesser für unsere Dreierbeziehung ist, möchte ich nicht wissen. Denn im Gegensatz zur engen Textur des feinen Zwirns scheinen Bodo, Gregor und ich immer weiter auseinanderzudriften. Dass die beiden ihre Vormittage in meiner Wohnung verbringen und dabei auch das schwarze Loch kontrollieren, sollte mich eigentlich in Sicherheit wiegen. Aber die Spinnereien in meinem Wohnschlafzimmer sind kein gemeinschaftliches Beisammensein, es ist pure Zweisamkeit zwischen Bodo und Gregor. Sind Gregor und ich hingegen allein in meiner Wohnung, ist die Sache heikel. Selbst bei ausgeschalteter Kamera, wenn wir ganz sicher sind, dass Bodo nicht zuschaut, spüren wir eine Spannung, die uns auseinanderreißt. In Gregors Wohnung ist das anders, da sitze ich auf seinem Schoß, und während ich ihm sage, dass er eine schöne Stirn hat, lege ich meine Handflächen auf ihr ab, als würden sich dahinter zwei weitere Augen befinden, die mich nun nicht mehr ansehen können, und ich schaue auf meine Hände wie in seine Augen und rede mit ihm. Und er kräuselt die Stirn, wodurch er meine Hände lösen möchte, bewegt seine Brauen, legt seinen Kopf in den Nacken und schafft es schließlich doch, in meine Augen zu schauen, das ist kaum erträglich, aber ich bin froh, dass er den Kampf gewonnen hat. In der Wohnung mit dem schwarzen Loch ist kein normales Gespräch, geschweige denn ein Kuss, möglich, schon gar nicht, wenn Bodo dabei ist.

Ich könnte den beiden den Schlüssel auch einfach geben, aber ich möchte mir immer ein eigenes Bild von der Lage in meinen vier Wänden machen. Jeden Tag schließe ich Bodo und Gregor um 11 Uhr die Wohnung auf, wo sie mit ihrer Arbeit beginnen. Am Anfang fand ich es spannend, den beiden beim Spinnen zuzuschauen. Mittlerweile halte ich es nicht mehr aus zwischen ihnen. Dabei ist es immer noch meine Wohnung, lieber wäre ich das Spinnrad. Wenn ich dann zurück in Bodos Wohnung bin und Etiketten für Marmeladengläser beschrifte, dann sehe ich den beiden auf dem Bildschirm des kleinen TV-Geräts beim Arbeiten zu. Sie sind unendlich weit weg, dabei liegt meine Wohnung nur rund vierhundert Meter Luftlinie entfernt. Wenn ich sie über den kleinen Bildschirm weiter beobachte, Gespräche mit ansehe, die ich über den stummen Monitor nicht verstehe, dann erinnern sie mich an irgendetwas Fremdes, eine suspekte Firma oder ein Familienunternehmen, und ich knipse den Fernseher aus. Ich schalte ihn erst dann wieder ein, wenn ich Bodos Wohnung am späten Nachmittag wieder verlasse, um Gregor endlich abzuholen. In meiner eigenen Wohnung dringe ich dann in etwas ein, in das ich nicht hineingehöre. Nicht dass das schwarze Loch nicht schon genug Gefühl von Entfremdung in mir hervorgerufen hat, aber die Dichte, die wortlose Einheit zwischen ihnen, die es erzeugt, ertrage ich kaum. Nach getaner

Arbeit präsentiert mir Gregor stolz das Tagesergebnis: knapp dreißig Garnspulen, die Bodo in einer Marktkiste verstaut.

»Wir brauchen mehr Staub.« Bodos Stimme ist nüchtern. Dabei ist die Wand vor dem schwarzen Loch jeden Morgen aufs Neue dicht verfilzt.

»Das ist bislang das teuerste Produkt, das wir auf dem Markt verkaufen, damit können wir sogar einige Missernten bei den Brennnesseln ausgleichen.«

»Es wird nie Brennnesselmissernten geben!« Gregor schließt den Deckel der Kiste.

Manchmal überlege ich, was wohl passiert, wenn das schwarze Loch nicht mehr ist und alles zusammenbricht. Jedenfalls zweifel ich daran, dass Bodo das *Superloch* wieder richtig zum Laufen kriegt, falls unser Staubgeschäft abflauen sollte.

KAMERA

Bodo möchte gerade meine Wohnung verlassen, doch als er sieht, dass Gregor auf einen Stuhl steigt, um die Webcam auszustellen, schlägt er Alarm: »Die Kamera bleibt an!«

»Wenn Hildi und ich hier sind, dann überwachen wir das Loch vor Ort, dann brauchen wir die Kamera nicht!« Das ist ein einleuchtendes Argument. Für Bodo nicht: »Habt ihr nach Einbruch der Dunkelheit beim Stelldichein Licht an oder Licht aus?« Er intoniert es so, als wolle er herausfinden, ob es mit seinen eigenen Vorlieben konform geht.

»Was hat das eine mit dem anderen zu tun?« Ich versuche, ruhig zu bleiben.

»An.« Gregor antwortet ruhig. Während ich tobe, schiebt er hinterher: »Soll nicht bedeuten, dass die Kamera anbleiben soll, wenn wir hier sind.«

»Die Kamera ist aber auch an, wenn Gregor und ich hier Staub spinnen!« So linkisch habe ich Bodo noch nie erlebt!

»Kümmer du dich doch um deinen eigenen Darkroom!«, brülle ich ihn an. Damit meine ich nicht nur, dass er sich vielleicht mal wieder um die musikalische Programmierung in seinem Club sorgen sollte, sondern auch, dass ihn unser Privatleben nichts angeht. Ich will nicht zulassen, dass er einen Streit zwischen mir und Gregor heraufbeschwört. »Ich mach die Übertragung in Bodos Wohnung immer aus, damit ich euch nicht beim Arbeiten zuschauen muss.« Ich fühle mich, als hätte ich einen Joker ausgespielt: »Denn *ihr* seid ja hier und bewacht es vor Ort, die Kamera ist doch nur für die Zeiten gedacht, wenn keiner hier ist!«

»Falsch, Hildi!« Bodo hebt den Zeigefinger. »Es ist immer noch *dein* Loch, das heißt, wenn wir hier sind und es trotzdem ausbricht, dann ist das dein Bier!«

»Da hat Bodo recht«, stimmt Gregor ihm zu.

»Schön, dass ihr das Besitzverhältnis des großen Schwarzen aushandelt, während ihr es selbst zu Gold macht! Das Ding hat doch keinen Tauschwert, sondern eine bestimmte Energie, die auch für euch bestimmt ist. Es gehört euch genau wie mir!«

»Hildi, hier geht es nicht um Liebe, es geht hier nur ums schwarze Loch.« Bodo kann sein hinterhältiges Lächeln nicht verbergen, er bewegt sich zur Wohnungstür, seine Hände abwehrend über seinen nach unten gebeugten Schultern.

»Können wir uns nicht darauf einigen, dass die Kamera ausbleibt, wenn Hildi und ich hier sind?«, ergreift Gregor das Wort.

»Macht doch, was ihr wollt!« Endlich verlässt Bodo meine Wohnung.

Nachdem Gregor seine elektronischen Gadgets zur Gravitationskontrolle aufgebaut hat, teilt er die Wand mithilfe von Kreidespray in Raster auf. Ein Schachbrettmuster prangt auf der dicken Staubschicht, die er systematisch Zentimeter für Zentimeter mit dem Messgerät am Stock abfährt. Ich stehe seitlich zur Wand und helfe, das Kästchen zu lösen, wenn es sich im Staubfilz verfangen hat, das geschieht alle drei Nasenlängen mal, also nicht zu oft, aber es ist definitiv ein dirty job, weil es sich anfühlt, als würde ich ein Flusensieb reinigen.

»Kommst du nächste Woche mit auf die Tagung?«, frage ich Gregor.

»Was wissen die schon?« Desinteressiert schüttelt er den Kopf. »Ein Schauer von Radiosignalen.« Er horcht in einen der Kopfhörer, die auf seinen Schultern liegen. »Schau du auf den Bildschirm, ob sich die Frequenzellipsen verändern«, sagt er, das könne er mit dem Rücken zum Laptop nicht sehen.

Von Anfang an war Gregor von den naturwissenschaftlichen Eigenschaften des Gravitationsfeldes in meiner Wohnung fasziniert, das Loch wurde zu einem spannenden Untersuchungsobjekt für seine akustischen Studien. Vielleicht ist er nur noch mit mir zusammen, weil ich das schwarze Loch habe, dieser Gedanke beunruhigt mich, schon seit dem Anfang unserer Beziehung.

»Wieso müssen wir eigentlich immer noch die Gravitationswellen des großen Schwarzen ausmessen?«, frage ich. »Das erledigt doch jetzt der Kartonstreifen.«

»Der ist nur für den Notfall, wir sammeln die sensiblen Daten, die man nicht sehen kann.« Er fährt das Messgerät weiter über die Wand, an einer besonders verfilzten Stelle, wo Bodo und er heute noch nicht abgeerntet haben, verfängt es sich.

Ich befreie das Kästchen von einer dreadlockähnlichen Riesenfluse.

Worum geht es ihm eigentlich? Um die Kontrolle über das schwarze Loch, um den Umsatz, den er durch den Staubzwirn macht, um die Freundschaft zu Bodo, um mich? Ich möchte ihn all das wirklich fragen. Die Sätze warten auch schon auf ihren Auswurf, vorhin waren sie noch da, irgendwo zwischen Kehlkopf und Kehldeckel. Nun sind sie noch tiefer gerutscht, in den Rachen, die einzelnen Buchstaben der Wörter eng aufgewickelt auf einer klebrigen Tesafilmrolle, es werden sogar mehr Wörter, aber sie kommen nicht raus, weil sie festklemmt. Ich röchle, ich fasse mir an den Hals, mein Kiefer sperrt, als würde ich Maultrommel spielen, tonlos verschwinden die Wörter im schwarzen Loch.

Mein Bad ist eine Blackbox, die alles mitschreibt, was wir nie entziffern werden, es arbeitet im Geheimen, es weiß Dinge, die ich nie aussprechen werde, jedenfalls nicht hier, nicht hier in meiner Wohnung. Dabei ist das schwarze Loch zum Herzstück unserer Beziehung geworden, das war es von Anfang an, vielleicht auch nur eine Lücke, eine undefinierbare Angst vor dem anderen, vor mir selbst, die zur Waffe werden kann, gegen Gregor, gegen mich.

»Das schwarze Loch ist eine Sache zwischen uns«, sage ich nur. Mein Kiefer hat sich entspannt, aber ich bin mir sicher, dass ich ohne das große Schwarze in der Lage wäre, konkreter zu werden oder mich schöner auszudrücken. »Und wenn ich's nicht hätte?«, kommt es aus mir heraus, ich traue mich nicht, Gregor anzuschauen.

»Du *hast* es«, sagt er nur und fragt: »Kann ich heute aus deiner Küche senden? Ich wollte die Akustik dort ein bisschen austesten.«

Ich nicke erschöpft, und auf dem Nachhauseweg in Gregors Wohnung habe ich den Eindruck, dass etwas in mir drin ist, was ich nicht mehr rauskriege: der Geruch eines geheimen Sekrets, der aus einer versteckten Körperdrüse strömt. Das schwarze Loch ist in mich hineingekrochen und macht meine Selbstbestimmung zunichte. Je mehr ich mich in die Angelegenheit hineinsteigere, umso härter wird der Verdacht, dass es sich bei Liebe/Gregor/Loch um austauschbare Größen handelt, eine dilettantische Hildi-Dreifaltigkeit, unter Umständen rein naturwissenschaftlich zu erklären, durch eine verschleppte Borreliose aufgrund eines Zeckenbisses vor zehn Jahren in Österreich. Vielleicht braucht jede Liebe einen Störfaktor, der die Beziehung auf Trab hält, im Herzen ein Loch, das stetig zu füttern ist.

RADIOAKTIVE AUFREGER

Soll mir Gregor doch aus der Ferne akustische Briefe senden, die außer mir keiner hört. Wie viel das schwarze Loch von Gregors asketischer Küchenradiosendung mitbekommt, weiß ich nicht. Vielleicht frisst es Gregors Wörter und dehnt sich dadurch noch weiter aus. Ein Kännchen Schwarztee hält mich wach bis vier Uhr morgens, ich schalte das Radio ein und stelle es auf Gregors Frequenz. Die Erkennungsmelodie seiner Sendung, ein fröhliches Instrumentalstück von *Kefir*, erklingt. Langsam blendet Gregor das Stück aus: »Nichtliebe Nichtzuhörer, zuhörende Liebhaber! Ich hoffe, ich schaffe es auch diesmal, non-audible phenomena like feelings hörbar zu machen. Wenn ihr schon keine feelings ausdrücken könnt, dann versucht es mit einem holzhammermäßigen Subtext. Was bleibt uns anderes, und welche Möglichkeit bleibt dem Radio, wenn wir uns nicht sehen? Ignoriert den Inhalt, hört auf den Tonfall.« Seine Stimme gleicht einem affektierten Singsang, er möchte Nähe erzeugen, aber er erreicht das Gegenteil, als er postauthentisch und hyperreal ins Mikro gähnt: »By the way, ich habe dreißig Formen von Gähnen aufgenommen und auf ihre melodische Qualität untersucht, vier verschiedene Muster habe ich feststellen können, mit einer Ausnahme alles Quintabwärtssprünge, aber darum geht es heute nicht, denn: Ich befinde mich heute im Herzstück der Lochzentrale dieser Stadt, heute sende ich aus Hildis Küche. Ich muss mich entschuldigen, dass es in den letzten drei Monaten keine Sendung gab, meinen Fans sei gesagt: Ich hatte einen Sack Arbeit am Arsch, nebenbei habe ich eine Zusage für die Dekomenta in Schranz erhalten. Das bedeutet: Ich darf da ausstellen, und weil die Ausstellungseröffnung schon nächsten Monat ist, dachte ich, ich mach's mal publik. Das Telefonat zwischen dem Chefkurator Karel Niemietzki und mir vor ein paar Wochen habe ich aufgezeichnet, die starken Höhen in den Stimmen, die durch den Telefonlautsprecher verursacht wurden, konnte ich leider nicht ausbügeln, ich hoffe, ihr könnt es trotzdem verstehen. Nur ein Auszug, um nicht zu viel zu verraten.«

Gregor spielt das Telefongespräch zwischen ihm und Niemietzki ab:

»Wenn Sie unser Kunstfestival verfolgen, dann wissen Sie, dass uns Unrecht, Ungleichheit und Unterdrückung in den letzten Jahren ein besonderes Anliegen sind: neokoloniale Theorien! In diesem Zusammenhang wäre es nicht einfach gewesen, Ihre doch recht unpolitische Installation zu vertreten, Ihre geplante Arbeit passt in keinen kritischen Diskurs. Das schwarze Loch ist doch stark um einen, na, sagen wir, Effekt bemüht, einen Aufreger, ein mittlerweile verpönter Ansatz in der Kunstlandschaft.«

»Das sind die politischen Arbeiten nicht? Ich meine, um einen Effekt bemüht?«, fragt Gregor konzentriert.

Niemietzkis Antwort ist ein Räuspern, dann fährt er fort: »Aber die Verquickung von global-kosmologischen Naturwissenschaften mit künstlerischen Praktiken hat sich in den letzten Jahren wieder etabliert, das haben Sie in Ihrem Konzeptentwurf, von einigen Rechtschreibfehlern abgesehen, schön formuliert. Aber darüber hinaus sind das Selbst und das Andere, die Alienierung des Selbst immer noch beliebte Größen in der Ausstellungslandschaft. So schnell sind wir aus dem Identitätsding leider nicht raus.«

»Das schwarze Loch hat keine Identität«, behauptet Gregor.

»Aber es geht um Ihre Identität, um Überindividualität und deren Möglichkeit, die Kontrolle über eine unsichtbare schwarze Masse zu gewinnen, unetabliert gegen unetabliert. Ein Kampf urbaner Identitäten, so habe ich Ihren Vorschlag gelesen.«

»Hm, ja, wenn Sie meinen.«

»Aber das tut auch nichts zur Sache! Denn entgegen altbewährten kunstpolitischen Leitlinien der kuratorischen Praxis haben wir uns dieses Jahr darauf geeinigt, die Kandidaten für die Ausstellung per Losverfahren auszuwählen, zwanzig Männer, zweiundzwanzig Frauen. Aleatorik als kuratorisches Prinzip ist nicht gerade angesehen, aber ich bin schon oft genug für verrückt erklärt worden, da wird's dann irgendwann normal. Herzlichen Glückwunsch, Ihre Arbeit wurde ausgelost!«

»Oh, danke«, antwortet Gregor zerknirscht.

»Meine Mitarbeiter und ich haben uns auch schon Gedanken über eine Realisierung Ihres Konzepts gemacht, wir haben uns dagegen entschieden, die Sonografien des Gravitationsfeldes als Untermalung abzuspielen. Sound ist in Ausstellungen immer schwierig, nicht fassbar genug für das allgemeine Publikum und deshalb von wenig Wert. Wir brauchen *sichtbare* Metaphern, deshalb fanden wir vor allem Ihre Filme tipptopp, ein harmonisches Stillleben, die Handlungen werden nur angedeutet, können von den Ausstellungsbesuchern aber weitergedacht werden ...«

Gregor würgt den Gesprächsmitschnitt ab und erklärt: »Ich hätte mir mit meinem Exposé also gar nicht so eine Mühe machen müssen. Unter Umständen des Zufalls wäre ich mit einem Beitrag über rosarote Elefanten reingekommen. Eigentlich wollte ich ja, dass man meinen Vorschlag ernst nimmt. I don't want to be famous for being mad. Aber na ja, ich bin trotzdem sehr froh, dass ich bei dem Festival dabei bin!«

Ich schalte das Radio aus, Gregors Sendung war anders als sonst, kein Wunder, dass er aufgeregt ist, er möchte mein schwarzes Loch zum Sujet seiner künstlerischen Arbeit machen! Und dann noch irgendwas mit Filmen! Da können Gregor und ich uns ja genauso gut nackt in einer offenen schwarzen Kiste exhibitionieren. John Lennon und Yoko Ono für Arme. Doch das wäre noch schön. Für Gregor bin ich keine Yoko, für ihn bin ich vielleicht nur ein akustisches Signal. Will er uns ein Denkmal setzen, einen Denkzettel verpassen, sucht er nach Bestätigung wie jeder andere dahergelaufene Kunstproduzent? Hat er das wirklich nötig? »Ich bin ein unbezahltes Spaßäffchen«, hat er öfter mal in Bezug auf seine Radiosendungen gesagt. Wenn nette Leute anfangen, etwas gegen ihre Bescheidenheit zu unternehmen, zu extrovertieren, den Tiger endlich rauszulassen, dann kann ich das nur gutheißen! Denn extrovertierte Handlungen introvertierter Menschen sind okay.

Aber: Wäre es *sein* schwarzes Loch, hätte Gregor nicht einmal darüber nachgedacht, es öffentlich zu machen, es künstlerisch zu verbraten, so was hätte er seiner postsubkulturellen Identität nicht angetan!

Es fühlt sich so an, als hätte Gregor in den letzten Wochen unserer frischen Beziehung heimlich ein Buch über mich geschrieben, und während er es anderen freimütig präsentiert, werde ich es nicht zu lesen bekommen. Dass er sich auf meine Kosten beziehungsweise auf Kosten *meines* schwarzen Lochs eine Künstleridentität zusammenschneidert, das hätte ich nie im Leben gedacht! Vordergründig geht's ihm ums Do it Yourself, wenn nicht mit Hagebutten, dann halt mit meinem schwarzen Loch. »Aber auch mit DIY kann die Ehrfurcht vor dir selbst irgendwann verloren gehen«, meinte er einmal. »Vor allem dann, wenn dein DIY in die Hände von öffentlichen Kulturinstitutionen gerät.« Künstlerische Selbstausbeutung sei okay, solange man die Regie über seinen eigenen künstlerischen Unsinn behalte. Aber was Gregor da mit dem Schranz-Kurator für mein schwarzes Loch aushandelt? – Ich will es nicht wissen!

Gerade als ich mir gesagt habe, dass ich mich ja morgen noch daran aufreiben kann, und das Licht auf dem Nachttisch ausknipsen möchte, klingelt das Telefon. Am Apparat ist Bodo: »Hildi, ich habe Gregors Liebeserklärung an dich und dein schwarzes Loch gerade im Radio gehört.«

»Liebeserklärung?« Bodo soll mir nicht mit Liebe kommen! »Ich fand's eher mörderisch!«

»Was soll's, egal. Was Anderes, Wichtiges: Ich hab während der Sendung ab und an auf den Kontrollbildschirm geschaut und den Eindruck, dass der Streifen zur Badezimmerwand hinzieht, das tut er immer noch, Gregor müsste ja noch in deiner Wohnung sein. Ihr solltet da mal nachschauen.«

»Ruf ihn doch einfach auf seinem Handy an«, gähne ich. »Gregor ist ja jetzt Black Hole Master of the Arts.«

Als ich am nächsten Mittag aufwache und Gregor beim Kaffeetrinken auf Bodos Anruf anspreche, sagt er, er habe das Küchenfenster offen gehabt, und dieser Luftzug hätte den Kartonstreifen näher Richtung Flur geweht. Ob das nun stimmt oder nicht: Ich traue mich kaum, ihn nach seinem vollen Erfolg im Auswahlverfahren zur Rede zu stellen. »Ich weiß nicht, ob man sich so intensiv mit dem schwarzen Loch auseinandersetzen sollte, vielleicht sollte man nicht mal darüber reden«, merke ich vorsichtig an.

Doch Gregor sieht das nicht so eng. Er ist den gesamten Tag über superlocker und entspannt, für ihn steht es nicht zur Diskussion, ob der Umgang mit meinem schwarzen Loch richtig oder falsch ist.

»Ich verdien mir auf der Sache keine goldene Nase«, sagt er nur, als ob es sich bei dem schwarzen Loch um solides Bastelmaterial handelt.

Die soliden Zeiten in Bodos Marmeladenküche waren mir lieber: Hagebutten wurden zu Hagebuttenmarmelade, Asche zu Asche, Staub zu Staub, nicht Gold. Dass Gregor mein schwarzes Loch nun künstlerisch ausschlachten will, macht mir Angst. Künstler verdrängen Bedrohungen, indem sie sich ihnen mutig entgegenstellen und über sie hinwegarbeiten. Aber für viele werden ihre Arbeiten zur eigenen Falle. Vielleicht haben Gregor und Bodo die verschlingende Macht hinter der Wand vergessen. Sie sehen die Bedrohung nicht. Sie sehen nur die Grundsaugkraft, eine Saugkraft auf Stand-by, die sie ausnutzen, weil sie fruchtbar ist. Sie sehen kein größeres Risiko mehr, und wenn, dann lachen sie, weil sie von der Idee eines Ausbruchs berauscht sind. Für sie war alles immer nur ein Spiel. Sie gestalten ihre individuellen Lebenswelten nicht naiv. Ich bin mit den beiden zusammen, weil sie meine Vorbilder sind. Sie machen das, was jeder Mensch tun sollte: irgendwie am Ball bleiben, ohne sich zu verbiegen. Aurelia meint, sie infantilisieren. Sie mag nur neidisch sein, mit ihrem Ein-Euro-Laden hat sie keinen echten Erfolg. Ich bin nicht ihrer Meinung. Aber das Spinnrad war ein Fehler. Ich hätte niemandem vom schwarzen Loch erzählen dürfen, selbst Gregor nicht.

Ich ertappe mich dabei, dass ich feindselig über ihn denke. Trotz allem oder gerade deswegen haben wir an diesem Tag *fun explosion*. Ich möchte nicht ins Detail gehen, jedenfalls habe ich den Eindruck, dass wir an unseren Problemen vorbeikörpern. Zu oft denke ich, dass mir ohne ihn nicht viel fehlen würde, eine dunkle Erkenntnis, die mich auf Trab hält wie mein schwarzes Loch.

Ob sie nicht doch zur Konferenz mitkommen wollen, frage ich Bodo und Gregor, aber sie zeigen kein wirkliches Interesse. Als ich vom freien Essen erzähle, meint Bodo, er würde vielleicht zur Mittagspause am Tagungsort aufschlagen.

Er trägt hellgrüne Gummihandschuhe. Mit einem Küchenmesser teilt er eine Hagebutte auf einem Holzbrettchen in zwei Hälften.

»Das mit dem Hagebuttenbaustoff wird noch der große Coup!« Bodo wischt sich die roten Matschfinger an seiner Cordhose ab.

»Ich hab die nächste Zeit nicht so viel Zeit für die Hagebutten.« Gregor wirkt abwesend und beschriftet eine Videokassette mit einem Filzstift. Weil ich ahne, was jetzt kommt, ziehe ich mich in die Küche zurück, dort bekomme ich von dem Streit der beiden nur das Gröbste mit.

»Ich dachte, wir machen das gemeinsam mit dem Baustoff!«, höre ich Bodo.

»Es ist so unrealistisch«, argumentiert Gregor. »Ich weiß nicht, wie wir das schaffen sollen!«

»UN-RE-A-LIS-TISCH!«, spottet Bodo. »Gut, wenn du jetzt abschnallst und lieber einen auf künstlerische Selbstverwirklichung machen willst, dann steck ich auch wieder mehr Arbeit ins *Superloch*.«

»Nur zu! Das hat es auch nötig!«, höre ich Gregor Bodo hinterherrufen, als der aus der Wohnung stapft.

Was Gregor hinter seinem Rechner genau tut, weiß ich nicht. Die meiste Zeit starrt er auf eine Auktionsseite. Das vermute ich, weil er den Link fett gebookmarkt hat, einmal hat er die Seite schnell geschlossen, kurz bevor wir über seinen Rechner Nachrichten geschaut haben, da konnte ich sehen, dass er auf der Suche war nach alten Fernsehbildschirmen, Videorekordern und VHS-Kassetten. Dann und wann zückt er seine Kreditkarte, um Nummern für eine Onlinezahlung einzutippen. Ein Paket mit etwa 15 alten Videokassetten ist schon angekommen. Und vormittags, bevor er sich mit Bodo zum Spinnen trifft, bearbeitet er Filmdateien an seinem Rechner, er hat Bodo jedenfalls vor einer Zeit um Rat für ein Treiberproblem bei seinem Schnittprogramm gebeten. Ein paar Videokassetten hat er mithilfe eines Analog-digital-Umwandlers schon mit Filmdateien bespielt. Mit den künstlerischen Mitarbeitern aus Schranz telefoniert Gregor fast jeden Morgen, noch bevor ich aufgestanden bin.

Eigentlich sollte meine Konferenz auch Bodo und Gregor etwas angehen, da mein Loch die beiden gerade monetär und künstlerisch bei der Stange hält. Vielleicht wäre Gregor der bessere Locherbe.

Nachdem ich meinen Mantel an der Garderobe des ehemaligen Bibliotheksgebäudes, einem nüchternen 1960er-Bau, abgegeben und mir ein Namensschildchen ans Revers gesteckt habe, betrete ich eine mit olivfarbenem Teppich ausgelegte Treppe, die wie ein großes Plüschtier ausschaut. Mit jedem Schritt hinterlasse ich einen kleinen Abdruck im hohen Flor. Vor dem historischen Vortragssaal oben warten die Tagungsbesucher und blättern im Programm. Die Wissenschaftler erkennen einander an den Professoren- und Doktortiteln auf ihren Namensschildern und verwickeln sich in Unterhaltungen über die Anreise, das gestrige Wetter oder das Hotel, in dem sie untergekommen sind. Sie tragen Alpaka, Mohair und Kaschmir, hauptsächlich in den Farben Weinrot, Flaschengrün und Senfgelb.

Mit meinem dunkelblauen Baumwollkleid bin ich in guter

Gesellschaft, die anderen Besucher, die ich als Locherben erkenne, tragen obligatorisch Schwarz oder Anthrazit und unterstreichen damit eine gewisse Ratlosigkeit. Nach zehn Minuten betreten wir den fensterlosen Hörsaal mit lindgrünen Bauhaushängeleuchten. Die festgeschraubten Stuhlreihen auf dem frisch gebohnerten Boden stehen im Halbkreis um ein Podium. Die Besucher verteilen sich auf den Holzsitzen, etwa fünfzig der 350 Sitze bleiben frei. Vorne erkenne ich Rudolf Rausser, von dem ich mir nach unserem Telefonat neulich Fotos auf der Universitätswebseite angeschaut habe. Sein langer Körper steckt in einem hellbraunen Tweedanzug, darunter eine Weste aus demselben Stoff. Er begrüßt die Besucher in den vorderen Reihen, bei denen es sich vermutlich um die Referierenden handelt.

Ein Beamer projiziert den Tagungstitel an die Wand: »*Black Hole Studies 2018. Schwarze Löcher in den Kultur- und Medienwissenschaften.*« Oben rechts prangt das *BHS*-Logo, ein dicker, weißer Punkt in einem schwarzen Quadrat – die japanische Flagge in Schwarz-Weiß.

Rausser begibt sich hinter das Rednerpult, schaut demonstrativ auf seine Armbanduhr, testet das Mikro und gibt dem Tonmann ein Zeichen. Mit viel Hall tönt seine Stimme in den Raum: »Science is sad.« Er nimmt einen Schluck Wasser. »So lautete der Untertitel der ersten Tagung über schwarze Löcher, 1973, in Dublin. Damals wurden die Wissenschaften noch von physikalischen Theorien übermannt, im wahrsten Sinne des Wortes. Zudem schwang in den Vorträgen eine Panikmache mit, die uns auf wissenschaftlichem Terrain nicht weiterbrachte. Wie es der sechsjährige Sohn einer irischen Kollegin damals auf den Punkt brachte: ›Noone knows nothing, science is sad.‹« Das Auditorium reagiert mit Kopfnicken und entzücktem Raunen. »Anfang der 2000er-Jahre wurden dann die Black Hole Studies gegründet, eine interdisziplinäre Arbeitsgruppe. Von kultur- und medienwissenschaftlicher Warte aus sowie aus kunsthistorischer Sicht interessiert uns heute vor allem der spekulative Gehalt der naturwissenschaftlichen Theorien über schwarze Löcher. Inwieweit werden diese wissenschaftlichen Perspektiven selbst historizierbar, und welche neuen Erzählungen schreiben sich durch die spekulativen Theorien nieder?«

Heißt das etwa, Naturwissenschaften erzählen auch nur Geschichten? Also Geschichten im Sinne von Märchen, »Schneewittchen und die sieben Zwerge«, die »Brüder Karamasow«, der »Räuber Hotzenplotz« et cetera? Ich bin verwirrt.

»Das Mediale und das Imaginäre haben in den letzten zwanzig Jahren trotz globaler Transparenz an Wirkmacht gewonnen. Ist es in diesem Zusammenhang überhaupt gerechtfertigt zu behaupten, man habe ein schwarzes Loch?« Ein Raunen aus circa 280 Kehlköpfen tönt wie ein sich androhendes Gewitter durch das Auditorium. Auch in meinem Hals schnürt sich gerade was zusammen, denn ich habe ein schwarzes Loch, und wer das anzweifelt, sollte mal bei mir vorbeikommen oder lieber doch nicht.

Rausser winkt ab: »Ich gestehe: Provokation! Aber ich muss hier ja auch die zwanzig Skeptiker unter Ihnen bei der Stange halten, die die Existenz irdischer schwarzer Löcher infrage stellen!« Die laute Klangkulisse ebbt nicht ab. »Bei alledem dürfen wir die poetologischen Besonderheiten des Themas nicht aus den Augen verlieren. Welche ästhetischen Wünsche und Hoffnungen, welche Leidenschaften stehen hinter den Bildern von Sternleichen, vom verkrümmten, verzerrten Raum, der gefressen wird und sich doch ausweitet, über Lichtwege hinweg, über Lichtjahre voraus? Mit diesen Fragen beschäftigt sich unser Kollege Martin Häfner, der uns seine Forschung nach der Mittagspause präsentieren wird.« Rausser hält die Tagungsbroschüre in die Höhe. »Welche mythologische Bedeutung das Isolationsmaterial Granit spielt, ist das Thema des Vortrags von Adam Grooh am späteren Nachmittag. Die Parallelen zwischen der Geschichte der schwarzen Löcher und der Geschichte des Horrorfilms wurden letztes Jahr durch meine Forschergruppe untersucht. Der Diskurs über schwarze Löcher erreichte seinen ersten Höhepunkt 1978, das Jahr, in welchem auch der Film *Halloween* in die Kinos kam. Die medialen Welten übertragen sich auf unsere Erfahrungswelten, so würden die Medienwissenschaften argumentieren. In diesem Sinne teilte mir eine ältere Informantin mit, dass ihr Leben mit dem schwarzen Loch vergleichbar sei mit dem eines Vampirs oder Zombies – auf Ebene der Gefahr, der Heimlichkeiten, der Verantwortung, der Kontrolle, der Sorgfalt, der Einschränkung. Die individuellen Erfahrungsebenen von Locherben dürfen nicht außer Acht gelassen werden.« Raussers Stimme wird lauter: »Ich kann und möchte nicht die Neutralisierung schwarzer Löcher propagieren, wie es der frühe Diskurs der 1980er-Jahre mit einigem Wunschdenken tat.« Beim Begriff »Neutralisierung« werde ich hellhörig. Ist es etwa *doch* möglich, die Dinger zu eliminieren? Ich halte die Luft an.

»Die Neutralisierung schwarzer Löcher ist zwar für aussichtslos erklärt worden«, führt Rausser ruhig aus, »aber dem Gedanken an dieses Ziel kann man nicht widerstehen. Allein durch die interdisziplinäre Zusammenarbeit, also auch in Kooperation mit Locherben, werden wir uns dieser Vision einen Schritt nähern!« Was? Mit interdisziplinärem Geseiere soll man schwarze Löcher in die Knie zwingen können?, denke ich.

»Menschen haben schon immer mit schwarzen Löchern gelebt«, holt Rausser aus, »und heute ist die Wissenschaft imstande, schwarze Löcher künstlich herzustellen. Isolierte Löcher, und das ist vielen hier anwesenden Locherben bekannt, stellen eigentlich keine größere Gefahr dar als gut gehüteter Atommüll! Doch selbst Granit wird irgendwann brüchig, von den betroffenen Erben wird ein stetiges Verantwortungsbewusstsein erwartet, was auf Dauer eine Belastung darstellt. Auch sind sie ständig der Berichterstattung ausgesetzt, Mediascapes, die sie durch ihre schwarzen Löcher selbst generieren. Diesen Komplex wird uns Kollege Maurice Rosen morgen vorstellen. Im Zuge der Abschlussdiskussion sollen Lösungsansätze für den Alltag mit schwarzen Löchern erarbeitet werden, diese wird Professor Herbert Roetlin mit Fokus auf den kritischen Rationalismus moderieren.«

Rausser legt das letzte Blatt seines Skripts zur Seite: »Nun lenken wir unseren Blick auf die ästhetische Analyse von Gemälden, auf denen schwarze Löcher, wenn nicht explizit dargestellt, so doch angedeutet werden. In dem ein oder anderen Bild, das Frau Professorin Asuka Takahashi uns im folgenden Vortrag vorstellen wird, werden Sie sich vielleicht wiederfinden. Asuka Takahashi promovierte in Kunstgeschichte an der Handai-Universität in Osaka und wurde vor zwölf Jahren an die Hochschule Minerva im niederländischen Groningen berufen. Auf spielerische Weise erweitern ihre kunsttheoretischen Perspektiven den naturwissenschaftlichen Kanon der Black Hole Studies.«

300 Menschen klopfen mit ihren Fingerknöcheln auf die Klapptische, während eine zierliche Frau mit einem kurzen Bubikopf das Podium betritt. Ich schätze sie auf Anfang fünfzig. Sie ist ganz in Schwarz gekleidet mit einer schmalen Hose und einer kurzen Jacke aus dünnem Stoff, die durch einen langen, silbernen Reißverschluss diagonal von links oben nach rechts unten geschlossen wird. Zwei kleine, horizontale Reißverschlüsse prangen auf einer Brusttasche. Vielleicht trägt Frau Takahashi diese Jacke, damit die Zuhörer sich während des Vortrags ein wenig zerstreuen können.

»Danke, Rudi, für die freundliche Vorstellung.« Sie tippt auf den Laptop, woraufhin der Beamer in schlichten Lettern den Titel ihres Vortrags an die Wand projiziert: »*Schwarze Löcher in der niederländischen Landschaftsmalerei*«.

Asuka Takahashi spricht frei, während sie über den Rand ihrer Lesebrille ins Publikum schaut:

»Am Beispiel eines niederländischen Bildes, das zur Zeit der Renaissance entstand, werde ich Ihnen vor Augen führen, was wir – bezogen auf unseren *gegenwärtigen* Kontext – in diesem Gemälde sehen und welche Zusammenhänge mit den Erfahrungen der *hole heirs* bestehen. Ich werde in meinem Vortrag also weniger auf Techniken der Ölmalerei und die historischen Hintergründe des Motivs eingehen. Bisher kannte man Govaert de Beuckelaer durch vier bis fünf kleinere Werke, weshalb er bis heute zu den unbekannten niederländischen Landschaftsmalern zählt. Doch vor einem halben Jahr sind um die 200 Bilder de Beuckelaers auf dem Dachboden einer Groninger Imbissbude entdeckt worden. Mit einer Forschergruppe arbeite ich sein beachtliches Œuvre gerade auf.« Wieder tippt sie auf eine Taste ihres Laptops. »Sie sehen hier ein Gemälde aus dem Jahre 1635 mit dem Titel *Boerderij*, zu Deutsch: Bauernhof.« Sie deutet auf die Projektion hinter sich: »Die Farben sind in herbstlichen Tönen gehalten: Ocker, Grün, Gelb, Orange. Ein Tag auf dem Land. Frauen arbeiten auf dem Feld, mit orangerot gewebten Kopftüchern, die Mittagssonne brennt, eine Feldarbeiterin wischt sich mit einem blauen Tuch die Stirn. Hastig pflücken sie die letzten Hülsenfrüchte, damit die Pflanzen in der Sonne nicht verdörren. Die Bildaufteilung ist untypisch; das Firmament und Feldgeschehen nehmen den größten Teil des Bildes ein, die Fläche wirkt ermüdend wie die Arbeit der Frauen auf dem Acker selbst.« Asuka vergrößert den linken Teil des Vordergrundes. »Hier im Vordergrund sind einige wichtige Details zu erkennen: Eine Frau eilt aus einem Schuppen, davor liegt ein kleiner, lebloser Esel.« Sie vergrößert den Bildausschnitt um weitere 200

Prozent: »Wenn wir genauer hinschauen, wird an der Hüfte der Bäuerin ein Holzkasten erkennbar, ihre Gesichtszüge sind gehetzt, verhärmt, heute würde man vielleicht ›gestresst‹ sagen. Die Wäsche liegt um den Schuppen herum auf dem Boden. Aber: Was ist das für ein Kasten?«

Wissendes Gelächter schallt durch den Hörsaal.

»Oder ist es nur ein gedrungener, viereckiger Ast?« Asuka tippt mit einem Zeigestock auf die Wand mit der Beamerprojektion. »Man sieht genau: Die Körperhaltung der Frau ist gebeugt, ihre Hände sind frei, zeigen Richtung Feld, deuten die noch kommende Arbeit an. Es gibt kein Anzeichen dafür, dass die Frau die Kiste trägt. Wie von selbst haftet der Kasten an der Bäuerin. Ein paar meiner Kollegen vermuteten, dass es sich bei der Kiste um eine Laterne handelt. Aber es ist heller Tag, und Glasseiten, wie sie bei Leuchten zu dieser Zeit üblich waren, sind nicht zu sehen.« Mit einem Regler fokussiert sie das Bild noch weiter: »Ein kleiner Schwarm von Schmetterlingen umkreist den Holzkasten, ihre Flügel sind ausgefranst, ein paar kleben ramponiert auf dem Kasten.« Sie nimmt ihre Lesebrille ab und schaut bedeutungsschwanger ins Publikum: »Ist es eine Laterne, oder ist es ein Käfig?«

Natürlich ist die Holzkiste, Frau Takahashi zufolge, keine Laterne, sondern ein Behältnis für ein schwarzes Loch, das offenbar geöffnet wurde. Esel und Kleidungsstücke wurden ihr zufolge vom Loch zuvor von außen an den Schuppen gesaugt, und als nun das Loch in der Kiste von der Frau weggetragen wird, fällt alles ab, der Esel fällt um. Die Kiste saugt sich wie mit Sekundenkleber an der Frau fest. Ob die Öffnung der Kiste mit oder ohne Absicht erfolgte, bleibt eine offene Frage des Vortrags. Möglicherweise, so spekuliert die Kunsthistorikerin, handele es sich bei dem schwarzen Loch um eine Art Waffe, die Frauen bei Bedarf »hervorzaubern« konnten. Ein schwarzes Loch auf einem

niederländischen Bauernhof im 17. Jahrhundert, völlig nachvoll-
ziehbar! Schleierhaft bleibt, weshalb die Frau das Loch einfach
so mit sich herumtragen kann. Mit meinem geht das definitiv
nicht.

Nach dem Vortrag gibt es Applaus, dann kommt das Auditorium zu Wort. Zuerst meldet sich eine ältere Dame mit Dutt:
Es freue sie zu sehen, dass es schon während der Renaissance
schwarze Löcher in Holzkisten gegeben habe, das relativiere ihre
eigene Misere, und heute sei man ja doch besser gegen Gefahren
gewappnet. Dann meldet sich ein Kölner Kunsthistoriker, der
offensichtlich kein Locherbe ist. Er ist mir schon während des
Vortrags aufgefallen, den er mit abfälligen »Pffffs« untermalte,
die Asuka Takahashi geflissentlich ignorierte. Sein Gesicht wird
umrahmt von einem konturierten Pony. »Verschwörungstheore-
tische Ansätze, die sich in den kunstwissenschaftlichen Diskurs
eingeschlichen haben!« Er möchte lässig rüberkommen, doch er
wirkt hysterisch.

»Haben Sie ein Loch?«, fragt Asuka nüchtern zurück.

Belustigtes Gemurmel erfüllt den Saal, eine sympathische
Frau in der ersten Reihe wiehert und schüttelt dabei ihr dun-
kelbraunes Haar. Der Kölner reckt den Hals und schaut sich im
Saal nach Unterstützung um. Doch die meisten Leute im Raum
sind Erben. Ein weiterer skeptischer Kunsthistoriker, der die Mä-
keleien seines Kölner Kollegen bestätigt, versucht nun auch sein
Glück, aber mit Einschränkung: »Es ist verständlich, dass das
Phänomen der schwarzen Löcher die Fantasie anregt. Wie mein
Kollege zweifle ich an der Wissenschaftlichkeit dieses Vortrags,
aber die Theorien um das vermeintliche Loch im Holzkasten
empfinde ich auf metaphorischer Zeichenebene als inspirierend.«

»*Vermeintliches* Loch, *vermeintliche* Löcher!«, schallt es aus
280 vibrierenden Stimmbändern der Locherben. Und auch ich

denke, dass die hier bitte alle mal aufhören sollten, von Vermeintlichkeit oder einer Metaphorik zu reden! Schwarze Löcher sind keine Symbole!

Endlich ergreift Asuka wieder das Wort: »Ich entschuldige mich, wenn ich das Loch in meinem Vortrag lediglich als Metapher bezeichnete. Ich bin selbst keine Erbin, aber es ist elementar, dass die Fassbarkeit des Lochs aufgezeigt wird, das konkrete Loch und nicht die bloße Bildhaftigkeit dessen!«

Nachdem wieder Ruhe eingekehrt ist, kündigt Professor Rausser eine kleine Erfrischungspause an. Kunst und Wissenschaft würden nur in der Kommunikation mit anderen Sinn machen, deshalb lade er zum weiteren Austausch am Büfett ein, das die Tagungsbesucher draußen erwarte. »Ein kleiner Hinweis: Anhand der Lochinstallation können sich auch alle Nichterben ein mehr oder weniger realistisches Bild von der Sogwirkung des Lochs verschaffen. Guten Appetit!«

Ich muss etwas trinken und laufe zur Theke, wo ich auf Rausser treffe.

»Frau Tropeng!« Mit wässrigen Augen schaut er auf mein Namensschild.

Nachdem er der Bedienung etwas zugeflüstert hat, schiebt sie ihm ein kleines Glas mit einer klaren Flüssigkeit zu, das er in einem Schluck runterkippt: »Das war aufregend, nicht wahr?«

Zur Antwort nippe ich an meinem Colaglas.

»Und wissen Sie was?« Er fährt mit Daumen und Zeigefinger an der Naht seiner Tweedweste entlang. »Herbert Roetlin, der Kölner Professor, der sich so echauffierte, besitzt selbst ein schwarzes Loch. Aber das will er nicht zugeben! Es ist wie ein Fluch: ein kritischer Rationalist, der mit Passion gesellschaftliche Mythen entlarvt, Medienanalysen verfasst, ein ewiger Metajournalist und dann das: Er erbt ein schwarzes Loch! Wenn Herbert und ich uns darüber unterhalten, dann müssen wir lachen. In seinen Albträumen tauchen immer noch Gästetoiletten auf, immer noch verarbeitet er den Tag, an dem sein schwarzes Loch in seinem Gästeklo einzementiert wurde. Dann wacht er auf mit der Gewissheit, dass alles nur ein Traum ist und er in der wahren, wissenschaftlichen Welt lebt, freut sich, trinkt einen Kaffee, schreibt ein paar Notizen für einen Artikel mit dem Titel ›Panikmache: schwarzes Loch‹, und spätestens wenn seine Frau im Bad ist und er gezwungen ist, aufs Gäste-WC auszuweichen, tja, dann fällt's ihm wieder ein ...« Rausser lacht, und nachdenklich fügt er hinzu: »Wenn wir die schwarzen Löcher schon in unserer Kindheit erhielten, dann würde das nicht so an uns nagen, dann könnte man lebhaft, liebevoll darüber reden wie über einen nervigen Verwandten, den man doch irgendwie nicht missen möchte.«

Eine Servierkraft hält uns ein Tablett hin: »Möchten Sie eins unserer Schwarzes-Loch-Schokopralinés probieren?«

Ich greife nach einem der kleinen Schokostücke, da schwingt sich ein saugendes Luftloch zwischen uns, und wie Kolibris fliegen die Pralinen samt Tortendeckchen vom Tablett und verschwinden etwa zehn Meter weiter in einer menschengroßen Schlauchvorrichtung.

»Oh nein, das tut mir leid« Die Bedienung presst das Silbertablett eng an ihren Körper. »Ich bringe Ihnen neue!« Rausser signalisiert ihr, dass alles in Ordnung sei.

»Waren Sie schon am schwarzen Loch, ich meine, bei der Installation?«, fragt er, während wir uns dem Tunnelding nähern. »Das originale Saugvermögen von zehn Sonnenmassen wurde auf das Trillionenfache heruntergerechnet, also zwar recht gering, aber immer noch sehr eindrucksvoll.« Rausser deutet auf den überlebensgroßen Trichter, dessen tunnelartiger Durchgang nach hinten etwa fünf Meter misst. Das für die Sogwirkung verantwortliche Gebläse ist laut wie zwanzig Staubsauger.

Ein Schwarzlicht beleuchtet den dunklen Tunnel, in den sich nun ein paar neugierige Gäste saugen lassen, die offenbar kein Loch zu Hause haben. Tief steckt die Menschentraube vor dem saugenden Gebläse fest, ein mit Kichern vermischtes Stimmengewirr schallt aus einem am Eingang angebrachten Lautsprecher, der die Gespräche der Menschen aus dem Tunnel nach draußen überträgt. Hinten ist kein Ausgang. Ein schwarzes Loch hat keinen Ausgang, nur einen Eingang, bist du einmal drin, kommst du nicht mehr raus.

Ein älterer Mann, laut Rausser ein Physiker, stellt sich in einem Abstand von etwa vier Metern vor den Locheingang, hält sich mit einer Hand an einem Treppengeländer fest und zieht sich mit der anderen seine braunen Wildlederschuhe aus, die wie der Blitz im Tunnel verschwinden. »Aua! Das war mein Kopf!«, erklingt aus dem Lautsprecher die Stimme einer Frau. Andere, draußen stehende Tagungsbesucher unterhalten sich darüber, wie man das eingesaugte Paar Schuhe da wieder rauskriegt.

»Wir wollen hier raus!« Die panische Stimme eines Mannes im Tunnel schallt aus dem Lautsprecher. »Könnte mal jemand das Ding ausschalten?!«

»Wäre doch zu schade, wenn die Generatoren für das Gebläse einfach abgeschaltet würden«, findet der Physiker. Er hat eine Idee, die er mithilfe der Leute umsetzen möchte, die noch außerhalb der Installation stehen. Die Kraft einer langen Menschenkette soll gegen den Sog ankämpfen und die Leute aus dem Tunnel ziehen. Er gibt Kommando und greift sich die Hand einer lockigen, jungen Frau, der dabei ein gegrillter Hähnchenschenkel aus ihrer Hand fällt, das sogleich Richtung Trichtereingang flitzt. Sie ergreift die Hand eines bärtigen Mannes mit Kindergesicht, dessen Hand ist mit dem Patschehändchen einer kleinen Frau ohne Hals verknotet. Die neunte Person ist ein großer Mann, der dem starken Sog der Installation standhält und mit gespreizten Beinen kraftvoll eine Hand greift, die aus der Installation hervorlugt. Wie beim Tauziehen versuchen nun alle, gegen den Strom anzukommen, allen voran der Physiker, der sich immer noch am Geländer festkrallt.

Rausser und ich beobachten das muntere Treiben aus sicherer Entfernung. Begeistert lobt er das »beispielhafte Kennenlernspiel«. Immer wieder schafft es die Menschenkette ein paar Zentimeter nach draußen, um dann sisyphosgleich zurück gen Lochtunnel gesaugt zu werden. Dass jetzt auch noch Häppchen von dem Teller Herbert Roetlins ins Loch gesaugt werden, amüsiert mich. Doch bevor ich dessen Reaktion mitbekomme, lotst mich Rausser weiter, man könne sich ja kaum unterhalten bei dem Lärm hier, die Raumaufteilung müsse er beim nächsten Mal besser durchdenken.

Irgendwann werde auch ich in meinem schwarzen Loch verschwinden, der Tod lässt sich nicht abschaffen, denke ich, während wir zum Treppengeländer schlendern.

»Frau Takahashi sollten Sie unbedingt persönlich kennenlernen, Sie könnten kooperieren. Wenn Sie wollen, stelle ich Sie einander vor. Was halten Sie von ihrem Vortrag?«

»Es besteht ein Heidenunterschied zwischen diesen Löchern Marke Augsburger Puppenkiste, über die Frau Takahashi referierte, und meinem granitisolierten Mammutloch!«, antworte ich. Ich muss an den körperlichen Übergriff des schwarzen Lochs auf mich und Gregor denken und an die Störungen, die es regelmäßig zwischen uns auslöst: »Das gesamte Thema wurde in ihrem Vortrag verharmlost. Mein Loch ist jedenfalls anders.«

»Ich dachte, das sei Ihnen bewusst«, entgegnet Rausser. Und während er anfängt, vom Loch seines Neffen zu erzählen, der es sogar mit in den Urlaub nimmt, zum Surfen, und damit sogar die Windrichtungen tariert, erinnere ich mich an die Nacht der Installation mit Günther und Norbert. Vergebens bat ich die beiden um das kleine Loch im Fußraum des Transporters. »Dass andere Menschen auch schwarze Löcher haben, mag beruhigend sein«, sage ich, »doch meines ist anders.«

»Aber manchmal sind Sie doch sicher auch froh, dass es da ist, nicht wahr?« Sein Atem schwebt wie Alleskleber an mir vorbei, ich weiß nicht, wovon er redet.

Freilich wusste ich nicht genug über das schwarze Loch, als ich dem Erbe zustimmte. Nach der notariellen Unterzeichnung fühlte ich mich zeitweilig wie nach einem erfolgreichen Vorstellungsgespräch auf eine Stelle, auf die sich außer mir niemand beworben hatte. Wenn nicht ich, darüber war ich mir immer im Klaren, dann hätte sich eine andere nichtsahnende Verwandte darum kümmern müssen. Vielleicht trauten sich die anderen einfach nicht, vielleicht hatte ich Angst, mir eine wichtige Sache entgehen zu lassen.

Immer brocke ich mir die falschen Sachen ein. Die Beziehung zu Gregor habe ich mir auch leichter vorgestellt. »Es lässt mir keine Ruh«, sage ich. »Und ich kann mit meinen Freunden kein normales Leben führen – wegen des Dings in meinem Bad.«

»Wären Sie ohne das Loch denn dazu in der Lage?«

»Ja«, sage ich, obwohl ich es nicht genau sagen kann.

Wir treffen auf einen von Raussers Unikollegen, woraufhin er sich verabschiedet.

Die *heirs* laufen lustig umher, essen ihre Pralinés, lassen sich einsaugen, sind ausgelassen, als seien sie in Flirtlaune im Urlaub. Sie wissen nichts, nichts, NICHTS! Die Enttäuschung über das gesamte Leben ist immer dann besonders schmerzhaft, wenn du die Distanz zwischen dir und anderen Menschen spürst. Ich fühle, wie ich innerlich zusammenfalle. Meine Gedanken sind weit von meinem Körper entfernt, meine Beine tragen mich ein paar Meter vorwärts zum Treppengeländer, meine Augen blicken die Stufen hinab. Da erscheint eine mir bekannte dunkelblaue Wollmütze mit einem hochgekrempelten Rand in meinem unteren Gesichtsfeld, sie fliegt mir in zügigen Schritten entgegen die Treppe hinauf. Unverkennbar Bodos Mütze! Er nimmt gleich zwei Stufen auf einmal. Seine braune Lederjacke hat er nicht an der Garderobe abgegeben, ein starker Zigarettenrauch hängt darin fest, nie zuvor habe ich seinen Geruch als so vertraut wahrgenommen. Wäre Bodo zwanzig Kilo leichter, hätte er heute etwas vom jungen Jack Nicholson in *Einer flog über das Kuckucksnest*.

»Boah, die Alte an der Garderobe wollte meine Einladung sehen.« Seine Augen blicken finster unter dem Rollrand seiner Mütze hervor.

»Da vorne ist die Theke, Bodo.« Mit dem Fuß deutete ich zum Büfett, während ich mich immer noch mit beiden Händen am Geländer festhalte.

»Schaust was matt aus, Hildegunde!«

»Mir fallen gerade Schuppen von den Augen ...«

Er lehnt sich zu mir ans Geländer und faltet seine Hände vor dem Bauch. Wir schauen beide nach vorne und lassen das Treiben auf uns wirken.

»Und das sind hier alles Wissenschaftler, die sich mit schwarzen Löchern befassen?«

Ich möchte ihm antworten, da saust Frau Takahashi an uns vorbei, schnurstracks zum Büfett.

»Und wer ist die da mit den Reißverschlüssen?!«

»Sie ist keine Erbin, sie ist Kunsthistorikerin«, antworte ich.

»Zu spekulativ, zu beschönigend, aber ich soll sie kennenlernen, zwecks Kooperation.«

Die kleine Professorin lässt sich indes am Beilagenbüfett eine riesige Portion Pommes frites aufladen. Nachdem sie eine Servicekraft nach etwas gefragt hat, stopft ihr ein Koch Mayonnaise und Ketchup in kleinen Plastiktütchen verpackt in die Brustta-

schen ihrer Jacke, während sie mit beiden Händen den Frittenteller festhält. Sie tändelt an der überlaufenen Salatbar vorbei,
sucht sich offenkundig ein ruhiges Plätzchen und setzt sich auf
einen hellgrauen Pouf abseits der Menschenmassen. Bodo ist
schwer beeindruckt und löst sich vom Geländer. »Soll ich sie für
dich kennenlernen?«

Zur Antwort schließe ich einmal kurz meine Augen.
Mit irrem Blick läuft Bodo auf Asuka Takahashi zu. Dabei schiebt
er seine Mütze etwas aus dem Gesicht und legt sich seine Lederjacke über sein rechtes Schulterblatt, ein ramponierter Maikäfer
mit nur einem Flügel. Ich setze mich auf die Treppenstufe, fühle
mich allein und überflüssig und überlege kurz, ob dies nicht der
ideale Zeitpunkt wäre, den Heimweg anzutreten, da schaue ich
zurück zu meinem Freund und staune nicht schlecht: Mit Bodo
und Frau Takahashi ist irgendwas im Busch. Ich habe fast den
Eindruck, dass sie sich gar nicht unterhalten, das ist bei Bodo besonders bemerkenswert. Normalerweise textet er alle Menschen
(ob arm, ob reich, ob dick, ob dünn, ob schlau, ob dumm) so
zu, dass sie zwischen den Sätzen nicht mal kurz Pieps sagen
können. Als Asuka ihren Frittenteller auf dem Boden abstellt,
fallen ein paar Pommes auf den Teppichboden, die Bodo sorgfältig auf eine rote Serviette legt. So besonnen kenne ich ihn gar
nicht. Und als sie sich mit beiden Händen über ihre Oberarme
reibt, als würde sie frösteln, verliert Bodo keine Sekunde und
legt ihr seine speckige Lederjacke über ihr schwarzes Stoffjäck-
chen. Sie lässt das einfach mit sich machen und zieht den Kragen der Jacke noch etwas höher, und statt eines »Danke« blickt
sie ihn kurz an, doch das sieht er nicht, weil er gerade auf die
Pommes schaut. Sie zieht ein Ketchup- und ein Mayotütchen
aus ihrer Brusttasche, drückt ein rotes und ein weißes Häufchen
auf ihrem Frittenteller aus und fährt eine lange Fritte durch beide Soßen. Bodo schaut ihr dabei zu, und dann – unglaublich!

– steckt sie Bodo die Fritte in den Mund. Jetzt hascht er nach einer weiteren Pommes und erwischt dabei fast ihre Finger. Hilfe, sie füttert ihn! Nun nimmt er eine Fritte und macht dasselbe mit ihr. Ich kann da kaum noch hinschauen, aber ich bin auch nicht die Einzige, die da nicht hinschauen möchte. Auch andere Tagungsgäste, die gerade nicht zusammen mit Pralinen und Spitzendeckchen in der Installation verschwinden, sind auf das ungleiche Paar aufmerksam geworden.

Gestärkt durch die Energie ihrer gegenseitigen Zuneigung laufe ich die Treppe hinab, lasse mir an der Garderobe meinen dunkelblauen Mantel aushändigen und stürze durch die Drehtür nach draußen.

STADTKISTEN

Weil sich ein holziger Kopfschmerz über meinen Scheitel nach vorne zieht, entscheide ich mich für ein Taxi, obwohl dann das Geld aus dem wöchentlichen Verkauf der Brennnesseltüten aufgebraucht ist. Ich stelle mich an den Straßenrand neben die Parktaschen. Die Sonne leuchtet hell über dem niedrigen Gebäude der leerstehenden Nationalgalerie. Wenn ich die Augen zukneife, sind es noch knapp zwei Zentimeter, bis sie dahinter verschwindet. Ich sonne meine Stirn und den dahinterliegenden Schmerz.

Bald darauf hält neben mir ein Taxi, und nachdem ich auf den Beifahrersitz gekrochen bin, nenne ich dem Fahrer meine Adresse, da ich heute noch einmal persönlich bei meinem großen Schwarzen vorbeischauen möchte. Nachdem der Fahrer das Taxameter eingestellt hat, schaltet er das Höllengefährt vom ersten in den dritten Gang, ein leerer Galopp, dann eine rote Ampel und ein starkes Bremsen, bei dem mein Kopf auf meine spitzen Knie aufschlägt. Ich vernehme ein Fluchen und dann eine Entschuldigung, irgendwas stimme nicht mit dem Auto. Ein weiterer Blitzstart mit abruptem Stopp staucht meine Wirbelsäule auf die Größe eines Blinddarms zusammen. Der Teufel fährt einen Traktor ohne funktionierende Bremse. Denn obwohl sein Fuß auf dem Bremspedal steht, bewegt sich der Wagen mit lautem Quietschen weiter nach vorn.

»Verdammt!«, ruft der Fahrer. Ich schaue hoch. Wir stehen in zweiter Reihe vor einer roten Ampel, aber der Wagen steuert langsam weiter Richtung Ampel auf einen Mann zu, der mit einem Koffer oder einer Kiste über die Straße gehen möchte.

Wie Radiergummis reiben die Reifen über den Asphalt, einen weiteren Meter nach vorne. Auch die Pkw vor und neben uns schleifen mit angezogenen Bremsen nach vorne, orientierungslos rücken die Autos zusammen.

»Neeeeeeeeeeeeein!« Ich lege meinen Ellenbogen über meine Augen, während der Fahrer sein Lenkrad abrupt zur Seite einschlägt. Alles hupt, weil das manchmal einfach hilft.

Plötzlich stehen alle Wagen still, hupen aber weiter, wahrscheinlich aus Verwunderung. Der Mann hat die Straße überquert. Er trägt keinen Koffer, es ist eine sperrige Holzkiste an einem kleinen Griff, an den eine große Lederschlaufe gebunden ist. Laufend blickt er zur zusammengerückten Fahrzeugtraube, dann bleibt er stehen. Offenbar möchte er die Kiste schultern. Als er sich bückt, springt der Kasten wie von selbst in einem Satz auf den Rücken des Mannes, der das Ding mit dem Lederriemen vorne noch etwas fixiert. Weshalb lässt der Mann sein Loch nicht einfach zu Hause?, frage ich mich. Der gefährdet ja nur andere!

Ich fühle mich nicht mehr ganz so schuldig, es gibt also noch andere Menschen, die irrationale Tragödien hervorrufen können. Trotzdem: Die können ihre mickrigen Mikrolöcher zumindest ausführen. Die Beförderung eines Goldfisches im Glas ist aufwendiger als das, lächerlich! Jetzt bin ich fast stolz auf mein Katastrophenloch. Den gesamten Planeten kann sich so ein kleines Ding da sicher nicht einverleiben. Ob meins das wohl kann?

»Entschuldigen Sie noch mal«, unterbricht der Fahrer meine Gedanken. Er schiebt den Vorfall an der Ampel auf einen defekten Bremskolben seines Autos, eine Reparatur könne er sich gerade gar nicht leisten.

»Lassen Sie mich einfach hier raus«, sage ich, als wir die Tankstelle am unteren Ende meiner Straße erreichen. Ich fühle mich zu Fuß sicherer, und ich habe eine ungute Vorahnung, dass irgendwas in meiner Wohnung nicht stimmen könnte, und dafür brauche ich keinen weiteren Zeugen.

TEIL II

HOLZSKELETT

Die Windrichtung auf der Paulsberger Allee war schwer auszumachen. Der Radfahrer, der die breite Straße zuvor noch mit starkem Rückenwind hinaufgetragen worden war, stieg ab, um wegen der Böen, die ihm ins Gesicht peitschten, nicht umzufallen. Er zog seinen Wollschal über Mund und Nase und versuchte, das Rad auf dem Bürgersteig weiterzuschieben. Mit voller Muskelkraft lehnte er sich gegen den starken Wind, der ihn an der Ecke zur Rosakarlstraße schließlich blockierte. Erstarrt blieb er in der Mitte der Straße stehen, und als er seine Augen über den Asphalt gleiten ließ, schien es ihm, als würde vorne ein ferngesteuertes Auto dahinsausen. Doch der kleine, flache Flitzer in Rot-Grün entpuppte sich als Chipstüte, die am Ende der Straße in einer sauberen Ellipse an die Fensterscheibe einer Wohnung wehte und dort kleben blieb.

Glasscheiben zersprangen nie von allein. Keiner konnte den Kraftaufwand von feinen Scheiben doppelverglaster Fenster nachempfinden: Die vermeintliche Starrheit von Glas ist für Experten nichts Neues, ist der transparenten, harten Fläche doch eine Elastizität inne, die sich den äußeren Umständen anpasst, so auch den Spannungen in Hildis Wohnung.

Hatte die innere Glasscheibe als direkter Filter mit den brutalen Launen des schwarzen Lochs schwer zu kämpfen, wurde die außen liegende Scheibe zur flexiblen Membran für allerlei Mikromüll und kleinerem Getier, das sich von ihr angezogen fühlte. Heute waren es Zigarettenstummel, die aus dem Standaschenbecher vor dem Getränkeladen emporgestiegen waren und sich nun wie ein Schwarm dunkelgelber Hummeln vor der Fensterscheibe tummelten und gegen sie klopften wie auf ein Tamburin. Etwa hundert an der Zahl, und hätten sie Augen gehabt, hätte jeder Stummel sich in der Scheibe spiegeln und sich und die anderen – jeden auf seine Art – putzig finden

*können, sich womöglich als Gruppe hätte verheiraten wollen, doch so
sahen sie auch nicht, welche abscheulichen Szenen sich im Innern
von Hildis Wohnung abspielten, welche widerlichen Missetaten das
Loch dem spröden Holz der hilflosen Goldelse beibrachte.*

Vor dem Haus steht ein Transporter der *ZHI*, auf der Schwelle
stolpere ich fast über einen Haufen Zigarettenkippen. Schnell
laufe ich ins Haus. Meine Wohnungstür fehlt, im Flur stehen
zwei Männer in schwarzen Arbeitsanzügen, einer mit Locken,
einer mit Glatze, auf ihrem Rücken prangt das Logo der *Zurich
Hole Insurance*. Sie reden Schwyzerdütsch miteinander. Der mit
der Glatze hebelt an der Notfallklappe herum wie ein Zahnarzt
an einem großen Maul. Als der andere mit den kurzen Wu-
schellocken den Notfallcode in die seitlich angebrachte Tastatur
eingibt, knallt die Klappe wie ein Sektkorken nach oben. Ein
starker Luftzug weht uns entgegen, alle gehen in die Knie. Mit
gekonnten Bewegungen schließen sie die Öffnung, indem sie einen Deckel aufsetzen, aus dem ein langer Schlauch herausragt.
Nachdem der Gelockte dessen Ende noch in die Öffnung eines
staubsaugerähnlichen Zylinders gesteckt hat, begrüßen mich
die Herren freundlich.

»Was ist passiert?«, frage ich gleich.

Sie zeigen auf meine Wohnungstür, die wie eine Leiche im
Flur liegt. »Die hat's wohl nach innen rausgerissen«, sagt der
mit der Glatze.

»Sonst noch was?«

»Zeigen wir Ihnen gleich, Sie hatten Glück, dass die Notklappe
den Fernalarm auslöste und unser Team in der Nähe war«, sagt
der mit der Glatze. »Wenn der Filter wegfällt, knallt alles raus.«

»Die Granitisolierung konnte der Gravität des schwarzen
Lochs nicht standhalten. Die Arbeit der Herren, die das Loch in-
stallierten, war schitte«, fügt der andere hinzu.

»Deren Arbeit war Mist?«, frage ich und denke dabei an Günther und Norbert, an deren Übermüdung und ihre Unsicherheit, die sie mir gegenüber zu verbergen versuchten.

»Die haben aber in der Woche mehrere Löcher installiert«, werfe ich ein.

»Es ist ein verdammtes Glück, dass es Versicherungen gibt, die sich kümmern und ausbessern«, sagt nun der ohne Haare. »Und nach dem Ausbruch hat sich Ihr Loch etwas beruhigt, nun ist es erst einmal zufrieden und ohne Wirkung. Diese Zeit nutzen wir für die Neuversiegelung des Bads.«

»Wir spritzen das Bad mithilfe des Schlauchs mit flüssigem Granit aus«, erklärt der Gelockte. »Wenn das Material trocknet, dann ist auch Ihr Bad wieder dicht, dafür bürgen wir!«

»Und dann?«, frage ich. Irgendwie vertraue ich den beiden, jedenfalls wirken sie weniger hilflos und übermüdet als ihre deutschen Kollegen.

»Dann geht es erst mal so weiter. Mehr können wir auch nicht machen.«

»Ach so.« Für einen kurzen Moment hatte ich die Hoffnung, die beiden würden das schwarze Loch mithilfe des flüssigen Granits endgültig zubetonieren, aber anscheinend bleibt alles beim Alten. Die aufgebaute Anlage wird gestartet, der Schlauch füllt sich sichtlich. Die Flüssigkeit ist so schwer, dass die Arbeiter den Schlauch nach einer Zeit auf zwei Böckchen ablegen.

Der Diffuser, der die Granitflüssigkeit am Schlauchende hinter der Notklappe im Badezimmer verteilt, arbeitet geräuschlos, kein feines Sprühgeräusch, aus einer Spraydose etwa oder aus einer Sprinkleranlage. Ich nehme nur ein leises Pulsieren am Zylinder wahr.

»Die Wände in der Wohnung und vor allem die Fassade zur Straße hin sind verschont geblieben. Sie können wirklich froh sein«, erklärt der Gelockte, während er mich in mein Wohnschlafzimmer begleitet. »Aber ich darf Sie an Paragraf 234 Absatz 44 unseres Vertrags erinnern? Eigentlich sollte man hier keine Dinge hineinstellen!« Er zeigt auf einen kleinen Scheiterhaufen am Fuße der Flusenwand, das Spinnrad, Goldelse, völlig irreparabel, wie für ein Lagerfeuer zu Kleinholz zerschreddert. Späne und Splitter haben sich in der darüberliegenden Filzschicht verfangen. Die Millefleur-Kisten stehen hingegen unverändert auf der gegenüberliegenden Seite des Raumes. Auch die Webcam scheint von dem Vorfall unberührt und fokussiert den Kartonstreifen, der bewegungslos in der Mitte des Raumes hängt. Als hätte das schwarze Loch es nur auf das Spinnrad abgesehen. Wenn Bodo und Gregor das zu Gesicht bekommen! Das wird noch ein Trauerspiel!

»Die Saugkraft scheint jetzt gerade sehr gering, ich weiß, aber es bleibt unbeständig. Sie sollten hier nichts reinstellen«, wiederholt der Gelockte.

Dann kommt sein Kollege ins Zimmer. Die Einspritzung sei abgeschlossen, jetzt müsse alles nur noch trocknen.

Gemeinsam räumen sie ihr Material zusammen und verschließen die Notfallklappe. »Uf Wiederluege, alles wird gut, Sie schaffen das!«, sagt der Lockige, bevor er mit der Glatze noch einmal mit einem Messgerät über die Wände der Wohnung fährt. »Die Wohnung ist sicherer als vorher, aber: Alle 48 Stunden, nach wie vor, nachschauen! Wenn Sie planen, außerhalb der Stadt zu sein, geben Sie uns Bescheid«, belehrt er mich. »Und vielleicht sollten Sie das Loch einfach in Ruhe lassen.«

Das ist auch das, was ich dazu denke. Denn sobald die beiden meine Wohnung verlassen haben, spüre ich eine fiebrige Spannung zwischen den Fenstern und der Staubwand, die mich wie mit mikroskopisch kleinen Messern durchfährt.

Alles wird gut, Sie schaffen das.« Versicherer sind auch nur Versicherer, sie werden für ihre Durchhalteparolen bezahlt! Am

Ende weiß die *ZHI* über schwarze Löcher genauso viel wie Bestatter über den Tod. Mit dem Rücken an die Filzwand gelehnt schaue ich auf das zerstörte Spinnrad neben mir. Der Angriff hatte Kalkül, gezielt sah es die zerstörende Saugkraft auf das Spinnrad ab, ein fast persönlicher Angriff auf mich und meine Freunde! So scheint es mir.

Mein Hinterkopf bohrt sich in die struppige Filzschicht, ich spüre die Anziehungskraft, ein Gefühl zwischen angestaubtem Vertrauen und staubigem Ekel. Ich traue meinen Zimmerwänden nicht mehr, sie sind so spröde und dünn. Und ich weiß immer noch nicht, wie ich Risiken oder eine undichte Stelle erkenne. Ständig die Verantwortung zu haben für etwas, das man nicht durchschaut, ist kaum erträglich.

»Meine Goldelse!« Bodos Stimmung ist sichtlich getrübt, als er sich das Malheur am nächsten Morgen anschauen kommt. Gregor und ich haben schon mit den Aufräumarbeiten begonnen. »Wenn das Loch das Spinnrad wenigstens pulverisiert hätte, dann wäre uns dieser Anblick erspart geblieben!« Bodo sammelt die Reste des kleinen Holzskeletts in eine blaue Mülltüte.

»Ja, der blanke Hohn für das, was wir in den letzten Monaten hier veranstaltet haben«, kommentiert Gregor. Er steht auf dem Stuhl und checkt die Webcam.

»Dir war das Ding ja eh ein Dorn im Auge, Hildi.« Bodos Feststellung klingt wie ein Vorwurf. Dabei hätten sie sich ohne mein Loch in den letzten Wochen gar keine Staubgoldgrube auf dem Wochenmarkt einrichten können. Bodo fährt sich mit einer Hand durch seine Haare, reibt die Fingerkuppen über seine Kopfhaut, zieht sie aus dem fettigen Gestrüpp hervor und riecht daran. Ich sehe, wie er kurz einatmet, als er die Finger unter seine Nasenlöcher hält, und stelle mir vor, wie das Aroma seiner Kopfhaut die Nasenscheidewände hinaufströmt und sich in seinem Hirn ausbreitet, wo es Botenstoffe verstärkt oder blockiert. Ich habe seine Selbstbeschnüffelungen lange nicht gesehen, und nun beruhigt es mich fast, dass er es wieder tut. Könnte seine Begegnung mit Asuka dafür verantwortlich sein?

»Kein Flughafen ist sicherer als der, auf dem kurz zuvor ein Terroranschlag verübt wurde«, versucht er, mich nun auf seine Art zu beruhigen. Gregor versteht die Katastrophe so: »Wahrscheinlich musste etwas passieren, damit die Dinge besser werden.« So ähnlich legten es mir die Versicherer gestern auch dar. Aber gerade scheint alles trotz Neuversiegelung hoffnungslos. »Man hätte hier nichts reinstellen dürfen, das steht im Versicherungsvertrag«, mache ich meinen Freunden klar. »Die Herren von der *ZHI* meinten, wir sollten das schwarze Loch vielleicht einfach mal in Ruhe lassen! Vielleicht wird's auch mal Zeit, dass ihr die Kamera hier entfernt.«

»Auf gaaaar keinen Fall!« Gregor zieht einen USB-Stick aus einem Mäppchen. »Die muss unbedingt dableiben, die brauche ich auch für Schranz.«

»Ah ja, ohne mein schwarzes Loch sind deine Schranzpraktiken nichts wert!«

»Ich dokumentiere, ich dokumentiere nur«, erklärt er, während er den Memorystick aus der Webcam zieht und ihn in seiner Hosentasche verschwinden lässt. Dem kann ich nichts entgegensetzen. Zumindest behalten wir das Loch auf die Weise im Auge, auch wenn uns die Kamera keine wirkliche Sicherheit geben kann.

Bodo scheinen Gregors Pläne egal zu sein, seine Haut glänzt gelb, dabei hat er die letzten Nächte gar nicht im *Superloch* gearbeitet. Er verliert die Balance, als er Gregor bei der letzten Justierung der Kamera hilft, und setzt sich auf eine volle Mülltüte: »Ich hab da wen kennengelernt.«

»Asuka!«, sage ich belustigt.

»Wer ist das?«, fragt mich Gregor.

»Wundervolle Frau! Asuká« Bodo betont ihren Namen auf der letzten Silbe.

»Bodos neue Frittenbekanntschaft, die war gestern auf der Tagung, Reißverschlüsse, spekulative Kunsthistorikerin, etwas abgehoben, aber interessant«, erläutere ich.

»Wundervolle Frau!«, wiederholt Bodo nur. In verliebtem Zustand wirkt er auf mich sanft und weich, das mag vielleicht auch nur an seinem streichelzarten Nickipullover liegen, den er an den Handgelenken immer etwas aufkrempelt, weil die Ärmel sowieso zu kurz sind. Seit gestern Mittag bis heute Morgen sei er mit Asuka in der Stadt unterwegs gewesen, erzählt er: »Bevor ich sie gestern in ihr Hotel begleitet habe, waren wir noch im Kaufhaus des Ostens, wo wir Parfüms ausprobiert haben.« Er hält Gregor die Innenseite seines Handgelenks entgegen: »Ich riech jetz' nach Uma Thurman No 1.«

»Ahh, fruchtig, schweißig, seifig«, beschreibt Gregor.

»Asuka duftet jetzt auch so, ich werde mich bis zu unserem Wiedersehen nicht waschen, dann weiß ich die ganze Zeit, wie sie gerade riecht.«

»Vorausgesetzt, sie wäscht sich bis dahin auch nicht.« Gregor steigt wieder vom Stuhl runter und stellt ihn in die Küche zurück.

»Asuka hat mich nach Groningen eingeladen, nächste Woche, und ihr sollt mitkommen.«

»Prima«, meint Gregor. »Und danach fahren wir alle auf die Ausstellungseröffnung der Dekomenta in Schranz.«

IM SUPERLOCH

Gregor steckt einen Memorystick in seinen Laptop, an den er in den letzten Tagen einen alten Videorekorder angeschlossen hat. »Sind das die Aufnahmen vom Ausbruch?«, frage ich ihn. »Lasst es uns als Wohnungsbrand betrachten, das kommt in den besten Familien vor«, sagt er, während er auf die Taste des Rekorders drückt, der die digitalen Daten auf das analoge Band überträgt. Ich will die Szene gar nicht sehen. Und auch Gregor und Bodo trifft die Zerstörung des Spinnrads härter, als sie beim ersten Schock ahnten. Über eine Neuanschaffung haben sie geredet, aber Bodo traut sich nicht, Dottore Rilling im Museum nach einem zweiten Spinnrad zu fragen. In den Tagen nach dem Ausbruch drehen die beiden, jeder für sich, ihr eigenes Ding.

Bodo sitzt täglich viele Stunden auf einem großen Kissen, vor sich ein Eimer, gefüllt mit Hagebutten, daneben zwei Schüsseln, in die eine kommen die Schalen mit dem Fruchtfleisch für die Marmelade, in die andere das Juckpulver, das die beiden noch verwerten wollen.

Auch Gregor trifft das Aus der Spinnerei, umso konzentrierter widmet er sich seiner künstlerischen Arbeit für die Dekomenta in Schranz, an der er uns kaum teilhaben lässt. Aber übermorgen ist die Eröffnung des Festivals und der große Zauber vorüber: Dann werden wir Gregors Installation endlich zu Gesicht bekommen. Davor besuchen wir alle Asuka in Groningen. Während Gregor und ich morgen früh mit dem Zug anreisen, wird Bodo den Raucherbus nehmen, weil das bei ihm nicht anders geht.

Nachdem er die Hagebutten zur Seite geräumt hat und sich eine gedreht hat, zieht Bodo seine Lederjacke über und verabschiedet sich. Er müsse heute noch ins *Das Loch*, da finde später noch ein wichtiges Konzert statt.

»Ich komme später noch nach«, rufe ich ihm hinterher, bevor er die Wohnungstür zuknallt.

»Du gehst heute ins *Das Loch*?« Gregor schaut von seinem Rechner auf. »Wir müssen doch morgen früh raus!«

»Na, wenn ich mich da heute Abend rechtzeitig abseile, sind wir morgen früh wieder frisch, außerdem war ich so lange nicht mehr da.«

»Ich brauch heute noch 'nen freien Kopf, keine *Superloch*-Freaks.« Er schaut wieder auf seinen Bildschirm.

Gregor muss gemerkt haben, dass er etwas Falsches gesagt hat, er schaut auf und versucht, seine Sichtweise auf *Das Loch* zu erörtern.

»Ich hatte letztens den Eindruck, dass Bodo gar keine Lust mehr auf den ganzen Hassel da hat, das ist dauerhaft voll anstrengend, der muss ja auch so lange dableiben, bis der Letzte gegangen ist.«

»Nee, andersrum«, sage ich. »Wenn er früher gehen würde und einfach nur sein experimentalmusikalisches Pflichtprogramm im *Superloch* durchziehen würde, würde er es auch schaffen, die Leute früher von den Hockern an der Theke im Vorraum zu kriegen.«

»Trotzdem: zu wenig Schlaf, zu viel Bier«, sagt Gregor. »Kaffee statt Wasser, und diese Pülverchen, von denen ich nichts verstehe, eine Tüte Gummibärchen am Tag, und immer diese Eier!«

Gregor übertreibt sicher nicht.

»Manchmal habe ich Angst, dass er eines schönen Morgens im *Das Loch* erstickt«, muss ich zugeben.

Gregor nickt.

»Aber seit er Asuka kennengelernt hat, scheint es wieder etwas bergauf zu gehen«, behaupte ich. »Ob's aber mit seinem Konzertprogramm im *Das Loch* wieder klappt? Ich weiß es nicht. Die Schere zwischen seinem Konzept, seinen Ideen und dem, was da musikalisch wirklich passiert, ist einfach zu groß!«

»Ist das nicht ganz oft so?«, fragt Gregor.

»Ja, aber sollten die meisten Dinge nicht einfach nur Spaß machen? Bodo denkt ja noch immer, er könne die Verhältnisse wegimprovisieren, aber so einfach ist das nicht!«

»Wahr, wahr.« Gregor zwinkert mir zu und schaut wieder auf seinen Bildschirm. »Wenn ich das mit den Files hier heute rechtzeitig schaffe, komme ich vielleicht auch noch nach.«

Ich sage dazu nichts, er weiß, dass ich mich darüber freuen würde. Jedenfalls habe ich mir vorgenommen, mal Dampf abzulassen und mein schwarzes Loch heute schwarzes Loch sein zu lassen. Der Zustand der Entspannung ist großmütig und für mich zu meiner persönlichen kleinen Revolte gegen mein großes Schwarzes geworden. Aber ich frage mich, wann sich dieser Kampf endlich einstellt.

Frisch geduscht verlasse ich kurz darauf die Wohnung, der Wind bläst meine Haare trocken. Schief steht der Löwenzahn in den Ritzen der Betonplatten des Bürgersteigs Richtung Osten. Ich passiere Elektrokästen mit zerfransten Postern vergangener Veranstaltungen im *Superloch*. Sie erinnern mich an damals, an Bodos korrupte Zeiten, als der Laden brummte und jeder seine Veranstaltungen besuchte. Wie hingezaubert prangten die künstlerischen Postercollagen in anästhetischer Siebdrucktechnik damals an den Hauswänden und den Elektro- und Internetkabelkästen in meiner Straße. Ein Plakat pro Woche. Heute pappen die Poster in mehreren Schichten übereinander, verleimte Papierbretter, die sich nach einem starken Regen lösen und schlaff herunterhängen. Ich biege in die übernächste Straße ein, von Weitem kann man schon das rostige Treppengeländer sehen, das zum *Das Loch* führt. Ich laufe die Betonstufen hinab und stehe vor der schweren Stahltür. Der Laden ist noch dicht, aber von drinnen höre ich das Geräusch einer Autobahn, das laut nach draußen rauscht, wahrscheinlich der Sound eines Computerspiels.

Ich drücke auf die Klingel rechts neben der Stahltür. Obenauf klebt eine große Fotocollage, schlecht kopiert auf einem alten Schwarz-Weiß-Gerät: die Weltkugel über einem wabenartigen Raster, in der Atmosphäre schwebt horizontal ein Atompilz, darüber steht das heutige Datum: *Tonight! Sound of Science. Sounding Out Relativitätstheorie.* Die sperrige Kombination von Englisch und Deutsch ist Bodos Spezialität, aber genau wie der Retroatompilz etwas antiquiert. Bodo hängt mit seinen Themen fünfzehn Jahre hinterher und denkt immer noch, damit die Nase vorn zu haben.

Das Autobahnrauschen drinnen ist so laut, dass Bodo mein Klingeln sicher nicht gehört hat. Scheppernd trete ich mit dem Fuß gegen die Tür: »Bodo, ich bin's!«

Kurz darauf schließt er auf und lässt mich rein. Das laute Autobahngetöse erfüllt den gesamten Vorraum.

Bodo tippt mir zur Begrüßung kurz auf die Schulter und signalisiert, dass er die Anlage abstellt. Anschließend erklärt er mir, dass die Autobahnkomposition für ein Werk ist, das ein Typ demnächst temporär im Vorraum installieren möchte. »Es sind übereinandergelagerte Aufnahmen von fünf verschiedenen Autobahnen. Deshalb der satte Klang.«

»Und dann hört man die ganze Zeit Autobahnrauschen, während man hier Bier trinkt?«

»Ja, aber nur für zwei Wochen. Und wenn man die Höhen etwas rausnimmt, geht das schon.« Bodo klappt den freischwingenden Teil des Tresens hoch und holt mir hinter der Theke eine Limo aus dem Kühlschrank. Ich setze mich auf eine der Holzbänke an einen Tisch, auf dem eine aufgeschlagene Tageszeitung liegt. Ohne den Autobahnsound hört man die Kneipe altern, die Holzmöbel knacken vor sich hin wie Knochen.

»Die beiden Acts für heute Abend sind noch nicht da.« Bodo öffnet die Limoflasche und setzt sich dann zu mir auf die Bank. »Ein Italiener und eine Französin, beide gleiches Label, die haben gestern Abend in Hamburg gespielt, haben mir vorhin 'ne SMS geschrieben, stehen noch im Stau.«

»Ja, heute ist ja *Sounding Out Relativitätstheorie*, hab ich gelesen.«

»Zuerst spielt der Italiener, Giacomo aka ›Giac Omo‹. Der macht zwar eher so Popmusik, aber das ist schon sehr aufwendig. In seiner Info heißt es, er mache Musik wie Sonnen, die umeinander kreisen, und die hört man dann im Raum, nicht einfach nur aus den Boxen, eine raffinierte Performance. Deshalb spielt der auch zuerst. Da kann ich die Einstellungen vom Soundcheck einfach stehen lassen. Über die Französin, die unter ihrem echten Namen Mélanie Mercier auftritt, weiß ich nichts, da vertrau ich dem Booker und dem Label.«

»Und bist du schon aufgeregt wegen Asuka?« Ich nehme einen Schluck Limo. Er seufzt so laut, dass man sein Herz unter seinem engen T-Shirt klopfen sieht wie das kleine Füßchen eines Babys in einer schwangeren Frau.

Ich bin ein bisschen neidisch auf Bodo, selbst wenn bei ihm vieles danebengeht – das ist sicher eine Frage der Auslegung, dafür tut er zu viele Sachen auf einmal –, läuft bei ihm halt immer irgendwas. Vielleicht liegt es daran, dass er im Grunde seines Herzens ein echter Frauenversteher ist, aber einer, den man erst mal verstehen muss. Ihm geht es nie ums Aussehen, sondern um das, was die Frauen sagen.

»Sie redet ein bisschen wie ein Roboter«, charakterisiert er nun den Sprachstil der kleinen Professorin. Mit den augenfällig schönsten Frauen – zu denen ich auch Asuka zähle – geht Bodo am härtesten ins Gericht. Deshalb mag der Robotervergleich boshaft klingen, aber er meint es bewundernd und zärtlich.

Er nimmt einen Schluck Wasser, will noch etwas sagen, aber seufzt stattdessen noch einmal, diesmal etwas leiser. Irgendetwas beschäftigt ihn.

Manchmal kommt in mir die naive Hoffnung hoch, er könne durch eine bestimmte Erfahrung oder eine wirklich amouröse Begegnung sich selbst heilen oder sich zumindest ändern. Gregor und ich wissen, dass das bei Bodo nur kurzfristig funktioniert. Leider! Und nach einer Liebesbeziehung ist es für Bodo meistens noch schlimmer. Wie verrückt beginnt er nun mit den Zähnen zu mahlen. Sein Kiefer knackt, als würde er ein rohes Stück Fleisch vertilgen, mit seinen abgewetzten Zähnen. Wenn er sein halblanges, ungewaschenes Haar zurückstreicht, wird die verhärtete Kiefermuskulatur sichtbar: kleine Beulen unter seinen Ohrläppchen, die er mit Zeige- und Mittelfinger versucht wegzumassieren, als seien es verrenkte Rückenwirbel starker Frauen. Neben der Zeitung liegt ein aufgeschlagener DIN-A6-Block, auf dem karierten Papier hat er sich mit einem blauen Kugelschreiber Notizen gemacht, die er bis zur Unlesbarkeit gleich wieder durchgestrichen hat. Es ist keine To-do-Liste, es sind eher ganze Sätze, vielleicht ein Brief, oben ein kurzer durchgestrichener Satz, womöglich eine Anrede, dann nach einem Absatz ein längerer Textblock, ein Entwurf. Bodo bemerkt meinen Blick und klappt den Block zu: »Ich sollte schon einmal die Monitorboxen aufbauen und so.« Er steht auf, geht zur Theke, wo er das Glas abstellt, und verschwindet im *Superloch*.

Kurz darauf stürzt die Eisentür krachend auf, und ein kleiner Italiener mit schwarzer Jeans und grauem Rollkragenpullover steht im Laden, dahinter eine große, lockige Schönheit in einem rosafarbenen Gymnastikanzug mit langen Ärmeln. Ihre Beine stecken in Leggings aus demselben Material, darüber trägt sie ein weißes Bomberjäckchen.

»We come from the label *NewtonNoise* and are the musicians

for tonight, Giac Omo and Mélanie, playing the *Superloch* tonight.«
Er wirkt gehetzt und redet gestückelt.

»Hello! My name is Hildi, but that is probably not the information you're interested in, hu?«, sage ich, von der Limo bin ich
schon etwas beschwipst. »Well, Bodo, the guy who organizes the
night, is behind that door.« Ich zeige auf die Tür zum *Superloch*,
aus welcher der Besagte gerade heraustritt.

»Welcome to the *Superloch*«, begrüßt Bodo Giacomo und Mélanie etwas überschwänglich mit Handschlag, Mélanie weicht
aus, was er nicht zu bemerken scheint. »Drinks are at the bar in
the vestibule, and then: Let's check the sound!«

Irritiert schaut der Italiener auf Bodos Nickipullover. Nachdem er mit den beiden noch das Vertragliche geklärt hat, packen
die Musiker ihr Equipment auf dem ebenerdigen, kleinen Bühnenraum aus.

»Ich habe mir den Giac Omo ganz anders vorgestellt. Auf
der Website von dem Label sieht er viel größer aus«, flüstert
Bodo mir zu und zieht eine Tafel Marzipanschokolade aus seiner Hosentasche. »Ich habe ein Foto von dem kleinen Italiener gesehen, da trägt der einen Verstärker über eine Wiese, der
im Vergleich zum Körper winzig ausschaut.« Er wischt auf der
Schokoladentafel herum, und ich sehe nun, dass es sich um
sein rotes Smartphone handelt, auf dem er mir das Bild eines
Italieners zeigt, der aus Sicht der breiten Masse wahrscheinlich
als attraktiv gelten würde.

Bodo steckt sein Smartphone zurück in seine Tasche und
sattelt eine kleine Monitorbox, die er Richtung Bühnenraum
trägt. Zwei gelbe Strahler sind auf die Bühne gerichtet, auf den
hellblauen Wandfliesen reflektieren sie in grünlichem Licht. Ein
unbewegliches Spotlight beleuchtet Giacomo und Mélanie, die
in gebeugter Körperhaltung Kabel entknoten. An der Lichtein-
stellung wird sich den Abend über nichts ändern, die Musiker

werden während ihrer Performance entweder versuchen sich vom hellen Licht anstrahlen zu lassen oder dem Spotlight auszuweichen, aber selbst im letzteren Fall wird sie der Scheinwerfer immer wieder streifen, weil die Bühne so klein ist.

Auch Bodo steht im Lichtschein, unter seinen beiden Achselhöhlen jeweils ein Schatten.

»Hihi, guck mal, die Schatten da unter deinen Armen sehen aus wie Schweißflecken, Bodo!«

»Das *sind* Schweißflecken«, sagt er, ohne seine Achseln zu befühlen, und trottet hinter die Mischpultkanzel, die das *Loch*-Team vor ein paar Jahren aus Spanplatten gezimmert hat.

Mélanie ist mit dem Soundcheck an der Reihe, sie klimpert ein bisschen auf der Tastatur ihres Synthesizers herum.

»Oh, you only have that synth, the mic and the other device, okay.« Bodo verstellt ein paar Knöpfchen am Mischpult.

Mélanie testet die Lautstärke des Mikros: »Monday, Tuesday, Wednesday, Thursday, Friday. What day is it actually today, I totally lost my sense of time«, haucht sie ins Mikro.

»Saturday«, rufe ich, und Mélanies Soundcheck ist beendet.

Der Klangtest des Italieners gestaltet sich etwas komplizierter, wie eine Brotzeit hat er alle seine undefinierbaren Instrumente auf dem Holztisch vor sich aufgebaut.

Ich lehne mich seitlich an die Wand, nippe an meiner Limoflasche und schaue Bodo bei der Arbeit zu. Hinter dem Mischpult wird er zum Snob, sein Körper wird von einer maschinellen Strenge athletisiert. Sein abstehender Bauch ist angespannt, als würde er in einem mit einer Muskelschicht ummantelten Aufzug einen kleinen Gartenzwerg vom Becken über das Gedärm bis zum Brustraum nach oben liften. Beim Soundcheck der Französin wirkte er weniger konzentriert.

»More on the monitor.« Giacomo zeigt auf den kleinen Kasten vor seinen Füßen, und nachdem er beide Daumen ins Spotlight hält, bittet er Bodo um ein Glas Orangensaft, mit welchem er eine Eisentablette einnehmen möchte.

»Have a cigarette outside?« Mélanie Mercier steht vor mir, sie ist mindestens zwei Köpfe größer als ich. Ich rauche nicht, komme aber gerne mit, wir laufen hintereinander durch den leeren Vorraum, während sie weiterredet. Sie lebt in Marseille, und heute ist der fünfzehnte Tag ihrer kleinen Europatournee, drei Konzerte noch, und bislang kein Abend ohne Auftritt, erklärt sie mir auf Englisch mit französischem Akzent. Gemeinsam stoßen wir die Eisentür auf und trippeln die Treppe hoch nach draußen.

»Oooh, air, fresh air«, singt sie. »The location stinks, I mean, it really stinks.« Sie schaut sich nach einem Platz zum Hinsetzen um.

Ich erkläre ihr, dass es vor allem auch an dem Boden liege, den man so schwer reinigen könne. Wir setzen uns auf einen Stromkasten unter einer Straßenlaterne.

»Are you a friend of Bodo?«

»Yes«, sage ich und dass ich auch relativ oft im *Das Loch* bin.

Sie kramt in der Innentasche ihres Jäckchens nach einer Zigarettenschachtel und entzündet sich erleichtert eine Fluppe. Ihr Gesicht leuchtet blass im Licht der Laterne, ihre Wangenknochen sind schwach bordeaux gepudert, das ist sehr hübsch zusammen mit den dunklen Augen und den braunen Locken.

Gestern Abend habe sie in einem Laden in »Ambuhr« gespielt, wo es »spanky« gewesen sei.

Ich weiß nicht, was sie damit meint, und sage: »In the *Das Loch* it's rather cranky.« Sie verzieht den Mund wie Kermit der Frosch, als er auf halber Treppe einen traurigen Song über seine eigene Mittelmäßigkeit singt.

»In a positive or in a negative way?« Sie hält ihre Zigarette fragend in meine Richtung. Ich wusste nicht, dass verschroben auch schlecht sein kann. Die soll erst mal abwarten, wie ihr Auftritt wird, dann kann sie immer noch sagen, ob's hier *negative* oder *positive* ist!

»We're not in Hamburg«, sage ich.

»Well, it's *Das Loch*, and I have to play here, for ... élaborer m'expertise, alors que ... even if I have to pay for this sh...!«

Sie steckt sich ihre Zigarette wieder in den Mund. Und während sie ihre Haare nach hinten schüttelt, um sie mit ihren Händen aufzufluffen, bewegt sich eine ältere Frau mit braunen Klackerschuhen auf uns zu. Wie beim Limbotanz beugt Mélanie ihren Oberkörper leicht nach hinten und bindet sich ein Zopfgummi um eine dicke Palme auf ihrem Scheitel. In dieser Haltung schaut sie mit einem kleinen Doppelkinn schräg nach vorne, als ihre Zigarette plötzlich abhanden kommt. Ich sehe die Fluppe wie ein fliegendes Glühwürmchen an mir vorbei Richtung Schuhgeklacker düsen. »Où est la cigarette?!« Zweimal höre ich sie das französische M-Wort sagen.

Ich taste nach meiner Roboterbrosche, die noch fest an meinem Mantelkragen steckt. Mélanie sucht la cigarette vergeblich auf dem Bürgersteig, wo sie weitergerollt sein mag, dann beschäftigt sie sich wieder mit ihren Haaren, und ich schaue der älteren Frau hinterher, die etwas Kastiges unter ihrem Arm trägt, an dem ich in der Dunkelheit Mélanies Glimmstengel kleben sehe.

Mélanie flucht, sie solle eh mit dem Rauchen aufhören. Dann verdammt sie ihren Booker, meckert kurz über die anstrengende Tour, das Label, ihr Leben im Allgemeinen, zieht die nächste Fluppe aus der Schachtel und beginnt eine neue Wehklage, diesmal über deutsche Städte. Aber Unterhaltungen über Städte, besonders über diese hier, empfinde ich als quälender als Gespräche übers Wetter. »Yes, maybe we should all move to Hamburg«, sage ich, »this whole city is a hole city!«

Ich glaube nicht, dass sie den feinen Unterschied zwischen »hole« und »whole« raushört, aber mir wird gerade bewusst, dass die Sache mit den schwarzen Löchern eng verstrickt sein mag mit dieser Stadt, vielleicht ist sie sogar an allem schuld.

Mélanie schaut mich fragend an, ist aber auch an keiner weiteren Erklärung interessiert. Wortlos nehme ich die Zigarette an, die sie mir angezündet hat, und nach dem ersten Zug wird mir so schwindelig, dass mir mein eigener Gedanke entgleitet, was selten passiert. Nach vier langen Zügen ist meine Zigarette heruntergebrannt, und wir laufen ins *Superloch* zurück. Bis zum Auftritt möchte sie hinter dem Vorhang der Bühne noch ein bisschen mit ihrem Freund in Marseille telefonieren und E-Mails schreiben.

Der Auftritt von Giac Omo beginnt in ein paar Minuten, und es stehen schon ein paar Leute im Halbdunkel, ich zähle fünfzehn Typen, allesamt männlich, die mit ihren engen Jeanshosenbeinchen in zwei lockeren Reihen um den Bühnenbereich herumscharwenzeln. Eine Dreiergruppe unterhält sich über neueste Veröffentlichungen des Labels *NewtonNoise*.

»Ganze drei Jahre hat der Giac Omo für sein neues Album gebraucht, hab's noch nicht. Mal schau'n, vielleicht kauf ich später die Vinyl«, sagt einer der drei.

Bodo steht immer noch sehr konzentriert hinter dem Mischpult. Die Strenge, die er beim Soundmix an den Tag legt, verliert sich im Laufe eines Abends gänzlich, gegen Mitternacht wird er über sein angespanntes Tontechnikergebaren selbst lachen.

Kärglich wie ein junger Geistlicher vor der Priesterweihe tritt nun Giac Omo ins Rampenlicht. Hell ausgeleuchtet wirkt er noch mickriger, sein anämisches Gesicht scheint seit dem Soundcheck an Gewicht verloren zu haben. Zuerst putzt er sich ausgiebig die Nase, und das voll ins Mikro. Die beiden hinteren Verstärker geben das Schnauben der letzten Reste aus seinen Nüstern auf schamlose Weise wieder. Unbeholfen faltet der Italiener das volle Taschentuch zusammen, steckt es in den linken Ärmel seines schwarzen Rollis, wie es meine Omi immer tat, und zieht sich dann mit beiden Händen den Hosenbund seiner schwarzen Karottenjeans über die Taille. Vielleicht soll dies Hemdsärmeligkeit signalisieren: »Ich bin bereit, jetzt kann's losgehen, hey!« Doch mich erinnert es eher an einen kleinen Jungen, den die Mama von hinten noch mal schnell an den Gürtelschlaufen hochzieht, damit die Hose nicht weiter nach unten rutscht. Noch nie lagen Verkrampfung und Lockerheit so dicht beieinander: Schwungvoll nimmt er einen Schluck Wasser und verhakt sich dabei für einen Moment mit seinen Zähnen am Rand des Glases. Allmählich dimmt Bodo das Licht herunter. Giac Omo postiert sich hinter seinem Laptop, sein Gesicht leuchtet blau auf, es unterstreicht seinen blutleeren Naturteint. Das leuchtende Logo auf der Hinterseite seines Laptops hat er mit einem Birnensticker überklebt. Wenn ich während der Performance konzentriert auf den Aufkleber schaue, vergesse ich vielleicht den Typen dahinter.

»Hello, people«, tönt seine Stimme ohne Mikro trocken in den Raum. »Helloo«, wiederholt er fahl und dünn, während er immer noch auf seine Tastatur einhackt. Die zwölf Zuhörer in der ersten Reihe stellen sofort ihr Flüstern ein und richten ihren Blick gebannt nach vorne. Manche stellen noch schnell ihr Bier zwischen ihre Füße auf den Boden.

»Panico«, Giac Omos Augen quellen aus der fahlen Haut hervor und glotzen ins Publikum. »Panico o panic, Panik, you call it? This track is a little warm up«, kündigt er sein erstes Stück an. Dann verschwindet er wieder hinter dem Bildschirm. Tatsächlich folgt nun so eine Art Fingerübung, in welcher er vorprogrammierte einzelne Klangfetzen von seiner Tastatur aus abfeuert und durch die Boxen sausen lässt. Seine Finger bewegen sich über die Tastatur, als würde er eine längere E-Mail schreiben. Vielleicht tut er dies auch, denn eine Verbindung zwischen dem Fingerspiel und dem Sound aus den Boxen kann ich nicht festmachen. Doch eine Aufwärmübung, wie er es ankündigte, ist das Stück nicht, die Sounds ergeben keine Einheit und plumpsen wie kleine Eiswürfel in den Raum. Ich bezweifle, dass Giac Omo in seinem Leben je geschwitzt hat. Wenn ja, dann hat sein Schweiß sicher nur nach Wasser gerochen, er hat der Ausdünstung nichts von ihm selbst gegeben, Schweißgeiz nennt man es. Ich kann meine Abscheu ihm gegenüber nicht genau erklären. Jedenfalls regt mich seine minimalistische Art auf, die er der Zuhörerschaft aufdrängt und die mitteilen soll: »Schaut, zu was ihr mich gemacht habt, wegen euch bin ich ein kontrollierter Spargel, ein durchgeistigtes, nichtschwitzendes Etwas, das hygienische Musik macht, und nicht so ein wuchtiger, unsensibler Typ, wie zum Beispiel der hinter dem Mischpult.« Ja, kann sein, dass ich mich künstlich aufrege und übertreibe, aber vielleicht mache ich das nur, um der ganzen Performance für mich mehr Pep zu verleihen.

Ich schaue zu Bodo herüber, er hat sich seinen Nicki ausgezogen, sein T-Shirt ist nur vom Zuschauen klitschnass. Er lehnt mit geschlossenen Augen an der Wand, den Haarschopf nach vorne geneigt, die Hände entspannt an den Rändern des Mischpults aufgestellt. Ich wundere mich immer noch, weshalb er auf so aseptische Musik steht. Instinktiv rücke ich näher an die Mischpultkanzel heran und taste nach seinem Pulsschlag. Man mag dies für einen extrem intimen Zug halten, wenn man bedenkt, dass die Venen an den Handgelenken die kitzeligen Wurmfortsätze des Herzens sind und ich ihm damit so gut wie meine Hand auf die Brust lege. Bei Gregor habe ich so etwas noch nicht gemacht, aber ich befühle Handgelenke, aus rein medizinischen Gründen. Ich möchte herausfinden, wie Bodo so »tickt« und wie lange noch. Meine Fingerkuppen ruhen fest an der weichen, mit harten Drähten durchzogenen Hinterseite seines Handgelenks, und die werden dort bleiben, bis Giac Omos nerviger Track vorbei ist. Nachdem Bodo die Augen geöffnet und begriffen hat, dass es keine kleine Maus ist, die sich an sein Handgelenk schmiegt, schaut er mich etwas pikiert an, gibt sich aber schließlich dem leichten Druck meiner Fingerkuppen hin.

Es ist schwierig, die italienische Kakofonie, die aus den Boxen hallt, auszublenden und sich vollkommen auf den Schlag aus Bodos Handgelenksvene zu konzentrieren. Aber wenn ich den Atem anhalte und sich meine Ohren innen mit Luftkissen füllen, verstärkt sich mein Wahrnehmungsvermögen in meinen Fingern. Bodos Puls ist äußerst unregelmäßig, ergo: Sein Herz kontrahiert nur dann und wann, und wenn, dann sehr schnell. Ich versuche, mir seinen Puls als rhythmisches Muster auf weißem Papier vorzustellen, und transkribiere: einmal ein Schlag, dann zwei Schläge Pause, dann vier kurze Schläge wie ein Maschinengewehr (ratatata), dann wieder ein Schlag, auf den ein schneller Dreierrhythmus im Walzerstil (búmm bumbum) folgt, dann eine punktierte Pause, bevor der Puls einmal kurz vor einer letzten Pause schlägt. Der Pulsschlag bleibt unregelmäßig, selbst als Giac Omo an einem Rädchen eines kleinen analogen Sequencers dreht und ein langer Moment Stille den Raum beherrscht. Ich sollte mich wohl weniger mit Giac Omos Schwitzverhalten beschäftigen, als mir vielmehr ernsthafte Gedanken um Bodos taktlosen Pulsschlag zu machen! Da gibt der Italiener schon den Titel des nächsten Stücks an: »Dubbio, I looked it up in my dictionary, in German means ›Ungewissheit‹.« Und was er mit diesem nun folgenden Track liefert, ist konventionelle Soundamputation: Aufnahmen unterschiedlicher Klänge (darunter der eines schrägen Oboenensembles, eines Wasserkochers sowie einer, der mich an den Motor einer sich drehenden elektrischen Litfaßsäule erinnert) flitschen in kurzen Abständen hintereinander aus den Boxen. Doch sobald einzelne Soundquellen der zerstückelten Geräusche enttarnt sind, brechen diese auch schon wieder ab, kein Hall, kein akustischer Schatten, nichts bleibt erhalten, nur die kurze Erinnerung an ein abgetrenntes Bruchstück. Dieses Spiel treibt Giac Omo so lange weiter, bis man sich daran gewöhnt hat. Akustisch ähnelt das einer Zwölftonkomposition. Doch wir haben im *Superloch* schon zu viel gehört, als dass uns das hier noch überraschen könnte. Sogar die Spezialisten in der ersten Reihe lassen unmaskierte Tristesse durchscheinen. Musik disqualifiziere sich durch Kalkül, sie müsse unberechenbar sein, das mache sie auch ohne direkte Message politisch, wurde Bodo zur Gründung seiner Veranstaltungsreihe in einer Kiezbroschüre zitiert. Seitdem wird dem *Superloch* eine linkspolitische Richtung nachgesagt, dem Kollektiv gefällt's!

Jedenfalls scheint jetzt auch Bodo auf das Ende von Giac Omos »Dubbio« zu warten, ungeduldig dreht er am Regler für das Spotlight, das er wie einen Warnruf über dem Italiener aufgeregt aus- und anschaltet.

»Okay, guys, that was a track of my first album ›*accaduto effeto*‹ – Ereigniseffekt – from 2005«, kommentiert Giac Omo die musikalische Flaute, worauf die erste Reihe einvernehmlich nickt. »Yeah, old stuff«, ruft ein Zuschauer mit höflichem Unterton, er sei nun ready für Giac Omos neuesten Shice. Dieser lässt sich nicht lang bitten. Nach zwei weiteren Stücken, die das Publikum eher unbeeindruckt goutiert, kündigt er sein letztes Stück an: »Well, lately I am focusing on non-recorded sounds, on real life sounds, utopian sounds to experience physically.« Dabei greift sich Giac Omo tatsächlich mit beiden Händen an seine Brüste: »So the next track is called ›Buco nero‹. ›Black holes‹ or ›kliene schwarze Locher‹. Actually what you're going to experience in the end are little black holes in this location ...«

»Wie bitte?! Kleine schwarze Löcher experiencen?«, denke ich so laut, dass Bodo sich zu mir rüberbeugt, um mir ins Ohr zu flüstern: »Die Komposition erfüllt das Korrespondenzprinzip.

Seine Soundexperimente bilden musikalisch die Relativitätstheorie ab.«

Im nächsten Stück von Giac Omo gehe es nicht um das, was wir hören, sondern darum, wie wir es hören. Das Zusammenspiel der Klänge ist eigentlich egal, aus den Boxen kommt irgendein akustisches Konglomerat dessen, was Giac Omo schon vorhin kredenzt hat. Das Klanggebilde verhält sich jedoch wie eine klassische Raumkomposition: Nähern sich die Fans dem Laptop auf dem Tisch im Bühnenraum, werden die Sounds lauter und schneller. Entfernen sie sich, werden die Töne immer lahmer, sodass der Klang aus den Boxen irgendwann stehen bleibt. Die Typen vorne flachsen herum. Sie laufen in einer langen Reihe gemeinsam von vorne nach hinten und wieder nach vorne, während die Echtzeitkomposition die Bewegungen widerspiegelt. Die Zuhörer lachen und freuen sich über diese Einstein'sche Komposition. Ich höre, wie der Typ, der vor Beginn des Konzerts den Erwerb einer Schallplatte in Erwägung zog, seine Kumpel nun fragt, wie das wohl in seinem Wohnzimmer funktionieren soll. »Haha, gibt's das auf Vinyl?«, jault ein anderer.

Ich verstehe die gesamte Apparatur nicht, die Giac Omo mithilfe seiner Gerätschaften zusammengebastelt hat. Aber genauso wenig kann ich mir bis heute auch die Relativitätstheorie erklären. Vielleicht ist das hier alles auch ein fauler Budenzauber, vielleicht reagiert Giac Omo einfach nur direkt auf die Bewegungen der Zuhörer, indem er seinem Laptop vorne einfach Befehle erteilt. Kurz nachdem die Begeisterung der Musikspezis vorne ein wenig abgeflacht ist, verändert Giac Omo den Sound. Ganz leise – fast in homöopathischen Dosen – hört man ein Pluckern, ähnlich wie Einzeltöne eines unaufdringlich piependen Weckers, das stichpunktartig aus den verschiedenen Boxen ertönt, doch dabei bleibt es nicht. Allmählich wird das Geräusch stärker, und das im wahrsten Sinne des Wortes, denn die Pluckertöne sind nicht nur zu hören: Ich spüre sie wie kleine saugende Luftzüge an den freien Stellen meiner Haut im Gesicht und an den Händen, in der Ohrmuschel, als würden mich fliegende Fische im Raum einzeln annuckeln.

Bodo spürt meine Nervosität und raunt mir entspannt zu: »Na? Zu viel versprochen?«

Nee, irgendwie nicht! »Das ist psycho! Aufhören! Was soll das?«, rufe ich in die Rücken der hinteren Zuschauerreihen. Bodo scheint meine Empörung zu genießen. Das Pluckern verteilt sich durch die Boxen überall im Raum und saugt dementsprechend an allen Zuschauern. Über mehrere Minuten zwickt es mich an der Wange, ich versuche, es auszuhalten. Giac Omo feuert einen Strahl kleiner beißender Sterne durch den Raum, dann nimmt er sein Wasserglas und verlässt die Bühne. Allmählich erholen wir uns von den elektrischen Schlägen seines Soundexperiments.

Musik aus der Konserve hat Bodo im *Superloch* abgeschafft. Ich vermute, weil die manchmal besser ist als das, was einem auf der Bühne geboten wird. Eine lähmende Ruhe legt sich zwischen zwei Acts in das verrauchte Hinterzimmer, jedes Wort, jedes Husten, jeder blöde Satz wird plötzlich wieder hörbar. Das Publikum flüchtet in den beschallten Vorraum, um der Stille des entzauberten Raumes zu entkommen und sich neues Bier zu holen.

Bodo steigt von seiner Mischpultkanzel, seinen Blick auf sein Smartphone gerichtet.

Tröpfchenweise kehren die Zuschauer mit vollen Biergläsern ins *Superloch* zurück, darunter auch Gregor. »Du strahlst wie ein Kronkorken in der frühen Morgensonne«, flüstert er mir zu, stößt seine Stirn gegen meine und schiebt seine Zunge wie ein Bonbon kurz aus seinem in meinen Mund.

Ich möchte ihn fragen, ob er mit seinen Files fertig geworden ist, da kommt Bodo um die Ecke: »Ja, knutscht ihr nur in meiner Gegenwart hier rum.« Er nimmt einen großen Schluck Bier. »Solange ich heute Nacht bei Gregor übernachten darf, ist das aber okay.« Und dann verklickert er uns, dass er seine Wohnung heute Mélanie und Giac Omo überlassen wird, weshalb er sich spontan bei Gregor einnisten muss.

»Oh no.« Gregor ist nicht erfreut.

»Aber dass er uns für seinen Besuch bei Asuka mit eingeplant hat, ist doch ein netter Zug«, flüstere ich ihm beschwichtigend zu. Derweil drückt uns Bodo wie ein Gorillapapa an seine hervorstehende Brust: »Ich freue mich schon soooo auf Groningen mit euch!« Einen Arm hat er um meinen Hals gelegt, den anderen um Gregor, und hinter uns treffen sich Bodos Hände. Bodo hebt seinen Kopf, seine Augen sind prall gefüllt mit einer milchigen Flüssigkeit: »Wenn ich euch nicht hätte«, Tränen der Dankbarkeit plumpsen auf unsere Gesichter, »dann hätte ich auch Asuka nicht kennengelernt.«

Bodo hat sich stark in Asuka verliebt. Andere Frauen, mit denen er verkehrte, wurden uns nie richtig vorgestellt. Seine Sentimentalität ist beunruhigend, hoffentlich erwartet er nicht zu viel von ihr, hoffentlich hält sie ihn aus.

»Ist es okay, wenn ich zurück in den Vorraum gehe?« Gregor versucht sich aus der Umklammerung zu lösen. Er habe da einen Technikkumpel getroffen, mit dem er sich noch über Vorverstärker austauschen möchte. Bodo lässt von uns ab. Gregor stupst meine Nasenspitze von unten, zwar sanft, aber sie schnipst etwas dabei, und verschwindet in den Vorraum.

Während sich Bodo wieder hinter dem Mischpult einrichtet, betritt Mélanie Mercier die Bühne. Ihre Bomberjacke hat sie ausgezogen, mit der engen Kleidung in Rosé schaut sie von Weitem aus wie eine nackte Frau. Hektisch säuselt Bodo mir irgendwas ins Ohr, er hätte der Französin nicht fürs *Superloch* zusagen sollen, er findet sie schon jetzt peinlich.

»Ich find's ganz lustig!«, sage ich, obwohl mir Mélanie auch nicht ganz geheuer ist. Sie trägt Schweineohren und ist gerade dabei, sich einen kleinen Plüschrüssel vor ihre Nase zu binden.

»Ganz lustig reicht nicht«, ätzt Bodo. »Außerdem kommt die jetzt eh nicht mehr gegen den Italiener an.«

»Ich dachte, die sind auf demselben Label, *NewtonNoise?*«, sage ich.

Die Französin drückt auf der Klaviatur ihres Synthesizers im Wechsel zwei verschiedene Tasten. Vor einem sphärisch anmutenden Geklimper, das als Playback aus einem kleinen analogen Apparat ertönt, schreit sie in ihr Vocodermikrofon »Present« und »Past«, das »Present« auf dem hohen Ton und das »Past« auf dem tiefen Ton ihres Synthies. Dazu stellt sie einen Drumcomputer ein, der einen stumpfen Vierviertelschlag von sich gibt. Auffällig stampft sie dabei mit ihrem rechten Fuß, dass die Kniekehle beim Abheben des Fußes in einem rechten Winkel von ihr absteht, und schaut ins Spotlight. Sie versucht zu singen, das heißt, sie versucht, bei den einzelnen Wörtern »Present« und »Past« den jeweiligen Ton des Synthesizers zu treffen. Manchmal wechselt sie die Tonkombinationen, aber die Monofonie bleibt.

»Oh Mann, Frau!« Bodo wird ungeduldig.

»Die setzt doch genau das um, was dir für den heutigen Themenabend so vorschwebte: *Sounding Out Relativitätstheorie!*«

»Nein!«, fährt Bodo mich an, als die Rüsselfrau gerade ein »Present« in ihr Mikro plärrt, der Booker habe ihm das in einer E-Mail ganz anders beschrieben, dieser Schweinchentechno sei ja nicht auszuhalten, vor fünfzehn Jahren wäre so etwas ja noch gegangen ...

Nach zwei Minuten fügt die junge Musikerin zwischen dem »Present« und »Past« noch ein kleines Grunzen ein, was sicher einfacher erscheint, als es in Wirklichkeit ist. Jedenfalls ist es definitiv schwieriger, als den Buchstaben der kleinen Wanze auf der Mauer auf der Lauer wegzulassen. Doch die Leute, die sich vorhin beim Italiener näher zur Bühne bewegten, schauen sich belustigt an, fragen einander, ob der andere vielleicht noch ein Bier möchte, ob man nicht vielleicht in den Vorraum gehen sollte, und verlassen schließlich einvernehmlich das *Superloch*.

Ich fühle Bodos Ächzen neben mir, er massiert sich mit seinen Fingerkuppen seine Schläfen.

»Das ist Jazz!«, sage ich nüchtern.

»Pfff, Jazz ...!«, brummelt Bodo in einer ruhigen Sekunde ohne Present, Past und Grunzen. »Das ist die Stadt. Zum heiligen Papst. Wann! Hört! Das! Endlich! Auf!?«

»Wann hört was endlich auf?«, schreie ich Bodo auf einem Grunzen zurück: »Du meinst nicht den Abend hier. Du meinst alle Abende zuvor. Du hast keine Lust mehr!«

Hektisch leert Bodo sein Bierglas, das vor einer Minute noch voll war, und schreit, ich solle nicht so dumm rumquatschen, der Laden laufe gut, und der Italiener vorhin sei einer der besten Auftritte seit Wochen gewesen. Dann flüstert er laut in mein Ohr wie in einen Trichter: »Die kann froh sein, dass die hier überhaupt auftreten darf, die will hier für ihr Image spielen, für ihren Ruf, ihre *reputation*, verstehst du?« Er schwenkt sein leeres Glas vor sich hin und her.

»So geil ist das Programmkonzept im *Superloch* auch nicht mehr«, entgegne ich. »Der Italiener war auch nicht besser, der hat sich nur ein bisschen anders verkauft, schwarzer Rolli, Dreihundert-Euro-Schuhe, so was kommt mittlerweile gut an. Und die Zuschauer hier verhalten sich so, als würden sie nur aus Ohren bestehen und richtiger hören als andere. Wir brauchen wieder mehr Körpermusik!«

Während ich Bodo zusammenstauche, bemerken wir zu spät, wie die letzten Zuhörer in der ersten Reihe schamlos Buhrufe auf die Bühne werfen wie faule Eier, woraufhin Mélanie ihre Show vorzeitig beendet und in Windeseile auch ihr Equipment einräumt. Sie ist nicht die erste Musikerin, welcher im *Superloch* einvernehmlicher Undank entgegengebracht wurde. Giac Omo war heute die Ausnahme. Und wenn wir der Wahrheit ins Gesicht sehen, dann würde Bodo sich dieser Tatsache stellen und irgendwas ändern, damit es für alle Beteiligten glimpflicher ausginge.

»Eh Mann, Bodo, wenn du den Schwerpunkt wieder mehr auf Bass und Beats legen würdest, dann kämen auch die Touristen, die sind wenigstens dankbar, selbst wenn die Musik nur aus der Konserve kommt!«, sage ich so laut, dass sich die letzten Zuschauer, die sich gerade auf den Weg in den Vorraum machen, umdrehen und mich feindselig anschauen. »Und eine Billotechno-Clubnacht für Touristen kann unter Umständen mehr gegen Kultur ausrichten als eine von der Stadt mitfinanzierte Konzertveranstaltung mit gegenkulturellen Experimentalmusikern.« Nun sind wir die Einzigen im *Superloch*: Bodo, ich und der Scheinwerfer, der unermüdlich auf die leere Bühne strahlt.

»Generell habe ich ja gar nichts gegen Touristen.« Bodo wird ruhiger. »Die bringen zumindest was Kohle in *Das Loch*, und was wir damit machen, liegt an uns. Aber ich bin vorsichtig geworden, Hildi!« Er schaut mich ernst an. »Kannst du dich noch an DJ Hohlkopf erinnern?« Er klopft mit seiner Schuhkappe seitlich gegen das große Bierglas. »Ich will hier keine großen Veränderungen mehr, und vor allem möchte ich nicht mit Leuten zusammenarbeiten, die ich nicht richtig kenne!«

PARKA

Aus den alten Verstärkern im Vorraum grollt eine mit Techno-beat unterlegte Bach-Suite, als Gregor, Bodo, Mélanie, Giacomo, Frühschichtsusi und ich uns aus dem Laden machen wollen. Einige Partygäste liegen noch im Vorraum. Vorhin noch standen sie auf wackligen Beinen, sie hielten sich dabei an der Theke fest. In der letzten halben Stunde sind sie immer tiefer in die Knie gegangen. Wenn sie versuchten, ihre Hintern wieder auf die Barhocker zu hieven, lösten sie ihre Hände vom Tresen und gerieten nach vollständiger Ablage des Sitzfleischs derart aus der Balance, dass sie unglücklich umkippten. Doch kurz nach dem Sturz war der Sturz wieder vergessen, und das Hockerspiel, das Gregor und ich wie in vielen anderen frühen Morgenstunden im *Das Loch* haben verfolgen können, begann aufs Neue. Jetzt ist auch der Letzte mit eingeknickten Beinen auf dem Hosenboden gelandet, wie eine Kugel rollt er auf dem Rücken nach hinten, bis er sich in einer nach vorne überdehnten Rückenbeuge wiederfindet, die Unterarme auf den Schienbeinen abgestützt, der Kopf nach unten hängend. Sternförmig zeigen die geflexten Füße der letzten Gäste zueinander, während Susi jedem Einzelnen noch ein schaumloses 0,5-Bierglas als Betthupferl zwischen die Beine klemmt. Damit werden sie die Nacht gut überstehen, im Wechsel zwischen Schlafen und Trinken. Während die Musikanlage ausgeschaltet und die Belichtung heruntergedimmt wird, zieht Bodo das schwere Schlüsselbund aus seinem Blouson und treibt uns hektisch aus dem Laden. Hinter der Eisentür hören wir nun ein tiefes Brummen, dicht zusammengestrickt aus Stimmen der Zurückgebliebenen.

»Die liegen auch noch da, wenn Gerd den Laden in fünf Stunden zum Putzen wieder aufmacht.« Bodo lässt den schweren

Riegel der Eisentür zum Vorraum zum zweiten Mal in die Nut klacken, Sicherheit müsse sein, er könne den Laden nicht einfach offen stehen lassen, er müsse noch etwas schlafen. »Oder will jemand von euch noch hierbleiben und aufpassen?« Er schaut zu Susi rüber, die den Kopf schüttelt. »Ich muss in ein paar Stunden zum Hautarzt, Arschgeweih weglasern lassen.« Sie zieht sich den Reißverschluss ihrer kurzen Gummijacke bis knapp unters Kinn. Wir lassen die letzten Partypeople im *Das Loch* zurück, marschieren fröhlich die schmale Betontreppe nach oben und bleiben unter der Laterne stehen. Bodo zieht zwei Schlüssel an einem Eisenring aus der Vordertasche seines löchrigen Lederrucksacks und erklärt Giacomo und Mélanie auf Englisch, das seien die seiner Haus- und Wohnungstür.

»Just put them in my postbox, when you leave, Giac, you know my surname, it's Rauleder, you'll find the nametag. It's on the second floor, there is a bed in one room, enough space for you two. Thanks again for the performance.« Bodo klingt nicht wirklich dankbar, und er schaut Mélanie dabei nicht an.

Giacomo nimmt die Schlüssel entgegen, während Susi eine alberne Bemerkung zu dem »Bett für zwei« ablässt: »Das ist eine Neunzigzentimetermatratze. Die beiden sind doch gar nicht zusammen, oder?«, fragt sie uns und zeigt Bodo hinter seinem Rücken einen Vogel.

Bodos scheinbare Großzügigkeit, seine Einmatratzenwohnung heute Nacht den Musikern zu überlassen, ist nicht nur Sparmaßnahme, es ist auch eine kalkulierte Schmiede des Schicksals: Für die einen Musiker sind solche Übernachtungen in Bodos Wohnung der krönende Abschluss einer spannungsreichen Konzertreise, für die anderen der verkorkste Auftakt einer vielversprechenden Beziehung.

»Ciao!« Susi schmeißt ihr Mofa an, Giacomo zieht Mélanie am Ärmel ihres Bomberjäckchens weiter, und wir machen uns auf den Weg zu Gregors Wohnung. Nach etwa dreißig Metern schert Bodo aus auf einen Spielplatz, der vor ein paar Jahren in eine kleine Baulücke in Gregors Straße montiert wurde. »Wartet mal, ich will mal gucken, was da liegt.« Er steuert auf eine Holzbank zu, auf der etwas Zusammengeknülltes liegt, eine Decke oder Ähnliches. Schon greift er danach, er hat einen Schatz gefunden: »Ein Parka«, jubelt er.

Tatsächlich handelt es sich um einen schönen, alten, dunkelblauen Herrenparka mit herausnehmbarem Teddyplüsch, auch die Kapuze ist kuschelig gefüttert, ein Parka, den jeder haben möchte, den es aber in Damengrößen leider nicht gibt.

»Und die Deutschlandflagge am Ärmel kann man abmachen!« Bodo strahlt. Auch Gregor beginnt, den Parka zu überprüfen: »Aber der Reißverschluss ist hier an der Seite total ab, man müsste die Jacke an dieser Stelle flicken, bevor man einen neuen reinnäht.« Er zeigt zu einem viereckigen Stahlmülleimer, der neben der Bank steht: »Wirf den lieber weg, das ist ziemlich kompliziert.«

»Ich mach das, ich krieg das hin!« Bodos Bierseligkeit verwandelt sich in Selbstvertrauen.

»Der Parka stinkt!« Ich stehe immer noch in einem sicheren Abstand von der Bank entfernt, und jedes Mal, wenn die beiden die Jacke bewegen, weht eine muffige Wolke zu mir herüber.

»Ich riech nichts.« Bodo umarmt den Parka, als wäre dieser sein geliebtes Kind.

»Ja, er stinkt, das kann man wegwaschen, aber er ist dir auch viel zu klein, Bodo.« Gregor deutet auf einen anderen Müllbehälter neben dem Klettergerüst.

»Können wir endlich nach Haus?« Mir ist kalt. Als ich das letzte Mal auf die Uhr geschaut habe, war es drei, und ich will schlafen.

Bodo kann sich von seinem Schmuckstück nicht trennen und

klemmt sich das Ding unter seinen Arm. »Ist ganz einfach, ein paar Stiche flicken, neuen Reißverschluss kaufen, einnähen, fertig.« Mit einem strammen Tritt bringt er eine Schaukel zum Schwingen. »Ich mach das, das ist ganz einfach«, kiekst er auf den letzten Metern zu Gregors Wohnung vor sich hin.

STUNDE NULL

Wir lassen unsere Jacken auf den Boden fallen. Ich möchte gerade ins Bad hüpfen, da läuft mir Bodo hinterher, er müsse dringender. In Windeseile hat er sich seine Hose heruntergezogen und steht in enger langer Unterhose vor mir, immer noch den stinkenden Parka in der Hand. Ich helfe Gregor, die Jacken an die Garderobe zu hängen, und lege unsere Taschen und Kulturbeutel für die Fahrt in ein paar Stunden zurecht.

»Nachtruhe wird total überschätzt«, hören wir Bodo sagen, während Pipi in die Kloschüssel plätschert.

Für Bodo ist Schlaf pure Zeitverschwendung. Und weil er eine starke Affinität zu Schuldgefühlen hat, die auf diffusen Idealen zur Arbeitsmoral beruhen, versteht er Schlaf in gewisser Weise auch als Sünde. Diese mittelalterlich anmutende Sichtweise ist wieder im Kommen und verwoben mit Ansätzen des gängigen Lebensstils der Selbstoptimierung. Betrachten die meisten von uns Schlaf als das notwendige Übel für ein produktives und glückliches Leben, versteht Bodo Schlaflosigkeit nicht als Verlust von Schlaf, sondern als Gewinn von Zeit – auch wenn man nicht genau weiß, was er in dieser Zeit auf die Reihe bekommt. Der Schlaflose kämpft eigentlich nur mit dem Gedanken, nicht zu wissen, wann der Schlaf endlich kommt. Von diesen Plagen befreite Bodo sich schnell, indem er seine Schlaflosigkeit einfach irgendwann annahm. Das Gehirn schlafe nie, erklärte er uns einmal. Aus der Perspektive des *Be-Yond*, also seinem Konzept des jenseitigen Lebens, ist eine durchwachte Nacht, in welcher sich die Erinnerungen an die Vergangenheit mit den Hoffnungen auf die Zukunft vermischen, von existenzieller Bedeutung, da durch die im Nichtschlaf aufgehobene Zeitrechnung die Nähe zum Tod aktiv hervorgerufen werden kann. Von dem aktiven

Nichtschlaf verspricht er sich also auch radikale neue Versionen des Jenseits: ein Zustand, aus dem keine lebende Person jemals wiedergekehrt ist. Kurz gesagt: Im nächtlichen Wachzustand sei man dem Tod näher als im Wachzustand bei Tag.

Jedenfalls wollen Gregor und ich heute Nacht noch mindestens zwei, drei Stunden schlafen. Während Gregor den Wasserkocher für einen letzten Tee anstellt, hören wir Bodo die Klospülung betätigen.

»Ich brauch auch noch Proviant für die Busfahrt morgen!«, ruft er durch die dünne Rigipswand zwischen Bad und Küche zu uns rüber. Als das Rauschen der Klospülung abebbt, beginnt der Wasserkocher, leise zu brodeln.

»Wie lange dauert seine Busfahrt morgen?«, fragt Gregor wie die Mutter eines Jungen, der morgen ins Pfadfinderlager fährt.

»Sechs Stunden!«, antworte ich wie der Mann dieser Mutter. »Laut Bodo das günstigste Angebot, und man kann auf der Fahrt rauchen, www.raucherbus.de.«

»Machen die eigentlich zwischendurch trotzdem Pausen?« Gregor klingt besorgt.

»Nein, deshalb darf man ja im Bus rauchen«, antworte ich.

»Wir können froh sein, dass wir mal unsere Ruhe haben«, sagt er.

Auch ich erkenne überdeutlich die Vorzüge der Anreise in getrennten Verkehrsmitteln. Dabei gelten An- und Abreise sonst als die interessantesten Teile eines Trips mit Freunden, die Komplexität von Beziehungen entpuppt sich während stundenlangem Sitzen und Warten am deutlichsten. Aber weil unser Alltag zu dritt spannend genug ist, können wir darauf auch mal verzichten.

Ich nehme zwei Teetassen aus dem Holzschränkchen und stelle sie neben den Wasserkocher. Vergeblich habe ich auf das Geräusch des laufenden Wasserhahns nebenan gewartet, das mir signalisiert hätte, dass Bodo sich die Hände gewaschen hat. Jetzt steht er schon in der Küche und fragt: »Hast du noch Brot da, Gregor?«

Gregor nickt und zeigt auf eine alte Emaillebrotkiste mit Deckel und Schnappverschluss.

»... und Eier?«

Gregor tippt mit der Spitze seines braunen Lederschuhs gegen den niedrigen Kühlschrank. Bodo übertreibt es mit seinen Butterbroten in dieser Nacht kolossal. Er stößt Gregor zur Seite, um sich vor den Kühlschrank zu knien, so tief, dass seine blaue Cordhose bis unter die Hälfte seines Hinterns rutscht, der ist wirklich nicht ansehnlich, vor allem im Vergleich zu seinem Gesicht, das durchaus als hübsch bezeichnet werden könnte, wenn es nur nicht so aufgequollen wäre. Meine Freunde brauchen keinen tollen Körper, aber schöne Gesichter, Gregor erhält für seins hundert Punkte.

Daumendicke Vollkornbrote, opulent beladen mit Schichten aus Butter, gekochtem Ei und Gurke. Nahrungsmittelzufuhr gilt ja im Vergleich zum Rauchen und Alkoholkonsum als unbedenklich, aber Bodo kennt auch bei Lebensmitteln keine Grenze. Insgeheim hoffen Gregor und ich, dass er für jedes einverleibte Eibrot eine Zigarette, ein Bier oder eine synthetische Pille weniger zu sich nimmt.

Mit viel Gerumpel durchsucht Bodo die unteren Küchenschränke nach einer Brotdose. Gregor kramt einen kleinen, weißen Plastikkoffer hervor, der einmal zu einem Doktorspieleset gehörte. Zufrieden verstaut Bodo seine Brote darin und lagert das Köfferchen im Kühlschrank, damit alles, wie er sagt, noch mal richtig gut durchziehen kann. Derweil putzen Gregor und ich uns die Zähne und gehen endlich ins Bett. Wir sind zu müde, um uns zu küssen, liegen auf dem Rücken und halten Händchen, obwohl man dabei nicht gut einschlafen kann. Durch die

Wand hören wir, wie sich Bodo nebenan Badewasser einlässt. Dann dämmern wir weg, und unsere Hände lösen sich langsam.

Wir haben unsere Tiefschlafphase noch nicht erreicht, da geht die Tür auf und das Licht der Hängelampe an. Bodo steht vor uns in Gregors blauem Bademantel, der ihm mindestens drei Nummern zu klein ist und vorne so weit aufspringt, dass er den Blick auf eine bare Vorderseite gewährt. Offenbar hat Bodo sich mit Sanddornöl eingerieben, unter seinem roten Riesenbauch blitzt eine weiße Unterhose hervor. Im Nacktzustand offenbart sich Bodos strukturloser Körper als eine mit Ei bepinselte Pastete.

»Öhm ... sagt mal ...« Er will irgendetwas von uns, als hätten wir gerade nichts anderes zu tun, als uns mit ihm zu beschäftigen. »Bin ich eigentlich zu dick?«

Mein Kopf explodiert, als würde jede einzelne Gehirnzelle gleichzeitig von winzigen Revolvern erschossen, auch Gregor schaut etwas überfordert drein, seine Lider pappen an den Seiten zusammen, die dunklen Augäpfel schauen durch klebrige Visiere.

Bodo bewegt sich wie auf einer Bühne. Er gibt sich Mühe, seinen Bauch einzuziehen, doch das geht ab einem bestimmten Gewicht beim besten Willen nicht mehr. »Ich stand eben im Bad, und dieser riesige Spiegel, na ja, die Unterhose schneidet ein, dann habe ich meine Hose drübergezogen und gesehen, wie sich die Unterhose unter dem Cord abzeichnet! Hier hinten ...« Er bewegt seinen Oberkörper um 90 Grad, hebt den Frotteestoff des Bademantels hoch und greift nach einer Portion Hüftspeck. »Das seh ich sonst nie, das quillt mir oben aus der Hose heraus!« Frustriert schaut er uns an. »Ich bin doch zu dick, oder?«

Wenn man in meinem matten Zustand überhaupt echte Emotionen hervorbringen kann, dann schwanke ich gerade zwischen Wut und – das mag überraschen – Mitleid.

Denn mir fällt eine Begebenheit ein, die Bodo uns mal aus seiner Schulzeit berichtete:

Auf einem Elternabend in seiner Schule, er war gerade zehn geworden, habe sein Vater einmal angeregt, die Schüler sollten doch eine AG gründen, die nach der Schule einmal pro Woche Kriegsgräber pflege: Soldatengräber. Bodo ist das jüngste von drei Kindern und kam als Nachzügler auf die Welt. Sein Vater, Rauleder senior, hatte die 55 schon überschritten, er hätte Bodos Opa sein können. Opas stehen nicht per se für schlechte Vorschläge auf Elternabenden, aber in diesem Fall wurde die Idee von der restlichen Elternschaft zwar höflich aufgenommen, im weiteren Verlauf des Abend jedoch wie ein fauler Apfel unter den Tisch fallen gelassen. Doch als Bodo am nächsten Morgen den Klassenraum betrat, hatte ein Schulkamerad den Vorschlag seines Vaters schon in der Sekundarstufe verbreitet, ein Kriegsgräbertuscheln ging durch die Schülerschaft. In der Klasse zog man ihn auf: »Dein Vater meinte, wir sollten mal ›was Sinnvolles‹ machen: Kriegsgräber pflegen, haha!«

Bodo muss innerlich zusammengefallen sein. Auch ohne seinen Vater hatte er zu den Einzelkämpfern gehört, aber nun haftete ihm auch noch das Image des Friedhofsgärtners an. Von da an entwickelte Bodo eine absolute Aversion gegen »Geschichte« und alle Formen der »Vergangenheit an sich«. Das erwies sich als schwierig, hatte Bodo unter dem präpubertären Einfluss Rauleder seniors doch selbst lange die Meinung vertreten, alle guten Werke, ob in Musik oder in Literatur, seien schon geschrieben worden, eine quälende Perspektive, wenn man selbst kreativ unterwegs ist! Glücklicherweise erkannte Bodo nun, dass es sinnvoll war, wenn Autoren auch weiterhin Bücher schrieben und Musiker komponierten, er verstand, dass auch seine Zeit – und nicht nur die seiner Vorväter – wichtig sein könnte und künstlerisch dokumentiert werden sollte. Mittels der Kunst, so schwebte es ihm als Sechzehnjährigem vor, könne man bei Bedarf die Zeit anhalten und an neuen Modellen für die Zukunft basteln, Stunde null, Zero. So begann er, sich schon früh mit neuesten Entwicklungen in der Experimentalmusik zu beschäftigen, was seinen Mitschülern jedoch nur einen Grund mehr gab, Bodo nicht für voll zu nehmen, und seinen Außenseiterstatus in der Schule zementierte.

Die Geschichte um den Elternabend 1986 hatte uns Bodo während einer Brennnesselernte erzählt, eher beiläufig. Gregor und ich kommentierten das Verhalten der übrigen Eltern lobend, doch im Stillen schnürte sich in uns eine Betroffenheit zusammen, die wir nur schwer in Worte fassen konnten. Sie berührte Bodos gesamte Identität: die Bredouille, in die Rauleder senior seinen Sohn gebracht hatte, die inneren Konflikte des Vaters, die er gedankenlos in die Schulklasse seines Jungen hineingetragen hatte, Bodos Hilflosigkeit gegenüber seinem Vater. Das, was Gregor und ich in diesem Moment für Bodo fühlten, war vermutlich nur ein Bruchteil dessen, was der junge Bodo in seinem Elternhaus über die Jahre empfunden haben musste.

Nachdem uns Bodo die Sache erzählt hatte, fragte ich ihn, ob er mit Gregor in einer Stunde noch hier auf der Straße sei, und nachdem sie bejaht hatten, rannte ich nach Hause, rauchte drei Zigaretten in zehn Minuten und wusste plötzlich, was zu tun war: Ich kaufte Nüsse, Sahne, Eier, Butter, Mehl und Schattenmorellen und backte, ohne eine Pause einzulegen, einen saftigen Nusskuchen mit Kirschen. Den noch warmen Kuchen verpackte ich in einem schönen Karton, band eine Schleife darum und lief damit zurück in den Park, wo ich ihn Bodo übergab. Kriegsgräber waren für uns nun unweigerlich mit Kirschnusskuchen verknüpft. Andersherum auch. Viele Geschichten hängen mit Nahrungsmitteln zusammen, entweder man bekommt danach Appetit, oder der Appetit wird einem dabei für immer genommen.

Diese Story und das Gefühl, sofort an die Rührschüssel zu müssen, poppt immer dann auf, wenn ich mal wieder sauer auf

Bodo bin, wie gerade jetzt. Bodos Biografie bringt mich wieder runter und macht verständlich, weshalb Gregor und ich in den schlimmsten Momenten, die wir mit Bodo durchmachen, Mitleid empfinden können. Ich erinnere mich dann versöhnlich daran, dass die Leute mit den ätzendsten Eltern die coolsten Typen werden können. Deshalb haben doofe Eltern auch ihr Gutes. Das meine ich keinesfalls beschönigend, doofe Eltern bleiben doof.

»Meine Hose passt mir nicht mehr richtig, das sieht schlimm aus, und Asuka hat Geschmack!« Tatsächlich sehen wir Tränen aus Bodos Augen kullern. Er hat sich auf Gregors kleinen Sessel gesetzt und wartet darauf, dass wir ein Urteil zu seinem Body abgeben.

»Nein, natürlich bist du zu dick, aber Verzicht und Kontrolle sind Koordinaten, die in deinem Leben keinen Platz haben, den Trend der eigenen Selbstbegrenzung musst du nicht auch noch mitmachen!« Gregor findet die richtigen Worte, hat aber auch lange genug nachgedacht. Ihm kam die Idee, einfach das zu sagen, was Bodo sich selbst raten würde. »Eine durchgemachte Nacht ist immer noch besser als zwei Stunden Schlaf.« Gregor macht das Nachttischlämpchen an und blendet Bodo damit mitten ins Gesicht.

»Aber Asuka, ein so zartes Wesen, was will die mit einem wie mir?«

»Das wirst du schon herausfinden ...«, sagt Gregor, er ist ein wahrer Freund.

»Sie würde sich sicherlich nicht von jedem mit Pommes füttern lassen!«, schiebe ich hinterher.

Ich möchte ihm noch sagen, dass Asuka seinen Körper ja schon gesehen hat und darüber nicht überrascht sein wird, aber das klänge irgendwie taktlos. Da läuft Bodo schon zum Schreibtisch und setzt sich an Gregors Laptop.

Die nächsten zwei Stunden verbringt er im Internet und

macht einen Crashkurs in Niederländisch. Störend ist dabei eigentlich nur die Stimme Bodos, der versucht, die Vokabeln nachzusprechen, und sein lautes Ausdenken von Eselsbrücken: »Slaapen, schlafen, Aap, Affe, hm, also alle Fs werden zu Ps, aha!«

Gregor und ich verschwinden unter der Bettdecke. Er fragt mich flüsternd, weshalb Bodo denn Niederländisch und nicht Japanisch lerne.

»Bring ihn bloß nicht auf die Idee. Pssst«, lege ich meinen Zeigefinger auf Gregors Mund.

Irgendwann später bettet sich Bodo endlich auf die Matratze auf dem Fußboden. Doch der Schlaf soll – wenn man ihn schon in Anspruch nimmt – eine aktive Handlung sein und nicht einfach passiv durchgepennt werden.

Er wälzt sich auf seiner Matratze hin und her, dann schreit er irgendwas, mit angespannten Kieferknochen, so unterdrückt und unverständlich, dass wir es kaum verstehen: »Nein, das ist nicht meine Schuld!«, gefolgt von einem kurzen, verspeichelten Grunzen: »Das ist *meine* Hagebutte!«

Wir haben geahnt, dass die Nacht mit ihm kein Zuckerschlecken werden würde, wir müssen mit seiner Ruhelosigkeit auch schon im Wachzustand klarkommen, aber so schlimm haben wir es uns wirklich nicht vorgestellt. Wir wachen noch eine ganze Stunde über Bodos mit sich selbst kämpfenden Körper, und als der Wecker endlich klingelt, zuckt er hoch aus einem Teich aus eigenem Schweiß und springt kurz vor mir ins Bad, um sich den ungewollten Schlaf vom Leib zu duschen. Gregor und ich legen uns in der Küche kalte, nasse Waschlappen auf die Augen und tasten nach dem Wasserkocher.

JUCKPULVER

Wir sind gut in der Zeit, als wir vor der Garderobe stehen und nach unseren Jacken greifen. »Mein Proviant!« Bodo wetzt in die Küche, reißt den Kühlschrank auf und zieht den Plastikkoffer mit den Broten heraus.

In diesem Moment klingelt das Telefon. Wortlos schauen wir auf die Telefonstation im Flur. Es schellt noch zweimal, und nach dem Piep des Anrufbeantworters erklingt eine ältere Männerstimme, falsche Silbenbetonung hier und da, grammatikalisch etwas bedenklich, aber durchaus sympathisch: »Guten Tag, Herr Uhlmann, hier ist Hans Lund, ich habe mit Herr Rauleder letzte Woche telefoniert, ich erreich ihn nicht auf seine Mobil. Er gab mir das gemeinsam Büronummer, ich wollt auf die Angebot zurückkommen, ein Treffen, nächst Woche, zum Reden über die Hagebutte-Baumaterial. Ich bin die nächste Donnerstag in die Stadt, für die Bauprojekt zu betreun. Das beginnt bald, kann dann auch in das Büro komm, also Donnerstag? Mein Nummer hat Herr Rauleder, ich wurd mich freun! Bitte noch ma rückmelden. Tusen Tack! See you!«

»Oh Gott, was haste dem denn erzählt?« Gregor ist wütend. »Wir hätten ein Büro?«

»Na, wir sind Baustoffentwickler, wir sind Architekten!« Bodo formt Daumen und Zeigewurstfinger beider Hände zu einem Dreieck.

»*Der* ist Architekt. *Wir* machen Marmelade ein!«, stellt Gregor fest.

»Nein, wir entwickeln Ökobaustoff! Was können wir denn dafür, dass da vor uns noch keiner drauf gekommen ist, das Juckpulver professionell zweckzuentfremden?«

»Der ist ein Profibauherr, die Schweden sind Konfektionsarchitekten! Denen kannste nix erzählen, deren Häuser schlucken diese Stadt. Die Instandsetzung eines Hauses, das Lund betreut hat, kostete eine halbe Million, und er verkaufte es für fünf Millionen!« Aufgebracht hält Gregor seine Hand mit fünf ausgestreckten Fingern vor Bodos Nase. Es beruhigt ihn nicht, als Bodo erzählt, dass er Hans Lunds Augen letzte Woche am Telefon förmlich durch den Hörer hat strahlen sehen, als er von der Zusammensetzung des Hagebuttenbaustoffs redete.

»Man kann auch mal den Spieß umdrehen und die Hälse der Halsabschneider durchschneiden.« Bodo fasst sich an die Gurgel. »Ich kümmer mich darum, wenn wir wieder zurück sind«, sichert er Gregor zu, »du kannst dich da total raushalten, wenn du magst, musst mir nur versprechen, dass du dabei bist, wenn ich Lund an der Angel habe.«

Gregor schließt entnervt die Augen und atmet einmal tief durch, dann sehe ich ein sehr kurzes Zucken in seinen Lippen. »Wie soll das mit den kleinen Früchtchen funktionieren? Aus der Sache wird eh nichts, mir reicht es, kleine Brötchen zu backen – auf ehrliche Weise«, zischt Gregor dann.

»Können wir mal los?« Ungeduldig klopfe ich auf das Proviantköfferchen. Diese arbeitsmoralischen Aspekte können die beiden mal in einer ruhigen Minute miteinander aushandeln, denke ich. Der Bus von Bodo fährt gleich ab, wenn wir ihn dort nicht rechtzeitig hinbringen, haben wir ihn noch die gesamte Bahnfahrt an der Backe kleben.

Doch auf dem Weg ist die Unterhaltung für Bodo noch nicht beendet: »Mach dir mal nichts vor, Gregor! Wir haben den anderen *auch* immer was vorgemacht«, beginnt er. »Die Lupinenpaste fürs Abendbrot, ich muss ja nicht sagen, woher wir die Lupis dafür hatten! Und die Leute haben sie geliebt, weil sie von der Müllhalde nichts wussten, und weil sie nach Leberwurst schmeckte, wurde sie ein Hit! Und weißte noch: die Gesichtslotion aus den Aprikosenkernen, die die Damen in ihre Nasolabialfalten massiert haben? Die waren vom Friedhof!«

Bodo macht eine kurze Pause, um die doch sehr anschaulichen Argumente in Gregor sacken zu lassen, aber auch weil der Linienbus Richtung Ostbahnhof kommt. Wir steigen vorne ein und zeigen unsere Monatskarten vor.

»Wir machen so weiter. *Genau so*!« Bodo schnalzt. »Und diesmal pokern wir einfach noch höher, das ist völlig legitim. Du meintest doch selbst, wir sollten uns professionalisieren. Wenn Lund in eine Kooperation mit uns einwilligt, können wir die Produktion noch auf den gesamten europäischen Markt ausweiten.«

Wir stehen im fahrenden Bus, als würden wir zu dritt auf einem Surfbrett auf unruhigen Wellen reiten. Zwischen Bodos Oberschenkeln klemmt das Köfferchen, seine Hände stecken in den Halteschlaufen. Der verlorene Schlaf der letzten Nacht hat seine Spuren hinterlassen. Bei Bodo wirkten die Vorfreude und die Aufregung Wunder: Sein Teint ist ungewohnt frisch und ebenmäßig wie der eines frisch geernteten Weißkohls. Schwer liegt sein Kopf auf dem kurzen Hals, als ob sich über Nacht noch mehr Gedanken darin Platz gemacht haben.

Bei Gregor äußert sich der herbe Schlafmangel weniger beflügelnd. Er sieht sich mit Gewissensbissen konfrontiert, die sich in verbohrter Abneigung gegenüber Bodos manischer Idee zeigen. Beide schauen aus dem verdreckten Fenster des Linienbusses, ohne miteinander zu reden.

Ein hagerer Busfahrer steht schon an der geöffneten Hintertür des Raucherbusses Richtung Groningen. Eine Rauchschwade Nikotin weht uns als Willkommensgruß entgegen.

Er nimmt einen tiefen Zug aus einer filterlosen, dünnen Selbstgedrehten und nickt die ersten rauchenden Passagiere ab, die den Bus über eine mit einem bunten Teppich ausgelegte kleine Treppe betreten. Hastig steckt sich Bodo eine Zigarette an, während ich an den Seiten des Busses folgenden Hinweis lese: »Im R-Bus ist rauchen erwünscht! Bitte verzehren Sie keine selbst mitgebrachten Speisen! Wir bieten Ihnen ein vielfältiges kulinarisches Angebot.« Daneben befindet sich eine Speisekarte inklusive Preisliste: »Käsebrot: 3,50 Euro, Schinkenbrot: 3,60 Euro, Eibrot: 4,20 Euro.«

Bodo hat nichts gelesen, immer noch halte ich den kleinen Proviantkoffer in meiner Hand. Nachdem Bodo dem Fahrer sein Ticket unter die Nase gehalten hat, steigt er in den Bus. Ein kurzes Ächzen, und er ist in der anfahrenden Räucherkammer verschwunden, die Tür schließt raumschiffgleich. Gregor greift nach meiner freien Hand, während wir erlöst dem R-Bus hinterherschauen. »Vier Eibrote für dich, vier Eibrote für mich«, flüstere ich ihm zu.

Die Zeit bis zur Abfahrt unseres Zugs überbrücken wir in einer Bahnhofsbäckerei. »Geht aufs Haus!« Die Bäckereiverkäuferin stellt uns ein warmes Teegedeck auf den fest montierten Tisch, auf dem Gregor gerade seinen Kopf ablegen möchte. »Gerade angekommen? Sie sehen wirklich kaputt aus.«

Sie wartet keine Antwort ab und humpelt zurück hinter den Ladentisch. Ich stelle den Wecker von Gregors Telefon auf 10:10 Uhr, fast zwei Stunden Schlaf können wir uns noch holen. Auf die Tischplatte lege ich meinen hellgrünen Schal, und wir betten unsere Wangen darauf. Ich schaue auf seinen liegenden Hinterkopf, wir atmen in dieselbe Richtung. Ein kühler Luftzug weht unter dem Tisch um die nackte Stelle zwischen Sockenrand und Hose, wir verweben unsere vier Beine zu einem wärmenden großen Knoten. Das morgendliche Gewimmel in der Bahnhofshalle lullt uns ein in einen tiefen Schlaf.

Irgendwann tippt uns die Verkäuferin an: »Ihr Wecker klingelt schon seit Minuten.« Erfrischt trinken wir den kalten Tee, nicken zur Verabschiedung und machen uns wortlos auf zu unserem Bahnsteig, es beginnt zu regnen, bestes Reisewetter.

Wir nehmen das Kinderabteil, ziehen unsere Schuhe aus und legen unsere Füße auf dem gegenüberliegenden Dreiersitz ab, gemütlich, wir haben keine Zeitschrift und kein störendes Buch dabei.

Gregor ist noch voll bei Bodo: »Und was hältst du so von den Plänen, die Bodo mit dem schwedischen Bauherrn schmiedet?«

»An deiner Stelle hätte ich Bodo auch nicht einfach so nachgegeben – nach dieser Nacht! Aber eigentlich gefällt mir sein Wahnwitz. Der zeigt zumindest, dass er noch ein paar Zukunftsvisionen hat, in Bezug auf das *Superloch* wirkt er so zwanghaft, das find ich blöd, er setzt sich da zu sehr unter Druck.«

»Er will irgendwas am Leben halten, was schon lange tot ist«, meint Gregor.

»Vielleicht wird er auch ohne *Superloch* glücklich«, sage ich. »Und das mit dem Büro, das kriegt ihr auch noch hin. Wer weiß, was der Lund erwartet, du solltest mit der Sache 'n bisschen entspannter umgehen.«

»Wenn du wüsstest!« Gregor hopst von seinem Sitz auf. »Eine Hagebutte wiegt etwa zehn Gramm, entfernt man die Schale, die wir auch für die Marmeladen und die Hautmasken brauchen, dann bleiben etwa acht Gramm Juckpulver übrig. Und für einen Quadratmeter Dämmmasse benötigen wir etwa zwei Kilo davon, jedenfalls nach Bodos Rezeptur, und zum Ausbau der Isolierung des Dachstuhls einer durchschnittlich großen Dachgeschosswohnung braucht man etwa 80 Kubikmeter ...! Du kannst dir also ausrechnen, wie viel wir von dem Juckzeug allein für einen Auftrag benötigen!«

Ich hab's nicht so mit Zahlen, aber diesem Exempel zufolge bräuchten die beiden etwa 40.000 Hagebutten zur ökologischen

Isolierung eines durchschnittlich großen Dachstuhls. »Okay, okay, das ist kein Pappenstiel«, gebe ich zu, »aber für nur fünf Schallplatten, also etwa ein Kilogramm Schellack, benötigt man rund 300.000 Lackschildläuse, dagegen ist euer Baustoff echt ein Spaziergang! Und verglichen mit der Neutralisierung eines schwarzen Lochs wirkt eure Sache echt realistisch!«

Bei dieser Erkenntnis spüre ich ein starkes Stechen, als hätte mir jemand mit einer harten Faust zwischen Brust und Magengrube geschlagen: »Verdammt. Ich habe der *ZHI* nicht Bescheid gegeben!« Ich stehe auf und beginne im Abteil hin und her zu laufen.

»Setz dich wieder hin!« Gregor zeigt zum Sitz.

»Wenn man außerhalb der Stadt ist, soll man die laut Vertrag darüber rechtzeitig in Kenntnis setzen, damit im Notfall eine Versicherungseinheit vor Ort sein kann!«

»Kannst du die *ZHI* nicht anrufen?«

»Nee, das muss eine Woche vorher passieren, damit die das rechtzeitig organisieren.« Ich setze mich Gregor gegenüber, lege seine Jeansbeine in meinen Schoß, halte seine Füße wie zwei Meerschweinchen in meinen Händen. Das beruhigt mich etwas.

»Wir sind doch übermorgen wieder zurück!«, sagt er.

»Das ist gemäß den Versicherungsklauseln zu spät.«

»Außerdem können wir uns doch bei Asuka vielleicht online in die Webcam einwählen«, schlägt er vor.

»Und wenn das nicht klappt?!«

»Wir werden sehen. Und na ja, wenn die *ZHI* rausfindet, dass du nicht da bist«, argumentiert Gregor, »dann sind sie ja selbst da und können gleich schauen, wie es dem schwarzen Loch so geht.« Er wackelt mit seinen Füßen, als würden sie mit mir sprechen, und verstellt seine Stimme: »Warum sollte gerade *dieses* Wochenende noch einmal etwas passieren?«

»Weil wir alle nicht in der Stadt sind«, vermute ich.

Unser Zug hat gerade Spinnbau passiert. Je weiter wir uns von unserer Stadt entfernen, desto stärker wird meine Angst vor einer realen Katastrophe.

Gregor scheint zu bemerken, was in mir vorgeht, er zieht seine Füße von meinem Schoß und dafür meine Beine nah zu sich heran, sodass ich an die Sesselkante rutsche. Dann bettet er meine Füße unter seinen Pullover und streichelt über meine Schienbeine.

Die Zeit *vor* dem schwarzen Loch ist lange her, *mit* dem Loch begann eine neue, produktive Ära, Bodo und Gregor lenkten mich bis aufs Feinste ab. Ohne das große Schwarze würde Gregor mir nun nicht so entzückend gegenübersitzen, mit den eiweiß-farbenen Haaren, den dunklen Augen mit dem nussbraunen Blick und den Lippen, dem zweideutigen Knick im Mundwinkel und der überdurchschnittlich großen, aparten Nase, an der ich erkennen kann, wenn er innerlich lacht.

»Was denkst du?«, fragt er mich jetzt.

»Die Sache mit dem schwarzen Loch ging nicht spurlos an mir vorüber«, denke ich laut.

Gregor nickt, als wisse er um seinen Liebreiz, doch er ahnt nichts davon, was ihn nur noch schöner macht. Es dauerte eine Zeit, bis ich wirklich verstand, dass das Loch einen größeren Schaden anrichten kann als ein Autounfall, in den zehn Lkw involviert sind, oder ein Flugzeugunglück oder eine unheilbare Krankheit, ein Reaktorunfall oder ein Atomkrieg. Das wären nur *partielle* Katastrophen. Ein großes schwarzes Loch in Aktion da-gegen wirkt ohne Einschränkung, ganzheitlich, es beträfe den gesamten Planeten. Bislang konnte ich die wissenschaftlichen Zusammenhänge nicht erklären. Ein schwarzes Loch könnte den *gleichzeitigen* Tod aller Menschen bewirken! Generell liegt mir sehr viel am Erhalt der Menschheit, und nach der Verlesung des Testaments meines Onkels überprüfte der Notar genau meinen Blick, vor allem auf Loyalität, ob ich vertrauenswürdig mit meinem Erbe umgehen würde. Meine Hand zitterte, als ich unterschrieb. Das astronomische Phänomen, das sich vor einigen Hundert Jahren in die irdische Umlaufbahn verirrte, dürfe sich nicht weiter ausdehnen, beteuerte ich, es klang wie ein Schwur zu einer Sache, von der ich keine Ahnung hatte. »Ja«, beschwor mich der Notar, »suscht suuget's alles met eim Haps uf, und zwor schneller, als Sie chönnd Pieps säge.«

Ich schaue zum Fenster hinaus, die Regentropfen treffen die fahrende Scheibe wie Blitze, sie werden zu schmalen Streifen, die das Glas bis zur schwarzen Silikoneinfassung entlanglaufen; Spaghettisierung der Regentropfen an der Fensterscheibe.

»Der Mensch wird kurz vor dem Eintritt in ein schwarzes Loch spaghettisiert. Zuvor wirst du ohnmächtig, deine Knochen brechen, zu dünnen Fäden wirst du in die Länge gezogen, die am Ereignishorizont gegrillt werden. Deine Überreste fallen ins Zentrum des Lochs und verändern die Eigenschaften des Lochs.«

»Dann hat jedes schwarze Loch im Universum ja einen eigenen Charakter«, folgert Gregor.

»Ja, und etwas von dir müsste im schwarzen Loch weiterleben – die Quantenphysik besagt nämlich, dass keine Information je verloren gehen kann.«

»Also, von der Spaghettisierung mal abgesehen klingt das ja fast so, als wäre ein schwarzes Loch ein alternativer Wohnort für verlorene Seelen.« Gregors Augen glänzen.

»Diese Theorien über schwarze Löcher im Universum sind gut und schön, aber irgendwie helfen sie mir mit meinem irdischen Loch nicht weiter.«

»Eigentlich«, sagt Gregor nun, »ist es ja fast egal. Ich meine, wenn es passiert, also, wenn das Loch richtig fett ausbricht, denn dann gibt es ja niemanden mehr, der darüber nachdenken kann,

wessen schwarzes Loch das Ende des Planeten verursachte, oder?«
Es klingt grausam und nach Alles-hat-ein-Ende-nur-die-Wurst-
hat-zwei zugleich, aber der Gedanke beruhigt mich auf eine be-
fremdliche Weise, etwas Ähnliches habe ich mir auch schon einmal gedacht, mich nur nicht getraut, es laut auszusprechen.

»Genau, wieso soll es überhaupt *mein* Bier sein, wenn's passiert?«, sage ich. »Ich bin seit ein paar Monaten für die Verhinde-
rung einer kosmischen Katastrophe verantwortlich, deren Ausmaß mir selbst immer noch unvorstellbar ist, und gleichzeitig
habe ich keine Ahnung, was das schwarze Ding eigentlich *mit
mir* zu tun hat. Was habe *ich* mit, na, ... mit *der ganzen Welt* zu
tun?« Ich frage eher mich selbst als Gregor.

»Du bist, was du isst, du bist, was du hast, du bist, worauf
du aufpassen musst, du bist, womit du dich gedanklich beschäf-
tigst«, antwortet Gregor, als zitiere er von der Wissensseite einer renommierten, aber doch sehr überbewerteten Wochen-
zeitschrift, deren Aboservice zukünftige Leser aufdringlich mit
Hotelgutscheinen anwirbt.

Mein Magen knurrt unheilvoll. Gregor zieht das Köfferchen
mit den Eibroten unter unserem Sitz hervor, wickelt zwei aus der
Folie und reicht mir eines rüber. Die Brote sind durch die Heizung im Fußraum etwas angewärmt. Mit der ersten zerkauten
Gürkchenscheibe brummt mein Magen noch einmal kurz auf,
dann ist Ruhe.

»Ihre Fahrscheine, bitte!« Ein Zugbegleiter öffnet die Schiebe-
tür und steckt seinen Kopf durch den Vorhang wie eine Kasper-
lepuppe. »Ach so, Sie sind ohne Kinder unterwegs, dann können
Sie hier nicht sitzen, die Abteile sind für Familien gedacht.«

»Unser Sohn ist gerade im Bordbistro, Kakao kaufen«, sagt
Gregor aus dem Effeff. Das ist gar nicht mal komplett gelogen:
Ich wette, Bodo kauft sich gerade irgendwo an einer Tankstelle
eine Flasche Schokotrunk.

»Ich verstehe.« Der Mann scannt unsere Tickets und verlässt das Abteil.

Es mag am melancholischen Modus des Zugfahrens liegen, aber seit der Installation des Lochs kommen mir viele Dinge banal vor. Allem fehlt es an wirklicher Kraft, ich denke an die fünfzig Fäuste auf dem besten Konzert aller Zeiten im *Superloch*, die Stimmung war königlich, eine Punkband aus Bonn, die Zuschauer huldigten mit erhabenem Pogo, fünfzig Fäuste, die zusammen mit den allgemeingültigen Losungsworten der Songtexte in den feuchtwarmen Raum geworfen wurden. Damals meinte Bodo, man müsste die Leute bei solchen Konzerten mit Elektroden am ganzen Körper ausstatten und deren Energie anzapfen wie von Windmühlenflügeln: kleine diskotheke Kraftwerke. Wenn ich jetzt darüber nachdenke, erscheinen mir die Fäuste klein und niedlich wie unkoordinierte Lottokugeln, Energien verpuffen in der Leere. Selbst wenn wir alle pogotanzenden Menschen auf dem Planeten zusammennähmen, es fehlte die Stärke und die Spannung, die von meinem schwarzen Loch ausgeht. Vielleicht könnte der Tod ein respektabler Endgegner des schwarzen Lochs sein: der Tod aller Menschen, ein Tod, unendlich wie das Universum, unendlich dicht und unendlich massiv.

LAVA-ANGST

Beim Umsteigen in einer ostfriesischen Kleinstadt drücken wir einer Frau von der Bahnhofsmission die restlichen Eibrote in die Hand und nehmen den Anschlusszug nach Groningen. Kurz nachdem wir dort aus dem Zug gestiegen sind, vernehme ich ein schnappendes Geräusch, Bodos rostiges Feuerzeug, dann sein vom Knistern des Blättchens begleitetes Inhalieren an der selbst gedrehten Zigarette. Mit runterhängendem Unterkiefer bläst er den Qualm aus. Er hat auf der gesamten Busfahrt keine acht Eibrote gegessen, er hat nur geraucht, er schaut grau aus, ein mächtiger Vampir, und darauf scheint Asuka total abzufahren. Sie steht neben ihm und verschwindet fast in ihrem Samtjackett mit den übergroßen Schulterpolstern. Über dunklen Strumpfhosen trägt sie einen kurzen Baumwollrock mit grauem Fischschuppenmuster, dazu Wildlederstiefel mit hellbraunen Kreppsohlen.

»Willkommen in Groningen!« Ihre Begrüßung hellt ihr düsteres Erscheinungsbild um Lichtjahre auf. »Ich bekam letzte Nacht vor Aufregung kein Auge zu«, gibt Asuka zu, während Bodo ihren Rücken tätschelt.

»Wir sind heute alle etwas übernächtigt.« Gregor gähnt.

»Zur Dekomenta morgen sind wir alle wieder fit. Ich habe darüber schon viel von meinen deutschen Kollegen gehört, war aber selbst noch nie dort, das darf man als Kunsthistorikerin gar nicht laut sagen.«

»Ach, da wird auch viel Buhei drum gemacht«, meint Gregor, während wir den Bahnsteig verlassen. »Aber ist halt das erste Mal, dass ich ausstelle.«

»Bodo hat mir von der Narzissmus-Ausstellung erzählt.«

»Ach das, nee, das war so ein kleines Nachbarschaftsding«, winkt Gregor ab.

Wir entscheiden uns dafür, essen zu gehen. Asuka führt uns über einen Markt, dicht an dicht stehen die Buden, vom alten Pflaster ist kaum etwas zu sehen. Es riecht nach Käse, selbst an den Blumenständen.

»Doet U mij maar tien van de mooiste narcissen«, versucht sich Bodo an seinen neuen Sprachkenntnissen. Der Blumenmann wickelt zehn Narzissen in Papier und tauscht sie gegen einen Zehneuroschein. Feierlich überreicht Bodo Asuka die Blumen, dann umarmt er sie, sodass der Strauß zwischen den beiden eingequetscht wird. Asuka schaut verlegen drein, Gregor verdeckt seine Augen mit einer Hand.

Nachdem sich Asuka an einer Kühltheke mit Käse eingedeckt hat, biegen wir in eine Gasse mit einigen Modeläden für junge Leute, die Türen stehen weit auf, und aus jedem Ladenlokal schallt lauter Billigtechno.

Im Schaufenster eines Lädchens türmen sich Wollknäuel in Neonfarben, darüber ein antikes Schild mit der Aufschrift »The Zipper«. Bodo betritt den modernen Kurzwarenladen, und während wir draußen warten, informiert uns Asuka darüber, dass Gregor und ich heute in der Wohnung ihrer Nachbarin übernachten werden, die über das Wochenende verreist sei. Bodo kommt mit einer kleinen Papiertüte aus dem Laden, die er sich in die Innentasche seines Blousons steckt.

Am Ende der Gasse erreichen wir ein dreistöckiges Haus, im Erdgeschoss eine Imbissbude, ein breites Alurohr neben dem Eingang bläst schweren, graugelben Dampf von drinnen nach draußen. Als wir die Bude betreten, erklärt uns Asuka, dass man hier den Nachlass des Landschaftsmalers Govaert de Beuckelaers fand. Bodo fühlt sich gleich wie zu Hause, er zwinkert dem Imbissbetreiber hinter der Theke brüderlich zu. Als dieser Asukas kleine Gestalt im fettigen Nebel erspäht, wiegt er freundlich seinen Kopf. Wir schreiten durch den Qualm brutzelnder Frikandeln, der sich als dünner Film auf meinem Nasenrücken absetzt. Bodo treibt uns zu einem kleinen Tisch. Nur schemenhaft erkenne ich den schmalen Imbissmann, der unsere Bestellungen aufnehmen möchte.

»We willen graag twee satè kroketjes en één goulasch kroket en drie keer patat speciaal. En als toetje double vla, alstublieft!« Bodo bestellt für alle.

Die Fleischkroketten schmecken wie frittierte Erbsensuppe, etwas überwürzt, die darauffolgenden frietje speciaal sind dagegen lecker fade. Langsam klärt sich die Luft. Asuka fährt eine Fritte durch einen Mayonnaiseberg und beginnt zu erzählen: »Eigentlich bin ich nur deshalb von Osaka weg und nach Groningen gezogen, um jeden Tag frietje speciaal zu essen.« Ihre Lippen glänzen vor Zufriedenheit, Bodo und Asuka haben mehr gemein, als man so denkt. Der Mensch definiert sich auch durch sein Genussvermögen, das wirkt verbindend. »Dass die hier am Lehrstuhl für spekulative Kunstgeschichte noch eine Stelle für mich hatten, das war mein zusätzliches Glück.«

Bodo schaufelt einen Teil seiner Pommes auf ihren Pappteller und bestellt uns allen noch ein Bier. Wenn Asuka dabei ist, hat Bodo die Spendierhosen an. Erquickt verlassen wir die Fettbude.

In ihrer Wohnung begrüßt uns Asuka noch einmal offiziell, als gelte das Wiedersehen am Bahnhof nicht. Sie wird richtig häuslich und bittet uns, an den Stühlchen um einen niedrigen Holztisch Platz zu nehmen. Dann stellt sie die frischen Narzissen in eine Porzellanvase und blüht dabei selbst auf wie eine rosige Tulpe. Durch tiefe Fenster scheinen die letzten Sonnenstrahlen des Tages in die Wohnung. Asuka entschwindet in die Küche und kehrt mit einem dunkelrot glasierten Keramiktellerchen mit Chilischoten zurück, darauf folgt eine Käseplatte, klanglos stellt sie die Leckereien vor uns auf den Tisch.

Ich werde immer unruhiger, ich habe Angst, eingelullt zu werden von der Entspannung, die die schöne Wohnung mit den großen Fenstern und den vielen Bildern an den Wänden ausstrahlt.

»Wieso können wir uns mit Bodos Smartphone nicht in der Kamera in meiner Wohnung einloggen?«, frage ich. Es hat sich herausgestellt, dass die Software auf Bodos Handy nicht kompatibel ist mit unserer Webcam daheim, und Asukas Laptop zeigt auch nur einen »unbekannten IP-Konflikt« an. Wie können wir Pommes, Pudding und Käse essen, ohne das schwarze Loch im Blick zu haben? »Es tut mir leid, dass ich damit jetzt anfange!« Eigentlich möchte ich die gemütliche Atmosphäre nicht zerstören.

»Es ist okay, Hildi!« Asuka hält mir die Platte mit den Chilischoten unter die Nase. »Hab Vertrauen, Hildi, es passiert schon nichts! Du kannst dich nicht vierundzwanzig Stunden am Tag darum sorgen und auf den Bildschirm schauen. Und irgendwann müsst ihr auch mal raus aus der Stadt.«

Sie hat recht, der Kontrollbildschirm übernahm eine vergleichbare Funktion wie mein Computer, als ich noch Internet hatte, er löste ähnliche Zwänge aus. Man sollte Dinge geschehen lassen, schwarze Löcher sind auch nur schwarze Löcher. Trotzdem kann ich nicht länger still sitzen und stehe auf, um mir die Bilder an den Wänden genauer anzuschauen, das lenkt mich etwas ab. »Das hier gefällt mir!« Ich zeige auf ein Ölgemälde, das an einem Schreibtischbein lehnt: Es zeigt einen aktiven Vulkan, in poppigen Ölfarben gemalt, bis zu den unteren Bildrändern läuft die Lava, in der Menschen schwimmen, sie tragen Overalls mit bunten Mustern.

»Das Bild ist von einem Studenten der hiesigen Kunsthochschule Minerva«, klärt mich Asuka auf. »Es ist gelungen, aber die Farbe der Lava ist ein bisschen zu orange geraten. Wenn man sich Lava in natura genauer anschaut, dann ist sie neonorange, diese Glut setzt sich von einem matten Schwarz ab, aber es ist schwierig, das mit Ölfarben hinzukriegen.«

Über dem rauchenden Vulkan prangt in pinkfarbener Typografie: »*Als Empedocles zo'n pak zou hebben gehad, zou hij niet zijn overleden!*« Bodo ist hinter mich getreten und liest den knalligen Schriftzug laut vor, dann übersetzt er: »Wenn Empedokles so einen Anzug gehabt hätte, dann wäre er nicht gestorben!«

»Die Legende besagt, Empedokles habe sich in den Vulkan Ätna gestürzt und sich dadurch das Leben genommen.« Asuka zeigt auf den Krater auf dem Bild.

»Das ist doch ein schöner Suizid«, meint Bodo.

»Und Anzüge, mit denen man durch Lava schwimmen kann«, stellt Gregor fest. »Damit trotzt man doch jeder Naturkatastrophe!«

»Nicht jeder ...«, wende ich ein. »Gegen schwarze Löcher würden auch die krassesten Overalls nichts bringen.« Ich denke an zerfaserte Hightechanzüge im saugenden Innern dunkler Materie.

»Kunstgemälde sind zwar absolut vorausahnend«, unterbricht Asuka die bedrückende Stille, »trotzdem gelten sie in der Sphäre der Wissenschaft als suspekt und werden nicht als rationale Erkenntnisinstrumente anerkannt, sondern nur als Hilfskontruktionen, Gemälde sind keine eigenständigen Medien der Reflexion.« Sie knipst den oberen Stängel einer Chilischote in ein Schälchen. »Spekulative Kunsthistorikerin ist mein Beruf, das bedeutet, ich weiß gar nichts, wir alle haben unsere Perspektiven. Wer kennt letztlich den echten Tatbestand, die wirkliche Situation der abgezeichneten Landschaft? Es bleibt Analyse, und deshalb Interpretation. Mehr nicht.« Sie setzt sich eine Brille auf, um uns Details in einem anderen Gemälde zu zeigen. Dabei handelt es sich um ein Vexierbild, in dem man aus der einen oder anderen Perspektive entweder einen Affen oder einen Apfel erkennen kann. Asuka erklärt, dass Vexierbilder gerade total angesagt seien, besonders bei Ölgemälden, außerdem vermittele die präferierte Sichtweise Aufschluss über die Psychologie des Betrachters. Alle außer Bodo haben zuerst den Affen gesehen, was zur weiteren Diskussion zwischen Gregor, Bodo und Asuka beiträgt, aber ich bin immer noch mit dem poppigen Vulkangemälde beschäftigt, denke an Naturkatastrophen und an mein schwarzes Loch.

Asuka öffnet eine Vitrine und greift nach vier Weingläsern. Sie schenkt uns schweren Rotwein ein und beginnt eine weitere Geschichte: Sie habe eine Freundin in Osaka gehabt, die zu einem Bewerbungsgespräch auf eine Stelle am Institut für Bildgeschichte an der Universität in Amsterdam eingeladen wurde. Nach ein paar allgemeinen Fragen zu ihren gegenwärtigen Forschungsschwerpunkten wurde sie gefragt, ob sie gerne Alkohol trinke. Die Freundin glaubte, diese Frage professionell zu umschiffen, indem sie vorgab, mit Kollegen zum sozialen Austausch einmal pro Woche in eine edle Pinte zu gehen, wo es sehr guten Rotwein gebe, und von diesem dann ein bis zwei Gläser zu trinken. Hatten die Gesichter der Professoren zu Beginn des Bewerbungsgesprächs kollegial und freundlich geschaut, verfinsterten sich nun ihre Mienen. Kurz darauf wurde sie dann gefragt, ob sie stabil genug sei, dem Druck, der durch Konferenzen, die Lehre, die Publikationen auch Zeit des privaten Lebens in Anspruch nehmen würde, standzuhalten.

Asukas Kollegin beließ es dann nicht bei einem einfachen »Ja« und dem Hinweis darauf, dass sie diese Arbeitsfelder in den letzten Jahren auch gut habe zusammenbringen können. Vielmehr war das Gespräch durch die Alkoholfrage auf eine perfide und vertrauliche Bahn geraten, auf welcher sie andere Erinnerungen an Kneipen- und Cafébesuche streifte. Ehrlich gestand sie den Professoren gegenüber nun ein, dass sie ja schon manchmal mit dem Leben kämpfe.

»Dabei ist das doch gerade eine Voraussetzung für den Wissenschaftsbetrieb«, schließt Asuka ihre Anekdote ab. »Ohne dieses Hadern kann man gar nicht produktiv sein. Der emotionale Zickzack führt oft zu konstruktiven Impulsen!« Sie nimmt einen Schluck Rotwein aus dem Glas, hinter dem sich ihr feines Gesicht verzerrt. »Man kann viel durch Bücher und Texte erklären, aber wenn man es streng betrachtet, entstehen die meisten wissenschaftlichen Forschungen aus persönlichen Launen heraus und sind geleitet von emotionalen Spitzen.« Sie klingt ganz sicher und gibt nach einem weiteren Schluck Wein zu, dass es sich um ihre eigene Bewerbungsgeschichte gehandelt habe. Während Bodo ihre schwarze Mohairpulloverschulter streichelt, tauschen Gregor und ich Blicke des Mitgefühls für Asuka aus.

»Starke Männer mit Stimmungsschwankungen haben es schwer«, fährt sie fort, »aber starke Frauen mit Stimmungsschwankungen haben es noch schwerer.« Sie legt den Kopf schief und stützt ihre Wange an der Öffnung des Glases ab. »Und dann, ein paar Monate später, beim Vorsingen hier in Groningen, habe ich bei den betreffenden Fragen nur noch von grünem Tee gesprochen. Zwar habe ich mich dabei sehr unbehaglich gefühlt, weil ich grünen Tee nicht einmal mag, aber ich bekam die Zusage.«

Asukas Brillengläser sind dick wie die Böden von Whiskygläsern, und ich frage mich laut, wie sie ohne die Dinger überhaupt etwas sieht. »Die hättet ihr gar nicht sehen dürfen.« Schnell zieht sie die Gläser von ihrer Nase, Kontaktlinsen gingen leider nicht, die fühlten sich an wie Pfannkuchen im Auge. Pfannkuchen hin, Kontaktlinsen her, Eitelkeiten von Wissenschaftlern halte ich für völlig unangebracht, Wissenschaftler haben die Aufgabe – und das macht sie schön –, Erkenntnisse zu produzieren und keine Selbstzweifel oder gar Ängste. Aber offenbar bedingt das eine das andere, dafür werden sie bezahlt.

»Gibt es noch einen anderen Beruf, in dem man für seine Ängste bezahlt wird?«, platzt es aus mir heraus.

Gregor prustet: »Angst ist doch längst zur Ware geworden!«

Asuka sieht sich unter Rechtfertigungsdruck: »Hinter der Wissenschaft stehen Hoffnungen, über sich selbst hinauszuwachsen, und das gar nicht individuell, sondern die Menschheit über sich selbst hinauswachsen zu sehen.«

»Durch Angst?«, hakt Gregor nach.

»Nein«, muss Asuka zugeben. »Nein, ich meine wissenschaftliche Theorien. Und schwarze Löcher halten auch keine Erkenntnistheorie über das Leben oder dich sonstwie betreffende Themen bereit, selbst wenn die Wissenschaftler auf der Tagung versuchten, sich das gegenseitig weiszumachen.« Sie nippt an ihrem Glas. »Vielleicht fehlt es insgesamt an empirischer Alltagsforschung, wofür sich die meisten aber zu fein sind.«

Dieser Aspekt ärgert mich, weil Asuka damit mein gegenwärtiges Leben infrage stellt. Ich bin zwar keine Wissenschaftlerin, aber von Alltagsforschung und Angst kann ich ein Lied singen.

»Eigentlich hatte ich gehofft, Ängste könnten erkenntnistheoretisch wertvoll sein«, gebe ich zu.

»Nö«, sagt Gregor, »definitiv nicht!«

Gregors Einspruch aktiviert eine interessante Gedankenkette, die meinem Hirn eine frische Brise verpasst: »Ich möchte gar nicht zu denen gehören, die Angst haben!«

»Hm, das ist gut!« Gregor stößt sein Rotweinglas so fest gegen meins, dass beide fast zerbrechen. Manchmal müssen Menschen anderen Angst machen, um ihnen die Angst zu nehmen, Gregor kann das. Aber sich mit Asuka weiter über das schwarze Loch zu unterhalten, würde keinen Sinn ergeben, auch wenn ich gehofft hatte, von ihr Ideen für dessen Bekämpfung zu bekommen. Vielleicht wird es nie eine Neutralisation geben, gerade könnte ich mit diesem Gedanken leben.

»Du, Asuka, wo ist denn dein Bad?«, frage ich, ich muss zur Toilette und würde danach ganz gerne aufbrechen. Sie zeigt Richtung Flur. Ich stehe auf und spüre das Bier, die Kroketten und den Wein in meinen Gliedern. Das Badezimmer riecht nach gespitzten Buntstiften. Die Klobrille ist glatt und rot wie eine Adzukibohne. Als ich von der Toilette komme, hilft Bodo Gregor schon in seine Jacke, und Asuka hält den Schlüssel der Nachbarwohnung in der Hand. Wir bedanken uns für den schönen Abend und verabreden uns für morgen früh, bevor wir die Wohnungstür nebenan aufschließen. Dort legen wir unsere Taschen auf einem Sessel ab und riechen an der frischen Wäsche des großen Betts, das vor einem gardinenlosen Kastenfenster steht. Wir machen uns bettfertig und schlüpfen unter die angenehm kühle Bettwäsche.

»Wissenschaftler sind durch ihre Forschung auch nicht *mehr* in der Welt als andere«, sagt Gregor, kurz nachdem er das Nachttischlämpchen ausgeknipst hat.

»Ich bin durch mein schwarzes Loch also auch nicht *mehr* in der Welt als andere«, stelle ich fest.

»Hm«, stimmt Gregor zu.

»Trotzdem habe ich das Gefühl, das große Schwarze ist ein Filter, durch den sich meine Perspektive zur Wirklichkeit verändert hat; der Grat zwischen wissenschaftlicher Astronomie, also den allgemeinen Naturwissenschaften, und Esoterik ist schmal. Leute, die an Ebbe und Flut glauben, machen sich über Leute lustig, die ihre Friseurtermine vom Mondkalender abhängig machen. Vielleicht ist durch fiktionalen Verstand ein Bewusstsein unabhängig von Tatbeständen möglich, die wie Kippbilder einmal rational und einmal als irrational beurteilt werden.«

»Ja, die Wahrheit liegt wahrscheinlich irgendwo dazwischen. Ob die Kunst auf der Dekomenta uns da weiterbringt?« Ich höre den Zweifel in Gregors Gähnen. »Schlaf schön, schöne Hildegunde!«

Er weiß genau, dass mir sein künstlerisches Vorhaben in Schranz seit Wochen Magenschmerzen bereitet, aber das Thema ist ab morgen durch. Der Mond scheint durch die Oberlichter auf Gregors Kopf, der wie eine blond behaarte Kugel im Daunenkissen liegt. Er kann überall schlafen, friedlich. Manchmal denke ich, dass er irgendwelche Wellen ausstrahlt, die mich leichter ein- und durchschlafen lassen. Wenn ich meine Nase ganz tief in seinen Nacken stecke, schlummere ich schon nach zehn Minuten weg, aber wahrscheinlich funktioniert das nur in seiner Wohnung. Ich setze mich auf und betrachte den Mond, der sich für heute Nacht zu einer scharfen Sichel geformt hat. Eine Mondsichel war für mich immer schon eine Mondsichel – eine für sich existierende schlanke Form, die im Sonnenlicht vor einem dunklen Hintergrund erstrahlt. Die Konturen sind so deutlich, dass man sie mit einem Bogen Butterbrotpapier an der Fensterscheibe abpausen könnte. Doch seit ich das schwarze Loch besitze, ist eine Mondsichel für mich das, was sie in Wahrheit ist: die Erinnerung an den Schatten der Erde – einer weiteren Kugel, die sich gleichmäßig zwischen Sonne und Mond dreht. Ich bette meinen Kopf dicht neben Gregors. Manchmal wünsche ich mir, ich würde die Mondsichel wieder als Mondsichel sehen – ohne den Schatten. Allmählich döse ich weg.

SARGMENSCHEN

Es ist hell, Gregor liegt immer noch ruhig neben mir, als Bodo uns aus dem Bett klingelt. Im Schlafanzug tappen wir nach nebenan. Bodo und Asuka sind bereits angezogen, sie in einem grauen, seidenen Kleid, das einem edlen Negligé ähnelt. Bodo trägt seit vorgestern seinen Nickipullover, von dem ich bis heute nicht weiß, ob es sich dabei nicht vielleicht doch um ein Schlafanzugoberteil handelt.

Im Vorbeigehen reicht Asuka uns ein Vollkorntoast mit Erdnussbutter, nimmt eine Espressokanne vom Herd und schenkt uns Kaffee ein. Wir essen im Stehen in der offenen Küche, während Asuka rumstehendes Geschirr in die Spülmaschine einräumt.

Auf dem Weg zum Bahnhof lässt uns Asuka für eine Weile auf dem Marktplatz stehen, um sich Zigaretten an einer kleinen Tabakbude zu kaufen. Bodo, Gregor und ich wagen währenddessen einen letzten Blick auf die Groninger Innenstadt. Obwohl der Zweite Weltkrieg sichtbare Wunden hinterlassen hat, wirkt das Stadtbild harmonisch und zuversichtlich. Manchmal vergesse ich, dass noch andere Orte existieren außer der Stadt, in der Bodo, Gregor und ich leben und, na ja, arbeiten. Ohne sie knicke ich ein wie ein schlecht zusammengeschraubter Zollstock. Sie kann es leicht mit den großen Dingen des Lebens aufnehmen, mit dem Tod, mit der Arbeit: Jedenfalls war sie bis vor Kurzem immer dagegen, weshalb mir diese Liebe zu meiner Stadt manchmal selbst unerklärlich war. Sie wird uns von Bewohnern anderer Städte oft zum Vorwurf gemacht; sie, die anderen, müssten für unsere Liebe zur Stadt bezahlen.

»Die Bewohner Groningens gelten als die zufriedensten Menschen in Europa.« Asuka verstaut vier Zigarettenschachteln in ihrer Ledertasche.

»Zufriedenheit is' so ein Wort«, sagt Gregor knapp, während wir dem Marktplatz den Rücken kehren. »Woran möchte man die festmachen? Manche sind mit ihrer Unzufriedenheit zufrieden, und ich möchte mich vielleicht auch nicht mit *irgendeiner* Zufriedenheit zufriedengeben.«

Auch Bodo gibt Asuka zu verstehen, dass er hier, bei ihr, nicht leben könnte: »Suki, wenn ich hier leben müsste, dann würde ich mich lieber umbringen.« Das klingt nicht schmeichelhaft, aber Gregor und ich wissen ungefähr, wie er es meint.

»Eure Stadt ist auch nur die Kulisse für einen Übergangsritus.« Asukas Stimme klingt analytisch.

»Och, ich könnte ewig im Übergang leben«, gibt Bodo zu verstehen. Doch mir schmerzt Asukas Behauptung in der Brust. Übergang klingt so provisorisch, und was, wenn wir wirklich darin stecken bleiben?, frage ich mich, während wir die Treppe zum Bahnsteig hochlaufen. Und falls wir es jemals aus dieser Phase herausschaffen, müssen wir dann alle wegziehen? Asuka hält nur lässig eine runtergerauchte Kippe zwischen Daumen und Zeigefinger. Pudrig wehen die Reste des Staubstängels knapp an der engen Öffnung eines Aschers vorbei, als wir den Bahnsteig erreichen, auf dem unser Zug bereits wartet.

Wir nehmen auf den blau gepolsterten Sitzen um einen Vierertisch Platz, die Pärchen nebeneinander, ich gegenüber Asuka, Gregor vis-à-vis Bodo. Als die Bahn anfährt, kramt Asuka aus ihrer Tasche die Zigaretten der Marke H&G heraus, wie Bauklötze purzeln die vier Schachteln auf die glänzende Tischplatte. H&G steht für »Haggerty und George«, deutsch-irische Zigarettenfabrikanten, die sich vor allem im friesischen Raum populär gemacht haben. Ich fühle mich wie von einer Liebesfee angetippt, als ich die Schachteln mit dem Aufdruck sehe, denn natürlich steht H&G auch für Hildi und Gregor. Wenn heute alles glatt läuft, werde ich von diesen Fluppen später vielleicht auch mal eine kosten.

»Haggerty & George ist zwar nicht gerade meine Marke«, erklärt Asuka, »aber ich dachte, die Vergünstigung lohnt sich heute wirklich.« Sie knibbelt von jedem Päckchen ein rundes Etikett ab und reicht es uns. Auf gelbem Grund steht darauf: »*30 Prozent Rabatt auf eine Tageskarte für die Dekomenta in Schranz*«. Darunter das diesjährige Logo des Festivals, ein kleines Fragezeichen in einem goldenen Bilderrahmen, sowie der fett gedruckte Hinweis, dass Nichtrauchen das Leben um zehn Jahre verlängert. Daneben prangt statt des üblichen Fotos von einer verteerten Lunge eine beinahe bezaubernde Zeichnung eines braunen Sarges.

»Haggerty & George sind seit Kurzem Sponsor der Dekomenta«, erzählt uns Asuka.

Dankend blinzelt Gregor Asuka zu, während wir die kleinen Rabattmarken sorgfältig in unseren Portemonnaies verstauen.

»Davon abgesehen, dass wir als Gregors Begleitung da eh freien Eintritt haben, Suki.« Bodo tippt mit dem Finger auf die Sargzeichnung auf der Zigarettenschachtel: »Meine Eltern sind so Sargmenschen. Sargmenschen fahren nicht selten Mercedes und sind auf Sicherheit aus. Volvo-Fahrer sind zwar auch sicherheitsliebend, aber die lassen sich eher in Urnen begraben.« Er versucht, eine Brücke aus drei Zigarettenpackungen zu bauen. »Ist natürlich auch 'ne Image-Frage, ob man überhaupt das Geld für 'nen Sarg hat.« Er schiebt die vierte Packung H&G in den Hohlraum seines Schachtelbaus. »Aber Sargmenschen haben ganz große Angst um ihre Körper, Angst um ihre *toten* Körper. Ein verbrannter Körper ist zerstört, aber eine Leiche im Sarg bleibt, sie konserviert sich in luftdicht abgeschlossenem Lehmboden peu à peu selbst zu Wachs.«

Asuka schaut irritiert, dann erklärt sie, sie könne die Vorstellung, eine Kremierung sei etwas Zerstörerisches, nicht nachvollziehen. »Als meine Großmutter verstarb ...« Bei der Erwähnung ihrer Oma umgibt Asuka eine lavendelartige Aura: Denn die äußere Erscheinung von Leuten ändert sich mit den Dingen, über die sie reden. Jeden Menschen, der über seine Oma redet, umgibt plötzlich etwas sehr Junges und Leichtes, jedoch nur wenn die betreffende Oma – wie Asukas Großmutter – eine liebevolle Person war.

»Dass sie bald sterben würde, lag nicht in der Luft. Ich hatte sie an ihrem Todestag nachmittags nach der Uni noch besucht. Wir saßen in der Küche, sie zeigte sich etwas besorgt um mich, das fiel mir aber erst im Nachhinein auf. Aber ich bemerkte, dass sie traurig wurde, weil ihr keine Argumente gegen meine studentische Frustration einfielen. Sie streichelte meinen Kopf und bot mir scharfe Reiscracker an, aber wir knabberten nicht, wir rauchten nur, jede von uns zwei Zigaretten. Kurz darauf verabschiedete ich sie an ihrer Wohnungstür, und als ich die neun Etagen herunterlaufe, habe ich das klare Bild unserer vier heruntergerauchten Stummel in dem kleinen, roten Aschenbecher vor Augen. Diese Erinnerung bleibt bis heute. Und ein paar Stunden später, nach einem Anruf einer Nachbarin meiner Großmutter, fuhr ich noch am selben Tag mit der U-Bahn ein weiteres Mal quer durch die gesamte Stadt, zurück zu ihrer Wohnung, um nur noch ihren toten Körper zu sehen. Oma war zufrieden am Küchentisch eingenickt, beide Arme locker auf dem Tisch ausgestreckt, die Wange auf dem Oberarm. Den weißen Dutt hatte sie vorher gelöst, ihre feinen Haare hingen wie Papierstreifen seitlich an ihrem Gesicht herunter, sie strahlte Entspannung und Frische aus nach ihrer dritten Zigarette.« Das wusste Asuka, denn nun habe sie fünf Stummel im Aschenbecher zählen können. Die Mehrheit aller Verstorbenen in Japan werde eingeäschert und das innerhalb von zwei Tagen. Der Körper ihrer Großmutter sei fast noch warm gewesen, als sie ihn abholten und ins Krematorium brachten.

»Die prompte Auflösung des Körpers hatte für mich nichts

Zerstörerisches.« Sie schaut erst zu Bodo, dann in regelmäßigen Abständen zu mir und Gregor. »Die Körperlosigkeit der
Asche half mir über die Trennung hinweg, selbst als die Urne
noch ein paar Tage in meiner Wohnung stand. Und am Tag der
Beisetzung war es, als würden wir einen feinen Stein eingraben,
der meiner Körpermitte entsprang und rausmusste.« Mit den
Fingern der einen Hand fährt sie über den anderen Handrü-
cken.

»Wäre sie in einem Sarg beigesetzt worden, dann hätte ich
die Trennung von ihr vielleicht nicht zulassen wollen, die Vorstellung an ihren unter der Erde gefangenen Körper hätte ich
nicht ertragen.«

»Du darfst mich ruhig verbrennen lassen, wenn's dir dann
leichter fällt.« Bodos Stimme ist sanft.

»Ach, Bodo ...« Asuka stößt ihre Stirn gegen seine, während
Gregor und ich uns genervt anschauen.

»Bodo«, wendet Gregor ein, »ich würde dich eigentlich schon
als einen dieser Sargmenschen charakterisieren.«

Damit hat Gregor recht, Bodo braucht viel Raum, selbst wenn
er tot ist, wird er sich nicht mit einer kleinen Urne abspeisen
lassen. Aber wenn er Asuka gegenüber betont, dass sie ihn verbrennen lassen darf, dann nehme ich ihm das sogar ab. Er mag
mehr als zehn Jahre jünger sein als Asuka, aber es verwundert
uns nicht, dass es für ihn auf der Hand liegt, dass er vor ihr ab-
treten wird. Und auch Asuka erwidert nichts, was gegen diese
Vermutung spräche.

»Du wirst als zarter Schmetterling wiedergeboren«, flüstert
sie Bodo so laut zu, dass wir alle es hören können. Vielleicht hat
sie sogar recht.

»Alter Falter, glaubst du an Reinkarnation?«, fragt Bodo hoff-
nungsvoll.

»Nein, aber meine Mutter! Als ich meine Oma nach meiner

ersten Zigarette fragte, ich war gerade zwölf geworden, da war meine Mutter fest davon überzeugt, ich sei die Reinkarnation ihrer Oma, also meiner Urgroßmutter, die war nämlich harte Kettenraucherin. Meine Mutter schien es fast zu begrüßen, dass ich so früh mit dem Rauchen anfing.«

Schön, dass Asuka und Bodo so viele Laster miteinander teilen, ich freu mich richtig für die beiden, selbst wenn mir das langsam genug Endzeitstimmung ist. Doch Bodo legt jetzt erst richtig los und hebt eine Dose Cola in die Höhe: »Ein Hoch auf den Tod!«, ruft er. »Ohne Gevatter Tod gäbe es keine Musik, keine schönen Dinge.« Er streicht sich mit einer Hand über den Bauch. »Keine Nickipullover, und nicht zu vergessen: keine Parkas und auch nicht den Parka-Trieb, also das starke Bedürfnis, vor dem Ableben einen schönen Parka zu besitzen.« Bodo setzt die Dose zurück auf den Tisch.

»In die wahrhafte Bredouille kommen wir alle erst dann«, fährt er fort, »wenn wir zwischen der Endlichkeit und der Ewigkeit wählen könnten: Unvorstellbare Diskussionen entstünden.« »Wahrlich, wahrlich!« Gregor stimmt ein. »Studenten würden sich in der Mensa nicht mehr darüber unterhalten, ob sie Master oder Bachelor machen werden. Sie würden sich stattdessen fragen: ›Und? Hast du dich für die Ewigkeit entschieden, oder biste eher so fürs Sterben?‹«

»Grundschüler müssten Erörterungen zum Thema ›Pro/contra Ewigkeit‹ verfassen«, spinnt Bodo weiter.

»Die Sache mit der Ewigkeit würde zu einem Statussymbol verkommen, das sich noch lange nicht alle leisten könnten. Einen imposanten Katalog an Konflikten würde dies heraufbeschwören«, sage ich.

»Logisch ist Endlichkeit viel besser«, argumentiert Bodo. »Der Tod als verlässlicher Vertreter der Endlichkeit ist schon eine Vertrauen einflößende und bodenständige Sache, mit einem demokratischen Impetus, sofern er nicht durch Gewalt ausgelöst wurde.«

Ich glaube, ich habe für heute meine Angst vor dem Tod verloren. Auch meine Befürchtungen in Bezug auf das schwarze Loch verflüchtigen sich gerade. Aber selbst einmal zu sterben, also mich selbst zu verlieren, ist etwas anderes, als meine Freunde zu verlieren.

Bald darauf fährt der Zug im Bahnhof in Schranz ein, wo es in Strömen regnet. Asuka zieht einen kleinen Regenschirm aus ihrer Tasche.

»Der ist ja noch kleiner als mein Penis!«, beschreibt Bodo den Schirm, der aufgespannt zu einem großen Baldachin wird, unter dem wir alle Platz haben. Accessoires sind Körperteile und umgekehrt.

DIE DEKOMENTA IN SCHRANZ

Das Hauptgebäude des Festivals sehen wir schon von Weitem: eine Kunsthalle, die einem dunklen Bunker ähnelt, ein schwarzer Kasten, von dem man nicht annimmt, dass er im Innern hohl sein könnte. Der Regen gleitet lautlos an seiner Fassade ab. Die Eingangshalle ist ein heller Raum, die Stimmen der Festivalbesucher reflektieren von den hohen Wänden. Um die weiße Theke mit den beiden Kassen steht in bunten Regenjacken eine Schülergruppe, die den Geruch von stockigen Jeans verbreitet. Aus den Ausstellungsräumen zieht es muffig und abgestanden – der Geruch von ungelüfteten Lagerräumen mit zu viel Teppichboden und Spanplatten. Immer mehr Senioren treten in die Halle: Zweierpärchen in Beige, Kiwi und Brombeer. Ich halte Gregor fest an der Hand, der zieht mich vor zur Kasse.

»Tageskarte. Universitätsprofessoren: 5 Euro. Arbeitslose: 15 Euro, ausgenommen H&G-Gutschein«, liest er von einem Schild ab. Dann wendet er sich selbstbewusst an die Kassenfrau: »Ich bin ausstellender Künstler des Festivals, Gregor Yavuz Uhlmann.«

Die Frau meint, er solle mit uns vorn an der Treppe warten. Kurz darauf kommt Chefkurator Karel Niemietzki die Treppe hinab, mit großen Bewegungen winkt er uns zu, dass die weiten Ärmel wehen; ein hagerer Mann Mitte fünfzig, seine grauen Haare in einem Kupferton gefärbt, der sich in dem militanten Platanenmusterprint seiner aus Popeline gefertigten Hemdjacke wiederfindet, dazu trägt er Röhrenjeans, im Domestos-Stil gebleicht.

Gregor sucht den Blick Niemietzkis, löst sich von mir und schlägt in die Hand des Kurators ein.

»Herr Uhlmann, schön, nun endlich mal in persona«, sagt dieser zur Begrüßung. »Wir wollen nicht so viel Zeit verlieren.«

Wir folgen ihm die Treppe hinauf in die Kunstabteilung »*New*

Urban Nostalgia«, so steht es auf einem Schild. Neben einer gerahmten Collage aus alten Stadtplänen und der digitalen Reproduktion derselben auf einem schmalen Bildschirm befindet sich eine Geruchsinstallation: eine Vorrichtung ähnlich der an einer Nebelmaschine, die auf Knopfdruck die zehn beliebtesten Streetfoods der Welt olfaktorisch abbildet.

»Essen ist soft power.« Asuka versteht sofort.

»Genau, Essen zieht kulturelle Grenzen und hebt sie wieder auf.« Niemietzki drückt einen roten Knopf und hüllt uns in eine Wolke aus frisch gebratenen Falafel.

»Kleine Spielereien, von so was lebt unser Festival dieses Jahr. Jetzt endlich zu Ihrem Werk, Gregor Yavuz!« Er zeigt zu einem Eingang, der durch einen Vorhang verdeckt ist, hinter dem gerade zwei gleichaltrige Frauen mit lackierten Zehennägeln in feinen Riemensandalen hervortreten. Die beiden unterhalten sich so laut, dass wir mithören können, nasales Englisch, ich tippe auf Australierinnen, und bin gespannt, was die beiden zu Gregors Installation zu sagen haben: »Well, urban black holes, interesting work, navel-gazing entertainment, both meditative and restless«, sagt die eine Frau.

»Dystopia versus utopia«, sagt die andere.

»It's not utopia, utopia is always somewhere else, you can't live in utopia, but *they* do!«

»Okay, they live as if there is no future, d'you agree?«, schlägt sie vor und lacht.

»Utopia« und »no future« – was hat diese Punkattitüde mit meinem schwarzen Loch und der Installation zu tun?, frage ich mich. Aber immerhin haben die Damen kein Unglück erwähnt.

Die Frauen küssen sich und verlassen diese Kunstsektion.

»Offenbar hat den Damen Ihre Arbeit gefallen«, kommentiert Niemietzki nur und zieht den Vorhang zurück: »Hereinspaziert.«

Wir schlüpfen in den stickigen Ausstellungsraum. An der langen Seite flimmern vierundzwanzig Fernsehapparate, in sechs mal vier Reihen übereinandergestapelt, Monitorwaben, die zusammengenommen wie eine große Kinoleinwand den dunklen Raum erhellen.

Die Apparate ähneln dem Modell, das in Bodos Flur steht, und auch die Motive zeigen Vertrautes: Die schwarz-weißen Sequenzen aus meinem Schlafwohnzimmer, Aufnahmen der Kontrollkamera in meiner Wohnung, Szenen aus unterschiedlichen Zeiträumen. Der Fokus liegt auf dem selbst gebastelten Gravitationsmessgerät, dem Kartonstreifen, der als grauer Strich deutlich zu erkennen ist. Und auf jedem Monitor wiederholt sich die einzelne Szene nach etwa zwei Minuten in einer Loopschleife.

Ein mustergültiges Déjà-vu, es ist kaum auszuhalten, Bodo, Gregor und ich vor meiner Staubwand auf den Bildschirmen. Dass meine beiden Freunde telegene Typen sind, wusste ich ja schon vorher, aber diese Inszenierung hier toppt alles, was ich je von ihnen gesehen habe: »Schlimmer, als sich Familienfotos anzuschauen!«

Bodo hat sein staubspinnendes Abbild auf einem Bildschirm entdeckt: »Ist das die Fortsetzung von ›Narzissmus 2016‹?«

»Vielleicht etwas ausgeklügelter als das«, erklärt Gregor.

Auf einem Monitor ist Gregors Gesicht zu sehen, Close-up, im Hintergrund stehe ich, an die Staubwand gelehnt. Bodo klopft gegen den Bildschirm: »Da steigt er mal wieder auf den Hocker, um die Kamera auszuschalten.«

»Na, und ich komm rüber wie die Mama, die ihre Kindergartenkinder nach der Arbeit abholt«, stelle ich fest. Die einzelnen Loops mögen unterhaltsam sein und zusammengenommen einen verspielten Querschnitt unserer Praktiken abbilden. Aber irgendwie wirkt alles so verkürzt, eher etwas lächerlich. Doch Asuka scheint es zu gefallen: »Jetzt kann ich mir das endlich vorstellen, wie ihr dort gearbeitet habt.« Sie tippt auf einen Bildschirm mit einer Szene, in der Bodo gerade Zigarettenpause macht: Er ascht vor sich hin, schaut der Asche hinterher, die blitzartig in der Staubwand verschwindet, blickt aus dem Fenster, setzt sich aufs Fensterbrett, und dann beginnt der Loop mit dem vor sich hin aschenden Bodo von Neuem.

Bei vierundzwanzig loopenden Filmchen kann ich den Blick nur schwer auf eine Szene fokussieren, die Installation macht mich unruhig. »Die Reproduktion der vergangenen Zeiten ist ja ganz nett«, sage ich. »Aber mich würde auch wirklich interessieren, was *jetzt* gerade passiert!«

»Schauen Sie hier.« Mit einem lauten Kloink klopft Niemietzki auf den Bildschirm, der sich in der untersten Reihe ganz rechts befindet. »Dieser Bildschirm ist der Livestream, aber aufgrund der analogen Technik hier ein paar Sekunden verzögert.«

Auf einer darunter angebrachten Digitalanzeige poppen im Wechsel das heutige Datum und die aktuelle Uhrzeit in rot leuchtenden Zahlen auf. »Dieser Monitor zeigt die aktuellen Aufnahmen des Wohnschlafzimmers. Alles in Ordnung, kein Grund zur Panik! Hier hast du es, schwarz auf weiß«, beruhigt mich Gregor.

Tatsächlich, gerade scheint alles unauffällig, der Kartonstreifen hängt im rechten Winkel von der Wohnschlafzimmerdecke herab. Mir fällt ein grau verkleisterter Pappmascheebrocken vom Herzen. Vielleicht kann man das schwarze Loch in Zukunft doch länger mal allein lassen, vielleicht wird doch irgendwann alles gut, vielleicht setzt doch irgendwann Vollroutine ein, und regelmäßige Kontrollbesuche lassen das Loch in Vergessenheit geraten.

»Irgendwie sieht die Digitalanzeige unter dem Echtzeitmonitor aus wie 'n Display von 'ner Zeitbombe«, kommentiert Bodo. »Apropos, gibt's eigentlich auch Aufnahmen vom Ausbruch mit der Zerstörung des Spinnrads?«

»Nein, die hab ich rausgenommen, konnte ich mir selbst nicht mehr anschauen«, erklärt Gregor. »Die triggern zu sehr, und auf so einen Effekt war ich nicht aus.«

»Und, Herr Uhlmann«, fragt Niemietzki dann, »haben wir die Arbeit Ihren Vorstellungen entsprechend dargestellt?« Er deutet auf den Beschreibungstext zur Installation, der auf einem DIN-A4-Zettel an der Wand hängt.

Gregor nickt unsicher, während Bodo beginnt, den Text vorzulesen: »*New urban nostalgia. Everyday life with a black hole. In der halbdokumentarischen Arbeit zeigt der Künstler Gregor Yavuz Uhlmann das Leben und die alltägliche Arbeit an einem schwarzen Loch.*«

Den darauffolgenden Absatz intoniert Bodo spöttelnd mit gregorianischem Stimmchen: »*Die im Raum des Geschehens befindlichen Akteure drehen keine Pirouetten, vielmehr entschleunigen die besonnenen Tätigkeiten, die hier in szenischen Loops dargestellt werden, den städtischen Alltag vor einer bedrohlichen Staubwand, ein spielerischer Prozess in einer städtischen Staubspinnerei in einem urbanen Ökosystem. Das schwarze Loch hinter der Wand, ein dunkler Katalysator für und gegen die Praktiken eines Milieus, das sich, angepasst an die Umgebung, einrichtet und entfaltet.*« Bodo holt kurz Luft. »Spiel. Spannung. Schokolade. Text-Bildschirm-Schere, wer hat sich denn *diesen* Text ausgedacht?«

»Das klingt ja fast wie ein Text der Band *Kefir*«, finde ich. Zwischen Diskurspop und Kunsttext liegt wohl nur eine Handbreit.

»Ist nicht von mir«, entschuldigt sich Gregor.

»Na, diese urban-environmentalistische Note hätte man sich aber auch sparen können!« Bodo überfliegt noch einmal den Erklärtext. »Wir kommen ja rüber wie kleine Tierchen; so kleine Frösche, die sich im heißesten Sommer der Stadt nach der vergeblichen Suche nach Pfützen gemütlich in den milchigen Kaffeeresten weggeworfener To-go-Becher einrichten.«

»Sind wir ja auch irgendwie«, sagt Gregor matt.

»Na, sehen Sie's mal nicht so eng.« Niemietzki wendet sich

an Bodo: »Letztlich ist ja alles viel komplexer, Herr Uhlmanns Installation ist ja immer noch auch eine intermediale Skulptur«, erklärt er seine kuratorische Vision. »You can touch the displays but nothing will happen. Wir sagen den Besuchern, dass sie die Bildschirme berühren können, aber nichts passiert. Ganz anders als die Erfahrung mit herkömmlichen, gegenwärtigen Medien. Genau wie die alten Bildschirme ist die darauf abgebildete Zeit vergangen, die Freundschaften dagegen sind langsam und echt. Die Besucher erleben moderne und mediale Nostalgie, die Trauer um den Verlust der vergangenen Zeit, die nicht wiederhergestellt werden kann.« Asuka nickt zustimmend.

Manchmal wünschte ich mir, die Leute würden an den richtigen Stellen aufhören zu sprechen, aber Niemietzki hat sich jetzt erst richtig heiß geredet: »Freundschaften sind passé, wenn sie einmal auf Bildschirmen abliefen, dadurch werden sie dehumanisiert. Freundschaften sind zerbrechliche Gebilde – vor allem vor dem Hintergrund des schwarzen Lochs.«

Dass unsere Arbeit und unsere Freundschaft Hauptgegenstand seiner kuratorischen Sichtweise ist, gefällt mir nicht. Aber noch mehr missfällt mir der willkürliche Umgang mit dem schwarzen Loch! Dass sich Leute wie Niemietzki das Recht herausnehmen, darüber zu schreiben oder zu reden, obwohl sie noch nie direkte Berührungspunkte damit hatten. Ich glaube auch nicht, dass Niemietzki Gregors Installation jemals ernst genommen hat.

»Was ist mit dem Echtzeitmonitor passiert?!« Gregor zeigt auf den Bildschirm unten rechts. Er ist schwarz, auch die Digitalanzeige zeigt nur noch 00:00.

»Können Sie den wieder anmachen?« Ich spüre mein Herz rasen.

»Da muss was mit dem Kabel sein.« Niemietzki bleibt entspannt. Das schwarze Bild auf dem Monitor wechselt zu weißgrau flimmerndem Schnee, und Gregor verschwindet hinter die

Bildschirmskulptur, um die dazugehörigen Anschlüsse zu überprüfen. »Das ist nicht wegen des Kabels, der Livestream läuft 1A, es wird nur kein Bildmaterial mehr gesendet, weil die Kamera daheim nichts mehr aufzeichnet!«, ruft er uns zu.

»Hast du nicht immer eine Minute des Streams zwischengespeichert? Geh doch mal zurück zum letzten Bild«, schlägt Bodo vor.

Als Gregor uns die letzten noch sichtbaren zehn Sekunden in Zeitlupe abspielt, zeigt uns der Kontrollbildschirm folgendes Szenario: Der Pappstreifen gerät innerhalb einer Zehntelsekunde von der senkrechten in die waagrechte Position, wird schließlich von der Decke gerissen und an die Wand gesaugt, wo er unter der Staubschicht verschwindet, dann beginnt das Bild zu wackeln.

»Offenbar hat sich dann die Kamera aus der Verankerung gelöst. Da!« Gregor hält das Bild an: »Da sieht man genau, wie sie sich im Affenzahn auf die Wand zubewegt, die Kamera muss quer durch den Raum geflogen sein.« Gregor lässt den Film noch langsamer abspielen und stoppt bei einem Bild, auf welchem der Staub in Großaufnahme zu sehen ist. »Und hier, die Kamera face to face mit der Staubwand!« Die nächste Aufnahme zeigt den schwarzen Bildschirm.

Das schwarze Loch ist ausgebrochen! Wie groß der Schaden diesmal ist? Ich weiß es nicht.

Gregor drückt meine Hand, so fest hat er sie noch nie gedrückt: »Es tut mir leid.«

Ich weiß nicht genau, weshalb und wofür er sich entschuldigt. Dafür, dass das schwarze Loch wieder ausgebrochen ist, oder dafür, dass er durch seine Installation unser Privatleben offengelegt hat. Vielleicht für beides, und vielleicht hängt auch beides zusammen.

»The future will not be televised, the future will be live!«, kommentiert Bodo fast lässig, als hätte er nur auf so eine Katastrophe gewartet, dann brummt sein Smartphone. »Aurelia hat mir eine SMS geschrieben«, erklärt er mit einem Blick aufs rote Telefon. »Sie schreibt: *Hildi soll sofort nach Hause kommen! Es ist was mit ihrer Wohnung! Ida und Schuschi sind zum Glück in Sicherheit! Polizei war auch schon da.*«

»Polizei *war* da? *Ist* sie noch da?« Ich springe auf: »Ich meine, *existiert* sie noch?« Es ist das erste Mal, dass ich mir Sorgen um die Unversehrtheit der Polizei mache. »Hat vielleicht nur Aurelias Handy überlebt?«

»Schuschi und Ida sind in Sicherheit«, wiederholt Bodo, »Polizei, ist doch egal!«, sagt er.

Jetzt brülle ich ihn an, dass er Aurelia sofort zurückrufen soll. Langsam tippt er auf seinem Smartphone herum, stellt den Lautsprecher an und hält es an sein Ohr.

Mucksmäuschenstill lauschen wir alle dem Freizeichen, fünfmal, dann eine flötende Erkennungsmelodie von Aurelias Telefonanbieter und eine weibliche Computerstimme, die uns darüber informiert, dass die Person mit der Nummer 0176-Schallallahllah gerade nicht erreichbar sei.

»Ihr Akku ist vermutlich mal wieder alle, die hat so'n olles Ding, sie nutzt das auch nur selten«, mutmaßt Bodo, aber sehr überzeugend klingt er nicht. »Aber besser als gar kein Handy, Hildi!«, fügt er hinzu. »Sonst hätte sie ja auch direkt dich anwählen können!«

Es könne ja nicht so schlimm sein, wenn Aurelia ihr Handy ausgestellt habe, versucht Asuka, mich zu beruhigen.

»Ausgestellt?« Gregor verliert die Beherrschung. »Vielleicht ist diese Nachricht der beste Beweis dafür, dass Aurelias Handy zerstört wurde.«

Asuka nickt und sagt, sie komme mit, wir müssten uns jetzt beeilen, die nächste Regionalbahn zu bekommen, die komme alle drei Stunden.

ARSCHBOMBEN INS NIRGENDWO

Der Ausbruch des schwarzen Lochs, so erzählen Bewohner, war die größte Naturkatastrophe, die die Stadt je heimsuchte, zum Glück ohne Todesopfer. Singdrosseln, die an diesem Spätsommernachmittag in Schwärmen um die Türme des Krankmorter Tors kreisten, traf es mitten in der Luft. Wie ferngesteuerte Steine wurden sie durch die Luft geschleudert Richtung Norden und schlugen einen Moment später auf einer beschädigten Hausfassade nahe der Rosakarlstraße auf, wo sie wie lautlose Glöckchen klebten, sich in ihrer Not kreischend wanden.

Ein Hurrikan gilt als Angriff auf die Menschheit, Kategorie 5, sehr gefährlich, aber er trägt einen Namen, Irma, Katja, José oder Sebastian. Mit einer vermenschlichten Naturkatastrophe können die Leute etwas anfangen. Aber ein schwarzes Loch wirbelt nicht einfach, es zwirbelt nicht, es zwiebelt, in unvorstellbar irrwitzigen Geschwindigkeiten rast es durchs All oder dreht sich in irdischen Badezimmern. Seine Folgen ähneln denen des Klimawandels, werden die Zeitungen in zwei Tagen vermelden, einem Klima ohne Spielregeln. Doch der Kampf der Vereinten Nationen gegen den globalen Temperaturanstieg hilft vor schwarzen Löchern nicht.

Am sonst so saftigen Speckgürtel der Stadt ereigneten sich an diesem Tag spektakuläre Bilder, die man sonst nur in westeuropäischen Reportagen über die Subsahara-Region zu sehen bekommt: Am weißen See und am schwarzen See herrschte von jetzt auf gleich totale Trockenheit. Den allmählichen Prozess, die sukzessive Verdunstung des Standgewässers, kannte man von tropischen Sommern, in denen aufgrund des niedrigen Wasserstands Kinderschwimmkurse ausfallen mussten. An diesem Tag war der See innerhalb eines kurzen Moments verschwunden. Es geschah von oben, wie durch einen Strohhalm bohrte sich eine Böe auf den Boden des Gewässers, sog das Was-

ser mit einem einzigen Zug zu sich und formte feine Tröpfchen zu einer grauen Wolke.

Zuvor waren ein paar Jugendliche in hochgekrempelten Jeans noch heiter an den Uferböschungen entlanggewatet und hatten sich gegenseitig mit Froschlaich beworfen. Ein Mädchen hatte eine Arschbombe gewagt, mit einem Snoopy-Top, und nur einen Wimpernschlag später landete sie auf knochentrockenem Lehm, sodass sie laut aufschrie. Ein Junge lief ihr hinterher, seine Füße rasten über den aufgeplatzten Boden, darüber pralle Waden mit simplen Tätowierungen: Notenschlüssel und Fähnchen auf Notenköpfchen, spiegelverkehrt eingraviert. Der Junge half ihr auf und schaute in ihr siebzehnjähriges Gesicht, die Sonnenmilch bröckelte in ranzigen Klumpen herab. Begeistert und entsetzt liefen sie über den zerfurchten, scharfkantigen Seeboden zurück zu den anderen. »Raus auf den Beton!«, schrie das Mädchen, während sie in ihre Flipflops rutschte. Die anderen waren schon auf dem Weg zum Parkplatz.

Im Hintergrund der angrenzende Wald, noch standen die Bäume fest verwurzelt, bis es die Blätter wie unter Strom Richtung Himmel zog, die Äste senkrecht wie Gabelzinken, und da schnellten die Wurzelballen raketengleich aus der Erde. Sie gaben trockene Erdlöcher frei, die Wurzeln ausgefranste, Fratzen, aus denen der Sand rieselte, die Nährstoffaufnahme war unterbrochen. Der erste Baum kippte zur Seite, auf einen zweiten, der auf einen dritten kippte.

»Schaut, die Bäume!« Das Mädchen rannte, unter ihren Latschen wirbelte der staubige Sand auf. Die anderen schauten nicht zurück, sie hörten nur das trockene Holz und die Bäume, die wie Dominosteine hintereinander zusammenfielen.

Ein schwarzes Loch ist kein Hurrikan, es hat kein Auge, und bis heute stand kein Mensch einem schwarzen Loch vis-à-vis. Dabei wird das kreisrunde Zentrum des Lochs mit einer Pupille verglichen: finsterer als eine Sonnenfinsternis. Von diesem Zentrum geht die Gefahr aus bis zum Ereignishorizont. Fotorealistische Abbildungen von schwarzen Löchern sind zu abstrakt, als dass man aus ihnen schlau wird: Sie erinnern an Faltenwürfe in einem Umhang aus Pannesamt oder an Hautfalten um das Schultergelenk eines Nilpferds. Ein Floh, der sich darin festsetzt, verschwindet für immer, der Floh ist die Erde – oder die Umgebung um die Rosakarlstraße.

Die Anwohner hatten gesehen, wie eine gelbe Flüssigkeit durch eine Luftsäule aus dem kleinen Kellerfenster des Superlochs herausgesaugt wurde, hinter dem die Kollektivmitglieder für gewöhnlich Bier brauten. Während sie beobachteten, wie sich knapp über den Hausdächern eine gelbe Wolke bildete – zweifellos roch sie nach Bier! –, begannen sie, ihre Badewannen aufzufüllen. Im Radio war die Rede von möglichem Wassermangel gewesen. Vorsichtshalber sollten die Wannen mit Frischhaltefolie abgedeckt werden, damit das Wasser in den nächsten Tagen nicht noch verdunstete. Die Polizisten in Hubschraubern drehten ihre Runden über den Straßen der Innenstadtbezirke, und die restliche Bevölkerung teilte sich über Apps mit, dass sie in Sicherheit war, denn eigentlich waren doch alle in Sicherheit.

Einige Vertreter der internationalen Immobilienunion bewahrten die Contenance. Aus der Schweiz, den skandinavischen Mitgliedsstaaten, aus den Niederlanden und Luxemburg (aus der Türkei konnte leider niemand kommen) waren sie schnellstmöglich angereist, da sie von der Katastrophe gehört hatten, die die Gegend um die Rosakarlstraße und ihr Prestigeobjekt der Begierde so sehr in Mitleidenschaft gezogen hatte, dass sie endlich zuschlagen konnten: »Das Loch, eine Jugendstilwäscherei, die ein enthusiastisches Künstlerkollektiv vor vielen Jahren zur größten Clubikone aller Zeiten umgebaut hatte.« Sie hatten sich versammelt wie das Musikkorps eines kosmopolitischen Schützenvereins, nur ohne Blasinstrumente und ohne Federhüte, und lehnten am rostigen Geländer des Kellereingangs zum Das Loch.

»Ich biete drei Millionen Schweizer Franken.« Peter Wyss, der nach seiner Kündigung bei der ZHI zum Gesellschafter einer Investment-Holding wurde, hielt seine Hand in die Höhe: »Immobilien sind für uns mehr als nur ein Investment. Architektur, Ästhetik und Kunst interessieren uns ebenso wie der Cashflow.«

Das gemeinsame Ziel, das alle internationalen Vermögensvertreter einte: der Aufbau eines vielfältigen Immobilienportfolios, privatisiert, mit charaktervollen Bauten.

Auf der vierstündigen Zugfahrt hat es immer wieder hektische Durchsagen der Schaffnerin gegeben, von ausgetrockneten Seen in der Vorstadt war die Rede, von allgemeiner Dürre und unheimlichen braunen Vogelschwärmen. Wie groß das Ausmaß der unerklärlichen Katastrophe sei, könne man zu diesem Zeitpunkt noch nicht sagen. Der Zug halte zwar am Haupt- und Ostbahnhof, doch solle man hier lieber nicht aussteigen. Den Reisenden wurde deshalb nahegelegt, die Bahn bis zur Entwarnung nicht zu verlassen und die Stadt stattdessen zu durchqueren, Tickets behielten ohne Aufpreis ihre Gültigkeit. »Auf Ihr eigenes Risiko«, warnt uns die Schaffnerin, als wir am Ostbahnhof aus dem Zug steigen wollen. »Ich *muss* hier raus«, sage ich nur. »Ich trage die Verantwortung!« »Stapeln Sie mal nicht so hoch«, ruft sie uns hinterher, bevor sich die Tür zischend hinter uns schließt und wir Richtung Bushaltestelle hetzen. Mein Blick fällt als Erstes auf den verdorrten Löwenzahn zwischen den Bodenplatten. Ob wir je wieder saftigen Löwenzahn ernten werden?

Fassungslos schauen wir auf die umgestürzten Bäume, die auf dem Bahnhofsvorplatz liegen wie riesige, leblose Tierkörper nach dem erfolgreichen Einsatz eines Kammerjägers.

Da schallt uns lautes Gegröle von einer Gruppe Partypeople entgegen. Sie tragen Bluetooth-Boxen bei sich, die ihren Gesang mit harten, elektronischen Schlägen untermalen: »Das *Superloch* is' explodiert, Bierfässer rauskatapultiert, um uns herum nur Dunkelheit, die ha'm kein Geld für Discolight, wir tanzen unser'n Widerstand, die Stadt is' außer Rand und Band.« Einer von ihnen hält eine Dose in der Hand, aus der er die euphorisierten Gesichter der anderen silbern besprüht.

»Hey, Rauleder, altes Haus! Kommst 'n bisschen spät!« Einer hat Bodo erkannt und möchte eine Unterhaltung anzetteln. Doch Gregor zerrt Bodo am Ärmel, der Linienbus kommt. Immer wieder muss der Bus umgefallenen Bäumen ausweichen, die den Weg versperren. Zugmaschinen haben bereits begonnen, die Bäume von den Straßen zu ziehen. Kräne versuchen, einzelne Bäume wieder aufzurichten, während Einsatzkräfte Erdlöcher zuschaufeln. Ich schaue durch die Scheiben wie durch einen Guckkasten, da draußen fährt gerade die Realität an mir vorbei.

»Die Bäume sind dahin«, meint Bodo. »Die brauchen sich nicht die Mühe geben, die wieder aufzustellen. Die können kein Wasser mehr aufnehmen, das sieht man doch an den Wurzeln. Die kann man wegwerfen!« Die anderen Buspassagiere, die bis dahin neugierig aus den Fenstern geblickt haben, sind von Bodos Urteil schockiert, ihre Gesten wechseln zwischen Nicken und Kopfschütteln, doch keiner sagt etwas dazu.

Ich habe mich an den trostlosen Anblick beinahe gewöhnt, als wir an der Haltestelle in der Nähe der Tankstelle am unteren Ende meiner Straße aussteigen. Ich vermisse den angenehmen, betäubenden Duft der Zapfsäulen. Er wird von einem penetranten Geruchsgemisch aus Bier und fauligem Tümpelwasser übertüncht. Meine geliebten Haselbäume liegen auf dem Gehweg, ein paarmal müssen wir unsere Füße anheben, um über die Stämme zu steigen. Wie von selbst setzen wir die Füße voreinander, als ob wir gegangen *werden*; es herrscht kein Rückenwind, es ist ein Sog, der uns von vorne zu sich hinzieht, und dieser erinnert mich an die Kräfte, die ich in der langen Nacht der offenen Bäder gespürt habe, eine flirrende Spannung liegt in der Luft. Wären wir nur früher aus Groningen heimgekehrt! Von Weitem sehen wir die rot-weißen Absperrungen vor meinem Haus, auf dem Bürgersteig tummelt sich eine Gruppe von Einsatzkräften mit Schutzhelmen und schwarzen Westen, die Straße wird von zwei Polizeiwannen blockiert. Als mein Blick auf die Fassade fällt, sehe ich einen braunen Vogelschwarm, der sich gerade wie ein sich abrollender Teppich von der Hausfassade löst und in die Lüfte schwingt, in den Süden.

»Sicherheitszone«, plärrt ein Einsatzpolizist viel zu laut durch ein Megafon. »Bitte nutzen Sie die andere Straßenseite!« Ich erwidere, dass ich hier wohne, doch die Einsatzkräfte versuchen, uns vom Bürgersteig zu drängen. In Bodos Schatten bahnen wir uns einen Weg durch die Menge, um den Schaden näher zu begutachten. Ein größerer Teil der Fassade meines Hauses ist abgeplatzt und liegt auf dem Gehweg. Am stärksten sind die Schäden auf Höhe meines Badezimmers. An der offenen Stelle des Putzes schimmert Backstein wie rohes Fleisch durch, sandiger Putz rieselt aus der Furche. Asuka und Gregor kehren mit ihren Füßen den Putz, der auf den nicht abgesperrten Teil des Bürgersteigs geraten ist, in die Sicherheitszone. »Nicht weitergehen!«, warnt das Megafon, doch Bodo ist schon unter dem Absperrband hindurchgekrochen und überprüft die Verputzung, indem er mit beiden Händen darüberstreicht. Dann beginnt er seine Finger in einen noch unbeschädigten Teil der Fassade zu graben, sodass sich eine kleine Mulde bildet. Immer mehr Putz bröselt hinter seiner Hand auf den Boden, nun kommt auch hier der blanke Ziegel zum Vorschein. Ein Polizist möchte mich noch zurückhalten, aber ich hechte über die Absperrung und greife mit beiden Händen Bodos Oberarm: »Hör auf, weiter da rumzupulen!« Gregor und Asuka pflichten mir bei. Bodo streckt seinen

Arm nach mir aus und lässt vor meiner Nase Putz aus seinen Fingern rieseln, als würde er einen großen Eintopf würzen.

»Altbauten sind das Salz in der Suppe des Immobilienmarktes«, sagt er. »Manchmal denke ich, das schwarze Loch soll dich hier nur rausekeln!«

Immer noch läuft der Sand aus der beschädigten Fassade wie Blut aus einer klaffenden Wunde, immer noch halte ich Bodos Arm, während mein Haus langsam ausblutet. Das Gebrüll der Polizisten versuche ich auszublenden, Bodo und ich stehen im Zentrum der grölenden Einsatzkräfte. Mutig schaue ich in Bodos Augen: »Vielleicht hat das große Schwarze in meinem Badezimmer sogar ein schlagendes Herz.« Ich hasse mich dafür, dass ich ihm gegenüber sentimentales Zeug von mir gebe, aber ich kann gerade nicht anders. Die Bäume der Stadt mögen entwurzelt auf den Bürgersteigen liegen, die Seen in den Vorstädten vertrocknet sein, aber immer wäre ich in Gedanken bei meinen beiden Freunden.

Gregor und Asuka brechen ihre Kehrarbeiten ab, und ich spüre, wie sie schräg zu uns rüberschauen. Bodo grinst mich komisch an, ich habe keine Lust, Bodo hier hinter rot-weißen Absperrungen meine unkörperliche Zuneigung zu gestehen, aber ich habe noch nicht genug gesagt: »Du denkst zu simpel! Es ist immer einfach, alles auf das schwarze Loch zu schieben, aber vielleicht bist du selbst das schwarze Loch, vielleicht bin ich das Loch, vielleicht ist es Gregor, vielleicht Asuka, vielleicht ist *DJ Hole-Head* das schwarze Loch, vielleicht Hans Lund, vielleicht sind wir es alle!«

Der Kampf mit Bodos Oberarm hat mich geschwächt, ich lasse von ihm ab, und gemeinsam mit Asuka und Gregor drängle ich mich durch die Einsatztruppe und betrete das Haus. »Asuka, bring mir den Parka mit, liegt in der blauen Tüte im Flur!«, hören wir Bodo noch rufen, als wir das Treppenhaus hochlaufen.

In meiner Wohnung stehen die beiden Männer von der *ZHI*,

die ich schon kenne, und hinter ihnen zwei Kriminalbeamte der Polizei. »Können Sie uns endlich die Unterlagen zeigen!«, fordert der eine von beiden, woraufhin der gelockte ZHI-Mitarbeiter entspannt in einem zusammengetackerten Dokument blättert. »Hier, die Unterschrift und davor die Klausel«, sagt er, als er die Stellen gefunden hat, und hält es einem der Polizeibeamten hin. Der fotografiert das Blatt Papier mit seinem Handy. »Und wann kommt das Ding da weg?«, fragt er ungeduldig, wahrscheinlich meint er das schwarze Loch, eine ziemlich unqualifizierte Frage. Doch die beiden Schweizer bleiben höflich: Diese Frage könne die Polizei der *Zurich Hole Insurance* überlassen, sie übernehme die gesamte Verantwortung und die Kosten für den Schaden an der Fassade, der Bautrupp sei schon bestellt.

»Und die Bäume?«, fragt der eine Beamte.

Nach einer kurzen Pause stellt der gelockte ZHI-Angestellte fest: »Wir können da keinen Zusammenhang zum schwarzen Loch feststellen, da ist noch gar nichts bewiesen!«

»Und die Vögel an der Fassade?!«, wirft der andere Kriminalpolizist ein.

»Welche Vögel? Wo haben Sie denn Vögel gesehen?«, fragt der ZHI-Mitarbeiter mit der Glatze, während Gregor, Asuka und ich bestätigend mit den Schultern zucken, wir hätten keine Vögel an der Fassade gesehen.

»Die *ZHI* wird selbstredend Gutachter beauftragen, die etwaige Zusammenhänge untersuchen. Frau Tropeng hat jedenfalls außer der Fassade einstweilen nichts zu verantworten, und da greift ja die Versicherung«, behauptet der glatzköpfige ZHI-Mitarbeiter, ich halte die Luft an, noch nie habe ich jemanden so höflich lügen hören!

Die beiden ZHI-Mitarbeiter nicken den beiden Polizisten mitleidig zu, worauf die Gendarmerie die Wohnung erst mal verlässt. Gegen die *ZHI* hat selbst die Polizei keine Chance.

Anschließend rügt mich der glatzköpfige Schweizer, ich hätte mal wieder meine Aufsichtspflicht missachtet: »Ich weiß ja selbst, dass es nicht einfach ist, *immer* vor Ort zu sein, aber der Filter ist schon wieder rausgeknallt, Frau Tropeng!«

»Mehr als das Badezimmer wieder neu zu versiegeln, können wir leider nicht tun«, sagt der andere. »Aber zumindest scheint sich das Loch beruhigt zu haben.«

Wir halten inne und legen unsere Ohren an die Wand zum Bad. Wir hören nichts außer dem Rieseln in den Wänden, das ich schon am Tag nach der Installation deutlich wahrgenommen hatte. Doch die Gefahr wird bleiben. »Machen Sie einfach!«, sage ich wie zu einem Zahnarzt, der mir einen Zahn zum dritten Mal verplomben will. Was bleibt mir anderes übrig? Gregor hilft den beiden, die Granitkartusche mit dem Schlauch an die Notklappe zu heben, dann läuft schon flüssiger Stein in mein früheres Badezimmer.

Asuka greift nach der Tüte mit dem Parka und deutet mir an, dass sie runtergeht, um zu schauen, was Bodo da macht.

TOBIS' TALK UM TEN

Kurz darauf klingelt das Telefon, ich nehme den Hörer ab:

»Frau Tropeng«, ruft eine Frauenstimme mir zu. »Mein Name ist Lydia Kistelle. Ich bin Chefredakteurin von *Tobis' Talk um Ten*, wir haben von Ihrem Loch erfahren und hätten Sie gerne in der nächsten Sendung als Talkgast.«

»Hm.« Ich frage nicht, von wem sie das erfahren hat.

»Wir brauchen Ihre Geschichte, von Anfang an. Sie leben in Ihrer Wohnung. Ihr in der Schweiz lebender Großonkel stirbt. Das Testament wird eröffnet. Sie erben das schwarze Loch! Eine Story, ganz klassisches Storytelling, am besten crossmedial.«

»Das ist keine Story«, sage ich. »Das ist mein Alltag!«

»Ja, ja, Alltag, noch besser, und alles, was ein wenig davon abweicht.« Ich höre sie einen Schluck trinken, danach ein schepperndes Geräusch, vielleicht von einer Untertasse.

»Sie wissen, Gerd Tobis hat sich vor ein paar Jahren vom TV-Format verabschiedet. Neben der Rundfunksendung bedienen wir auch Print und Internet.«

»Nee, bitte kein Internet! Bin ich nicht so der Fan von.«

»Entzückend!«, singt sie. »Frau Tropeng, dagegen fallen mir natürlich keine Argumente ein!« Und dann erklärt sie mir, dass so gut wie alles, was im Rundfunk gesendet wird und gedruckt erscheint, auch ein Segment im World Wide Web verdiene. »Einträge von einschlägigen Enzyklopädien befinden sich ja mittlerweile auch dort, nicht wahr?«

»Aber dann ohne Foto, okay?«

»Zumindest ein Bild Ihrer Wohnung oder des Badezimmers von außen zur Illustration wären gut.«

»Nö!«

»Gut, das können wir ja noch später besprechen!«, sagt sie.

Doch ich mache mir kaum Hoffnung. Meiner Erfahrung nach bedeutet der Hinweis, man könne Dinge ja noch später besprechen, eigentlich ausnahmslos, dass die Dinge *nie wieder* angesprochen werden.

»Dann zum Inhaltlichen. Worum wird's gehen?«, fährt die Dame am Telefon fort, ich höre, wie sie mit einem Kuli auf einem Block rumkritzelt.

»Es wäre gut, wenn Sie sich auf das Gespräch ein bisschen vorbereiten, wir möchten, dass die Hörer nach dem Interview das Gefühl haben, dass sie etwas mitgenommen haben, etwas gelernt haben, eine Erkenntnis gewonnen haben, die vielleicht auch etwas mit ihrem Leben zu tun hat. Sie werden ja genügend zu berichten haben von Dingen, die Otto Normalbürger noch nicht kennt. Also, den Fokus eher auf Katastrophe oder das weite Weltall?«

»Weltall ungern«, antworte ich spontan. »Das hat ja nicht so viel mit mir zu tun, das schwarze Loch ist ja auch nur so ein Restbestand. Wenn Sie wissen möchten, wie Pulsare zustande kommen, kann ich Ihnen leider nicht weiterhelfen, ich besitze ja nicht mal ein Teleskop!«

»Gut, dann also lieber Katastrophe.« Sie schreibt mit, was sie selbst sagt.

»Katastrophe?«, frage ich. »Nee, na, ich bespreche das lieber mit Herrn Tobis!«

»Gut, wie Sie wollen, Herr Tobis wird sich intensiv in die Materie einarbeiten. Wir könnten einen Slot für Sie übernächste Woche Mittwoch freiräumen. Sie müssten gegen 21 Uhr da sein, also ein 1:1-Interview, keine große Gesprächsrunde, nur Sie und Tobis, Interviewlänge circa dreißig Minuten, können Sie?«

»Ich könnte«, sage ich vorsichtig.

»Fantastisch«, sagt sie feierlich. »Wir sehen uns dann in zehn Tagen hier im Studio, unten beim Pförtner Bescheid geben, ich hole Sie dann ab. Ich freue mich, auf Wiedersehen!«

Tobis' Talk um Ten, jeder kennt *Tobis' Talk um Ten*. Jeder kennt Gerd Tobis, ich habe seine Sendung das letzte Mal gesehen, als sie noch im Fernsehen lief, das muss fünfzehn Jahre her sein. Tobis moderiert seine Sendung seit den späten 1990er-Jahren, damals im ersten Fernsehprogramm, zweimal in der Woche, Mittwoch und Donnerstag von zehn bis zwölf. In den Sendungen, an die ich mich erinnere, fand nie wirklich eine hitzige Diskussion statt, kein wirkliches Streitgespräch. Auch wenn Tobis versuchte, die Aussagen seiner Gäste geistreich zusammenzufassen, und selbst wenn er gute Fragen stellte, viel zu oft entglitt ihm die Kontrolle, und er vermochte es nicht, die kontroversen Aspekte auf den Punkt zu bringen. Ihm schien es darum zu gehen, alle Gesprächsteilnehmer nach der Aufzeichnung friedvoll zu verabschieden.

Beim Fernsehen habe ich grundsätzlich das Problem, dass ich nicht gleichzeitig zuhören und zuschauen kann, jedenfalls nicht wenn die Person, die redet, visuell schon alles ausreizt. Vielleicht ist das auch der Grund, weshalb *Tobis' Talk um Ten* vor ein paar Jahren in den Rundfunk abwanderte. Seitdem hat Tobis nur einen Gast im Studio, zumeist einen Experten, der über gegenwärtige Phänomene, seien sie gesellschaftlicher, wissenschaftlicher oder psychologischer Natur, spricht. Seit dem Umzug der Sendung ins Radio steht das Aussehen der Wissenschaftler nicht mehr im Vordergrund, sondern wirklich das, was sie zu sagen haben, und nicht, welche Farbe ihre Socken haben.

Deshalb betrachte ich meinen Radioauftritt sogar als Chance. Ich kann mich aktiv an die Zuhörer wenden und die Öffentlichkeit um Hilfe bitten. Das bedeutet zwar das totale Outing bezüglich meines großen Schwarzen, aber sich in einem Radiostudio nackt zu machen, ist immer noch angenehmer als vor laufenden Kameras. Außerdem schätze ich Gerd Tobis als eine Person ein, die der Sache den nötigen Respekt entgegenbringt. Nichts wäre schlimmer als sensationslüsterne Reporter. Vielleicht bringt Tobis' aufgeräumte Art mich weiter. Ich erinnere mich, dass er viel liest. Grundsätzlich spricht also nichts gegen ein Radiointerview, aber Gregor sieht das anders: »Was bilden die sich eigentlich ein, die Öffentlich-Rechtlichen!?« Er pointiert das »Ö« und das »R«, als handele es sich um eine rechte Partei Österreichs. Ich sei ja schön blöd, wenn ich das Interview da im Radio gäbe, als einen »unvorsichtigen Medienauftritt« bezeichnet er es, ich solle mich nicht wundern, wenn ich danach keine Ruhe mehr fände.

»Du hast gut reden mit deinen künstlerischen Medienauftritten in Schranz!«, sage ich. »Außerdem finde ich auch *ohne* öffentlichen Medienauftritt keine Ruhe, und vielleicht tut es der Sache auch ganz gut, wenn es mal an die Öffentlichkeit gerät!«

Ich werde mir noch ein paar schlaue Sätze überlegen, die mir zum großen Schwarzen, zur Gesellschaft, zu mir, Bodo und Gregor einfallen. Die kann ich einfach losballern, denn es wäre schade, wenn ich auf eine interessante Frage von Tobis gar keine Antwort wüsste.

DEAL MIT HANS LUND

Der Ausbruch vor zehn Tagen kam dem Sommerloch der On-line- und Printredaktionen gerade recht. Einige Zugvögel hätten die Stadt zwei Monate zu früh verlassen, konnte in Artikeln gelesen werden. Gregor verbrachte die letzte Woche damit, weitere Interviewanfragen abzuwimmeln. »Nein, mit dem Moorbrand im Nordwesten des Landes hat das alles nichts zu tun«, versicherte er einigen Journalisten am Telefon.

»Ein Foto der Fassade des Hauses Ihrer Freundin würde sich aber gut neben einem orangefarbenen Glutnest auf dem Titelblatt für die morgige Ausgabe machen«, kam es aus dem Telefonhörer.

Gregor wurde wütend: »Meine Freundin hat mit Raketentests nichts zu tun!«

Die Presse schluckte es. Fotos von meinem Haus neben Großaufnahmen von trockenen Wurzeln erschienen trotzdem. Die entwurzelten Bäume in der Innenstadt weckten dabei mehr Interesse als die vertrockneten Seen am Stadtrand.

Da Geologen und Meteorologen Gregors Medienanalyse zufolge die am häufigsten befragten Spezialisten waren, wurde das Naturunglück in den meisten Artikeln als eindeutige Folge des Klimawandels gedeutet. Damit flaute auch das Interesse an meiner Wohnung etwas ab, was den Vorbereitungen auf unser Treffen mit Hans Lund ganz gutgetan hat.

Bodo und Gregor präsentieren ihm heute die Betaversion ihres Hagebuttenbaustoffs. Dafür haben sie sich in Aurelias Ein-Euro-Laden eingemietet, aufgrund der Detonation der Bierfässer im *Das Loch* können die Kellerräume bis auf Weiteres nicht genutzt werden. Eine Überschwemmung hat es zwar nicht gegeben. Aber der gesamte Schaden ist unermesslich, und sechs feste Thekenkräfte verlieren ihren Job, darunter auch Susi, derzufolge gestern schon wieder ein Pulk wild gestikulierender Kaufinteressierter vor der Technobrache wütete.

Bodo versucht, die Gerüchte, die sich um ein konkretes Kaufangebot eines Investors drehen, der in überstürzter Vorfreude Sektkorken in der Rosakarlstraße knallen ließ, gerade zu verdrängen. »Stell dir vor, deine Mutter ist gestern gestorben, und heute hast du ein Bewerbungsgespräch, das du auf gar keinen Fall absagen willst.« Das ist sein Ansatz, mit der Sache umzugehen.

»Stell dir vor, du hast heute ein wichtiges Vorstellungsgespräch und weißt, dass du morgen sterben wirst.« Gregor will Bodo durch noch mehr Verwirrung weiter vom *Superloch*-Verlust ablenken.

»Definitiv würde ich zum Gespräch gehen, wer weiß, vielleicht kann ich den Tod damit ja noch abwenden!« Bodo wirkt seltsam euphorisch, als er den Korb mit den gepulten Hagebutten abstellt. Dabei waren sich die beiden über die Mischverhältnisse des Baumaterials, Gregor nannte es »Legierung«, bis heute morgen noch nicht mal einig. Immerhin aber hat das Pflücken von Hagebutten vor unserer Reise nach Groningen insgesamt knapp zwei Kilo Juckpulver eingebracht. »Für eine Testversion sollte es reichen.«

Gregor wischt gerade die letzten Schmierspuren der fettigen Hinterköpfe mit einem harten Leder von den großen Schaufensterscheiben des Ein-Euro-Ladens, während Bodo einen Klapptisch durch den Raum trägt. An einer langen Tafel, die sie quer durch den Laden bauen, sollen dem schwedischen Bauherrn die einzelnen Stufen der Produktionskette nähergebracht werden.

Die Sonne knallt durch die Fensterscheiben. Gregor klopft weiße Flocken aus den karamellfarbenen Plaids, wie in Zeitlupe schwebt der Staub zu Boden, wir sind anderen Staub gewohnt, gehetzten Flitzestaub in meiner Wohnung. Er wirft die Decken über die zwei Geldautomaten und den Kontoauszugsdrucker und ummantelt die Tische mit Recyclingpapier, das er von einer großen Rolle zieht.

Asuka sitzt an dem kleinen Pult im Eingangsbereich, an dem sonst Aurelia sitzt. »Vorzimmerdame«, nennt es Bodo, selbst wenn es kein Vorzimmer gibt, das gebe dem Raum mehr Struktur. Ich dagegen solle mich mehr oder weniger im Hintergrund halten, mich schon mal um Getränke kümmern. Mich ärgert die klare Rollentrennung, aber im Hagebuttenbaustoffbusiness haben Asuka und ich leider nicht viel mitzureden.

Während Gregor und Bodo zum wiederholten Mal aufgeregt alle Produktionsstationen durchgehen (1. Hagebutte in Rohform, 2. Juckpulver, 3. Juckpulver fermentiert, 4. Hinzugabe von Hafer, Wasser und zerriebener Verbene, 5. Fertiger Baustoff), versucht Asuka zu beruhigen: »Wenn sich Lund nicht für euch entscheidet, dann liegt das nicht an den Hagebutten, es liegt an euch, *ihr* müsst dem gefallen! Man sollte alles persönlich nehmen!«

Es klingt beunruhigend, aber wahrscheinlich hat sie recht.

Nachdem das Thermometer um weitere zwei Grad gestiegen ist, erscheint hinter der Scheibe des Ladenlokals eine weiße Sonnengestalt auf einem flinken Gefährt. Als sich meine Augen an die Blendung gewöhnt haben, erkenne ich einen älteren Mann, er lehnt sein solarbetriebenes Elektrobike an das hohe Glasfenster des Ladens und wickelt einen elastischen Holzast als Fahrradschloss um den Hinterreifen. Dann betritt er den Laden, passiert Asukas Tischchen, tippt unserer japanischen Freundin zur Begrüßung über ihren akkuraten Scheitel und steht einige Schritte später mitten im hellen Raum, wie ein gealterter Sonnengott, alles an ihm strahlt, außer seinen purpurfarbenen Bermudashorts, in denen ich Solarzellen vermute, die seine Lichtenergie schlucken und ihm zum fortdauernden Weiterstrahlen wieder zuführen.

Als er sein Schirmmützchen abnimmt, kommt darunter weißes Haar zum Vorschein. Im Kontrast dazu die braunen Ohren mit fleischigen, langen Ohrläppchen, die man selten an mageren Menschen sieht. Sie schlabbern nervös vor sich hin, während er sich mit geradem Rücken tief nach vorne beugt, um, wie er erklärt, seinen Rücken, sein Gesäß und seine Oberschenkel zu dehnen, er habe heute zu lange im Zug gesessen. Aus dieser Entspannungspose springt er in eine breitbeinige Stellung, hebt die Arme seitlich nach oben und zieht sich als straffes X auseinander. In dieser Haltung lässt er seinen Kopf mehrmals rotieren wie eine Kugel, die aus einem ausgehöhlten Gelenk zu fallen droht. Er stellt sich auf seine Fersen, spreizt die Zehen und atmet unglaublich lange dabei aus. Gleich wird er sich wie ein Stück Papier vor unseren Augen zusammenfalten, denke ich, als er sein Begrüßungstänzchen mit einem faltigen Strahlen im Gesicht vollendet: »Ich bin da!« Als Reprise lässt er seine zwanzig Fingergelenke knacken. Er hat die Sache mit dem Hier und Jetzt verstanden.

»Vom Bahnhof hierher mit dem Rad in zehn Minuten.« Lunds Sprache ist unerwartet einfach für sein gut durchdesigntes Erscheinungsbild. An den Blicken meiner Freunde erkenne ich, dass auch sie mehr in ihm sehen, als er verbal von sich gibt.

»Kaffee?«, fragt Bodo, während Lund zwei lange Hosenbeine an den mit jeweils einem Reißverschluss bestückten Enden seiner Shorts befestigt.

»Kein Kaffee für mich, danke.« Aus der gebückten Haltung schaut er freundlich nach oben. Ich schenke ihm ein großes Glas Mineralwasser ein, und sobald Lunds braun gebrannter Kopf wieder auftaucht, leert er es in einem Zug. Aus dem Rucksack, der zu seinen Sandalenfüßen liegt, zieht er einen butterbrotdosenförmigen Holzkasten, den er mit einem angenehmen Klock öffnet, darin liegen zwei Kugeln Rote Bete, die das Innere des Kästchens besudelt haben.

»Gut fürs Herz, für jede Herzkammer eine!« Zwei dunkle Tischtennisbälle verschwinden in seinem Mund.

»Bestes Frühstück, solltest du auch!«, empfiehlt er Bodo und zwickt ihn dabei mit seinen feinen Händen knapp über Bodos Taille. Mir ist nicht ganz klar, ob er Bodos Pullover nur als Serviette benutzen möchte, denn Lund hinterlässt auf dem braunen Nickisamt lilarote Spuren. Neben Bodo wirkt Lund wie eine Mücke, die ihn sanft angestachelt hat. Doch Bodo reagiert nicht, er wirkt etwas konsterniert, nur langsam regt sich die Muskulatur in Bodos käsigem Gesicht wieder: »Dafür schone ich mich und bin nicht so viel in der Sonne wie du!«, duzt er Lund zurück.

Hans Lund gehört tatsächlich zu der Sorte Mensch, die ein paar Jahre zu lange in der Sonne verbracht hat; sein Gesicht ist ledern.

Die Produktionskette »Von der Hagebutte zum Ökobaustoff« auf den Tischen schaut er sich nur beiläufig an. Lieber redet er über andere Dinge: dass er ja auch mal jung gewesen sei, dass er so Typen wie uns kenne, er habe ja auch Kinder, die aber leider nicht so seien wie wir.

Ich bin mir jetzt schon sicher, dass er den Deal mit Gregor und Bodo eingehen wird, die Chemie stimmt, sonst würde Lund uns allen hier nicht so vertraut auf die Pelle rücken. Gregor hat er eben auch in seine Wangen gekniffen.

Fast zärtlich schaut Lund nun wieder zu Bodo rüber, Bodo, den kein Vater zum Sohn haben möchte. Auch Bodo scheint bewegt, so als würde er endlich seinen Vater kennenlernen, von dem er kurz nach seiner Geburt verlassen wurde. Vielleicht ist das Bodos heimlicher Wunsch, denn tatsächlich galt in seinem Elternhaus eine Trennung als unmoralisch. Manch einer wünscht sich gewiss, nie einen Vater gehabt zu haben statt jenen, den man hatte.

»Erzählt mir nicht, dass ihr das wegen des Geldes macht, ihr seid nicht so ein Milieu!«, sagt Lund, während er in dem Häufchen fermentiertem Juckpulver herumstochert. »Ich bin für Selbstfindung ja leider schon zu alt.«

Er schreitet zur dritten Produktionsstation, erst riecht er an der Verbene, dann leckt er an der fertigen Mischung und schaut uns prüfend an.

»Wenn ich es auch *essen* kann, dann ist es auch gut!«, erklärt er.

»Stoßfest wird es auch, wenn es ein paar Tage trocknet«, bezeugt Gregor.

Immer noch steckt Lunds Zunge in dem noch nicht vollkommen ausgetrockneten Ökobaustoff. »Gutes Zeug, gutes Zeug!«, schwärmt er.

Die drei kommen ins Geschäft, die finanziellen Formalia sollen Gregor und Bodo Lund bis Ende nächster Woche zukommen lassen. Die beiden können ihr Glück kaum fassen, aus Bescheidenheit wird bei erreichtem Ziel Scham. Fast verlegen beginnen sie aufzuräumen, während Hans Lund Asuka etwas zuflüstert.

»Wir sind derselbe Jahrgang, '65«, verkündet er dann und zwinkert Asuka dabei zu: »Guter Jahrgang!«

Nachdem Lund ein Formular mit einer sehr hohen Vertragssumme unterschrieben und mit den Jungs ein nächstes Treffen vereinbart hat, lässt er uns betäubt zurück. Die Sonne und der Erfolg haben uns schwer zugesetzt, das bemerke ich an der Stille im Raum. Bodo und Gregor haben mit dem Baustoff lange auf etwas hingearbeitet, sich etwas aufbauen wollen, und der erfüllte Traum, der, wie sie jetzt merken, mit großem Reichtum verbunden ist, hinterlässt eine Ratlosigkeit – eine Leere, wie ich sie durch mein schwarzes Loch spüren lernte. Der Groschen, irgendein echtes Gefühl, ist bei ihnen noch nicht gefallen, ihre Füße stehen in einer uns noch unbekannten Tür.

RISIKOINTERVIEW

Da es im Radio kaum aufs Aussehen ankommt, habe ich mich fürs Interview heute Abend besonders schick gemacht und meinen langärmligen Overall angezogen. Er hat einen extraweiten Schlag und ist aus dunkelblauem Cord, ich mag die Mischung aus Baustellenlook und elegantem Hippieglam.

»Kann man nicht anziehen, steht dir aber richtig gut!«, kommentiert Gregor, bevor ich seine Wohnung mit frisch gebügelten Haaren verlasse.

Jeder Mensch will in seinem Leben einmal interviewt werden, idealerweise von dem passenden Gegenüber. Mit den richtigen Freunden genügt auch die Simulation des Originals, ohne Aufnahmegerät, ohne Veröffentlichung in der Zeitung, ohne Liveübertragung im TV oder dem Rundfunk. Ein dilettantisches Frage-Antwort-Spiel, in dem die Rollen zuvor klar festgelegt wurden, genügt; es bereitet Freude. Der Interviewer ist in der Zwangslage, sich für eine vermeintlich dokumentierte Momentaufnahme zu hundert Prozent auf dich zu konzentrieren und zu interessieren. Aber die Fragen sind sowieso meistens interessanter, weshalb die Fragenden auch oft wissender scheinen, aber das gehört zum Spiel: gespielte Hierarchien.

Tobis sehe ich heute zum ersten Mal in Farbe. In seiner TV-Show, die in Vintagemanier sepia-schwarz-weiß über die Bildschirme des Öffentlich-Rechtlichen flimmerte, glänzten seine Augen in sattem Grau. Mit grünen Augen und einem kräftigen Handschlag heißt er mich nun in seiner »Rundfunkherberge« willkommen.

Gregor meinte gestern noch, dass bei Tobis ja seit Jahren der Lack ab sei. Das kann ich nicht bestätigen, aber seine Frisur stört mich ein wenig: Sein langes Haar gleicht wildem Farn, der um zwei Geheimratsecken nach oben steht, dieser Beethoven-Touch lässt ihn älter erscheinen, doch seine Stimme kleidet Tobis in ein junges Gewand. Auch er trägt Cord, und während er vor mir herläuft, reiben seine weiten Hosenbeine im Schritttempo quietschend aneinander. Er führt mich durch die Studioräume der Rundfunkanstalt und stellt mir den Aufnahmeleiter für die heutige Sendung vor. Von einem auf einer Papiertischdecke angerichteten Büfett dringt der Geruch von Zwiebeln und sauren Gürkchen auf Mett- und Räucherlachsschrippen in meine Nase. Selbst den Sesam auf den Gummibrötchen kann ich bis in den schallisolierten Aufnahmeraum riechen, wo nun das Vorgespräch zur heutigen Sendung und später das Liveinterview stattfindet.

»Zur Katastrophe in der Stadt kann ich auch nicht mehr beitragen als das, was Sie schon durch die Medien erfahren haben«, antworte ich Tobis, nachdem er sich durch Fragen an den Inhalt der heutigen Sendung herangetastet hat. »Das Einzige, was ich liefern kann, ist ein irdischer Erfahrungsbericht.«

»Das ist reichlich«, beruhigt er mich. Anfangs solle ich etwas über mich und meine momentane Situation erzählen, darauf würden dann seine Fragen folgen. »Schön wäre es, wenn sich abseits meines Leitfadens spontan Gespräche ergäben. Die kann und soll man nicht im Vorhinein planen«, sagt er entspannt.

»Ich möchte die Zuhörer aber in jedem Fall noch zur aktiven Mithilfe aufrufen!«, wende ich ein. »Das ist mir sehr wichtig!«

»Natürlich«, antwortet Tobis. »Lachsbrötchen?«

Wir richten uns im Studio ein, der Aufnahmeleiter justiert die Lautstärke der Mikros und der Kopfhörer, und nach den Nachrichten, drei, zwo, eins, erklingt die Erkennungsmelodie der Sendung, synthetischer Sound in barock-polyphoner Satztechnik.

»Guten Abend, liebe Zuhörerinnen und Zuhörer, zu *Tobis'*

Talk um Ten. Am letzten Sonntag ereignete sich eine urbane Naturkatastrophe.« Es klingt weniger bewertend als neutral. »Wenn Sie nicht in der Stadt leben, aus der wir senden, dann werden Sie sicher aus den Medien davon erfahren haben. Auslöser war das schwarze Loch unseres heutigen Studiogastes, Frau Hildi Tropeng. Frau Tropeng, ich heiße Sie herzlich willkommen im Studio!«

»Guten Abend, herzlichen Dank für die Einladung.«

»Sie leben in dieser Stadt, Sie haben ein Physikstudium abgebrochen, aber als Expertin für irdische schwarze Löcher würden Sie sich schon bezeichnen?«

»Ja, man muss sicher nicht Physik studiert haben, um ein schwarzes Loch zu besitzen. Aber wie es genau tickt, das weiß ich leider immer noch nicht.«

»Ihr Loch befindet sich in Ihrem granitisolierten Badezimmer. Können Sie uns mehr davon erzählen?«

»Eigentlich geht es nur um kleine Löcher, die in Holzkisten geliefert werden; die kleinen bedürfen zwar auch besonderer Beobachtung, aber die größeren, von denen mir eines zuteilwurde, werden sorgfältig in eine dichte Granithülle gepackt. Diese schwarzen Löcher können über das Leben und den Tod aller Menschen entscheiden, damit meine ich nicht, dass alle Menschen sterben werden. Das tun wir alle. Irgendwann. Man stelle sich eine Holzkiste vor, die in keinem Fall geöffnet werden darf. Wer dabei lächelt und an Kasperletheater denkt, liegt dabei gar nicht so falsch, denn selbst die kleinen Löcher können bei unsachgemäßer Behandlung zu einer grausamen Zaubernummer werden. Die ersten Kisten wurden laut einer mir bekannten Kunsthistorikerin schon um das Jahr 1600 herum in Gemälden dokumentiert. Nach dem Tod eines Besitzers müssen sie in die Obhut eines sehr sorgsamen Nachkommen gebracht werden. Und ich bin so eine Erbin.«

»In diesem Zusammenhang würde ich gerne auf den Risikobegriff eingehen. Risiken beruhen ja auf dem Spannungsverhältnis zwischen einem unabdingbaren Schicksal und der Eigenverantwortung, in diesem Fall Ihrer Verantwortung ...«

»Hm.«

»Erst wenn die Zukunft als teilweise beeinflussbar erkannt wird, ist es möglich, Gefahren zu vermeiden oder deren Konsequenzen zu mildern. Umweltkatastrophen verändern unser Risikobewusstsein und machen deutlich, dass ein erweitertes Risikomanagement erforderlich ist, das über die Berechnung der Eintrittswahrscheinlichkeit hinausreicht. Kann man diese Zusammenhänge auf die Rahmenbedingungen Ihres schwarzen Lochs übertragen?«

»Ich würde sagen, nein. Ein Risiko kann nicht durch spezielle Faktoren errechnet werden. Es gibt keine eindeutige Ursache-Wirkung-Kette, die das Austreten des Lochs motiviert. Es ›will einfach nur raus‹ – und das seit Jahrhunderten. Außer der durch die private *Zurich Hole Insurance* patentierten Granitisolierung existiert keine Risikoprophylaxe. Eine staatliche Sicherheitsinstitution, die sich explizit gegen schwarze Löcher einsetzt, gibt es in Europa auch noch nicht.«

»Ich denke an ein Risikomanagement, wie wir es vom global agierenden Terrorismus kennen.«

Ich antworte: »Mir widerstrebt der Vergleich von schwarzen Löchern mit dem globalen Terrorismus. Das schwarze Loch ist kein politisch und auch kein religiös motiviertes Druckmittel, es ist kein aggressives schwarzes Pulver, das einmalig verpufft, es kann durch seine Sogkraft Explosionen auslösen, das konnten wir an mehreren Bierfässern im Club *Das Loch* beobachten. Beim Terrorismus wird die Öffentlichkeit einem Wechselbad von Schreckensnachrichten und Entwarnungen ausgesetzt.« Ich versuche, mich Tobis' Sprachduktus anzupassen. Die Kurven schön ausfahren, Hildi. »Aber für mein schwarzes Loch würde ich keine Terrorwarnstufen ausrufen! So was löst Panik aus, und dann tritt irgendwas ein, das als ›Ohnmacht‹ umschrieben wird. Als Locherbin kenne ich dieses Gefühl zwar auch, aber was bringt mir das, was bringt das jedem Einzelnen? Je mehr von Ohnmacht gequatscht wird, umso sorgloser werden die Leute. Viele Leute denken: Es gibt schwarze Löcher, warum sollte ich dann überhaupt noch ... Pünktchen, Pünktchen, Pünktchen. Die Sehnsucht nach Sicherheit ist großer Quatsch und lähmt wie der *Musikantenstadl*.«

»Ja, verstehe.« Tobis nimmt einen Schluck Wasser, und auch ich muss mich gedanklich auf meinen nächsten Gesprächsblock vorbereiten: Der einfache Vergleich mit einer Naturkatastrophe wird dem schwarzen Loch zwar nie gerecht werden, aber immer noch besser, als es mit menschlichem Terrorismus in einen Topf zu werfen. Ich sage: »In seiner Unberechenbarkeit ist das schwarze Loch eher vergleichbar mit einem Erdbeben, vielleicht dem von Lissabon.« Der Vergleich gefällt mir, auch weil ich Portugal liebe, Land und Leute!

»Das Erdbeben von Lissabon«, wiederholt Tobis langsam. »Lissabon, die Königsmetropole!« Er schnipst mit den Fingern, zur Denkhilfe, und hat dann einen Einfall: »Dann könnte der Ausbruch Ihres Lochs als Angriff auf unsere Stadt interpretiert werden. Das Erdbeben, 1755, forderte um die 30.000 Todesopfer. Es wurde von den Einwohnern damals als übernatürliche Kraft, als göttliche Strafe betrachtet, nicht nur weil eine Vielzahl von Gläubigen in den Morgenstunden von herabstürzenden Kirchendächern erschlagen wurde.«

»Das sind Western von gestern: Schuld und Sühne. Ich glaube ja nicht an göttliche Kräfte, von christlichen Denkweisen sollten wir uns endlich mal frei machen.«

»Natürlich, wir sind ja nicht mehr im Mittelalter, aber wie

dieses Erdbeben könnte Ihr schwarzes Loch einen Wendepunkt in der europäischen Katastrophengeschichte darstellen.«

»Ich möchte mich wirklich nicht auf die beschönigende Historisierung von Katastrophen einlassen, ein paar Jahrhunderte später kann man sich kaum den emotionalen Gehalt der dramatischen Szenarien auf den alten Kupferstichen vergegenwärtigen, die das sechsminütige Beben auslöste. Aber was wäre Lissabon ohne das Erdbeben?«

»Sie meinen, es wertet die Stadt auf?«

»Leben wir hier in einer Königsmetropole wie Lissabon?«, frage ich zurück.

»Daran scheiden sich die Geister«, antwortet er.

»Die Wahrnehmung von urbanem Attraktionspotenzial ist unberechenbar«, sage ich. »Aber dem schwarzen Loch geht es nicht nur um die Stadt, das Problem ist globaler, betrifft auch das Weltall, oder den Bereich, wo die Welt aufhört und wieder neu anfängt, vielleicht sogar die Welt der bereits Verstorbenen.« Ich weiß, dass ich mich mit diesen Äußerungen total blamiere, aber Tobis wird wahrscheinlich eh nicht darauf eingehen, weil das für ihn zu abgehoben ist. Ich glaube hingegen, dass ich damit auf der richtigen Fährte bin.

»Das schwarze Loch steht in diesem Zusammenhang ja doch auch für einen gelebten Pluralismus«, bemerkt Tobis.

»Ja, guter Punkt, genau! Das schwarze Loch ist für alle da, betrifft uns alle. Und deshalb würde ich in dieser Sendung auch gerne den Aufruf starten ...« Doch Tobis unterbricht mich: »Nehmen wir den globalen Klimawandel. Die Nachricht über irdische schwarze Löcher und vor allem die Vorkommnisse am Sonntag mögen US-amerikanische Klimawandelskeptiker bestärken.«

»Ja, nicht nur US-amerikanische ...« Ich atme kurz ein, dann führe ich meine Rede fort: »Wir sollten keinen Moment daran zweifeln, dass wir diesen Planeten komplett selbst kaputtgemacht haben! Da muss ich mein schwarzes Loch in Schutz nehmen, dafür kann es nichts!«

»Aber durch die Existenz schwarzer Löcher scheint insgesamt weniger verhandelbar ...«, wirft er ein.

»Sie meinen, weil es an allem schuld sein kann? Nein, nein.« Ich schüttele den Kopf. »Da sind wir wieder bei dem Ohnmachtsding, das ich vorhin schon angesprochen habe: Es gibt schwarze Löcher, warum sollte ich dann überhaupt noch ... Aufhören, diesen Planeten kaputtzumachen. Meine Freundschaften pflegen. Darauf achten, dass ich meine Ideen umsetze, selbst wenn ich denke, dass der Rest der Welt davon nicht überzeugt ist. Nur weil es schwarze Löcher gibt, sollten wir uns nicht aus der Ruhe bringen lassen! Mal lapidar gesagt: Wir tragen alle den Tod mit uns rum, und obwohl es so eine hässliche unbestimmte Sache ist, machen wir ja trotzdem mit dem Leben weiter ...«

Ich glaube, damit bin ich etwas zu weit gegangen, denn mit einer höflichen Handgeste unterbricht mich Tobis: »Danke, das ist erst mal ein schönes Schlusswort vor unserer kurzen Musikpause. Verehrte Zuhörerinnen, verehrte Zuhörer. Sie haben nun die Möglichkeit, direkt im Studio anzurufen und Fragen zum Thema zu stellen, die Frau Tropeng nach der Pause beantworten wird.« Zweimal hintereinander nennt er die kostenfreie Hotline, und als die Melodie einer akustischen Gitarre erklingt, setzen wir unsere Kopfhörer ab.

»Das lief doch sehr fein mit uns beiden.« Er läuft vor mir aus dem Studioraum in den breiten Flur, er müsse mal für kleine Mädchen.

Ich nehme auf einem roten, breiten Ledersessel Platz, von dem aus ich frontal durch Glasscheiben in einen kleinen Raum schaue, drei junge Leute sitzen darin und nehmen Telefonate an. Mann, bin ich froh, wenn die Sendung vorüber ist, nicht nur weil ich den Adrenalinpegel nicht länger halten kann. Ein sonderbares Gefühl beschleicht mich, ich spüre Würmer in meiner Brust, die sich unruhig Richtung Magen fressen. Es liegt nicht an dem Lachsbrötchen vorhin, es ist der Gedanke an die Hausfassade, ein Bild, das mir seit Sonntag wie ein unscharfes Dia im Gehirnprojektor steckt. Es ist nicht direkt das schwarze Loch, es ist die Blessur am Haus, und mein Kampf mit Bodo, das Blut, das aus dem Gemäuer rann. Die *ZHI* ließ die Fassade schon wieder verputzen, alles schick. Aber ich habe das Gefühl, man würde mich gerade jetzt irgendwo anders brauchen, ganz konkret, aber es ist nicht das schwarze Loch.

Der Ledersitz ist zu glatt, unruhig rutsche ich auf meinem Po hin und her, hier in den Rundfunkstudios bin ich jedenfalls am falschen Ort! Aber das Interview kann nicht verkürzt werden, volle 30 Minuten Redezeit, live, so war das ausgemacht.

»Auf in die zweite Runde!« Tobis ist von der Toilette zurückgekehrt. Er unterhält sich noch mit den Studenten in der Telefonkabine, lässt sich einen Stapel Papier aushändigen und öffnet die Tür zum Studioraum.

Drei, zwo, eins, der Aufnahmeleiter gibt uns ein Zeichen. »Wir sind zurück mit *Tobis' Talk*. Bei mir im Studio ist heute Hildi Tropeng, Expertin für irdische schwarze Löcher in dieser Stadt. Unser Zuhörertelefon spiegelt das starke Interesse an der Beantwortung von zwei Fragen wider. Natürlich drehte sich der erste Fragenkomplex um die Möglichkeiten der Bekämpfung schwarzer Löcher, darauf kommen wir später. Daneben möchte ein Großteil der Anruferinnen und Anrufer wissen, wie man zu einem schwarzen Loch kommt, wenn man kein Erbe ist. Herr Peter-Paul H. aus Bielefeld signalisierte zum Beispiel den Wunsch, selbst ein schwarzes Loch zu besitzen. Wie erklären Sie sich dieses Bedürfnis, Frau Tropeng?«

Ich denke einen längeren Moment nach. Diese stillen Denkpausen sind in Tobis' Sendung nichts Ungewöhnliches und erwünscht, weil sie manchmal Spannung erzeugen. Doch ich möchte eigentlich nur ein bisschen Zeit schinden, weil ich bei dieser Frage nur spekulieren kann.

»Vielleicht mag es einigen Menschen attraktiv erscheinen, sich durch ein schwarzes Loch einer unberechenbaren Natur auszusetzen. Mit der Verantwortung für das Loch erwarten sie, sich ein bisschen wie *Spiderman* zu fühlen.« Ich rede ruhig und bleibe ernst, damit es nicht flapsig klingt. Tobis versteht mich und reagiert seriös:

»Interessant, Sie spielen auf die antike Heldenfigur an, ein Held mit übernatürlichen Fähigkeiten ...«

»Teilweise kann ich diesen Impuls nachempfinden. Man denkt, man schafft das allein, wenn es erst mal in der Wohnung ist, dabei wird vergessen, dass Autonomie äußerst empfindlich macht, Freunde drum rum sind wichtiger, selbst wenn diese Erkenntnis in einem Interview wie diesem gerade etwas banal klingen mag.«

»Nein, nein.« Tobis motiviert mich weiterzureden.

»Außerdem ist dieses vermeintliche Heldengefühl gar nicht von langer Dauer: Das schwarze Loch wird Alltag, verlangt keine übernatürlichen Leistungen ab ...«

So langsam geht mir die Puste aus, und das Gefühl von vorhin ist zurück, ich muss hier raus, ich weiß nicht genau, wohin, aber irgendwas ist passiert, es saugt mich förmlich aus dem Studio, es ist nicht meine Angst, die ich spüre, vielleicht ist es die Notlage einer anderen Person, die mich aktiviert, die Notbremse zu ziehen. Aus meinem linken Unterarm, den ich in rechtem Winkel auf die Fingerspitzen meiner rechten Hand lege, forme ich ein sichtbares »T« in Tobis' Richtung, ich brauche eine Pause.

Tobis geht darauf ein: »Gut, natürlich können wir auch erst eine zweite Musikpause machen, und danach melden wir uns zurück. Dann wird uns Frau Tropeng über Möglichkeiten der Bekämpfung von schwarzen Löchern informieren.« Wir nehmen die Kopfhörer ab.

»Wäre es möglich, dass am Ende des Interviews ein längeres Musikstück gesendet wird?«

»Sie wollen das Interview ganz abbrechen?« Enttäuscht streicht er über seine Augenringe.

»Es ist nicht wegen Ihnen!« Ich stehe auf. »Ich habe nur das Gefühl, dass bei mir daheim etwas nicht stimmt.«

»Mit Ihrem Loch? Löst es einen Konflikt in Ihnen aus? Darüber können wir uns doch hier in der Sendung unterhalten.« Er wieselt mir hinterher, hält mir die Kopfhörer hin.

»Nein«, sage ich. »Es hat nicht direkt etwas mit dem Loch zu tun, es geht um meine Freunde.« Wir stehen beide im Flur.

»Und wir haben noch gar nicht über die Möglichkeiten der Neutralisation gesprochen.«

»Ich melde mich bei Ihnen.« Zum Abschied reiche ich ihm die Hand und eile den langen Flur entlang zum Treppenhaus, Bürotür reiht sich dicht an Bürotür.

Möglichkeiten der Neutralisation?, denke ich. Tja, wenn ich das wüsste ... Nichts weiß ich! Ich fühle mich miserabel, aber dafür stehe ich unter Strom und bin aktiviert für eine Sache, die ich anpacken werde. Ich weiß, dass ich es schaffen werde, dass ich es bewältigen werde. Aber was eigentlich genau?, frage ich mich noch, als mir bewusst wird, dass ich vielleicht sogar die Einzige bin, die in der Lage dazu ist. Na ja, vielleicht bin ich nicht ganz alleine, aber mithilfe meiner Freunde, genau, mit Gregor, Bodo und Asuka, denke ich noch, als Lydia Kistelle, die Chefredakteurin, aus einem der vielleicht vierundzwanzig Bürotürchen auf den Flur tritt wie aus einem länglichen Adventskalender und mir zuruft, eine Frau Takahashi habe just in diesem Moment angerufen, ich solle schnell zur Wohnung von Herrn Rauleder kommen.

Bloß nicht stehen bleiben, ich sprinte noch schneller an den Türen vorbei, ziehe Glastür hinter Glastür auf, die fünf Etagen des hellen Treppenhauses mit den Marmorstufen hinunter, drei Stufen auf einmal, die Ledersohlen klatschen auf die Treppenabsätze, bis sie sich im weiten Schlag verheddern und ein Hosenbein unten einreißt. Im Erdgeschoss presche ich am Pförtner vorbei und drücke die Tür des Nebenausgangs der Sendeanstalt auf. Was ist mit Bodo? Warum hat er nicht selbst angerufen? Ich renne über den vollgepackten Mitarbeiterparkplatz, quetsche mich zwischen einem BMW und einem VW hindurch, sodass ich die Autoscheiben mit meinem Cordoberteil sauber poliere, passiere eine Schranke und renne dann auf den Bürgersteig, weiter zur U-Bahn. Ich bin auf dem Weg zu Bodo.

LIKÖRPRALINCHENRITUALE

Asuka wartet vor Bodos Wohnungstür. Sie hat ihn heute Morgen noch gesehen, dann sei sie unterwegs gewesen, mit einer befreundeten Galeristin Kaffee trinken. Auf ihre Anrufe habe Bodo nicht geantwortet, die Tür mache er jetzt auch nicht auf. Mit einem beherzten Tritt gegen die Tür zerstört Gregor die einfache Verriegelung. Aber öffnen können wir die Tür immer noch nicht, irgendetwas blockiert sie von innen. Mehrmals hintereinander drücken wir uns gegen die Tür, bis sie mit einem Ruck und einigem Geschepper auffällt. Vier übereinandergestapelte Wäschekörbe kippen auf den Dielenboden, Unmengen von Hagebutten prasseln heraus, das Grün fein säuberlich von den orangerotfarbenen Früchten entfernt.

»Das sind mindestens 200 Kilo«, schätzt Gregor. Wir bahnen uns einen Weg ins Wohnzimmer. Bodo liegt auf dem runden Teppich vor der Omacouch mit den Holzlehnen und trägt Kopfhörer. Das Kabel reicht bis zur eingeschalteten Stereoanlage, der Receiver steht auf Phono, die LED-Anzeige des Plattenspielers leuchtet hellgrün, aber der Tonarm klemmt in der Halterung. Auf dem Plattenteller: »Space is the place« von *Sun Ra* aus dem Jahr 1974, Bodos Geburtsjahr. Seine hohe Stirn zeigt zur Decke, blass und blank wie die Oberfläche des Mondes. Seine Lider bedecken die Augäpfel.

Neben ihm auf dem Boden liegen mehrere leere Tablettenröhrchen und eine offene Schachtel Likörpralinen, eine 500g-Packung, zur Hälfte verschlungen. In seinen Mundwinkeln eingetrockneter Schaum, der als weißlicher Film in einer sichtbaren Spur über die Pralinenschachtel auf den Fußboden führt. Wir knien uns neben ihn. »Vielleicht schläft er auch nur ...« Mit beiden Händen ziehe ich Bodo die Ledermuscheln der Kopfhörer von seinen Ohren, während Gregor seine flache Hand über Bodos offenen Mund hält. Dann legt er sein Ohr dicht an Bodos Nase: »Kein Atem!«, stellt Gregor fest. »Die paar Pralinen ... Das kann nicht sein!« Ich kann es nicht fassen, und auch Asuka zieht ein Taschentuch aus ihrer Tasche, um ihre Augen zu trocknen. »Nicht nur Pralinen, Hildi!« Gregor befühlt Bodos Brust, dann die Handgelenke, er kann keinen Herzschlag und keinen Puls feststellen. »Aber gestern, da war er noch ...«, stammele ich, »er ist doch noch ...«

Lautlos laufen die Tränen über unsere Wangen, ohne Scham wischen wir den Nasenrotz in unsere Pulloverärmel. Ich weiß nicht, wie lange wir hier so sitzen, ohne ein Wort zu sagen, und Bodo betrachten, als sei er ein trauriges Gemälde, das sich vor unseren Augen langsam verändert.

Die Lymphflüssigkeit in Bodos Schläfen ist verhärtet und zieht die seitlichen Gesichtspartien mit den sonst so prallen Wangen streng nach unten, schmal sticht seine Nase aus der Mitte heraus, ein kühler Elfenbeinturm. Auch sein weicher Körper hat sich zu einem festen Brocken zusammengestockt. Ich lege meine flache Hand auf seinen Bauch. Asuka streichelt ihm das strohige Haar, während Gregor Bodos Knie durch die ausgewaschene, schwarze Jeanshose tätschelt.

In jedem fetten Menschen steckt ein fragiles Wesen, und Bodos erkennen wir jetzt, unsere Wahrnehmung mag getrübt sein durch zu starke Empathie mit seinem toten Körper.

Bodos Unterkiefer ist nach unten gekippt, wodurch sich seine Lippen weit öffnen, als würde er in dieser Starre laut losschreien. Sein Schweigen schwebt wohlklingend einen Meter über seinem Körper. Je starrer er wird, umso weiter scheint sich sein Mund zu öffnen.

»Ich rede, also bin ich«, flüstert Gregor. Bodos Lebensmotto. Er kniet sich hinter Bodo, hält seinen Schopf, während Asuka fest gegen Bodos Unterkiefer drückt, sodass sich Bodos Mund schließt.

Anschließend holt sie eine Rolle Müllbeutel aus der Küche und beginnt, die Tablettenröhrchen einzusammeln, die Flaschen landen in einem zweiten blauen Müllsack, den sie zusammenbindet und einfach in den Flur auf die herumliegenden Hagebutten stellt. Dann wäscht sie Bodo mit einem warmen, feuchten Waschlappen das Gesicht. Dabei drückt sie seine Hände, die mich an Gorillapranken erinnern. Mit einem anderen Tuch wischt sie die Pralinenschachtel ab und stellt sie neben Bodo auf den Boden zurück. Sein Hemd und das Tuch um seinen Hals, alles, was er trägt, wirkt fahl und hat an Lebendigkeit verloren, die Jeans riecht nicht mehr stockig, Bodo hat seinen Eigengeruch verloren: Der Tod ist depersonalisierend und unattraktiv. Aber die Art und Weise, wie sich jemand umbringt, charakterisiert auch immer den Verstorbenen. Ekel, Mitleid, Enttäuschung.

Die Luft im Raum flimmert schwer, gasförmiger Branntwein, den man früher benutzte, um Scheintote ins Leben zurückzuholen. Ich räume die Fensterbank frei und öffne die beiden Doppelfenster. Bodo hat nicht oft gelüftet, die Bücher auf dem Sims zerfallen bei der ersten Berührung beinahe zu Staub, wie kleine Vampire unter Einfluss von Sonnenlicht.

Asuka kommt mit einem Tablett aus der Küche und stellt Tassen auf den Beistelltisch. Während ich am Fenster lehne, schaue ich ihr dabei zu, wie sie sich neben Bodo kniet und ihm ein Kissen unter seinen Kopf legt.

Sie nimmt einen Schluck Tee. »Den heutigen Japanern widerstrebt es zutiefst, sich ein Bild vom Jenseits zu machen oder sich seine Ahnen gar in der Hölle vorzustellen.«

»Wir haben auch gar nicht vor, uns Bodo in der Hölle vorzustellen!« Gregor kniet sich neben Asuka, die weiter sinniert: »Aber das Leben hört nicht mit einem Schlag auf. Der Gesamtorganismus stirbt nach und nach. Sterben ist ein aktiver Prozess. Tod und Leben vereinen sich im Sterben, gleichzeitig.« Sie stellt die Teetasse auf den Glastisch, setzt sich auf das Sofa und schaut auf Bodos Gesicht herab: »Er ist stärker als ein Toter, der nach einer langen, schweren Krankheit starb und den Tod die ganze Zeit mit sich herumtrug.«

»Du meinst, seine Seele hat den Nullpunkt noch nicht erreicht?« Gregor gewinnt Asukas Aufmerksamkeit: »Ja, es besteht ein Unterschied zwischen einer temporären Reise zwischen den Welten und dem definitiven Umzug in die andere Welt, dem definitiven Tod.«

»Er ist noch nicht ganz angekommen ›im Land der Toten‹ – was wir auch immer darunter verstehen. Ohne das nötige Ritual kann es Folgen haben. Er könnte als lästiger Geist über uns schweben, wenn wir es nun nicht in die Hand nehmen.«

»Du meinst, wir sollten diese frühe Todesphase nutzen?«, fragt Gregor. Doch Asuka antwortet nicht, bleibt in Aktion und redet einfach weiter, es klingt abgeklärt: »Mit Rücksicht auf Bodo und aus Zeitmangel sollten wir nun versuchen, die Gedanken an unsere eigene Sterblichkeit zurückzuhalten.« Sie steht auf und holt aus ihrer Handtasche ein braunes Glasfläschchen mit einer dunkelorangenen, fruchtigen Tinktur, mit der sie sich auf der Zugfahrt nach Schranz schon einige Male erfrischt hatte. Sie tränkt ein Taschentuch mit der Flüssigkeit und betupft damit Bodos Gesicht. »Trauern können wir später noch. Und ich bitte euch, dass wir uns gegenseitig unterstützen, wir müssen Freunde bleiben!« Noch einmal befeuchtet sie das Taschentuch und verteilt die Tinktur großzügig auf seinen Wangen, seiner Stirn, seinem steifen Doppelkinn. »Ihn von allen Unreinheiten zu befreien, wäre etwas viel verlangt ...«, flüstert sie, setzt sich wieder neben Bodo und fährt ihm mit ihren Fingern mehrmals über seinen Nasenrücken, sodass sein Gesicht zu leuchten beginnt. Ein betörender Mangoduft erfüllt den Raum, ich sinke zwischen Asuka und Gregor auf den Teppich, wir sitzen um Bodo herum wie um ein Lagerfeuer.

Geschickt schiebt Asuka die Pralinenschachtel mit ihren Füßen zu sich heran und nimmt sich eine ovale Schnapspraline heraus, bevor sie die Schachtel an Gregor weiterreicht, der sich für eine kakaobestäubte Kirschwasserpraline entscheidet. Ich wähle eine stabförmige aus Vollmilchschokolade und lege die Packung auf Bodos Brust ab. Nachdem Asuka ihren rechten Arm hebt, bewegt sie die Praline zwischen Daumen und Zeigefinger kreisförmig, als würde sie Bodo verzaubern, und fordert uns auf, es ihr gleichzutun. Tod ist Magie und Magie ein sozialer Prozess, aber ich fühle mich wie eine dilettantische Taschenspielerin, als ich das Naschwerk über Bodos Körper elegant zu wedeln versuche. Auch Gregors Kreise um Bodos Knie erinnern mich an das Rühren des Holzlöffels in heißer Hagebuttenmarmelade. Asukas Atem weist den Rhythmus an. Langsam holen wir Luft, wie achtsame Synchronschwimmer, und nach der dritten gemeinsamen Exhalation gibt uns Asuka ein Zeichen: Wir stecken die Pralinen in unsere Münder, keiner kaut die bitteren Pillen. Bittersüß läuft Himbeerlikör mit meinem Speichel zwischen Zunge und Gaumen zusammen, zäh zieht das klebrige Zeug über den Rachen die Speiseröhre hinab. Ich fühle mich betäubt, als wir das Ritual zum fünften Mal wiederholen und die Schachtel fast leer ist, ich stütze mich mit meinen Händen auf, um mich in einem aufrechten Sitz zu halten. Während sich Asuka kräftig in ihre Wange zwickt, um bei Sinnen zu bleiben, beginnt Gregor, im Schneidersitz nervös hin und her zu wippen.

»Seht ihr das?«, ruft er. Ein leuchtender Strahlenkranz erscheint über Bodos Kopf. Das pastellfarbene Abbild seiner Leiche löst sich wie eine dünne Haut von seinem Korpus und schwebt in der Horizontalen, langsam, bis knapp unter den

Lampenschirm, dort krümmt es sich wie ein Regenbogen, sodass sich Kopf und Füße wieder am Boden treffen. Und bevor die Silhouette in ihrer Taille scharf zusammenknickt, faltet sie sich mehrmals zusammen, bis sie sich schließlich geschmeidig zu einer rosa-gelb schillernden Kugel formt, die einen halben Meter über Bodos Körper rotiert. Wir rappeln uns langsam auf, stecken unsere glühenden Likörköpfe zusammen, erst Wange an Wange, dann Stirn an Stirn, der Blick auf Bodo und die lustige Todeskugel gerichtet, bis sie immer kleiner wird und in seinem Bauchnabel verschwindet. Vielleicht ist es eine Antigeburt oder das Gegenteil von dem, was Eltern fühlen, wenn ihr Baby gesund in die Welt hinaustritt. Trauer.

Ich greife nach einer der letzten Pralinen, irgendwas mit Ananas, und reiche die Schachtel Gregor und Asuka, wir sollten den Pegel halten, da klingelt es an der Wohnungstür.

»Wer kann das jetzt sein?«, fragen wir uns und schauen in den Flur mit den Hagebutten. Vielleicht ist es Bodos Geist, der durch die Wohnungstür wieder sein Leben betritt, oder Bodo selbst, der uns sagt, dass das hier alles ein Irrtum ist und der leblose Körper hier nur eine ziemlich gute Replik seiner selbst. Ich stürze in den Flur und schlittere über die Hagebutten weiter zur Gegensprechanlage, Gregor und Asuka folgen mir.

»Hallo?«

»Hallo, hier ist der Olli, ich komme wegen dem Parka!« Eine junge Männerstimme plärrt durch den Lautsprecher.

Ich drücke ihm auf und öffne die Wohnungstür. Gregor zeigt auf ein olivgrünes Stoffpaket auf dem Garderobenschrank unter dem Flurspiegel, das ich mit beiden Händen auseinanderfalte. Zum Vorschein kommt der Spielplatzparka, frisch gewaschen, die Risse durch feine Stiche beseitigt, problemlos lässt sich die Jacke durch einen neuen Reißverschluss schließen, wie geölt rollt der Schieber zwischen den beiden Krampen entlang.

»Der Reißverschluss aus Groningen«, stellt Asuka fest und kühlt sich mit der Hand ihre Stirn. Ich überprüfe das Futter, ein paar neue Knöpfe fixieren das Teddyfell. Ich lege meine Wange in das plüschige Futter der Jacke und stelle mir vor, wie Bodo den Parka wiederhergestellt hat, meine Augen füllen sich mit Tränen, Wasserbomben, die gleich platzen.

»Hi, willste den Parka doch behalten?« Olli steht in der Tür, ein großer Typ, vielleicht einen Kopf größer als Bodo, aber schlank und mit breiten Schultern.

»Nein, ich musste schauen, ob Bodo ihn gewaschen hat.« Ich wische mir mein nasses Gesicht am Parkaärmel trocken: »Bodo ist er leider etwas zu lang.« Ich versuche, meinen Rotz lautlos hochzuziehen, und reiche Olli die schwere Jacke.

Gekonnt ignoriert der meinen emotionalen Zustand und die Fuselfahne der drei Gestalten, die ihm vis-à-vis im Flur entgegenflirrt, und greift nach dem Parka. »Genau wie auf dem Foto in der Anzeige!« Er ist begeistert, zieht sich die Jacke über und mustert sich im Spiegel. Ich betätige den Lichtschalter. Unter der Hängelampe bewundert er sich nun von allen Seiten im Spiegel. Der Parka passt ihm wie angegossen.

»Formidabel, formidabel. Den nehm ich!« Er streckt mir zwei Hunderteuroscheine entgegen. »In der Anzeige stand zwar 180 Glöckchen, aber weil Bodo meinte, es gäbe noch mehr Interessenten, ist das wohl okay so.«

»Brauchst du noch 'ne Tüte?«, fragt Gregor und hält ihm eine leere Mülltüte entgegen.

»Den behalte ich gleich an!« Olli schaut noch einmal in den Spiegel, bevor wir ihn mit den blauen Plastiksäcken nach unten begleiten.

»Viel Spaß mit dem Parka«, sage ich. »Tschüss.«

Eigentlich verabschiede ich mich von seinem Parka, dem sauber eingenähten Reißverschluss und den hübsch hergerichteten

Säumen. Dann folge ich Gregor und Asuka in den Hinterhof, die Tüte hinter mir herschleifend.

Vor den Containern hält Asuka endlich inne: »Er konnte uns nicht mehr seine letzten Worte mitteilen.« Gregor schiebt die Klappe mit beiden Händen hoch, Asuka und ich werfen die Tüten hintereinander in die Öffnung.

Im Innern des Containerdeckels klebt ein breiter Streifen aus einer Spiegelfolie. Sie spiegelt unsere Gesichter, sehr verzogen.

»Einer fehlt!«, sage ich.

»Sollen wir den Tüten hinterherspringen?«, schlägt Gregor vor. Kein Nicken, kein Kopfschütteln, Asuka senkt den Blick, als sie sich unter schweren Lidern im Aluspiegel erkennt.

Neben dem schwarzen Müllcontainer steht die Biotonne, ungewöhnlich voll, Kartoffelschalen ragen über den Rand. Ich beuge mich runter, um einen Brokkolistrunk aufzuheben, der neben der Tonne liegt. Und als Gregor den Deckel hebt, damit ich ihn in den Kartoffelschalenhaufen stecken kann, staunen wir nicht schlecht: Dokumentenlasagne in der Biotonne. Gemüseschalen haften an Schriftstücken, getränkt in Kaffee, daneben volle Kaffeefilter. Mit einem dünnen Holzast gräbt Gregor tiefer. Unter den oben aufliegenden Kartoffelschalen findet sich eine Schicht zerrissenes Papier, triefend nass, aber noch lesbar, weil Kugelschreiber nicht verwischt, dann eine Schicht von Sellerieabfällen und Möhrenschalen, dann wieder eine Schicht Papierdokumente, diesmal in kompletten Bögen, die wie Nudelplatten auf verfaulten Tomaten liegen, darunter ein weiteres Formular: Bodos Geburtsurkunde, auf einem Haufen welker Brennnesseln. Gregor fischt das siffige Abiturzeugnis aus dem Jahre 1993 hervor, der blaue Schulstempel glänzt verschwommen auf dem verdreckten Papier. Am Ende hat Bodo den gestapelten Tonneninhalt mit Wasser begossen, dies bezeugt eine große Gießkanne, die Gregor in einer Ecke des Müllraums entdeckt. Eine Dystopie für jeden Mülltrenner, aber ungefährlicher als ein Dokumentenbrand.

Asuka stochert mit einer schimmeligen Möhre zwischen Eierschalen: »Er wollte nicht dokumentiert werden.« Ihre Stimme ist rau und liegt irgendwo zwischen Heulkrampf und Gefühlskälte: »Die bewusste Entscheidung gegen Archivierung hat etwas Zerstörerisches, da sich das Archiv immer gegen den Tod richtet.«

Aber nicht alles, was stirbt, muss unbedingt archiviert werden, selbst wenn manche Lebensgeschichten dies einfordern, denke ich noch, da sackt Asuka in sich zusammen: »Der totale Tod!« Verwirrt hält sie sich an den Griffen der Restmülltonne fest, während Gregor und ich sie an den Schultern halten.

»Durchs Verschwinden allein kann Bodo unserer Erinnerung kein Schnippchen schlagen«, sage ich zu ihr.

Wortlos gehen wir hoch in die Wohnung.

BODOS KÖRPER

»Bodo, du kannst wieder aufwachen, wir sind drauf reingefallen!« Als wir das Wohnzimmer betreten, halte ich alles nur für einen bösen Scherz, aber nicht lange. Denn ein toter Körper ist ein schillerndes Kippbild: Erst behandeln wir ihn wie einen Kranken, den wir kurz allein gelassen haben. Dann ist er plötzlich nur ein länglicher, harter Gegenstand zwischen Sofa und Glastisch, eins geworden mit den anderen Möbeln, seine Augäpfel sind verschwunden und ruhen unter einem Stück Haut in tiefen Höhlen in etwas, das mal ein Gesicht war.

Gregor legt sein Ohr noch mal über Bodos Nase, um Bodos Atem nicht zu spüren. Dass wir weder Arzt noch Polizei einschalten werden, die uns seinen Tod bestätigen, darüber sind wir uns ohne Worte einig. Doch wir wissen nicht ganz, was wir jetzt mit ihm anfangen sollen.

»Ich habe den ausgeprägten Wunsch, dass Bodo nach dem Tod ein friedvolles Dasein möglich wird. Sein Aufenthaltsort sollte sich in der Nähe seiner Ahnen befinden.« Asuka ist wieder bei sich. »Bodo ist ein unruhiger Geist gewesen, und eine ›Ruhestätte‹, wie ihr Deutschen es bezeichnet, könnte sein Wesen vielleicht besänftigen.«

»Nein, würde es sicher nicht.« Ich schlucke. Seit dem Besuch bei den Biotonnen kann ich mir kein Grab für Bodo mehr vorstellen, keinen Sarg, keine Urne, nicht einmal einen Gedenkstein, der an seine Existenz bewusst erinnert.

»Wir sind die einzigen Bezugspersonen, die an seinem Leben ernsthaft interessiert waren«, gebe ich Asuka zu verstehen.

»Alles, was uns bleibt, ist sein Körper«, sagt sie, als würde Gregor und mir Bodos Leichnam nicht auffallen. »Er hat uns seinen wuchtigen Leib hiergelassen«, wiederholt sie, doch jetzt klingt es wie ein Hinweis: »Er ist die riesengroße Prothese seines Mentalen.«

»Du meinst, er ist noch zu etwas gut?«, frage ich.

Gregor holt Bodos Kleidung aus der Garderobe im Flur. Langsam zieht er seinem toten Freund den speckigen Lederblouson an, während ich Bodo die blaue Mütze über den Schopf stülpe. »So schaut er fast schon wieder ausgehfertig aus.« Gregor rollt den Mützenrand knapp über Bodos Augenbrauen, die wie eingestickt aussehen.

Gregor und ich lassen Asuka für eine Zeit mit Bodo allein und laufen nebenan in Aurelias Ein-Euro-Laden, das einzige Ladenlokal, das in der Straße zu dieser Uhrzeit noch offen ist. Durch die Fensterscheiben schauen wir in den hellen Raum. Ein paar Krawattenträger sitzen in einer Stuhlreihe, mit geschlossenen Augen sonnen sie sich in den mit Stahlgittern eingefassten Neonröhren an der Decke.

Auf Aurelias Tischchen steht ein Teller mit Christstollen, der seit Anfang dieser Woche in den Supermärkten liegt. Als sie ihren Kopf hebt, um einen Schluck Kaffee aus dem Deckel ihrer Thermoskanne zu nippen, sieht sie uns vor der Tür stehen und kommt zu uns nach draußen.

»Bodo ist tot«, sagt Gregor gleich.

»Bodo ist tot«, wiederholt Aurelia unbeeindruckt. »In seiner Wohnung?«

Wir nicken.

»Wir bräuchten ein, zwei Decken von dir für den Transport.«

»Er schuldet mir noch was«, sagt sie so, als würden wir ihr etwas schulden.

»War er zu viele Stunden hier?«, frage ich so, als würde sie ihm etwas schulden.

»Ihr seid revolutionär fixiert, und die Typen, die *Das Loch* aufkaufen, wollen den gesamten Wohnblock hier aufkaufen, ihr wisst ja, wofür ... Kurz vor Weihnachten muss ich meinen Laden räumen!« Zu Recht hat sie sich in Rage geredet. »Und: Nein, bis auf euren Hagebuttenpräsentationstag für euren Lund war er nie in meinem Laden.«

»Ich habe aufgehört nachzurechnen. Wahrscheinlich schuldet er uns allen noch ein paar Euro, aber das ist mir jetzt auch egal!« Gregor stemmt seine Hände in die Seitentaschen seiner Jeansjacke, sodass sie absteht, als würde er darunter zwei Kätzchen verstecken.

»Schieb es nicht auf Bodo, schieb es auf mich, auf mich und mein schwarzes Loch«, sage ich nur. » Wir brauchen die Decken, Aurelia.«

Aurelia sagt nichts mehr, sie deutet uns nur an zu warten. So bleiben wir vor dem Laden stehen und sehen, wie sie drinnen zwei Decken von den Kontoauszugsdruckern zieht und ein paarmal ausklopft, woraufhin die Krawattenherren ihre Augen öffnen. Nachdem sie die Decken zusammengefaltet hat, kommt sie zu uns raus:

»Könnt ihr behalten! Brauche ich ab Winter ja eh nicht mehr. Ich hoffe, die reichen.«

»Dank dir, das reicht dicke!«, sagen wir und verschwinden.

STILLES ADÉ

Wir versuchen, den in Decken gehüllten Bodo in den Bollerwagen zu betten. Wenn wir das lange Paket an seinem Schwerpunkt vorsichtig einknicken, ragen Kopf- und Fußseite immer
noch weit aus dem Wagen heraus. Wir stopfen die vorhandenen
Leerräume im Wagen mit Brennnesseltuff aus, damit der Körper einigermaßen fixiert ist. Gregor zieht den Wagen, Asuka
und ich passen auf, dass die Karre beim Hoch- und Runterrollen
der Bürgersteige nicht zur Seite kippt und Bodo nicht doch aus
dem Wagen fällt. Die Konzentration auf den Bollerwagen lenkt
vom Eigentlichen ab. Ich hatte mir den Transport einer Leiche
gruseliger vorgestellt. Es sind auch nur drei Straßen zu meiner
Wohnung.

Auf einem breiten Brett ziehen wir Bodo das Treppenhaus
hoch in die erste Etage. Es bleibt keine Zeit, mich genauer in
meiner Wohnung umzuschauen, da vorne in der Wand prangt
die neu angebrachte Notklappe. Ich greife nach dem verstaubten
Aktenordner, der noch immer an der Wand lehnt, und diktiere
Gregor den siebenstelligen Zahlencode, der ihn in die digitale
Applikation eingibt. Mit einem Knick-knack-knick dreht er den
runden, eieruhrähnlichen Verschluss gegen den Uhrzeigersinn.
Problemlos lässt sich die Klappe nach unten öffnen, die Temperatur scheint sich augenblicklich abzukühlen. Wir spüren einen
eiskalten Windzug, der uns zu sich hinzieht, wie in eine dunkle
Winternacht in den Bergen, drinnen ist draußen, und draußen
ist drinnen.

»Eigentlich sollte das Bad doch luftdicht abgeschlossen sein«,
kommentiert Asuka die kühle Brise vor der Notklappe.

»Wir stehen vor einem Fenster zum Universum, dahinter ist
unendlicher Raum«, erkläre ich. »Teile des Weltalls, Galaxien

und unbekannte Milchstraßen außerhalb unseres Sonnensystems, zusammengepresst in einem irdischen Stern im Badezimmer. Das Universum ist weit. Platz für die gesamte Menschheit, aber erst mal ist Bodo dran.«

Doch die Luke ist bloß etwas größer als ein Schallplattencover. »Wie soll da sein gesamter Körper durchpassen?«, fragt Gregor. »Da passt gerade mal sein Kopf durch.«

Stille Ratlosigkeit knistert aus dem Badezimmer in den Flur wie ein kühles Kaminfeuer, bis es mich plötzlich durchzuckt: »Wir müssen dem schwarzen Loch das geben, was es selbst ist: das Unmögliche«, sage ich.

Wir lassen Bodo in der karamellfarbenen Ummantelung, nehmen alle Kräfte zusammen und atmen tief ein, bevor wir uns zu ihm herabbeugen. An der Seite, wo sich Bodos Schultern befinden, heben wir das Deckenpaket ein Stück weit näher an die Klappe heran und stecken das Ende mit seinem Kopf in die Luke. Schon halten wir Bodo nicht mehr in unseren Händen. Alle Schwere ist fort. Er ist fort. Wir hören kein dumpfes Rumsen im Bad, kein Plumpsen, nicht einen Laut, wir spüren keine Erschütterung, die den Aufprall von Bodos Körper auf dem harten Granitboden erkennen ließe. An der mehr oder weniger schalldichten Isolierung des Badezimmer liegt es nicht, denn im Weltall gibt es keinen Klang. In der Schwerelosigkeit ist sein Körper leichter als eine Feder, ein kurzer Schwebezustand in der absoluten Abwesenheit des Lichts, er ist in eine leere Kuhle geglitten, in die Öffnung einer Null, er sättigt das schwarze Loch, jagt durch tausend Revolutionen, wirbelt Raum und Zeit auf, produziert die Kraft einer Billion von Sonnen, wringt sich zusammen, und während er spaghettifiziert wird, erklingt in meinem Kopf eine letzte Improvisation auf meiner Siebposaune für Bodo, begleitet von zärtlichen Akkorden einer E-Gitarre. Vielleicht steht er an den Rändern der gesamten Weltgeschichte und kommt irgendwann wieder zurück. Doch wo genau er nun ist, wissen wir nicht und wüssten wir auch nicht, wenn wir ihn in einer Holzkiste unter der Erde begraben hätten.

Die Decken liegen zerwühlt vor unseren Füßen wie die Reste eines riesigen Kokons. Die Notklappe steht noch offen, doch kein Lüftchen weht mehr, Bodo ist nicht mehr auf dem Zeitstrahl unseres Universums. Bodo ist ins schwarze Loch gegangen.

EPILOG. FALLSTUDIE KEINER WIEDERGEBURT

Wer sein Leben ändern will, muss immer einen hohen Preis dafür zahlen, echte Metamorphosen sind eigentlich nur in Träumen möglich; wenn man sich zum Beispiel zum Kind zurückentwickelt, zum Tier wird oder sogar zur eigenen Mutter. Manche zahlen mit ihrem Tod, Bodos Drang ins Jenseits war stark. Rückblickend betrachtet war Bodo bis zu seinem sich einschleichenden Freitod über Monate hinweg mindestens einmal pro Woche gestorben. Denn bei den meisten Menschen kann man den sich ankündigenden Tod an wunderlichen Handlungen ablesen, die sich bereits Monate zuvor zeigen. Dann erhält der betroffene Mensch ein Zeichen seines baldigen Endes, und eine völlige Verwandlung des Charakters mag einsetzen, der Mutige wird zum Feigling und umgekehrt, wer viel Bier trank, wird zum Abstinenzler, wer viel rauchte, wird zum hustenden Nichtraucher. Wer ein Geizhals war, wird großzügig, eine exzentrische Nervensäge wird zu einem introvertierten, höflichen Menschen. Wir haben von Bodos Veränderungen wenig mitbekommen. Vor einigen Wochen fragten wir ihn, was er denn für ein Tier sei, wenn er sich eines aussuchen könnte, und wunderten uns nicht, als er »Stein« sagte, obwohl er dieselbe Frage vor einem halben Jahr noch siegessicher mit »Löwe!« beantwortet hatte. In den letzten Monaten hatte Bodo eine unerwartete Großzügigkeit im *Superloch* an den Tag gelegt, die sich unter anderem darin zeigte, dass er horrende Honorare an miserable Soundkünstler zahlte, was wir aber erst viel später herausfanden, Giacomo und Mélanie wurden mit einer saftigen Summe bedacht, die Bodo unter ihre Kopfkissen gelegt hatte, als er seine Wohnung für die Künstler herrichtete.

Für uns drückte Bodos Tod auch seinen Wunsch nach etwas Besserem, einem anderen Ort, einer anderen Stadt aus, den wir ihm via Notklappe zu erfüllen hofften. Zu behaupten, Bodos Tod habe uns deshalb nicht getroffen, ginge fehl. Denn bei aller Freiheit und Selbstgerechtigkeit, die sich Bodo durch den Tod vielleicht versprach, schwebt in der Endlichkeit seines Lebens doch ganz klar auch das Label der Ungerechtigkeit mit, vor allem wenn der Sensenmann gerade in den Momenten auftritt, in denen er in weiter Ferne scheint: in Zeiten des Erfolgs, des Bergaufs, der ertragreichen Hagebuttenernte und der Fröhlichkeit bei totaler Nüchternheit. Wie eine Angstblüte war er gestorben, eine Pflanze, die ein letztes Mal glänzende Früchte (in Form von Hagebutten oder wunderschönen Parkas) trägt, bevor sie abstirbt.

Man kann natürlich behaupten, Bodo sei gar nicht gestorben, er sei vielmehr auf einen schwarzen Stern gegangen, und wir hätten ihm diese Reise ermöglicht, ein Beweis unserer Freundschaft. Das schwarze Loch mit seinem Körper zu stopfen, runde seine Biografie nur ab, und das sei ja eigentlich ganz gut, aber so einfach und romantisch ist das nicht! Denn eigentlich hat Bodo seine Freundschaft zu uns mit dem Tod getauscht. Und dieser Gedanke machte mich anfangs richtig wütend! Asuka dagegen verquaste ihre Trauer in Theorien jenseits von Gut und Böse, sie meinte, Bodos Tod sei kein guter Tod gewesen, weil er nicht auf natürlichem Wege geschehen sei. Mir war das hingegen von Anfang an schnuppe. Selbst Sterbefälle, die offenkundig auf natürlichem Wege geschehen sind, also der Tod von Menschen, die ein hohes Alter erreicht haben, erscheinen als »unnatürlich«. Hat eine sehr alte Person den »toten Punkt« überschritten, wird sie für die Angehörigen unsterblich, weil sie sich zu sehr an das Antlitz der Hundertjährigen gewöhnt haben. Am liebsten würden sie bis zum eigenen Todestag einmal täglich in dieses Gesicht hineinschauen, die weichen Fingerkuppen befühlen und die kleinen Schultern dieses ewigen Körpers.

Dass Bodo seinen Tod selbst gewollt hatte, war beruhigend.

Doch weil er seinen Individualisierungsdrang betonte, vermittelte er uns Hinterbliebenen, eigentlich keine Trauer verspüren zu dürfen. Wenn ich mich ein paar Monate später Aurelia und Hans Lund anvertraute – die beiden kamen übrigens bezüglich eines neuen Ein-Euro-Ladens in der Nachbarschaft mietgeschäftlich auf einen grünen Zweig –, fragten sie mich, was mir mehr bedeutete: dass Bodo gestorben sei oder dass er das schwarze Loch neutralisiert habe. Die Frage ärgert mich noch immer, es klingt so, als sei er *für* mein schwarzes Loch gestorben. Aber dass Hinterbliebene im Fall von Suiziden Kausalzusammenhänge herstellen, ist wahrscheinlich völlig normal: »Wäre bloß das *Superloch* nicht explodiert, dann wäre Bodo noch hier.« Oder: »Manchmal wünschte ich, mein schwarzes Loch wäre noch da und nie ausgebrochen, dann wäre er noch hier.« – Sätze, mit denen ich Gregor, Aurelia und Hans viel zu oft überforderte.

Sicher starben einige Teile von uns mit Bodo. Aber dass manche nach dem Tod eines Menschen erst richtig aufblühen, ist und bleibt ein Tabu. Aufblühen ist in unserem Fall vielleicht der falsche Begriff, natürlich empfanden wir Trauer, die sich bei mir durch starken, den gesamten Körper einschließenden Kopfschmerz äußerte. Manchmal fühlte ich mich wie eine Scheibe Fleischwurst, irgendetwas Zweidimensionales. Dass es Gregor und Asuka ähnlich ging, half.

»Wir werden ja weiterhin in Verbundenheit mit Bodo leben – in einer geteilten, sozialen Realität«, so beschrieb es Asuka. Der Tod sei an sich sozial in dem Sinne, dass er *vor* uns existiere, behauptete sie. Ich musste dabei an Dinosaurier denken, die vor uns die Erde bewohnt hatten und mit denen wir durch die Abbildungen in Kinderbüchern immer noch in Kontakt stehen. So meinte Asuka das sicher nicht, aber anders konnte ich mir den Gedanken nicht verdeutlichen.

Trotz verschiedener Ansichten über Bodos Ableben schweißte

uns die Nacht, in der Bodo ins schwarze Loch gegangen ist, enger zusammen. Wir schworen uns – auch wenn es nach Friede, Freude, Eierkuchen klingt, aber ich nehme stark an, dass kein Mensch zuvor seinen besten Freund durchs schwarze Loch gebracht hat –, dass wir uns immer wohlgesonnen gegenüberstehen werden. Das haben wir so zwar nie offen ausgesprochen, aber das war ungeschriebenes Gesetz!

Zwei Tage nachdem Bodo ins Loch ging, ordnete die ZHI die Instandsetzung meines Badezimmers an. Erst wurde der Staub, der sich von den Wänden zum Bad gelöst hatte und sich wie Herbstlaub auf dem Dielenboden im Schlafwohnzimmer und im Flur angesammelt hatte, mit einem riesigen Spezialsauger entfernt. Dann schlugen Steinmetze innerhalb von zwei Tagen die Granitversiegelung inklusive der porösen Blöcke heraus, und schicke schwarze Fliesen wurden verlegt. Es war ein seltsames Gefühl, als ich den Lichtschalter im Bad das erste Mal betätigte: Es schien unmöglich, den fensterlosen, schwarzen Raum zu erhellen; als würde das Licht der Deckenleuchten einfach geschluckt. Aber Gravitationswellen konnten nicht mehr nachgewiesen werden.

Auch Gregor bewegte seine Apparatur ein letztes Mal über die Wände zum Badezimmer. »Es pulsiert nicht mehr«, stellte er mit einem seltsamen Gemisch aus Enttäuschung und Erlösung in seiner Stimme fest. Dass die Sicherheit der Wohnung von offizieller Seite durch die ZHI bestätigt werden konnte, erfüllte uns eher mit Verwunderung als mit Glück oder Erleichterung.

Wir haben uns an die Spannungen, die unsere Beziehung seit ein paar Monaten bestimmten, gewöhnt. Ich könne meine Wohnung nun bewohnen, als habe es das schwarze Loch nie gegeben, sagte man mir. Doch ich bin mit meinen pastellfarbenen Millefleur-Umzugskartons endgültig zu Gregor gezogen, selbst wenn es dort langsam etwas eng wird.

Nachdem Asukas Trauerphase offiziell vorüber war – sie selbst legte sich dafür eine dienstliche Deadline von sechs Monaten –, mussten wir uns noch ein paar Wochen lang ihre tautologischen Nichtigkeiten zu Bodos Tod anhören: »Nun beginnt eine Zeit der Nichtzeit mit Bodo, weil die gemeinsame Zeit mit ihm vorbei ist.« Hans Lund, der zusammen mit ihr in Bodos rundum neu sanierte Wohnung gezogen ist, kommt mit ihrer sonderbaren Art sehr gut klar.

»Vielleicht gibt es für jeden verstorbenen Menschen eine schwarze Sonne. Das Universum ist ein ewiger Friedhof, ein besiedelter Kosmos«, sinnierte ich einmal Gregor gegenüber.

Ich gebe zu, diese Familienaufstellung mit Leben und Tod gleicht dem unappetitlichen Hoffnungsgerede einer suspekten Sekte, doch saß dieser Gedanke einige Zeit wie ein mysteriöser Tumor in meinem Kopf fest – nicht nur bei mir: Auch Gregor träumte sich Geschichten zurecht, in denen Bodo als rote Hagebutte wiedergeboren wurde, vielleicht auf einem anderen Stern, warum auch nicht? Beim schwarzen Loch ging es um die Verbindung von irdischer und himmlischer Sphäre. Der Richtigkeit halber sollte ich wohl lieber »außerirdisch« statt »himmlisch« sagen, aber »außerirdisch« klingt mir zu sehr nach fliegenden Untertassen. Immerhin existiert die Trennung zwischen dem irdischen »Hier« und dem außerirdischen »Dort« auch bezogen auf Leben und Tod. Frühere Epochen unterschieden zwischen dem Diesseits und dem Jenseits, und ich mag diese Idee eigentlich, vor allem wenn man sie weniger esoterisch denn lyrisch betrachtet. Aber letztlich lähmte uns die Vorstellung von seiner kosmischen Wiederauferstehung nur: »Was bringt uns das jetzt?«, fragte Gregor und stellte fest: »Er hatte sein Leben, wir leben jetzt: hier, in dieser Stadt!«

»Diese Stadt!« Ich war empört. »Ein Mensch stirbt, und eine Stadt lebt einfach weiter!« Eine Stadt ist nie am Ende, ein

Mensch schon. Dieser Gedanke macht mich immer noch fertig. Wie kann das sein, wenn doch Menschen wie Bodo maßgeblich an der Gestaltung dieses urbanen Mo-Lochs beteiligt sind? Dass die Stadt ohne ihn einfach weiterlebt, geht immer noch kaum in meinen Kopf. Wer löst ihn ab?

Mit Bodo ist nicht nur das schwarze Loch gegangen, auch die Orte in dieser königlichen Metropole wirken auf mich – wenn sie auch vor Menschen platzen – leergefegt und trist, wahrscheinlich eine ganz normale Wahrnehmung aus Sicht einer Trauernden. »Bodo wäre mit dieser Stadt eh nicht mehr glücklich geworden«, versucht mich Gregor oft zu trösten, Bodos Revolution sei am Ende gewesen. Und auch das ärgert mich.

Wann, wann endlich war diese Stadt am Ende, damit sie mich nicht mehr an Bodo erinnerte?, dachte ich noch, als ich im nächsten Frühjahr durch die Rosakarlstraße lief und in den Gehwegritzen frischer Löwenzahn blühte.

INHALT

TEIL I

Als Paar ergänzen sich Stan und Britta fast perfekt: Er sorgt dafür, dass sie trotz ihrer prekären Situation nicht den Lebensmut verliert. Sie verheimlicht ihm, wie aussichtslos die Lage tatsächlich ist. Gemeinsam brechen sie nach Brügge auf. Zu einem spontanen Wochenendtrip. Denkt Stan. Dabei folgt die Reise einem ganz anderen Plan. Denkt Britta. Doch dann nimmt Eddie auf dem Rücksitz ihres Volvos Platz, ein mysteriöser Fremder im Hermelinmantel mit Urne im Gepäck ...

Katinka Buddenkottes neuer Roman ist ein wahnwitziger Roadtrip, eine Geschichte über die Liebe und ihre Vergänglichkeit: aufrichtig, humorvoll, ohne Klischees und voller Lebenshunger.

»Katinka Buddenkotte schafft es, über die letzten Fragen des Lebens mit Tiefgang und Klugheit zu schreiben und dabei durchgehend schreiend komisch zu bleiben.« (WDR 5)

Katinka Buddenkotte
Eddie muss weg
Hardcover, 285 S., 20 €
ISBN: 978-3-944035-96-3

Aussteigerroman, radikale Reflexion und verstörende Familiengeschichte

Adam ist 21 und allein. In der Dachkammer eines entlegenen Selbstversorgerhofes im österreichischen Voralpenland schreibt er über sein bisheriges Leben: das abgeschottete Landleben ohne Schulbesuch, die religiöse Heimerziehung durch seine Zieheltern und seine innig geliebte, drei Jahre ältere Stiefschwester Manda. Durch seine Notizen versucht er zu verstehen, was mit seiner Familie geschehen ist, wie er der wurde, der er ist, und was er tun kann, um trotzdem weiterzuleben. – Brisanter Stoff und exzellent geschrieben.

»Wahr und phantastisch zugleich, wie eine alte Geschichte von einer jungen Seele. Ein beeindruckendes Buch.« (Dietmar Dath)

Anselm Neft
Vom Licht
Hardcover, 256 S., 19,90 €
ISBN: 978-3-944035-77-0

»Im Wohnzimmer saß ein Afrikaner.

Marianne war in der Küche, und ich fragte sie, wer der Kerl sei und was er hier in unserer Wohnung mache. Sie wusste es nicht. Er sei halt auf einmal da gewesen.«

Georg Schubert führt mit Frau und Kindern ein geordnetes Leben im Vorstadtidyll. Man gibt sich weltoffen und tolerant. Doch plötzlich wird die familiäre Willkommenskultur auf die Probe gestellt.

»Besuch« ist eine satirische Versuchsanordnung in der kleinbürgerlichen Komfortzone. Nach der Lehrerzimmergroteske »Drei Klausuren und ein Todesfall« legt Michael Marten eine absurd-komische Parabel vor über Klischees, Vorurteile und Projektionen.

Michael Marten
Besuch
Hardcover, 140 S., 18€
ISBN: 978-3-647106-11-0